Patricia Briggs menait une vie parfaitement ordinaire jusqu'à ce qu'elle apprenne à lire. À partir de ce moment-là, ses après-midi se déroulèrent à dos de dragon ou à la recherche d'épées magiques, quand ce n'était pas à cheval dans les Rocheuses. Diplômée en histoire et en allemand, elle est professeur et auteur. Elle vit avec sa famille dans le Nord-Ouest Pacifique.

Du même auteur, aux éditions Bragelonne,
en grand format :

Mercy Thompson :
6. *La Marque du fleuve*

Chez Milady, en poche :

Mercy Thompson :
1. *L'Appel de la Lune*
2. *Les Liens du sang*
3. *Le Baiser du fer*
4. *La Croix d'ossements*
5. *Le Grimoire d'Argent*
6. *La Marque du fleuve*

Alpha & Omega :
Alpha & Omega : L'Origine
1. *Le Cri du loup*
2. *Terrain de chasse*
3. *Jeu de piste*

Corbeau :
Corbeau – Intégrale

Masques
L'Épreuve du loup
Le Voleur de dragon
L'Empreinte du démon
Les Chaînes du dragon

Chez Milady Graphics :
Mercy Thompson : Retour aux sources

www.milady.fr

Patricia Briggs

Les Chaînes du dragon

Traduit de l'anglais (États-Unis) par René Baldy

L'Atalante
Nantes

Milady est un label des éditions Bragelonne

Titre original : *Dragon Bones*

ISBN : 978-2-8112-0911-7

Bragelonne – Milady
60-62, rue d'Hauteville – 75010 Paris

E-mail : info@milady.fr
Site Internet : www.milady.fr

Pour Collin, Amanda et Jordan.
Puissiez-vous toujours rêver de dragons.

N
SHAVIG
Hurog
Tyrfannig
Iftahar
Belport
Mégone
Estian
VALDEMER
TALLVEN
AVINHELLE
Callis
ORANSTON
Buril
Cascador
VORSAG
LES CINQ ROYAUMES
FITZWELLER 2002

1

Stolon d'Hurog

Hurog *signifie dragon.*

Un dernier effort et je touche au sommet. Le souffle court, je m'adosse aux portes de bronze qu'un de mes lointains ancêtres a placées ici, au plus haut de la montagne. L'arbalète sanglée dans mon dos claque contre les lourds panneaux de métal brun roux rabotés par le temps et par les vents du nord. Ce sont deux portes monumentales frappées d'un bas-relief représentant un dragon. Dans leur largeur, elles sont égales à mon imposante stature et elles en font bien le double en hauteur. Chacune d'elles est plaquée, presque à la verticale, contre la roche escarpée, de sorte que les dragons dressés veillent sur la vallée. En contrebas, l'épaisse silhouette de la vieille forteresse, avec ses murailles de pierre sombre, ceinture le nid d'aigle que protège le donjon d'Hurog. Une protection toute symbolique aujourd'hui. Il est peu probable, en effet, que la place ait à subir un assaut.

Petite seigneurie parmi les Cinq Royaumes, Hurog subsiste chichement des maigres récoltes arrachées à un sol caillouteux et rudoyé par le climat. Mais, depuis le port de mer qu'on aperçoit à l'est jusqu'au mont pelé, à l'ouest, tous les territoires visibles font partie du domaine. Comme la plupart des fiefs de Shavig, le plus septentrional des Cinq Royaumes du Grand Roi de Tallven, Hurog est riche en terres et pauvre en ressources. C'est là mon patrimoine, transmissible de père en fils, comme mes cheveux blonds, comme ma haute taille, comme ma large carrure.

Dans le parler des anciens, *hurog* voulait dire « dragon ».

D'un coup je me cambre, j'attise mon âme engourdie et je sens la magie d'Hurog affluer, monter, palpiter dans mes veines. De ma gorge enflammée, un rugissement jaillit vers le ciel. Le cri de guerre d'Hurog.

Mon cri de guerre.

Si mon père me laisse vivre assez longtemps.

— Il va nous tuer !

Bien qu'étouffée, la voix est parfaitement reconnaissable. C'est celle du cousin Kromdick. Il se trouve sur le sentier qui longe la rivière. Kromdick ne me voit pas, pas plus que je ne le vois car la piste que je dévale maintenant est séparée du cours d'eau par de la broussaille et une haie de saules touffus.

J'avais l'intention de poursuivre sans m'arrêter car je n'éprouve pas grande amitié pour ce cousin. Mais voici que sa phrase résonne dans ma tête : *« Il va nous tuer ! »* Tout à coup, mon flair me dit que ce « il » c'est moi, et je décide d'en savoir davantage.

— Je n'y suis pour rien, dit une voix beaucoup plus posée. Tu as bien vu, c'est elle qui a détalé comme un lapin.

C'est Beckram, le frère jumeau de Kromdick. Je l'ai reconnu sans surprise, lui aussi, dès qu'il a ouvert la bouche.

Ces deux-là s'en sont encore pris à Ciarra. Et Kromdick a vu juste. Cette fois, il se pourrait bien que je les tue.

— On n'embête pas les filles quand elles ont un frère costaud comme un bœuf !

— Sûr, il est gros et fort comme un bœuf mais il est aussi niais, rétorque Beckram d'un ton serein. Allons, pas d'affolement. Filons d'ici. Tu verras qu'elle va revenir sans une égratignure.

— Il saura que c'est nous, augure sombrement Kromdick.

Le cousin Kromdick a toujours eu un tempérament défaitiste.

— Une fille muette de naissance ! s'esclaffe Beckram. Comment peut-elle faire ?

— Par gestes. Il va nous tuer, je te dis !

Qu'ont-ils donc fait à Ciarra ? Je dois tirer cette affaire au clair. J'avale une grande goulée d'air et je me concentre pour composer l'image qu'ils attendent, celle d'un gros bœuf stupide. Cela fait, le gros bœuf s'élance. Je fonce, tête baissée, à travers les fourrés. Je sais où ils sont : près du point où les égouts de la forteresse se déversent dans la rivière. Mon gabarit puissant et mon visage mal équarri m'ont toujours valu d'être regardé comme un nigaud. Soit. J'ai décidé de m'en accommoder. Bien m'en a pris car j'en ai maintes fois tiré avantage. Stolon le benêt inoffensif, Stolon le fruste, ne peut pas être une menace pour son père.

J'écarte une branche qui s'est prise dans ma tunique et je surgis à leur vue.

— Qui donc va vous tuer, mes cousins ?

Pétrifié, Kromdick me regarde sans prononcer un mot, les yeux dilatés par l'effroi. Beckram est d'une autre trempe. Son visage empreint de vivacité s'empresse d'arborer un sourire et une mimique de bienvenue.

— Stolon ! Bonjour, cousin. La chasse est bonne ?

— Non.

J'ai tout juste dix-neuf ans et ils en ont vingt mais je les dépasse d'une tête par la taille et de quarante livres par le poids. Comme j'étais parti avec l'intention de courir le gibier, j'ai l'arbalète à l'épaule et le coutelas à la ceinture. Les jumeaux, eux, n'ont que leurs petites dagues et la vue de mes armes fait forte impression. Oh, je n'ai nulle intention d'en user contre eux. En cas de besoin, mes mains nues ont toujours suffi.

Avec leurs cheveux châtain clair, leur teint basané, leurs jolis minois et leurs yeux bleu violine – le fameux bleu Hurog –, les jumeaux se ressemblent comme deux gouttes d'eau. C'est le caractère qui les distingue. Beckram est hardi, avec une personnalité forte, capable d'être à la fois intimidant et charmeur. Kromdick, lui, est veule et ne sera jamais que l'ombre falote de son frère.

Je tourne les yeux vers la rivière, les arbres. Sitôt que mon regard se pose sur la sortie des égouts, la respiration de Kromdick s'accélère. J'observe donc plus attentivement et je trouve vite l'anomalie. La herse qui interdit l'entrée des égouts à la faune sauvage a été très légèrement déplacée et un petit pied a laissé son empreinte dans la terre bourbeuse à l'entrée du souterrain.

J'approche de la claie métallique pour l'examiner. Elle tient par une charnière unique et un loquet rouillé, fixé à l'opposé. Kromdick est tendu. Il tressaille. Je tire sur les barreaux. La grille bouge. De l'autre côté, le trou d'égout va en s'élargissant pour former un souterrain. Ma sœur est toute menue, elle aurait très bien pu passer par là.

Au bout d'un long moment, je me tourne vers Beckram pour le questionner :

— Ciarra est entrée là-dedans ? Cette trace, là, c'est celle de son pied !

Je le vois passer en revue toute une panoplie de réponses avant de choisir celle qu'il va me servir :

— Cela se pourrait bien, mon cousin. Nous allions justement partir à sa recherche.

Approchant de la grille, je lance :

— Ciarra ! Tu es là ?

Puis je me dis que, peut-être, le tunnel déforme ma voix et je change de méthode :

— C'est moi, P'tiote ! Sors de là !

Personne d'autre ne l'a jamais appelée « P'tiote ». Mon cri se répercute, tel un rugissement de dragon dans les méandres des égouts. Pas de réponse. Mais c'est normal, on ne peut pas attendre de réponse de Ciarra.

Je n'ai d'ailleurs pas besoin de suivre la piste fangeuse pour savoir qu'elle est entrée dans ce trou. Talent inné ou don magique, je ne sais, mais c'est une des rares dispositions qui me restent de mon enfance : j'ai l'art de trouver les choses et les gens. Ciarra est quelque part là-dedans. Je la sens. Je regarde où en est le soleil. Si elle est en retard au déjeuner, notre père, l'Hurogmestre, va lui flanquer une correction.

— Que lui avez-vous fait ? dis-je en déposant la besace qui contient mes carreaux d'arbalète et quelques provisions de bouche.

— J'ai essayé de l'en empêcher, pleurniche Kromdick avant que son frère ait le réflexe de lui imposer le silence. Je lui ai dit que c'était dangereux.

— Tiens donc…, fais-je en bombant le torse et en m'approchant de Beckram.

Il perd sa superbe et recule d'un pas.

— C'est une petite idiote ! Je… Je ne voulais pas lui faire de mal. Juste flirter un brin, gentiment.

Là, mon poing part. Je pourrais le tuer si je voulais, ou, plus modestement, lui briser la mâchoire. Mais je dose soigneusement mon coup et il s'en tire avec un joli début d'œil au beurre noir. Le galant est quand même bien sonné et j'en profite pour fixer mon regard sur Kromdick.

— C'est vrai, Stolon ! jure-t-il. Il lui a juste dit qu'elle avait de beaux cheveux, tu sais !

Je continue à le scruter. Mal à l'aise, Kromdick commence par se tortiller puis il marmonne :

— Mais bon... Tu le connais. Ce n'est pas ce qu'il a dit, c'est... c'est la façon de le dire. Elle s'est enfuie comme une biche débuchée et elle a disparu dans l'égout. Nous allions la suivre car c'est grand danger pour une demoiselle de s'aventurer seule en pareil endroit.

Kromdick est un fieffé poltron mais, d'une manière générale, il n'est pas menteur. Dans ses histoires, mon frère Tosten avait peuplé cet égout de monstres de toutes sortes. En fait, grâce aux pouvoirs magiques des nains qui l'ont creusé, on n'y trouve point de bestioles, pas même rats ni insectes.

L'ouverture par laquelle la P'tiote s'est glissée est beaucoup trop étroite pour un garçon comme moi. Je tire sur la grille. Elle grince, bouge mais refuse de s'ouvrir suffisamment.

— Tu n'y parviendras pas, dit Beckram en relevant la tête et en portant délicatement la main à son œil brunissant.

Il doit se sentir coupable. Dans le cas contraire, il m'aurait rendu coup pour coup. Beckram est un brin maniéré mais il n'a rien d'un couard.

— Nous avons déjà essayé, Kromdick et moi, poursuit-il, et nous n'avons pas pu. Prends patience, tu vas voir qu'elle ressortira quand elle l'aura décidé.

Il est presque l'heure du déjeuner et je ne supporte pas de voir la P'tiote se faire rosser. Or c'est ce qui l'attend. Ça me rend malade mais je manque un peu d'envergure encore pour braver notre père.

Je me débarrasse de ma tunique de cuir, que je dépose près de mon matériel de chasse, et je leur demande d'emporter mes affaires au château. Puis je recommence à malmener la grille. Bien sûr, il y aurait un moyen beaucoup plus simple d'ouvrir cette herse, mais le benêt que je suis n'est pas censé le trouver. Il va falloir que je continue à m'échiner sur les barreaux jusqu'au départ du tandem.

Mais, finalement, Beckram s'impatiente et m'épargne cette peine :

— Fais donc sauter la goupille ! Tu pourras soulever tout ce fourbi en bloc et le déplacer comme tu veux.

J'avais vu juste, notre Beckram se sent vraiment coupable.

— La goupille ? Quelle goupille ?

Je fais un pas en arrière et j'observe la grille en prenant bien soin d'éviter du regard la charnière massive scellée dans la maçonnerie.

— L'axe qui fait tenir les deux gonds ensemble, soupire Beckram.

— Ah !

J'inspecte la grosse charnière pendant un temps infini, jusqu'à ce que Kromdick, lui aussi à bout de patience, dégaine sa dague et s'attaque à la goupille. Quand il en vient à bout, sa lame est bonne pour le rebut.

Une fois l'axe de charnière enlevé, la porte se déboîte. Je la dégage et la soulève. Elle pèse un âne mort et je demanderais bien un peu d'aide, mais je n'en fais rien et je la repose lentement, près de l'ouverture, histoire de rappeler ma force aux cousins.

— Vingt dieux ! souffle Beckram, impressionné.

J'espère qu'il se souviendra de cela, et aussi de son œil, la prochaine fois qu'il lui prendra l'envie de faire des misères à la P'tiote.

À cet endroit, près de la rivière, le tunnel a la forme d'un champignon. De chaque côté de la rigole centrale par laquelle s'évacuent mollement les eaux usées, une bordure surélevée forme une berme qui, en principe, permet de passer à pied sec. En principe. Car, hélas, la hauteur de plafond est prévue pour la taille d'un nain, pas pour celle d'une force de la nature qui domine de deux têtes la plupart des hommes adultes d'Hurog. Je n'ai pas le choix, je me mets à quatre pattes et je m'enfonce dans le trou puant en continuant d'appeler Ciarra.

— P'tiote ! P'tiote !

Mais j'ai l'impression que ma voix, amortie par les parois humides et moussues, ne porte pas bien loin.

Le souterrain forme un coude. La lumière du jour disparaît après le tournant. Les fluoroches incrustées dans le mur par les nains s'allument à mon approche et jettent une pâle lueur bleutée dans le boyau. Aujourd'hui, les forteresses n'ont plus d'égouts. Même le palais du Grand Roi Jakoven, à Estian, n'en possède pas. La confection de ces ouvrages d'art était la spécialité des nains.

Aujourd'hui, ceux-ci ont disparu en emportant leurs secrets avec eux.

La galerie se resserre pour devenir une grosse conduite. J'arrive sous les murailles extérieures du donjon. Je le sais, non pour avoir longuement exploré les égouts mais parce que j'ai trouvé une copie des anciens plans. Elle était reléguée dans un coin de la bibliothèque où nul n'a jamais eu idée d'aller fouiner. Si mes souvenirs sont bons, le passage se réduit au tiers de sa taille de départ afin que des troupes ennemies ne puissent s'y engager pour aller saper les fortifications. Même un petit enfant n'aurait pas assez de dégagement pour manier pelle ou pioche dans ce goulet.

Je mobilise mes pouvoirs pour suivre la piste de Ciarra. La sueur ruisselle sur mon front. J'use de magie avec modération car je sais trop bien ce qu'on peut arriver à faire en forçant la dose. Mais je pense à Ciarra, toute seule, peut-être morte de peur, et je me réjouis des modestes pouvoirs qui m'ont été donnés.

Je poursuis ma progression dans la section étroite. Je ne peux plus avancer sans ramper. J'en ai plein les mains et je m'efforce de ne pas trop penser à ce que c'est. Plus près de l'entrée, dans la partie large du tunnel, mon nez arrivait encore, tant bien que mal, à combattre la puanteur. Ici, il n'y parvient plus. La pestilence est trop forte.

Il y a aussi des fluoroches dans cette portion d'égout mais leur lumière, trop faible, ne me permet pas de voir clairement la purée dans laquelle je suis en train de barboter. C'est aussi bien ainsi. Ciarra s'éloigne de plus en plus. Elle est si mince que le calibre du conduit ne doit pas la gêner.

En tant qu'aîné, je me suis toujours occupé de mes frère et sœur. Voici deux ans que Tosten a quitté Hurog, pour son plus grand bien. Ciarra, elle, est à la fois muette et imprudente, et ce n'est pas une sinécure que de veiller à sa sécurité. Aujourd'hui, elle était censée aider notre mère. Mais je connais Mère. Et je connais aussi Ciarra. Avec notre oncle et nos cousins dans les parages, je n'aurais jamais dû m'éloigner. Seulement voilà, il y a eu l'appel de la montagne. Cette fois, à moins qu'un événement inattendu ne prolonge la partie de chasse de Fenwig, nous sommes tous les deux bons pour arriver en retard au déjeuner. Comme nous serons deux méchants fautifs, la colère de l'Hurogmestre devrait se concentrer sur moi plutôt que sur la P'tiote.

La galerie se rétrécit encore, elle se sépare en deux conduits. Je m'engage dans le moins sale, qui est aussi le plus étroit, en maudissant cette croissance folle qui m'a encore fait gagner deux toises l'été passé. Je choisis ce côté parce que j'ai vu des fluoroches allumées là-bas, dans le fond. Quelqu'un est passé par là. Comme on pouvait s'y attendre, la P'tiote a choisi le passage le plus étroit.

J'accélère en me tortillant comme un ver et en me concentrant le plus possible sur mon objectif pour oublier la pénible sensation que les parois sont en train de s'ébouler. Je suis bien engagé dans cette portion quand le boyau remonte brusquement. Je m'érafle le crâne sur une saillie mais voici que, quelques coudées plus loin, ça redescend tout aussi soudainement. Bizarre. Je m'arrête un instant pour réfléchir. Nul besoin d'être un nain ou un grand bâtisseur pour savoir qu'un égout remplit correctement son office lorsque les eaux s'écoulent aisément, c'est-à-dire quand il y a une pente convenable. Cette branche du tunnel a donc été conçue non pour permettre une bonne évacuation mais, à l'inverse, pour empêcher les eaux d'arriver jusqu'ici.

Je ferme les yeux et j'essaie de revoir mon plan des égouts mais voilà déjà plusieurs mois que je l'ai survolé sans, bien sûr, juger utile de le mémoriser. Comment aurais-je pu imaginer que ma sœur allait un jour se terrer dans ces immondes souterrains ?

Je frotte mon crâne endolori. Quelle pouvait bien être la fonction de ce tunnel ? Probablement une voie discrète pour quitter les lieux en cas d'invasion. Toutes les vieilles forteresses disposaient d'issues de ce type et celle-ci remonte à l'époque où Hurog, riche en nains industrieux, valait la peine d'un siège.

Mon esprit est encore occupé par ces considérations accessoires lorsque la position de Ciarra se modifie soudainement. Je la captais devant moi, à faible distance, et la voici tout à coup loin et dans les profondeurs de la terre. Ma respiration se bloque un instant puis je me démène comme un fou pour presser le mouvement. Elle a dû tomber, peut-être dans une chausse-trape qu'un de nos lointains ancêtres aurait fait creuser par ici pour échapper à d'éventuels poursuivants. *Dieux, ô dieux, ma petite sœur !*

Je me propulse à la manière des grenouilles, tirant maladroitement sur les bras, poussant sur les jambes. C'est tout ce que je peux faire pour progresser dans ce goulet, avec perpétuellement en tête l'angoisse qui m'obsède. *Elle est tombée dans une basse-fosse. On ne la retrouvera jamais.*

Il y a un instant, je me démenais comme un diable pour avancer et voici que, d'un coup, je suis incapable de faire autre chose que cligner les paupières. Je ne sens plus mon visage. Les forces de magie et de sorcellerie saturent l'atmosphère autour de moi. Sous ma main, la pierre lustrée prend des luisances rouges et vertes bien plus brillantes que celles des fluoroches. Elle brille tellement que mes yeux se mettent à pleurer et que, bientôt, je dois les fermer pour ne pas perdre la vue. Voilà pourquoi je ne vois rien arriver quand le sol se dérobe sous moi puis disparaît et que je tombe en chute libre.

Quand le sortilège prend fin, je me retrouve à plat ventre dans l'obscurité. Mon nez est collé au sol. Je me redresse mais la voûte est là, juste au-dessus de ma tête. Je n'ai aucune marge de mouvement. Mes mains sont coincées sous moi et j'ai beau me débattre, gesticuler, impossible de les libérer. Saisi de panique, je pousse furieusement sur les parois de pierre qui m'emprisonnent. Je me mets à hurler comme un dément mais personne n'est là pour entendre mes appels. Cette simple pensée me dissuade aussitôt de continuer à crier. Si quelqu'un m'entendait et le faisait savoir, mon père donnerait ordre de me laisser croupir de longs jours dans ce carcan de ténèbres. Un homme ne cède pas à la panique, un homme ne pleure pas, un homme ne se plaint jamais. Or j'ai fait tout cela.

Je cligne encore les paupières pour sécher mes larmes mais des gouttes perlent jusqu'au bout de mon nez. J'ai perdu le contact avec Ciarra quand le maléfice m'a frappé. Je la cherche de nouveau, espérant qu'elle a subi un sort identique au mien et que nous allons nous retrouver. Hélas, elle est beaucoup plus bas. Elle ne bouge pas. Je dois la rejoindre, à tout prix.

Le boyau est encore plus serré que celui dans lequel je rampais tout à l'heure. En me débattant, je me suis rendu à l'évidence : bien que le maléfice m'ait fait traverser la voûte, elle est aussi dure et solide qu'elle en a l'air. Quelque chose bloque le passage derrière moi mais, devant, un courant d'air frais caresse mon visage en feu. Il me montre la voie. Encore faut-il que j'arrive à libérer mes mains, toujours bloquées sous moi. Il est clair que je n'arriverai pas à les dégager toutes les deux ensemble. Je commence donc par la gauche, qui est coincée un peu plus haut que l'autre. L'idée de rester immobilisé comme ça, les deux mains emprisonnées sous mon poids, m'amène de nouveau au bord de la panique. Mais quand j'arrive à me ressaisir, la situation m'apparaît dans sa brutale réalité. Pour sortir ma main de là, le plus difficile est de faire glisser mon coude sous ma poitrine puis sous mes épaules. Je force et je force, longtemps, puis je cesse de forcer, bien obligé de m'avouer vaincu.

Et je reste vautré là, en nage, pendant un temps infini. Puis, sans y croire, je fais porter tout mon poids sur le flanc droit et je pousse sur mon bras.

Il bouge d'un cheveu, dérape et soudain jaillit hors du piège, libre.

Je l'étends devant moi, le fais tourner pour vaincre l'engourdissement. Le soulagement est immense et aide ma réflexion à se débloquer. Je comprends alors ce qui a dû se passer. Détendues, mes épaules occupent moins de place que lorsque je poussais en bandant tous mes muscles. J'ai moins de difficulté à délivrer mon bras droit mais, quand j'en ai terminé, la température de la pierre, refroidie par le souffle d'air, m'a pénétré jusqu'aux os. Je suis glacé.

Les deux bras en extension devant moi, j'agrippe ce qui me tombe sous la main et je tire. Bénédiction, le reste de mon corps s'ébranle doucement. Mes avant-bras frottent avec rudesse contre la roche ; la douleur est atroce. Quant à mes épaules, elles sont plus larges que la conduite et à vif à force de racler les parois latérales. Si j'arrive quelque part au terme de ce supplice, ma carrure aura probablement rétréci de quelques lignes, voire de tout un pouce.

Au prix d'un gros effort de concentration, je m'aperçois que j'arrive aussi à pousser un peu avec les pieds ou, pour être juste, avec le bout des orteils. Peu habitués à ce genre d'effort, mes doigts de pied souffrent vite de contractures qui ne tardent pas à devenir des crampes. Je les étire du mieux que je peux. Cela me rend fou de ne même pas pouvoir me baisser et les frotter avec ma main. J'ai l'impression d'avoir rampé pendant la moitié de ma vie lorsque les ténèbres s'éclaircissent un brin. J'aperçois de la lumière quelque part devant moi.

Étrange et cruelle perversion de l'âme humaine, il me semble maintenant plus difficile d'aller de l'avant, comme si, au lieu de me stimuler, la perspective de voir les choses s'arranger rendait mes efforts plus pénibles. Il fait de moins en moins sombre. Bien sûr, chanceux comme je suis, je parie que l'éclairage vient d'une fluoroche incrustée dans un mur qui bouche le fond du tunnel. Mais non, malheur prévu non advenu. Je franchis un coude et découvre que la lumière provient d'un trou dans le sol du souterrain.

Je hisse ma tête jusqu'au bord et, en contrebas, m'apparaît le fond d'une vaste cavité naturelle. Ma vision est limitée par des stalactites tordues et boursouflées qui pendent tout autour de mon trou. Je ne pourrais pas jurer que Ciarra gît quelque part dans cette grotte souterraine mais, si je dois en croire mon flair, il y a de fortes chances que ce soit le cas.

Sur la paroi droite du trou, deux cordes sont nouées à des piques métalliques plantées dans la roche. L'une d'elles mesure tout juste un pied et se termine par quelques brins effilochés, l'autre tombe entre les stalactites et se perd dans les profondeurs. La corde a l'air bien vieille, bien usée, et je pèse bon poids mais Ciarra m'attend en bas. Je l'empoigne et me laisse glisser dans la caverne. La sensation de liberté au sortir de la gangue rocheuse est si grandiose que, pendant quelques instants, j'en oublie et Ciarra et le danger.

Autrefois, les deux cordes devaient être le point de départ d'une échelle. Aujourd'hui, il n'en subsiste plus qu'une mais c'est déjà mieux que rien. Une fois passés les cônes de calcaire pustuleux qui émaillent le plafond, j'y vois plus clair et je constate que la corde ne va pas jusqu'en bas. Elle s'arrête aux deux tiers, ce qui représente un saut d'une dizaine de pieds. Je me demande comment je vais m'en sortir mais la question cesse aussitôt de se poser car la corde cède sous mon poids.

En fin de chute, je roule suivant la technique à laquelle la maîtresse d'armes de Fenwig m'a rodé et aguerri jusqu'à ce qu'elle devienne une seconde nature. Malgré cela, le choc est brutal. La série de roulades s'arrête en butée contre une saillie rocheuse. Je reste là un long moment, sans bouger, trop occupé à reprendre mon souffle pour me demander où j'ai échoué. Au bout d'une éternité, je réussis à respirer et je me relève sur des jambes flageolantes.

Ma culbute s'est achevée contre la base d'une colonne qui devait, en des temps reculés, joindre le sol au plafond. La caverne est vaste, elle fait au moins le double de la grande salle du château. Le trou par lequel je suis passé s'ouvre sur le côté, à un endroit où le plafond est assez bas. Au centre de la cavité, la voûte est beaucoup plus élevée, aussi haute peut-être que les murailles d'Hurog. Mais il n'est pas facile de faire une comparaison. Les nains ont placé des fluoroches partout et il fait beaucoup plus clair ici que dans n'importe quelle salle du château, même en plein jour.

Pas de Ciarra en vue, pas de forme humaine recroquevillée. Mais je crie quand même car je la sens tout près :

— Hou ! Hou ! Tu m'entends, P'tiote ?

C'est alors qu'une fine silhouette se jette sur moi. Sa tête cogne contre mes côtes. Je l'attrape par la taille et je la fais plusieurs fois valser à droite et à gauche avant de la reposer fermement sur ses pieds.

— P'tiote ! Tu m'as fait une de ces peurs ! Qu'est-ce qui t'a pris d'aller te fourrer dans cet égout ?

Ciarra a de longs cheveux blond cendré, plus clairs encore que les miens, mais présentement cette crinière de toute beauté n'est qu'un agglomérat de pendeloques crottées. Elle porte des chausses et une tunique, comme moi, mais ses pieds sont nus. Elle fait pitié mais je ne m'y trompe pas : on peut faire pitié sans pour autant se repentir.

— Allez viens, P'tiote. Essayons de trouver un chemin pour sortir d'ici, dis-je avec résignation.

J'ai beau être immensément soulagé de l'avoir retrouvée, cela ne nous tire pas d'affaire. Si je ne déniche pas une sortie, elle pourrait tout aussi bien être morte. Or il est clair que nous n'allons pas repartir par le chemin qui m'a amené ici. L'abondance de fluoroches indique que cette caverne a sans doute été très fréquentée à une certaine époque et que, donc, il doit exister une meilleure passe.

La salle est abondamment éclairée. Elle devait, il y a bien longtemps, être assez dégagée mais, au fil des ans, des concrétions minérales et les grandes stalactites tombées de son plafond l'ont encombrée. Si elle a hébergé un trésor, il n'en demeure rien de visible aujourd'hui. C'est au milieu, là où la voûte est la plus élevée, que le plus grand nombre de stalagmites et de débris rocheux s'entassent au sol. Ciarra ne porte presque jamais de souliers et ses pieds sont coriaces comme des sabots. Malgré cela, je la soulève dans mes bras pour franchir les passages les plus difficiles et c'est en escaladant un amoncellement de rocaille que je découvre ce qui se cache sous le chaos environnant.

Depuis l'époque où les nains sont venus faire ici commerce de leurs bijoux et de leurs métaux, une rumeur court à propos de trésors cachés à Hurog. Ce que je viens de dénicher peut, effectivement, être considéré comme un trésor. Pourtant, cette trouvaille, je m'en serais volontiers dispensé. J'abandonne un instant Ciarra pour dévaler l'éboulis et aller y regarder de plus près.

Ce sont des ossements de dragon.

La longueur du crâne, pris dans une muselière de fer, est égale à ma taille des pieds à la tête. Des anneaux de fer enserrent les pattes et le délicat squelette des ailes. Quel qu'il soit, l'ancêtre qui a fait cela était un scélérat car pour poser les anneaux de cette manière quand le dragon était en vie, il a fallu traverser la peau et la chair de ses ailes.

Le crime a été commis de longue date et les coupables ne peuvent pas m'entendre. Mais je ne peux m'empêcher de les maudire à haute voix :

— Quelle misère !

Mon exclamation se répercute sur les parois de la salle et revient en écho à mes oreilles. Je cligne les paupières pour effacer les larmes qui me montent aux yeux.

Quand il est en colère, mon père me taxe de sensiblerie. Il exècre cette sensiblerie encore plus que ma niaiserie proverbiale. « Un homme à l'âme trop sensible ne peut pas survivre ici, affirme-t-il. Et, ce qui est plus grave, ceux qui l'entourent sont aussi voués à la mort. » Je le crois. Pourtant, je ne peux pas me retenir de pleurer. Je me contente d'écarquiller les yeux pour que les larmes ne coulent pas sur mes joues.

Les dragons n'existent plus. C'est pour eux que les nains étaient venus ici. Chargés de présents pour monnayer le privilège de les voir vivre dans nos montagnes, ils ouvrirent une ère de prospérité durant laquelle Hurog fut le domaine le plus florissant des Cinq Royaumes.

Hurog était le sanctuaire des dragons. Quand ils disparurent, les nains quittèrent le domaine, eux aussi. Alors, on vit la terre d'Hurog péricliter, comme les dragons. Elle dépérit de chagrin, racontent les vieilles chroniques, et il ne resta que les souvenirs et les armoiries de ma famille pour rappeler au monde quelle avait été, à cette époque, la splendeur d'Hurog.

Mon lignage était protecteur de la race des dragons. Nombre de mes ancêtres ont donné leur vie pour défendre leur dernier refuge. Cette noble tâche leur avait été confiée par le premier Grand Roi. Par les dieux, disent même quelques vieux écrits. À l'origine, « Hurogmestre » signifiait « gardien des dragons ».

Toute ma vie, j'ai respiré le souffle de ce glorieux passé qui a été celui d'Hurog. Enfant, je jouais à imiter Seleg, le plus illustre des Hurogmestres, et je défendais le pays contre des envahisseurs venus de la mer. Quand j'étais seul avec Tosten et la P'tiote, j'attrapais la vieille harpe de barde et j'entonnais les chants d'autrefois où il était question de dragons et de nains qui possédaient des joyaux gros comme la tête d'un cheval.

Or la preuve qu'un de mes ancêtres a bafoué toutes les valeurs sacrées d'Hurog sommeillait là, enfouie dans les soubassements du donjon. Agenouillé comme il sied devant cette créature que les Hurog ont défendue de tout temps, je caresse le crâne sous la muselière de métal noirci.

— Elle était superbe, dit derrière moi une voix d'homme douce et haut perchée. Une merveille de dragonne.

Tournant brusquement la tête, je découvre un jouvenceau qui doit avoir un an ou deux de moins que moi. Je ne l'ai jamais rencontré. C'est un étranger sorti des entrailles d'Hurog.

Si j'étais debout, il m'arriverait à l'épaule. Cela veut dire qu'il a la taille d'un homme adulte normal. À Hurog, seul mon père me dépasse en taille. Le damoiseau a des cheveux foncés, peut-être noirs, et des yeux clairs, bleu violine. Son visage aux arêtes vives lui donne un faciès noble, presque celui d'un faucon. Tout ce qui manque à mon propre visage.

Il me scrute en croisant les bras devant sa poitrine et sa pose me fait penser à un destrier de grande race prêt à bondir au premier éclat de voix, au premier bruit sec. Assise près de moi, Ciarra ne semble nullement impressionnée par l'apparition de cet étrange personnage et caresse rêveusement le crâne du dragon comme si c'était la tête d'un chien du château. Je me déplace discrètement afin de me retrouver entre elle et le nouveau venu.

— Des yeux d'argent, reprend le jouvenceau, et un chant qui faisait vibrer le cœur de bien des hommes. Je lui avais dit de ne pas la tourmenter.

Sa voix, maintenant, est essoufflée, légèrement tremblante.

Je l'observe et, à n'en pas douter, j'ai sur le visage cette expression d'imbécillité profonde qui fait fulminer mon père. Mais, bien sûr, je cogite. Je me trouve à des pieds et des pieds de profondeur, sous les fondations du château, il y a là un jeune homme de bonne tenue que je ne connais pas, les dragons ont disparu depuis sept ou huit générations et, pourtant, ce garçon prétend avoir parlé à l'homme qui a fait cela.

Et l'explication apparaît, lumineuse. Le personnage qui me regarde avec ces grands yeux blessés est le fantôme de la famille. Mais oui, nous sommes tous au courant, même si nous n'en parlons jamais aux gens du dehors. C'est d'ailleurs le propre de toutes les familles. Chacune a dans son histoire un épisode impossible à expliquer.

Si le fantôme vous a à la bonne, il peut vous être utile. Exemple : la cariste de Mère laisse ses aiguilles à tricoter traîner un peu partout, pourtant elle les retrouve toujours dans son sac quand elle les cherche. S'il ne vous aime pas ? Ah, s'il ne vous aime pas, c'est autre chose : un jour, une de nos tantes a giflé la P'tiote ; eh bien, elle ne nous a plus jamais rendu visite après cela…

On dit que nul n'a jamais vu le fantôme. Pourtant, plusieurs histoires familiales donnent à penser que certains l'auraient rencontré. Pour ma part, je l'imaginais plus inquiétant. Malgré son visage d'aristocrate, il me fait penser à un chien qui aurait reçu une rossée de trop. Un chien d'Hurog, malgré tout. Si ses traits sont plus fins que les miens, je note cependant une similitude dans la forme des pommettes. Et, en dépit de ses cheveux bruns, il a quelque chose de mon jeune frère Tosten. Quant à ses yeux, ils ont la couleur bleu Hurog, celle des yeux de Tosten et de Ciarra.

Il attend ma réponse en me scrutant avec l'intensité figée d'un faucon décapuchonné.

— C'est un sacrilège, dis-je d'un ton ferme en touchant les os blanchis, d'apparence si fragile.

Aussitôt les forces pénètrent le bout de mes doigts, passent en moi, palpitent et je siffle involontairement.

— Là est le pouvoir, dit le jouvenceau dans un souffle doux qui me fait dresser les cheveux sur la tête. Aurais-tu laissé passer une chance de l'enchaîner ? Tu es un mage, Stolon, diminué peut-être mais mage quand même.

Tu sais ce que le pouvoir veut dire ici. Il veut dire de quoi manger pour le peuple. Il veut dire richesse et puissance pour Hurog. Qu'aurais-tu fait, toi, si ton peuple était réduit à la famine et que le pouvoir se trouvait ici, à portée de main ?

Dominé par la pulsation des forces magiques, je le regarde droit dans les yeux, incapable de parler. Que pourrais-je lui dire, d'ailleurs ? Ciarra se cramponne à mon bras mais je ne m'occupe pas d'elle. Dans les prunelles du jouvenceau se lisent le désespoir et la peur. Une peur semblable à celle qui paralyse le lapin face au renard. Jamais encore je n'ai observé cette expression chez un être humain.

Il attend.

Je finis par lui répondre que je n'aurais jamais pu faire une chose pareille.

Il se détourne et mes doigts se détachent du crâne. Je ne sais quelle réponse il attendait mais ce n'est pas celle que je viens de donner.

— Tu as beau être simplet, tu m'as fait une réponse d'hypocrite, déclare-t-il.

Mais je sens, au ton de sa voix, plus de déception que de moquerie.

— Je te rappelle ma première réaction, dis-je. Ce fut « quelle misère ! ». Et cela, tu n'as pas eu besoin de me le souffler !

Puis je saisis la chaîne qui relie la muselière à un anneau plus gros que mon poing fixé dans la roche par un piton.

— Mais bon…, dis-je encore, les gens qui ont perdu espoir font souvent des bêtises.

Et je lui tourne le dos, m'attendant plus ou moins à ce qu'il disparaisse ou s'en aille. Mais il reste campé là, bien que la peur soit toujours aussi forte dans ses yeux. Malgré la magie dont il a fait usage avec moi – si, bien sûr, cette magie vient de lui et non des ossements de dragon –, bien qu'il soit mon aîné de plusieurs siècles, il me fait pitié. Car je sais ce que c'est que d'avoir peur.

Lorsque j'étais plus jeune, j'avais peur de mon père.

— J'ai quelque chose pour toi, seigneur Stolon, dit-il en tendant un poing fermé.

Les jointures de ses doigts sont exsangues et sa bouche est crispée. Toujours agenouillé pour ne pas l'impressionner, j'ouvre la main et il laisse tomber une bague sur ma paume. C'est un anneau simple, patiné, avec quelques reliefs trahissant la présence d'ornementations anciennes aplanies par le temps. Pour avoir été usé de la sorte, c'est un très vieil anneau car il est en platine, un métal beaucoup plus dur que l'or. Je sais qu'il est de platine et non d'argent car c'est l'anneau de mon père.

— Je suis Oreg, dit-il. Je suis des tiens car tu es un Hurog.

À sa façon de faire, je m'attendrais presque à voir surgir les éclairs et les flamboiements qui accompagnent les prodiges du mage de mon père. Mais pas de feu. Je ne sens rien d'autre que le métal froid au creux de ma main.

— C'est la bague de l'Hurogmestre.

— Elle est à toi maintenant, affirme Oreg. Passée de sa main à la tienne.

— Pourquoi n'est-ce pas lui qui me la remet ? dis-je, troublé.

— Ce n'est pas ainsi que les choses se font, répond Oreg.

Puis il lève brièvement les yeux et enchaîne :

— Viens, seigneur, ils te recherchent. Si tu veux bien me suivre…

Serrant l'anneau dans ma main, je lui emboîte le pas. Il me conduit à une ouverture qui m'a échappé tout à l'heure lorsque j'ai examiné la vaste salle. Ciarra nous suit en trottinant. Derrière, se trouve un étroit passage. Nous nous y engageons à la queue leu leu. Le passage serpente, tourne, retourne et vire tellement que je suis bientôt incapable de savoir dans quelle direction nous allons. À un moment, je me rends compte que les parois autour de nous ne sont plus de roche mais de pierres taillées. Depuis quand ? Je suis incapable de le dire.

Oreg finit par s'arrêter. Il pousse sur une pierre qui, pour moi, est rigoureusement semblable à toutes les autres. Un pan de mur large comme un homme pivote et je me retrouve dans ma chambre. Je sors du tunnel en laissant échapper une exclamation incrédule. L'égout dans lequel je suis entré était souterrain, je suis tombé plus bas encore pour aboutir à la salle de la dragonne et pourtant je jurerais sur la tombe de mon grand-père que le passage suivi par Oreg le fantôme était parfaitement horizontal. Comment avons-nous pu arriver ainsi à ma chambre, au troisième étage du château ?

La sortie du passage se referme et, quand je me retourne, je suis seul en compagnie de Ciarra. Oreg a disparu, me laissant avec mes interrogations sur le mystérieux trajet qu'il nous a fait emprunter. Magie ? Possible, mais je n'ai senti d'autres ondes que celles que je croise habituellement dans le château.

Soudain, la porte s'ouvre. Avec sa vivacité habituelle, Ciarra plonge sous le lit.

— Stolon ! lance la puissante voix de mon oncle Barbarin, le père des jumeaux.

Il entre sans demander l'autorisation. Comme Fenwig, c'est un homme de haute taille, un peu moins grand que moi, toutefois. Dans sa jeunesse, il s'est couvert de gloire et, en récompense, le Grand Roi lui a donné en mariage une héritière de Tallven ainsi qu'un titre supérieur à celui de son frère aîné, mon père. Mais bien qu'Iftahar, son fief, soit plus vaste et plus riche qu'Hurog, il se trouve souvent dans les parages.

« Bon sang ne peut mentir », se plaît à répéter mon père. Les Hurog sont chevillés à cette terre.

En principe, Barbarin a plutôt tendance à m'éviter. Je n'aurais jamais imaginé qu'il sache même où se trouve ma chambre.

— Tiens, oncle Barbarin ! dis-je en m'efforçant de prendre un air convaincant de brave crétin étonné.

L'épithète n'est pas exagérée. Je n'ai pas la parole facile, je manque d'à-propos et je pense que, même sans le faire exprès, c'est bien souvent pour un crétin que je passe aux yeux de pas mal de gens.

Il m'examine de la tête aux pieds en laissant son regard traîner sur les souillures et les traces de sang dont je suis couvert, puis il porte la main à son nez. Habitué à l'odeur, je n'y pensais même plus.

— Quand les jumeaux m'ont dit que tu étais dans les égouts, j'ai eu peine à le croire, commente-t-il. Voilà un jeu pour un enfant de huit ans, pas pour un garçon de ton âge. Bien. Ta présence est requise séance tenante dans la grande salle. M'est avis, cependant, que tu devrais quand même prendre le temps de te changer avant de descendre.

Alors seulement, je remarque qu'il est lui-même en tenue de chasse et que ses vêtements sont maculés de sang frais. Fenwig et lui sont sortis ce matin courir le gibier. Tout en commençant à enlever les lambeaux de vêtements qu'il me reste sur le dos, je passe à mon annulaire droit la bague qu'Oreg m'a donnée et je demande, l'air de rien :

— Bonne chasse ?

Le sang de mes épaules et de mes bras écorchés commence à sécher et j'ai du mal à décoller les bouts de tissu. Je m'aide de la touaille qui est toujours là, à mon chevet, près d'une cuvette d'eau claire.

— Tu parles ! réplique sèchement l'oncle Barbarin. Ton père, l'Hurogmestre, a été désarçonné par son cheval. Fenwig d'Hurog est à l'agonie.

J'en laisse tomber le linge mouillé et mon regard se verrouille sur le sien. Il me scrute, lui aussi, et je sais que mon visage est blême. Il est rare que je manifeste une émotion aussi vive mais le choc est violent et j'ai été pris de court. Sans un mot de plus, il tourne les talons et sort en claquant la porte. Dès qu'il a disparu, Ciarra quitte sa cache, se précipite vers moi et m'enlace avec force. On pourrait la croire éplorée mais c'est l'inquiétude qui s'exprime. Peut-être aussi a-t-elle eu peur pour moi. Je le hais.

— Ça va, P'tiote, ça va…, dis-je en la serrant contre moi. Allons chercher ta caméariste. Toi aussi, tu as besoin d'une bonne toilette.

Par chance, nous n'avons pas à courir pour trouver la caméariste. Elle est chez Ciarra, occupée à des travaux d'aiguille. Elle ne peut réprimer une grimace quand je lui confie la P'tiote sans faire de commentaire.

Je regagne mes quartiers à toute allure, ôte mes derniers haillons, me décrasse rapidement et me jette sur mes habits d'apparat. Les manches de la chemise sont trop courtes et trop serrées sur mes épaules blessées mais il faudra bien s'en contenter.

Sitôt prêt, j'ouvre la porte. La P'tiote est déjà là. Elle m'attend, propre et habillée. Dans sa robe de cour, elle n'a plus l'air d'une fillette mais affiche bien ses seize ans. Sa beauté gracile rend plus frappante encore sa ressemblance avec Mère. Oui, le physique de Ciarra est celui de Mère mais c'est la flamme sauvage de Fenwig qui brûle en elle, purifiée par la douceur et la beauté de son âme.

Je la contemple avec un petit sifflement admiratif et nous cherchons le réconfort en nous serrant de nouveau l'un contre l'autre.

— Allez, P'tiote, dis-je au bout d'un moment. Allons-y !

Elle opine du chef et s'écarte de moi en s'essuyant vivement les yeux d'un revers de manche. Elle prend une profonde inspiration, tord un peu le nez car je ne me suis peut-être pas récuré aussi consciencieusement qu'elle puis elle me tend une main royale. J'ai une idée bien précise de ce qui est en train de se passer en bas, dans la grande salle, et ce n'est pas pour me réjouir. Malgré cela, je souris et je lui offre mon bras. Elle le prend avec grâce et marche à mon côté avec l'expression altière qu'elle réserve aux inconnus ou aux gens qu'elle n'aime pas.

Ils ont improvisé une couche devant la cheminée. Notre mère se tient à genoux près du mourant. On voit qu'elle a pleuré mais les convenances ont pris le dessus et la dignité est revenue sur son visage livide. Fenwig exècre les pleurs.

Stala, sa maîtresse d'armes, est toujours en tenue de chasse. Elle tient son casque dans une main et a posé l'autre sur l'épaule de dame Muellen, notre mère. Stala est la demi-sœur de Mère, et donc notre tante. Au dire de Fenwig, elle fut le bien le plus précieux qu'il reçut avec la dot de Muellen. C'est grâce à elle, disait-il, que sous son règne la Garde Bleue fut à la hauteur de sa réputation.

Stala avait débuté dans l'armée royale en faisant croire à tous qu'elle était un homme. Elle avait servi deux campagnes durant avant que la supercherie ne soit éventée. Elle fut alors renvoyée dans ses foyers et, plus tard, suivit sa sœur à Hurog lorsque Fenwig d'Hurog la prit pour épouse. Reconnaissant sa valeur, Père proposa le poste de maîtresse d'armes à cette combattante d'exception dont aucun autre chef de guerre n'aurait même daigné évaluer les compétences. Aujourd'hui, ses cheveux sont gris argenté mais je me rappelle le temps où ils étaient châtains comme ceux de Mère. À l'époque, hormis la lutte à main nue, Stala battait mon père dans toutes les disciplines.

Nos regards se croisent et je lis de la tristesse dans ses yeux. J'y vois aussi une vive lueur en forme de mise en garde. Quand elle est sûre d'avoir capté mon attention, elle se détourne et s'intéresse avec grande application au mage de Père, qui est en train de griffonner fébrilement quelque chose sur un parchemin.

J'attire la P'tiote avec moi dans le champ de vision de notre père. Les couvertures qui l'enveloppent sont gorgées de sang. Je ne l'ai jamais vu aussi pâle ni aussi roide. Comme Ciarra, il a toujours été habité par une énergie démesurée. Maintenant, le seul signe de vie qu'il lui reste est concentré dans le regard plein de courroux avec lequel il m'accueille, un courroux qui vire à la rage lorsqu'il aperçoit l'anneau argenté à mon doigt. Je me demande si c'est lui qui l'a donné à Oreg ou si Oreg le lui a dérobé pour me le remettre.

Je touche discrètement l'épaule de Stala.

— Comment est-ce arrivé ?

Contrairement au reste de la famille, Stala s'est toujours adressée à moi comme à un être doué de raison. Pourquoi ? Peut-être parce qu'elle me sait capable de manier l'épée aussi bien, voire mieux, que n'importe qui.

— Styx était encore plus déchaîné que d'ordinaire, répond Stala.

Sa voix illustre toute l'aversion qu'elle éprouve à l'égard du cheval de mon père. Père et moi savions l'étalon capable des sautes d'humeur et des incartades les plus imprévisibles mais, pour nous, sa vitesse et sa vigueur compensaient ces travers. Ma tante n'a jamais été d'accord avec ce point de vue. À ses yeux, monter une bête comme Styx est aussi dangereux que d'aller au combat avec une épée dont le métal aurait une paille. Le cheval comme l'épée vous lâchent toujours quand vous avez le plus grand besoin de vous appuyer sur eux.

— Il a précipité l'Hurogmestre contre un arbre, ajoute-t-elle. Les blessures extérieures ne sont pas très graves. C'est dedans que quelque chose s'est cassé. Je suis étonnée qu'il soit encore vivant.

— Je viens mourir chez moi comme l'a fait mon père, grommelle l'Hurogmestre en me couvrant d'un regard féroce.

Il ne m'a jamais paru aussi vieux. Pourtant plus âgé que Mère, il me donnait naguère l'impression d'avoir quelques années de moins qu'elle. Aujourd'hui, il a l'air d'un ancêtre et, près de lui, notre mère semble aussi jeune que Ciarra.

— C'est dur de devoir laisser ça à un âne, dit-il, mais plus dur encore de mourir en voyant mes vœux brisés. À ta mort, tu donneras à ton successeur ce que je t'ai moi-même donné. Jure-le.

Il est essoufflé, ses paroles sont saccadées mais elles dégagent encore une force impressionnante. Il parle de l'anneau, cela ne fait aucun doute. Je le frotte contre ma manche et je jure, comme il le demande :

— Je le ferai.

Il acquiesce d'un petit hochement de tête mais ne paraît pas satisfait pour autant.

— Bien. Tu as terminé, Licleng ?

— Oui, seigneur, répond le mage en répandant une poignée de sable sur l'encre fraîche.

Cela fait, il secoue son parchemin et l'approche de l'Hurogmestre. Même sur son lit de mort, mon père garde la tête sur les épaules. Il prend le temps de lire le texte puis, d'un geste, il demande la plume et appose son seing d'une main sanguinolente, tellement tremblante que la signature est pratiquement illisible.

— Tu es trop jeune pour conduire comme il faut les affaires d'Hurog, ajoute-t-il. Trop mou. Trop niais. Pas grand-chose à faire pour la mollesse… J'ai essayé pourtant. Pour la bêtise, pareil.

Je ne dis rien mais n'en pense pas moins. *La bêtise, c'est ta faute.* Quand j'avais douze ans, il m'a battu presque à mort. Lorsque je suis revenu à moi, j'étais changé mais pas du tout comme le croyaient la plupart des gens.

L'Hurogmestre avale péniblement deux ou trois bouffées d'air et poursuit :

— J'aurais dû épouser Stala au lieu de Muellen mais un jeune homme a sa dignité. (Mère ne bouge pas un cil. Elle a un prodigieux talent pour n'entendre que ce qu'elle doit entendre.) L'Hurogmestre ne peut pas s'unir à une bâtarde de paysanne, quelle que soit la noblesse son père. Pourtant, un enfant de Stala n'aurait jamais pu être déficient comme toi. Aussi mon frère gouvernera-t-il le domaine jusqu'à ce que tu aies atteint ton vingt et unième anniversaire. Ensuite…, eh bien, que les loups de Siphern protègent la pauvre seigneurie d'Hurog.

Il repousse le parchemin en direction du vieux mage. La plume d'oie se retrouve écrabouillée dans sa paume par un spasme de souffrance, ou peut-être de fureur contre l'injustice du sort qui lui a donné un fils aîné idiot, un cadet fugueur et une fille muette. Trop occupé par le présent pour m'inquiéter de l'avenir, je me contente d'approuver d'un hochement de tête tout ce qui vient d'être dit.

Malgré la douleur qui le torture, l'Hurogmestre me dévisage avec un sourire mauvais.

— Styx est le seul bien que je te lègue. Connaissant Barbarin, il l'aurait fait abattre. Si tu n'arrives pas à le monter, tu n'as qu'à le garder pour la reproduction.

— Bien sûr..., marmonne Stala. Pour qu'il transmette ce damné caractère à toute une descendance ! Une forme de revanche pour toi qui n'as pas été capable de léguer le tien à un seul de tes rejetons.

Je me demande si elle déteste mon père ou si elle lui rend simplement la monnaie de sa pièce pour les vilenies qu'il lui a infligées des années durant. Une chose est sûre, ces deux-là ont été amants mais je me demande si quelqu'un d'autre que moi le sait.

L'Hurogmestre fait un geste de la main droite, comme pour congédier son monde.

— Barbarin ?

L'oncle s'avance. Je vois qu'il se dirige vers l'endroit où se tient Ciarra, comme si c'était le seul possible pour s'approcher de la couche. D'un pas, je m'interpose pour l'empêcher de la bousculer. Cent quatre-vingts livres de chair ferme ne se bougent pas aussi facilement qu'une P'tiote.

L'oncle Barbarin lève un sourcil réprobateur mais passe de l'autre côté du lit et, comme par hasard, se retrouve devant Mère.

— Oui, Fenwig ?

— Tu vas t'occuper d'Hurog.

— Naturellement.

— Bien, soupire notre père. Tosten sera le successeur de Stolon. Retrouve-le où qu'il se cache, Barbarin.

— Je sais où il est, dis-je.

Je regrette aussitôt mon impulsivité mais il est trop tard. Je n'ai pas pu résister à l'envie de suggérer à mon père que, peut-être, je ne suis pas ce qu'il pense.

L'œil rond de surprise, l'Hurogmestre tourne la tête vers moi. Voici deux ans, lorsque mon frère a disparu, il m'a battu jusqu'au sang pour me faire avouer où il était. Il a finalement abandonné, persuadé que je l'ignorais. Tout le monde sait bien que je suis trop bête pour inventer des mensonges plausibles.

— Où ? demande-t-il.

Je réponds « non » de la tête.

Si l'oncle Barbarin apprend où se trouve notre frère, il va le faire ramener ici de force. Et ce ne serait pas bien pour Tosten. Un soir d'automne, peu après son quinzième anniversaire, je l'ai surpris en train de s'ouvrir les veines et j'ai eu du mal à le persuader qu'il y avait d'autres moyens d'échapper à Hurog.

— Il est en sécurité, dis-je en espérant que ce soit vrai.

Fenwig pousse encore un soupir et ferme les yeux. Soudain, il les ouvre de nouveau. Il tente de respirer, il lutte, s'efforce de happer un peu d'air et, pour la première fois de sa vie, il perd la bataille.

Mère se lève alors, contemple sa dépouille en fredonnant en sourdine une petite mélodie funèbre, puis elle fait volte-face et quitte la salle.

Je me sens perdu. Trahi. J'ai l'impression d'avoir combattu pendant une éternité et, finalement, d'avoir remporté une victoire au prix d'efforts titanesques mais c'est comme si mon adversaire venait de s'éclipser juste avant d'avoir compris que j'ai gagné.

Ce n'est pas une impression, c'est la réalité.

Ciarra se cramponne à moi et pose la joue sur mon bras. Elle est blanche comme un linge. Mon visage, je le sais par expérience, doit avoir une expression bovine. Les yeux marron foncé que m'a transmis ma mère renforcent cet air de gros bœuf.

Mon oncle approche.

— Tu as bien compris ce qui vient de se passer ? demande-t-il en me regardant sous le nez.

— L'Hurogmestre est mort.

— Et tu es le nouvel Hurogmestre mais, pendant deux ans, c'est moi qui gouvernerai Hurog en ton nom.

Les yeux de Barbarin se ferment un moment. Derrière l'impassibilité du visage hurogien, je détecte de l'affliction mais aussi une forme de rapacité qui me conforte dans mes soupçons. Barbarin convoite le fief d'Hurog.

Je cherche la réflexion la plus crétine possible et je finis par trouver :

— J'ai aussi le cheval de Père. Je vais aller le voir maintenant.

— Va d'abord mettre d'autres vêtements, me conseille l'oncle Barbarin. À ton retour, ta mère et moi aurons décidé de ce qu'il convient de faire pour honorer la mémoire de Fenwig. Et il va falloir faire revenir Tosten pour les funérailles.

— D'accord, dis-je avec obéissance.

Mais, en mon for intérieur, c'est : *Tu peux toujours rêver !*

Je fais demi-tour sans m'occuper de la P'tiote accrochée à moi, comme si je l'avais oubliée. Elle essaie de suivre le mouvement, perd l'équilibre, je la rattrape et je gravis l'escalier au petit trot en l'emportant sous mon bras. Elle commence à se faire un peu lourde pour ce genre de jeu mais nous y prenons tellement de plaisir tous les deux. Et puis je ne suis pas mécontent d'offrir une petite démonstration de ma force à mon pè… pardon, à mon *oncle* en me disant en moi-même que cela fait partie du jeu. *Oui, ça fait partie du jeu…*

Et c'est ainsi que mon oncle va devenir mon rival à la place de mon père.

2

Stolon

Mon père me manque. Il est mort et enterré, pourtant je ne cesse de me retourner comme s'il allait surgir derrière moi.

Les écuyers d'écurie qui libèrent Styx de sa stalle n'ont pas l'air d'être à la fête. Le cheval non plus. Petite silhouette silencieuse plantée à mon côté, Ciarra ne perd rien de la scène.

— Il est rentré de la chasse seul, avant tout le monde, raconte Penrod, le chef d'écurie.

Le mareschal Penrod fait partie des gens arrivés au domaine dans l'équipage de Mère. C'est un homme issu des basses terres de Tallven. Il était déjà cavalier dans la Garde Bleue à l'époque où mon père menait bataille au côté du Roi voici presque vingt ans et c'est tout naturellement que l'Hurogmestre l'a élevé à cette fonction à la mort du précédent chef d'écurie. Contrairement à la plupart des notabilités du château, Penrod m'a toujours traité avec déférence, comme il traitait mon père.

— Nous n'en avons pas terminé avec le nettoyage de la selle de l'Hurogmestre, seigneur Stolon. C'est, je pense, l'odeur du sang qui le rend aussi nerveux.

À l'expression de Penrod, je vois bien qu'il a autre chose à dire. J'attends en observant l'étalon enragé. Il se décide enfin :

— Styx est une bête magnifique, seigneur. L'abattre serait une erreur, selon moi. Il descend d'un animal que nous avions troqué et qui est mort prématurément, monté par votre père à l'occasion d'une traque aux brigands. Dès lors, nous n'en possédions plus que deux de cette lignée. Malheureusement, l'autre avait été castré avant qu'on prenne conscience de leurs qualités exceptionnelles. L'Hurogmestre…

Le mareschal hésite, se rappelant peut-être que je suis le nouvel Hurogmestre, au moins en titre, puis il se lance :

— Votre père pensait qu'en le mettant au contact des femelles nous allions le rendre encore plus difficile à dresser. Je ne sais… Mais si vous le faites abattre…

Il laisse sa phrase en suspens sur cette forme de supplique prononcée avec la ferveur d'un artiste en train de concevoir l'inconcevable : la destruction de son plus beau chef-d'œuvre.

— Le tuer ? dis-je, comme si je venais juste de comprendre. Pourquoi ferais-je une chose aussi stupide ?

Je ris intérieurement en regardant Penrod tourner sept fois sa langue dans sa bouche.

— Pourquoi, en effet ? C'est clair, seigneur Stolon, finit-il par répondre. Mais le seigneur Barbarin, lui… Enfin, il est passé ici à l'instant et il juge qu'il vaudrait mieux…

Il juge qu'il vaudrait mieux et il a essayé de convaincre Penrod pour que ce dernier m'en souffle un mot à son tour. Dans un sens, cela se tient. Qui aimerait avoir en son écurie un animal aussi rebelle et imprévisible ? Personne. Sauf Penrod. Mon oncle s'est trompé sur le compte du mareschal. Penrod connaît les chevaux comme personne et il est assez fin cavalier pour savoir que ce sont les traitements infligés par les hommes qui ont rendu Styx à ce point rétif. Abattre l'étalon lui briserait le cœur.

— Non, dis-je, bravant ouvertement la position de Barbarin.

Mon père était un cavalier hors pair. Il était capable de monter la bête la plus indocile et de l'amener à faire ce qu'il voulait. Il fatiguait et matait les fortes têtes jusqu'à ce qu'elles acceptent de se laisser monter par de moins bons cavaliers. Cette méthode de dressage en force lui avait toujours réussi, jusqu'à ce qu'il se frotte à Styx. Cela faisait quatre années que l'étalon lui résistait. Et, aujourd'hui, il l'avait vaincu.

Pestant sous cape, trois palefreniers s'efforcent d'immobiliser l'animal pour me permettre de l'examiner. Le combat est très violent en dépit du licou dont ils l'ont harnaché. Spécialement conçu pour briser les étalons récalcitrants, ce licou est garni intérieurement de bourrelets abrasifs qui meurtrissent l'animal à chaque incartade. Une chaîne passée autour des naseaux permet également de lui couper la respiration jusqu'à l'asphyxier, en cas de besoin.

Styx est râblé, ce qui lui donne un air un peu lourd, bien trompeur car on ne fait pas plus impétueux. Ses points forts sont le virage et l'accélération plus que la ligne droite. Et son endurance constitue un atout supplémentaire sur les autres étalons, généralement peu résistants. Je sais que pour tenir la cadence imposée par mon père, les hommes devaient faire deux changements de monture alors que lui conservait Styx. Sa robe baie s'éclaircit sur le ventre, les flancs et le chanfrein pour prendre une teinte alezane. D'autres traces plus claires sont visibles sur les côtes et la croupe. Elles sont la marque laissée par des années de coups de fouet et d'éperons.

Rassuré quant au sort du bel animal, Penrod a retrouvé sa contenance.

— Si vous désirez le monter, propose-t-il, nous avons une bride et une autre selle pour lui, seigneur Stolon. Toutefois, je me demande s'il ne vaudrait pas mieux se contenter de le sortir un peu.

Il se gratte la gorge avant d'ajouter :

— J'aurais souhaité l'employer à la saillie mais votre oncle dit qu'il n'en est pas question tant qu'il aura pouvoir sur Hurog. Ce sont ses mots. Il ne veut pas de nouvelles bêtes affligées de ce caractère.

— C'est regrettable, dis-je. Mais bon… pas de saillie pour Styx.

Par ses bonnes manières et ses propos toujours mesurés, Penrod a conduit des gens bien plus malins que Barbarin à croire qu'il partageait leur avis. Mon père, par exemple. Mon oncle est, je pense, persuadé que le mareschal va me demander de sacrifier Styx. En même temps, si Barbarin a l'intention de me voler mon fief, il peut en deux ans faire basculer de son côté bon nombre de personnages qui comptent en terre d'Hurog. Mais, allez savoir, ses erreurs de jugement pourraient aussi virer à mon avantage.

Quoi qu'il en soit, gagner à ma cause quelques fidèles partisans ne peut pas me faire de mal. Penrod m'apprécie plus à cause des égards que je lui ai toujours manifestés que pour des raisons personnelles. C'est un homme habile car, dans le cas contraire, il n'aurait pas fait long feu comme chef d'écurie, étant donné le fossé qui séparait ses idées et celles de mon père.

— Si on le changeait de résidence ? dis-je après un bref silence. Sa stalle est étroite et sombre. Je n'aime pas le manque d'espace. Il est peut-être comme moi.

Les garçons d'écurie commencent à fatiguer. Le cheval aussi. Il est vrai qu'il a déjà dans les jambes une chevauchée mémorable. Je dois le récompenser pour la peine qu'il s'est donnée aujourd'hui. Je me demande d'ailleurs pourquoi je n'en éprouve pas plus de joie.

— Cette stalle est la seule dans laquelle nous pouvions le tenir, explique Penrod, comme si je n'étais pas au courant.

— Et l'enclos qui prolonge les vieilles écuries ? Il est là pour recevoir des étalons, si je ne m'abuse.

Et, pour le cas où le mareschal n'aurait pas bien saisi mon idée, je lui précise qu'il faudra vérifier le verrouillage de la barrière latérale. Il me regarde. L'enclos dont je parle a été conçu pour la libre saillie et il a une clôture commune avec le pré des juments. Si quelqu'un laisse la barrière latérale ouverte, intentionnellement ou par inadvertance, et qu'il se trouve une jument en chaleur dans le pré voisin, nul doute que Styx ira visiter la belle.

Je pourrais m'en tenir à cela. Penrod me semble avoir compris les tenants et aboutissants de mes paroles. Mais j'ai besoin de me le rallier plus solidement. Mon oncle a deux ans pour abuser mon peuple ; j'ai le même temps pour faire en sorte que, le moment venu, les gens d'Hurog se rangent de mon côté. Penrod doit savoir que je vaux mieux que ma réputation. Je lui adresse un clin d'œil de connivence.

Le chef d'écurie se raidit et détache son regard de l'étalon pour le braquer vers moi. Cela doit être dur de changer aussi brutalement d'opinion sur quelqu'un mais il est stimulé par la carotte que je lui tends. De nouveau, il tourne la tête vers le cheval sombre.

— Je vais le faire transférer dans l'enclos car, comme vous, il n'aime pas les lieux verrouillés et exigus.

Je sens une joie féroce vibrer dans la voix posée de Penrod.

— L'obscurité, dis-je. C'est l'obscurité que je n'aime pas.

— Entendu, approuve Penrod avec un petit sourire.

Dès qu'il aura suivi mes ordres et désobéi à Barbarin, il sera mon homme. Et, avec lui, j'aurai tous ceux qui travaillent aux écuries. Bien sûr, au bout du compte, tout le monde finira par savoir que je suis moins stupide qu'on le dit. Mais je ne suis plus si sûr que, dorénavant, la stupidité soit mon meilleur atout. Les règles du jeu sont en train de changer.

Le sourcil froncé, je contemple la monture de mon père.

— Ce nom de Styx ne sonne pas bien, dis-je. Trop sec.

J'imagine la réaction qu'aurait mon père à ce que je vais dire et je dois me concentrer avec grande application pour annoncer, premièrement sans rire et, deuxièmement, d'une voix neutre :

— Je l'appellerai Pompon.

Ciarra s'écarte de moi et me dévisage. Son expression est tellement incrédule qu'elle n'a besoin ni de mots ni de gestes pour se faire comprendre.

— J'ai pensé aux fleurs de Mère, lui dis-je, à leur couleur...

Notre mère cultive des fleurs dont les teintes rappellent la robe de l'étalon. Ce sont, m'a-t-elle dit, des pâquerettes pompon.

— Pompon..., murmure Penrod, abasourdi.

Nul doute qu'il se demande l'effet que ce nom pourra produire sur un pedigree.

Puis, d'un coup, son œil s'éclaire et un nouveau sourire se dessine sur ses lèvres.

— Très bien, décrète-t-il en regardant les palefreniers cramponnés aux longes qui retiennent l'étalon. On ne va pas s'en laisser conter par ce... Pompon.

J'appuie son affirmation d'un vigoureux hochement de tête.

— Enlevez-lui cette chaîne et ce licou, dis-je, et conduisez-le au manège.

Puis je demande à Penrod de me fournir un peu de matériel :

— Un long fouet, d'abord, une de ces chambrières comme on en utilise pour longer les poulains non débourrés. J'aurai aussi besoin d'un sac de toile contenant cinq ou six bidons de cuivre. Envoyez quelqu'un me chercher cela aux cuisines, je vous prie.

J'ai longuement réfléchi à la méthode que je vais mettre en œuvre avec Styx. Pardon, avec *Pompon*. Et je ne vois pas pourquoi j'attendrais que mon père soit complètement froid pour m'approprier son cheval. Une montée d'idées noires assombrit un instant mon visage mais je la chasse au plus vite. Je ne pleurerai pas mon père. Non, je ne le pleurerai pas. Je vais passer l'après-midi avec sa monture afin de la faire mienne.

Styx se tient le plus loin possible de moi dans l'enceinte du manège. Ce qui, pour le moment, fait plutôt mon affaire. Je sais bien que je ne vais pas effacer quatre années en un après-midi, ni même en douze. Mais, avec un peu de chance et de doigté, je vais peut-être pouvoir régler rondement l'affaire.

Je tiens dans une main le sac de toile, en prenant bien garde à éviter que les bidons ne s'entrechoquent. Dans l'autre main, j'ai la chambrière. Le manche du fouet est aussi grand que moi et la lanière en double la longueur.

Je me plante au centre du manège et, d'une voix ferme mais sans hurler, je lance le départ des réjouissances :

— Allez ! Hue !

En même temps, j'agite un peu le fouet, toujours avec modération. L'étalon part à toute allure, non sans avoir décoché un vague coup de sabot dans ma direction.

Je le laisse alors faire une dizaine de tours. Il croit savoir ce qui va se passer. Tous les chevaux de mon père ont débuté dans ce manège avec des ordres simples : « hue ! » et « ho ! ». Moi, j'ai bien l'intention de lui faire découvrir autre chose.

Il ralentit progressivement pour passer au petit galop, moins parce qu'il fatigue que parce qu'il a du mal à tenir l'allure dans l'espace restreint de cette enceinte circulaire.

— Allez ! Hue ! fais-je de nouveau en lui agitant le fouet devant les naseaux.

Un animal non débourré ferait volte-face pour prendre la fuite. Mais le finaud n'ignore plus rien du fouet. Rabattant les oreilles en arrière, il me montre sa croupe, rue, puis, pour le cas où je n'aurais pas bien saisi le message, il fait demi-tour et charge.

Je pourrais le frapper pour dévier son attaque mais il connaît déjà le fouet et ce geste ne lui enseignerait rien. C'est donc maintenant que je sors ma botte secrète : le sac plein de récipients de cuivre. Je le secoue violemment, en hurlant et vociférant, et j'avance vers lui dans une posture belliqueuse, sans cesser de crier ni de tambouriner sur le sac de toile avec le manche de la chambrière. Le vacarme est infernal, même pour moi. On se croirait dans la popote d'un cuisinier fou de rage parce que quelqu'un aurait osé critiquer sa tambouille.

C'est trop de bruit pour Styx. Il freine des quatre fers, pivote en se dressant sur ses postérieurs, bronche, manque de mordre la poussière et détale brusquement, comme s'il avait aux trousses une meute de loups affamés. Il s'emmêle les jambes dans sa précipitation ; on dirait qu'il galope à cloche-pied tant il a de mal à retrouver ses marques pour négocier la courbe. Nous recommençons ce petit jeu une fois, deux fois, trois fois. À la quatrième, les côtes et le poitrail de l'étalon sont couverts d'écume blanchâtre. Il baisse enfin la tête et me regarde par en dessous mais ce n'est plus pour me défier, c'est pour demander une trêve.

— Ho ! dis-je en levant le fouet.

Il s'arrête, comme il a appris à le faire à ce commandement. Mais je le vois très vite tourner sournoisement pour orienter sa croupe vers moi. Alors je brandis le fouet de nouveau. Il repart au galop. J'attends. Il revient, tête baissée. Cette fois, il s'arrête face à moi et ne bouge plus. Nous avons notre compte tous les deux.

— C'est bien, c'est bien, dis-je d'un ton apaisant en posant le sac et le fouet.

Je m'avance jusqu'à lui et je flatte doucement ses épaules ruisselantes.

— Tu vas voir, on va faire de toi un gentil Pompon…

Son souffle est haletant et tout son poitrail se soulève puis se rabaisse à chaque respiration. Il est éreinté et trop dégoûté pour se soustraire aux familiarités d'un étranger. Il me regarde, l'œil éteint, et j'ai l'impression qu'il n'attend pas grand-chose. C'est la peur qui le rendait dangereux, pas la fureur. Je doute qu'il puisse faire un jour une monture pour quelqu'un d'autre mais, avec moi, cela va marcher à la longue, j'en suis convaincu.

Je lui passe un harnais normal, pas ce licou de torture qu'on lui avait enfilé. Cela m'a pris beaucoup de temps, beaucoup d'énergie de le travailler ainsi mais je pense qu'il n'agressera plus personne, à tout le moins pas dans les heures qui viennent. Attendons demain. Nous aurons un meilleur aperçu des progrès réalisés. En tout cas, je ne lui ai fait aucun mal et cela, il s'en souviendra longtemps.

Il a entendu quelque chose, ses oreilles pivotent et je regarde qui arrive. C'est la P'tiote. Il doit y avoir une bonne raison pour qu'elle soit entrée dans l'enclos où se trouve encore Styx et je ne suis pas étonné quand je vois notre oncle près de la clôture. Elle en a grand peur, premièrement parce qu'il est frère de notre père, deuxièmement parce qu'il est père des jumeaux.

Je donne un coup sec sur la longe pour signifier au cheval de bouger. C'est un travail qu'il nous faudra parfaire à l'avenir. Mais chaque chose en son temps. Penrod reprend la longe dès que nous avons passé la barrière et deux garçons d'écurie entrent dans le manège pour récupérer le fouet et le sac de toile.

— Nous avons arrêté que les funérailles auraient lieu demain en fin d'après-midi, annonce Barbarin en approchant de moi. Cela veut dire que ta tante ne pourra pas être présente. Mais la saison est trop chaude. On ne peut tarder davantage.

Je le regarde, d'abord avec mon habituel air bovin, puis j'autorise mon visage à s'éclairer un peu, à afficher un message de compréhension et je hoche la tête. « Ah, doit-il penser, ce crétin se rappelle que son père est mort aujourd'hui ! »

Il attend, comptant visiblement sur une réponse plus élaborée.

— Je vois que tu fais fi de l'avis de Penrod, observe-t-il. Tu sais que je lui ai parlé après la mort de l'Hurogmestre et qu'il faut abattre cet animal.

Toi, tu te crois un peu trop malin.

— Il est si beau, mon oncle. Il a le sang chaud et il manque d'espace, voilà tout. Les grosses bêtes comme lui ou comme moi ont besoin de place. De beaucoup de place.

Je pense au tunnel que j'ai emprunté pour atteindre la caverne de la dragonne et, bizarrement, mes épaules rabotées se remettent à me faire mal.

— Il a tué ton père, Stolon. Il est dangereux.

Je le regarde.

— S'il n'était pas capable de le maîtriser, il n'avait qu'à pas le monter.

Je ne fais que citer la maxime favorite de mon père qui, d'ailleurs, se décline sous plusieurs variantes. Exemple : « S'il n'était pas capable de le battre, il n'avait qu'à pas ouvrir les hostilités. »

Barbarin fait deux pas, comme pour s'en aller, mais il se retourne brusquement et nous nous retrouvons face à face.

— Certes, ta mère est de Tallven, clame-t-il d'un ton grandiloquent. Mais toi, Stolon, tu es né ici et tu as été élevé en homme de Shavig. Tu sais que la magie règne sur ce territoire. J'ai combattu les revenants dans ces montagnes...

Effrayée par l'évocation des errances éternelles, Ciarra bondit s'abriter dans mon dos.

— ... et j'ai vu un village dévasté par les vampires exterminateurs, poursuit Barbarin en indiquant vaguement la direction du sud. Les Tallvenois se gaussent de nous et de notre peur des maléfices. Mais tu n'es pas un homme des basses terres, toi, que je sache.

Je ne vois pas bien où il veut en venir mais je joue le jeu. Baissant gauchement la tête pour pouvoir croiser son regard, je murmure :

— Une malédiction pèse sur nous.

Mais quelle piètre et humiliante malédiction ! Pas de formules incantatoires, pas de symboles abscons, juste une phrase inscrite dans la pierre en immenses caractères, et qui pourrait tout aussi bien avoir été gravée en catimini par une bande de jouvenceaux en mal de mauvaise farce. À ceci près que cette pierre est celle du mur de la grande salle du château. Si les visiteurs n'éclatent pas de rire en la lisant, c'est parce qu'elle est rédigée en vieux signes runiques indéchiffrables sauf pour quelques rares initiés.

— Tu la connais ?

Je laisse mes paupières papilloter un petit moment avant de décider qu'un idiot peut savoir ce genre de chose :

— La Maison d'Hurog périra par la Bête Chtonienne.

— La Bête Chtonienne ! C'est une bête qui niche sous terre. Une bête des enfers, là où coule le Styx. Le Styx, le plus grand fleuve des enfers, Stolon ! Fenwig trouvait que ce nom siérait bien à un cheval de guerre. Il ne croyait pas si bien dire. Cet étalon est une créature démoniaque. Il y a longtemps qu'il aurait fallu l'abattre. Vois-tu ce que je veux dire ?

Je sais que Styx doit son nom à cette bête qui niche dans les profondeurs et qui engloutit les âmes des défunts jugés indignes d'accéder au séjour des dieux. Mais qui aurait pu croire que Barbarin prenait cette histoire avec tant de sérieux ? Tout à coup, je me demande si la malédiction ne se serait pas déjà réalisée. L'ère de la richesse est finie pour Hurog et il n'y a plus de dragons sur terre parce que les ossements de la bête des profondeurs gisent enchaînés dans une caverne sous le donjon.

Pour le reste, Hurog n'a pas eu besoin de la Bête Chtonienne. Elle a très bien su se détruire toute seule. Mon père est… était un fou furieux. Ma mère s'abrutit à la racine de mandragore et ne sait plus trop ce qui se passe autour d'elle. Mon frère a essayé de se donner la mort. Ma sœur est muette et aucun mage ou guérisseur ne peut dire pourquoi.

— Est-ce que tu vois ? insiste Barbarin.

Obsédé par son idée, il oublie qu'il s'adresse à l'idiot de la famille.

— Mais oui, mon oncle, j'ai de très bons yeux, dis-je pour lui remettre ce détail en mémoire. Mais quel rapport avec le cheval ?

Barbarin est bel homme. Davantage que feu son frère et moins que ses fils. Mais la colère l'enlaidit. Peut-être est-ce pour cela que je prends tant de plaisir à le voir réagir de la sorte. Il a un mal fou à maîtriser sa rage et la P'tiote colle sa tête au creux de mes reins.

— Styx a été le fossoyeur de ton père. Si tu n'arrives pas à voir cela, il sera aussi le tien.

— C'est un cheval, pas un fossoyeur, dis-je avec entêtement. Et il ne s'appelle plus Styx. Je trouvais ce nom trop sec. Maintenant c'est Pompon. Oui, il s'appelle Pompon.

Plus je prononce ce nom et plus il me plaît.

Je suis à ma toilette du soir quand je reçois la visite d'Oreg, le jouvenceau de la caverne au dragon. Je ne l'ai vu ni entendu arriver mais, comme je repose la touaille après m'être essuyé le visage, je le trouve là, assis au bord de mon lit. Je le salue d'un petit mouvement de tête puis je m'installe face à lui sur un tabouret et j'entreprends de me couper les ongles des pieds avec un couteau au-dessus du vase de nuit vide.

Il me regarde faire pendant un moment. Mais regarder quelqu'un se couper les ongles des pieds n'est pas bien divertissant et il finit par prendre la parole :

— Sais-tu à quoi sert l'anneau ?

Je fais « non » de la tête. Un long silence suit. J'en termine avec les ongles des pieds et je passe à ceux des mains.

— Sais-tu qui je suis ?

Cette fois, je fais « oui ». Il se lève et se met à arpenter la chambre en marmonnant. Puis il cesse ses allées et venues, s'arrête devant moi et pose la main sur mon couteau pour l'immobiliser. Sa main est chaude et ferme alors que dans les histoires colportées par les bardes les fantômes ont toujours un contact glacé et furtif.

— Qui suis-je, alors ? s'enquiert-il, visiblement contrarié.

Je me demande s'il a déjà eu l'occasion de me voir quand je ne simule pas la balourdise. A-t-il seulement idée du jeu que je joue ?

— Et toi ? dis-je en ouvrant des yeux ronds. Tu as besoin de moi pour savoir qui tu es ?

Il se laisse glisser au sol avec un geste de découragement et se cache la tête entre les mains. Mes yeux se posent sur sa nuque, découverte, vulnérable. Il me fait penser à Tosten.

Je le regarde longuement. Je n'ai confié mon secret à personne. Pas même à Ciarra. Encore qu'elle pourrait bien se douter.

Cessant de faire le benêt, je demande d'une voix normale :

— Qui es-tu ? Je connais bien peu d'histoires de fantômes. Et je ne crois pas que tu en sois un.

Il a presque un soubresaut en entendant la différence de ton. Je repose mon couteau, je fais glisser le vase de nuit sous le lit en le poussant du pied et je me prépare à l'écouter.

— C'est donc vrai, murmure-t-il avec plus d'espoir que de certitude dans la voix. Tu joues la comédie depuis toutes ces années ? Je m'en doutais un peu mais je n'étais pas certain.

Il attend, dirait-on, mais je ne vois pas comment raconter l'affaire sans tomber dans le ridicule ou, pire, le pathétique. Et c'est lui qui brise le silence :

— Sais-tu qui a bâti le donjon d'Hurog ?

Je le sens nerveux. Il sait par expérience que poser des questions est une démarche dangereuse. Mais je n'ai pas l'intention de jouer mon jeu avec lui. Il m'appartient comme Hurog m'appartient. J'effleure l'anneau de platine avec mon pouce.

— Non. Je sais qu'on lui a confié la responsabilité des dragons sur ordre du Grand Roi.

Oreg laisse échapper une exclamation consternée.

— Donc tu ne sais rien du tout. Le nom d'Hurog est apparu des siècles plus tard. Le donjon est beaucoup plus ancien que cela. Il a été bâti aux premiers temps de l'empire par un vrai mage, pas un idiot comme celui de ton père. Lorsqu'il s'est retiré de la cour, le mage a établi sa forteresse ici, dans une région où les gens ne viendraient pas l'ennuyer avec leur peur des dragons.

Il baisse les yeux et trace une espèce de figure sur le sol.

— Il voulait une demeure capable de se suffire à elle-même pour ne pas être importuné par des domestiques traînant partout ni par des soudards passant leur temps à s'exercer dans la palestre de la cour. Il a eu deux fils de son épouse, une femme du peuple qui a eu ensuite la bonne idée de mourir jeune. L'un de ces fils, devenu chef de guerre, est mort au cours d'une quelconque bataille. L'autre est lui-même devenu enchanteur. Quant à moi, j'étais né d'une esclave et j'avais été vendu à une famille de nobles mais il m'a racheté et ils m'ont renvoyé ici, près de lui.

Il marque une pause. Je me demande si j'ai vraiment envie de connaître la suite. J'en ai tellement entendu, de toutes les couleurs, conté par tellement de bardes, que je sais où son histoire va nous mener. Ou bien est-ce parce que je suis désabusé par les expériences vécues avec mon père que je n'attends plus grand-chose de nouveau.

— Quand je suis arrivé ici, il était seul, reprend Oreg. Il n'y avait pas de domestiques. Il m'a donné une écuelle de soupe puisée à un chaudron qui mijotait dans l'âtre et je me suis endormi. À mon réveil, j'étais le donjon.

Je le dévisage en laissant ses paroles prendre tout leur sens dans mon esprit. Il vient de dire qu'il *était* le donjon. Je me rappelle la sensation d'étrangeté quand je l'ai suivi par la porte cachée pour arriver dans cette chambre. Nous étions dans une caverne sous la terre, nous avons débouché à l'intérieur de cette forteresse bâtie sur une hauteur et je n'avais pas eu l'impression de monter. Je passe en revue les différents commentaires possibles et, au bout du compte, décide de n'en faire aucun.

— Merci d'avoir pris soin de Ciarra, tout à l'heure, Oreg.

Je sais par expérience qu'on obtient souvent plus de renseignements en faisant une réflexion inattendue qu'en posant mille questions.

Il relève vivement la tête et me regarde, sourcils froncés. Qu'essaie-t-il de déchiffrer sur mon visage ? Je l'ignore mais il fait chou blanc.

— Je fais mon possible pour garder un œil sur ta sœur. C'est bien peu. Cette fois, je lui ai juste offert l'aubaine d'une porte pour qu'elle se réfugie dans un endroit tranquille, hors de portée de son père mais accessible à son frère.

Nous restons assis un long moment dans un silence courtois, moi sur mon tabouret, lui par terre. Je joue négligemment avec l'anneau de platine, présence insolite à mon annulaire, tout en me demandant ce qu'il a bien pu vouloir dire par ce « je suis le donjon ».

— Tu ne peux pas l'enlever, me fait observer Oreg avec soudaineté, comme s'il venait juste de se rappeler ce qu'il est venu faire ici. L'anneau te rend maître du donjon d'Hurog. Il ne quittera ton doigt qu'au jour de ta mort et, alors, il te faudra le transmettre à ton successeur.

Je tire sur l'anneau pour essayer de l'enlever. Impossible, comme il l'a dit. J'essaie plusieurs fois sans succès. J'aurais apprécié qu'on m'avertisse de cette particularité avant que je ne le passe à mon doigt ! Au moins, je l'aurais mis à la main gauche. Les anneaux peuvent vous jouer des tours pendables dans les combats. Ils peuvent s'accrocher à n'importe quoi et sont préjudiciables à une bonne tenue de l'épée.

— Et si je le donne à quelqu'un ?

— Cette personne deviendra ton héritier, répond Oreg. Quelle qu'elle soit.

— Ah bon. Dis-m'en davantage au sujet de la malédiction, du donjon, de l'anneau, à ton sujet…

Son visage se vide soudain de toute expression. Un vide que je connais bien pour m'y être longuement exercé en m'observant dans l'écu poli fixé au mur. Je me demande s'il m'a vu le faire. S'il avait des yeux de vache, comme moi, il aurait l'air aussi stupide. Dans le cas présent, il a simplement l'air impénétrable.

— Je suis un esclave, dit-il. *Ton* esclave, maître. Je suis lié à ton anneau. Voué corps et âme à ton service. Je ferai tout ce que tu exigeras de moi, si je le peux. Et mes pouvoirs sont grands.

Je songe à la manière dont les moins recommandables de mes ancêtres ont sans doute utilisé cette servitude. Oreg est joli garçon, comme mon frère. Pauvre esclave.

— Que va-t-il se passer si je te demande de rester ici sans bouger ?

— Je resterai ici sans bouger, répond très simplement Oreg, jusqu'à ce que tu meures ou que tu m'ordonnes de faire autre chose. Je dois faire tout ce que tu m'ordonnes.

Je perçois la tension qui l'envahit quand il prononce ces mots. Pourtant, s'il est ici depuis toujours, il doit bien savoir que je n'ai pas coutume de martyriser les gens sur qui j'ai pouvoir. Mais, bien sûr, il va sans doute lui falloir un peu de temps, comme à Styx… comme à *Pompon.*

— Quand tu dis que tu es le donjon, faut-il le prendre au pied de la lettre ou bien veux-tu dire que tu lui es attaché par une forme de magie ?

— Je pense qu'il n'y a pas beaucoup de différence.

— Tu vois ce qui se passe dans le château ?

Le jouvenceau bouge la tête et ses yeux vont chercher autre chose que ce qui se trouve devant eux.

— Dans la grande salle, le feu a été préparé pour la nuit. Il y a un rat dans un coin. Il a flairé de quoi faire son repas.

Ton oncle est debout devant la cheminée, les mains dans le dos, il se dandine légèrement sur les talons…

— Ça suffit, dis-je. Peux-tu voir à plusieurs endroits en même temps ?

— Pas plus que tu ne peux toi-même regarder simultanément le mur d'en face et ce qui se passe dans ton dos.

— Tu entends aussi ?

— Oui, confirme Oreg.

Je frotte les jambes de mes chausses. Je peux travailler sur les peurs de Pompon parce que je le comprends, je me suis mis Penrod dans la poche de la même manière. Il faut donc que j'arrive à comprendre Oreg aussi bien que je comprends l'étalon maltraité.

— Souffres-tu quand la forteresse subit des agressions ?

— Non, dit Oreg.

Et il ajoute, comme à contrecœur :

— Je sens ce qui se passe mais cela ne me fait aucun mal.

— Tu occupes tout le donjon ou bien seulement la partie ancienne ?

— Le donjon et tout ce qui va avec : murailles, courtines, dépendances, écuries, forge, maréchalerie. Y compris les égouts.

— Si tu es le donjon, comment se fait-il que tu possèdes un corps ?

— Mon père trouvait cela amusant.

Je médite un peu sur cette réponse puis je reprends :

— Tu ne sens rien, dis-tu, quand le donjon subit des dégâts, mais quand ton corps est blessé ?

— J'ai mal, murmure Oreg.

La tension l'envahit de nouveau. Je comprends. Si, comme lui, j'avais été pendant quinze ans l'esclave de Fenwig d'Hurog, j'aurais du mal à être détendu et à parler haut. De plus, tout le monde s'accorde à dire que mon grand-père était pire encore. Il se fait tard et j'ai besoin de dormir. Je bâille ostensiblement.

— Père n'a jamais mentionné ton existence.

— Stratégiquement parlant, il est préférable que tes ennemis ignorent mon existence. Je reste un fantôme inoffensif qui hante les salles du château.

Il hésite puis ajoute maladroitement :

— Et je préfère moi-même rester dans l'ombre. Je... Je n'aime guère les gens...

Après toutes ces années au service des Hurog, cela se comprend!

— Bien, dis-je à voix haute. Voici mes ordres pour l'immédiat. Continue à protéger ma sœur. Et je voudrais que nous nous voyions tous les soirs quand je me retrouve seul.

— Souhaites-tu bénéficier aussi de ma protection ?

Il me fait rire. Je veux bien croire que ses pouvoirs sont immenses mais il fait la moitié de mon poids.

— Ça, j'ai appris à m'en charger au fil des ans. Si je ne réussis pas à me défendre seul, je ne suis pas apte à devenir Hurogmestre.

— Certains pensent que, de toute façon, tu n'en es pas capable, dit Oreg avec une pointe de provocation dans la voix.

Je ne saurais dire s'il est en train de tester mes réactions ou s'il croit encore plus ou moins à mes singeries. Peut-être en sait-il davantage que moi sur ce qui se dit. Tout à coup, je me sens las.

— Oui... Bien sûr... Dans un sens, je serais déçu que tous me jugent compétent après le mal que je me suis donné pour faire avaler à mon père cette image d'imbécile. Je peux difficilement m'imposer aux yeux de tous dans ce nouveau rôle, n'est-ce pas ?

Il rit mais je pense que c'est par politesse plus que par amusement.

— Pourquoi joues-tu les sottards ? s'enquiert-il après un silence.

Il marque une nouvelle hésitation puis ajoute timidement :

— Je me le suis toujours demandé. C'était tellement étonnant de te voir passer ces longues heures à la bibliothèque, plongé dans ces livres, et faire comme si tu ne comprenais rien de ce que tu lisais.

Tout en parlant, il s'est levé et, l'air de rien, fait quelques pas pour se mettre hors de ma portée.

— Tu croyais que je regardais les images ou les jolies enluminures ? réponds-je, amusé par son manège autant que par ses questions.

— Que s'est-il passé quand ton père t'a battu, cette fameuse fois ? On a raconté qu'il t'avait démoli la cervelle mais aujourd'hui même le plus idiot des idiots verrait que ta tête fonctionne parfaitement bien.

Il me regarde de loin avec un grand sourire hésitant, tel un gamin qui ose avancer une opinion personnelle ou, plutôt, un esclave qui flatte le maître. Mais il a maintenant reculé jusqu'à ce qu'un gros coffre se trouve entre lui et moi.

Il garde ses distances, comme Pompon. Il va falloir lui faire comprendre que je ne lui ferai aucun mal. Je me suis autorisé à aller fouiner dans ses blessures intimes. Il est juste qu'il puisse en faire autant avec moi.

— Quelque chose s'est cassé, dis-je, je ne pouvais plus parler. C'est effroyable d'avoir des pensées et de ne pouvoir les traduire en mots.

— N'étais-tu pas simplement pétrifié par la peur ? demande Oreg.

En le regardant, je vois qu'il sait de quoi il parle. La terreur l'a déjà rendu incapable de parler. Il me fait pitié. Je ne peux répondre autre chose que :

— Non.

— Tu ne pouvais pas marcher non plus ? risque-t-il.

Je hoche la tête.

— Ni marcher, ni me tenir debout, ni rien du tout.

En fait, il m'a fallu des années d'exercice avec Stala pour récupérer mon côté gauche jusqu'à ce qu'aujourd'hui je sois enfin redevenu aussi rapide de la senestre que de la dextre. Mais il m'arrive encore, dans mes pires cauchemars, de sentir cette léthargie écrasante me paralyser le bras.

— Tu pratiquais un peu la magie, relance Oreg, tu faisais éclore des fleurs pour ta mère…

Il se détend un peu. Moins craintif, il s'assied sur le banc, près de la porte.

— J'arrive encore à trouver les choses et les gens. Ciarra m'a fait une peur bleue aujourd'hui quand j'ai découvert qu'elle était si loin sous terre. Je suppose qu'elle n'est pas tombée du tunnel comme moi… que tu l'as menée par une autre voie, n'est-ce pas ? (Il acquiesce de la tête.) Mais mes pouvoirs s'arrêtent là. La magie me permet de sentir mais je ne peux plus agir.

— Tu n'es pas stupide. Pourquoi faisais-tu semblant ?

Pourquoi ? Je le sais d'instinct. Encore faut-il pouvoir l'exprimer avec des mots compréhensibles pour autrui :

— Pour que mon père ne me tue pas. Mon père est… *était* l'Hurogmestre. Tu sais sans doute mieux que quiconque ce que cela signifie. Pour lui, c'était la position la plus élevée à laquelle un homme puisse aspirer. Mieux que celle de Grand Roi. Mais ce titre n'était que passager. Il fallait l'abandonner à l'heure du trépas, comme l'anneau.

— Il en va ainsi pour tous les hommes, observe Oreg, plein de bon sens. Fenwig avait reçu Hurog de son père, il devait le léguer à ses enfants.

Soudain, je lâche :

— Il a tué mon grand-père.

C'est la première fois que je dis cela tout haut.

Oreg se fige puis il se reprend et rectifie à voix basse :

— Ton grand-père a été tué par des bandits. Ton père l'a ramené au château pour qu'il s'éteigne dans ses murs.

— Mon père a tué mon grand-père d'une flèche dans le dos. Il l'a révélé un jour qu'il était ivre.

Je devais avoir neuf ou dix ans, nous étions partis chasser seuls tous les deux. Nous devions dormir dans la montagne et, sitôt le bivouac dressé, mon père s'était mis à boire. Je ne me rappelle plus ce qui l'avait conduit à me faire cet aveu. Par contre, je n'ai jamais oublié la manière dont il m'a regardé après cela. Il avait livré son secret. Et malgré mon jeune âge j'ai tout de suite compris qu'un danger pesait sur ma tête par le fait que j'en avais été le témoin. J'ai fait semblant de ne pas entendre, comme si l'ivresse rendait ses propos incompréhensibles. Peut-être est-ce cette révélation irréfléchie qui a déclenché ses excès de violence. Mais ce que j'ai vécu par la suite me donne à penser que sa méchanceté avait des racines plus profondes.

— Il me voyait comme un rival pour la fonction d'Hurogmestre. Le temps était son ennemi et j'étais, moi, l'incarnation de la vieillesse qui se profilait à l'horizon.

J'ai l'impression de répéter les mots que j'ai lus dans le journal de Seleg, mon héros. Le ton me paraît un peu théâtral et j'essaie de le pondérer :

— Mon père n'a jamais aimé perdre.

Je me lève et je m'approche du carré de métal poli accroché au mur. Je me regarde. Je ressemble à mon père. Il ne me manque que les yeux bleu Hurog mais, ce détail mis à part, je suis le portrait de Fenwig jeune. La haute taille nous vient de sa famille maternelle mais les traits sont ceux des Hurog.

— J'étais son successeur, le prétendant. Ma présence lui rappelait en permanence qu'un jour il lui faudrait renoncer à Hurog. Je ne suis pas certain qu'il s'en rendait compte, bien sûr, mais dès lors que j'ai été capable de manier l'épée, il m'a regardé comme une menace. Tu dois te rappeler, si tu as assisté à tout cela, que lorsqu'il m'a administré cette raclée à laquelle on attribue mon « changement », ce n'était pas la première fois qu'il me rossait jusqu'à me laisser inconscient, assommé sur le carreau. Eût-il continué de la sorte, il aurait fini par me tuer avant que je ne sois capable de me défendre. J'avais le modèle de ma mère pour me donner des idées.

— Il la battait moins quand elle s'évadait dans ses rêves, confirme gravement le jouvenceau. De même, il fréquentait moins sa couche.

— Ma difficulté à parler a amené mon père à penser que j'étais devenu idiot. J'ai décidé d'en profiter.

— Pourquoi continuer maintenant, alors qu'il est mort ?

Je cherche la réponse à tâtons.

— Mon oncle va tenir les rênes d'Hurog pendant les deux ans à venir. Comme à mon père, on lui a inculqué que devenir Hurogmestre était le sommet de ce qu'un homme pouvait espérer. Je ne suis pas certain qu'il acceptera d'abandonner le pouvoir.

— Tu es si sûr que Barbarin soit un félon ? Il était gentil garçon, autrefois… (Oreg baisse le ton et sa voix devient un filet presque inaudible.) Enfin… je *pense* que c'était Barbarin, je ne suis pas certain de bien me rappeler.

Je ferme les yeux.

— Je ne le connais pas. Je sais seulement qu'il n'a pas beaucoup de patience avec les idiots. Mais je prends les dieux à témoins que moi-même je ne voudrais pas d'un idiot à la tête d'Hurog. Le domaine végète, il est presque au bord du gouffre. Un rien peut le terrasser. (Je secoue la tête et je regarde Oreg qui, allez avoir comment, s'est retrouvé accroupi à mes pieds.) Il ne m'inspire pas confiance.

J'en ai beaucoup dit à Oreg. De ma vie, je ne me rappelle pas avoir autant parlé à quiconque, sauf peut-être à Ciarra. Prononcer des mots me demande encore de gros efforts. Je sens la fatigue me gagner. Franchement, je trouve cela bien plus épuisant que de jouer les idiots.

— Fie-toi à ton instinct, dit Oreg au bout d'un moment. Cela ne fera de mal à personne que tu restes sur ta réserve pendant encore quelque temps.

Puis il s'en va. Pas par la porte ni par le tunnel. Il disparaît, me laissant en plan avec mes souvenirs.

Me fier à mon instinct ? Bien sûr… Mon père est mort et je ne sais pas si j'en éprouve de la joie ou de la peine. Hurog est enfin à moi mais je ne peux pas y régner. Dois-je continuer à faire le jocrisse ou me révéler tel que je suis ? Et si oui, comment ? Faut-il attraper les gens par la manche et leur dire : « Sans doute serez-vous content d'apprendre que je ne suis pas l'idiot que l'on croit. » Je ne suis même pas certain d'être encore autre chose que le masque de stupidité derrière lequel se cache ma vigilance intérieure de tous les instants. Je vais attendre.

Accoudé à la clôture, j'écoute Harron, écuyer d'écurie de son état, narrer le tohu-bohu de la nuit précédente :

— La barrière de l'enclos était restée ouverte du côté du pré aux juments et l'on a retrouvé Sty… Pompon en train de… hemm… de batifoler avec Luciole.

— Luciole…, dis-je en fouillant dans ma mémoire, n'était-ce pas la meilleure poulinière de mon père ?

— C'est toujours la meilleure, seigneur Stolon. Mais elle est vôtre, désormais, répond Harron, apparemment déconcerté par mon intervention.

J'ai encore perdu une occasion de me taire. *Attention, Stolon, tu vas finir par te trahir…*

— Comme de bien entendu, Luciole était en chaleur, misère de misère ! gémit Harron d'un air ravi qui contraste singulièrement avec ses lamentations. Les poulinières se tenaient bien sages dans leur écurie. Seule Luciole était agitée. Alors, jugeant qu'une nuit à l'air frais lui ferait du bien, le mareschal Penrod a ordonné qu'on la mette au pré. Il s'en était d'ailleurs entretenu préalablement avec le seigneur Barbarin.

Sans interrompre son récit, Harron observe de loin l'équipe des palefreniers. Chargés de harnais, de longes et de seaux de grain, ils ont rejoint mon oncle dans le pré et courent derrière Pompon pour tenter de le ramener au bercail. Presque tous ont été mobilisés pour la traque. Mais, la queue flottant derrière lui comme un étendard, l'étalon esquive un à un ses poursuivants avec un élégant mouvement de sa belle tête. M'apercevant, Barbarin laisse les palefreniers à leur besogne et se dirige vers nous. Tandis que mon oncle franchit la clôture pour nous rejoindre, je demande à Harron d'aller me quérir un harnais et un seillon de bon grain.

— Si je tenais l'imbécile qui a oublié de fermer l'enclos des juments…

L'allusion est trop grosse, trop tentante, et je ne résiste pas au plaisir d'un petit mensonge :

— J'ai tout bien vérifié hier soir, mon oncle. Pompon était dans l'enclos des étalons. J'ai aussi vérifié que la jument était du bon côté.

Barbarin me regarde d'un drôle d'air. Je dois décidément apprendre à faire attention. Mon père ne voyait de moi que ce qu'il voulait voir. Mon oncle pourrait bien faire preuve d'un plus grand discernement. En me montrant trop malin, je risque de lui mettre la puce à l'oreille. Et idem en sautant sur chaque occasion qu'il m'offre de jouer les sottards, comme dit Oreg.

— Voici ce que vous avez demandé, seigneur, annonce Harron en me tendant un seau de grain au-dessus duquel il a posé un harnais.

Je saisis l'anse du seau et je passe de l'autre côté de la clôture.

— Ils ont déjà essayé de l'appâter avec un picotin, dit mon oncle. Laisse-les donc faire. Ils finiront bien par l'avoir à l'usure.

Je continue à marcher vers le centre de l'enclos.

— C'est la jument que je vais attraper, dis-je par-dessus mon épaule.

Contrairement à ce que croit sans doute Barbarin à cet instant, ce n'est pas une ânerie de plus. L'étalon ne pense qu'à assouvir ses pulsions tandis que la femelle, plus posée, ne restera peut-être pas indifférente devant une ration de bon grain. Chance supplémentaire, Luciole me connaît et m'aime bien. Car, contrairement à mon père, il m'arrive de monter les juments. Dès qu'elle voit ce que j'apporte, elle vient d'un petit trot dansant et guilleret qui agite joliment sa crinière argentée. Elle arrive près de moi, toute fringante dans la fraîcheur du matin, et je demande d'un ton complice :

— Alors, c'était bien ?

Ni elle ni moi ne nous soucions de la horde de palefreniers qui s'agitent en vain autour de l'étalon à l'autre bout de l'enclos.

— Tu comprends, dis-je toujours du même ton complice, je me suis demandé si, tout neuf et fougueux comme il l'était, Pompon ne risquait pas de se montrer un peu… maladroit avec les dames… Mais je suppose qu'avec ton expérience tu as su lui indiquer comment il faut s'y prendre.

Elle perçoit le ton flatteur et minaude à sa manière tout en se régalant de l'exquis picotin que je lui apporte.

Elle se laisse faire quand je lui mets le harnais. Un peu grand pour elle mais, avec la bonne Luciole, ce n'est pas bien grave. Je la passe rapidement en revue. Tout m'a l'air d'aller pour le mieux. Je remarque juste une touffe de poils encore un peu collants et ébouriffés sur sa crinière, à l'endroit où le mâle a dû la saisir. Apparemment, ça s'est bien passé. Luciole n'a pas souffert des ardeurs de Pompon.

Je la tire vers l'enclos des étalons. Elle me suit, ignorant superbement son nouveau galant. Il n'en va pas de même pour le cheval. Il réalise que je suis en train de lui ravir sa belle et pousse un hennissement tonitruant. Harron, qui a compris ma manœuvre, court jusqu'au point de passage et dès que, comme prévu, Pompon arrive derrière nous au grand galop, il ferme la barrière qui sépare le pré de l'enclos aux étalons. Entre-temps, Luciole et moi avons franchi la barrière opposée. Je la referme *in extremis* au nez de l'étalon en furie qui dévie sa course et ne peut que manifester son dépit en frappant la clôture d'un coup de sabot.

Le visage fendu par un grand sourire, Harron accourt et prend la bride. Luciole tourne brièvement la tête, jette un regard de sainte-nitouche à son soupirant, emboîte le pas à l'écuyer d'écurie et se laisse paisiblement conduire vers l'écurie des poulinières.

— Où as-tu appris ça ? demande Barbarin.

— Quoi, mon oncle ?

— À attraper l'étalon comme tu l'as fait.

Je laisse échapper un petit ricanement.

— Avez-vous déjà tenté de battre un cheval à la course, mon oncle ? Moi, oui. J'ai transpiré et soufflé toute une journée avant de m'avouer vaincu. Mais j'ai compris une chose : si le cheval est plus fort et plus rapide, moi je suis plus malin.

Barbarin blêmit à ma dernière phrase. Penrod, qui vient de nous rejoindre, l'a également entendue et j'ajoute à son intention :

— Et c'est le stratagème que Penrod utilisait pour ramener le vieux Hutin à chacune de ses fugues, c'est-à-dire tous les jours. Le picotin ne marchait jamais ; la pouliche en chaleur, oui.

Hutin, le dernier destrier de mon grand-père, était un phénomène. Beaucoup le disaient aussi intelligent et rusé qu'un être humain.

— Ce fieffé Hutin, approuve Penrod avec un grand sourire. Nous pouvions inventer n'importe quel système de fermeture, il arrivait toujours à le déjouer. Et il ne lui fallait guère de temps. La seule façon de le ramener, c'était la pouliche. Nous avions fini par clouer la barrière.

— Et il l'a sautée, dis-je avec le même sourire.

Alors mon père l'a tué. Je revois encore sur son visage cette expression de joie mauvaise tandis que Hutin, dernière trace du règne de son propre père, gisait agonisant sur le pré. Les sourires s'effacent et Penrod reprend son masque professionnel. Nul besoin de parler pour savoir que nous avons eu les mêmes réminiscences.

Barbarin est le seul à sourire encore. Il ne nous a pas suivis. Il est même parti dans une tout autre direction :

— C'est vrai... J'avais oublié les frasques du brave Hutin. C'était néanmoins un formidable combattant. Mon cheval actuel est de sa lignée.

Serait-ce, finalement, une si mauvaise idée que de dévoiler le jeu que je joue ? Si Barbarin découvre qui je suis vraiment, peut-être se mettra-t-il à m'aimer. Peut-être cet oncle m'apportera-t-il les enseignements dont j'ai encore besoin pour bien gouverner Hurog. Malgré mes visites nocturnes à la bibliothèque et l'attention invisible mais presque obsessionnelle que je portais aux méthodes de gouvernement de mon père, je me sens ignorant. Or le fief d'Iftahar a bien prospéré sous le règne de mon oncle.

J'ouvre la bouche mais il parle le premier.

— Les obsèques ont lieu tout à l'heure. J'ai dit à Axiel de te trouver quelque chose de convenable dans la garde-robe de ton père. Tu as poussé trop vite. J'ai vu hier que tu ne tenais plus dans tes vêtements d'apparat. J'aimerais, maintenant, que tu ailles te changer. Il est trop tard, je suppose, pour mander Tosten à la cérémonie. Dis-moi quand même où il se trouve, que j'aille le faire chercher.

« Dis-moi quand même où il se trouve… » Il a glissé ça comme si c'était tout naturel et sans grande importance. Le chafouin. Il ne reste plus que deux obstacles entre Barbarin et le trône d'Hurog. Je suis le premier, Tosten est le second.

— Axiel est l'ordonnance de mon père, dis-je.

Barbarin s'énerve.

— Il veut bien s'occuper de toi. Où est ton frère, Stolon ?

Le fief de Barbarin est plus grand et incomparablement plus riche qu'Hurog. Mais ce n'est pas Hurog. La pierre des tours de guet d'Iftahar ne porte pas les stigmates laissés par les griffes de dragons. Même un homme régnant sur un domaine très prospère peut avoir des vues sur Hurog.

— Stolon ?

— Je ne sais pas, mon oncle.

— Mais… tu avais dit à Fenwig…

— Oh, il est en sécurité, dis-je. Simplement, je ne sais pas où.

Vêtu de bleu et or, les couleurs d'Hurog, Axiel m'attend dans ma chambre. C'est un petit individu rigide et coriace comme un mannequin de cuir bouilli. D'après ma mère, Axiel est un ancien prisonnier de guerre, ramené par l'Hurogmestre d'une de ses nombreuses campagnes.

Quand il est suffisamment ivre, Axiel se prétend fils du roi des nains et nul ne se risque à le contredire car il est aussi violent que l'était mon père.

Il a le cheveu noir, le teint olivâtre et la peau tannée. J'ai l'impression de l'avoir toujours connu ainsi, comme s'il n'avait pas changé depuis ma plus tendre enfance. À l'instar des Tallvenois qui nous gouvernent, nous autres Hurogiens portons les cheveux détachés et retombant sur les épaules. Axiel, qui pourtant n'a rien de shavigan, est coiffé à l'ancienne mode de Shavig, qui remonte à une époque où l'on ne se coupait pas les cheveux. On les laissait pousser en les tressant grossièrement au fur et à mesure. Cette longue tresse est un handicap au combat mais les Shavigans traditionalistes la considèrent comme une distinction honorifique. Ils se jugent, par ailleurs, si forts au combat que ce ridicule avantage concédé à l'adversaire leur importe bien peu.

Axiel est un domestique à la mode de Tallven, plus proche du garde du corps que du valet ou de l'écuyer. Une ordonnance, comme aimait à le dire mon père.

—Axiel ?

Son visage n'exprime aucune tristesse suite à la mort de l'Hurogmestre. Il est vrai, bien sûr, qu'il était à son service et nul doute qu'il a appris aussi bien que moi à dissimuler ses sentiments.

—À vos ordres, seigneur Stolon ! répond-il. Messire Barbarin a estimé que vous deviez avoir une ordonnance à la hauteur de votre rang.

J'opine du bonnet avec complaisance.

—J'ai pris sur moi de préparer l'habit de cérémonie de messire votre père. Il en possédait deux, précise Axiel en m'ouvrant la porte du cabinet.

Au-dessus du rayonnage supérieur de la bibliothèque, il y a une niche cachée par les tentures qui couvrent le mur. Je l'ai découverte par hasard et, exception faite de mon père, je pense être le seul à en connaître l'existence. Je m'y cachais souvent et passais des après-midi entiers à regarder Axiel s'exercer au maniement de l'épée et de la dague. Sa façon de combattre était très différente de celle qu'enseignait Stala. J'ai découvert que j'améliorais mes qualités de combattant en empruntant ici et là des éléments à la technique d'Axiel et en les ajoutant à la mienne.

Je me sentirai en sécurité si Axiel se range à mon côté. Davantage, en tout cas, que s'il prend le parti de Barbarin. Je m'arrête devant la cheminée et je regarde les reliefs gris poudreux de la flambée de la nuit. En sécurité contre quel danger ? Avant la mort de mon père, je me battais pour ma vie. Pour quoi vais-je me battre maintenant ?

— Si vous permettez...

Axiel commence à me dévêtir. Il a l'air de demander la permission mais il remplit son office avec assurance et efficacité. Puis, tandis que je me décrasse, il se dirige vers mon lit.

— Seigneur Stolon ?

Tout en me frottant le visage, j'examine ce qu'il me montre.

— J'ai rapporté ceci des quartiers de messire Fenwig, dit-il en exhibant la tenue grise favorite de mon père. Mais quelqu'un était passé avant moi car j'ai trouvé ce costume posé par-dessus.

Il me tend la tunique du second ensemble, je me sèche et je la prends. Elle est faite d'un velours bleu si sombre qu'il en paraît presque noir, avec le dragon d'Hurog brodé en rouge, or et vert sur le devant, au-dessus des pectoraux. Le velours à lui seul a dû coûter au bas mot dix drachs d'or et nul ici – sauf peut-être Mère – ne brode avec assez de talent pour avoir réalisé ce superbe dragon. La chemise est de couleur vieil or mais je n'en reconnais pas l'étoffe et je m'informe auprès d'Axiel.

— C'est de la soie, seigneur Stolon. Vous n'en aviez jamais vu ? J'ignore d'où elle vient. Pas du cabinet de votre père, c'est certain, et je serais bien étonné qu'elle sorte de celui de votre oncle.

— Je la porterai, dis-je en faisant crisser le fin tissu sous mes doigts calleux. Si elle convient, bien sûr.

— Pour la mort de l'Hurogmestre, elle ira parfaitement, répond Axiel. Mais comment a-t-elle bien pu arriver ici ?

— Le fantôme de la famille, peut-être.

— Le fantôme ?

— Tu as entendu parler du fantôme, tout de même ! dis-je en enfilant la chemise de soie.

Elle me va comme si elle avait été taillée à mes mesures, donc récemment. Peut-être est-ce le cas.

— Si, bien sûr, seigneur. Mais pourquoi déciderait-il de faire une chose pareille ?

— Demande-le-lui, dis-je en passant la tunique de velours par-dessus la chemise de soie.

J'enfile ensuite, à la place des miennes, de fines chausses assorties à la chemise et je vais me regarder dans l'écu poli qui me sert de miroir. Je m'y trouve un air plus fringant, plus brave. Je dois redoubler de concentration pour prendre une expression stupide avant de sortir.

La cérémonie est grandiose, ce qui aurait déplu à mon père. Mais il ne peut plus rien y redire. Mère a revêtu la robe de velours gris qu'elle portait pour leur mariage. Elle est belle et éthérée. À son côté, l'oncle Barbarin paraît encore plus massif et vigoureux que d'habitude. L'homme idéal pour protéger Hurog.

Presque aussi grande que Mère, ma sœur est soudainement devenue femme. Je fais un rapide calcul et je m'aperçois que Muellen avait juste son âge quand elle s'est mariée avec notre père. La robe de Ciarra est de velours bleu comme ma tunique, avec un dragon plus petit brodé sur le col. Oreg a bien travaillé.

J'attends à la place que le protocole m'a assignée, près de la tombe creusée à flanc de colline face au donjon. J'ai une vue imprenable sur le cortège funéraire. Pareillement, les membres du cortège n'ont qu'à lever les yeux pour voir leur nouveau seigneur, un seigneur pour l'heure privé de toute autorité.

Je suis monté sur un palefroi gris bien docile qui est très à son avantage dans son harnachement bleu d'Hurog. Les autres gravissent la colline à pied. Stala, en tenue de combat bleue, marche devant les hommes qui ont l'honneur de porter le cercueil. Ensuite vient le cortège familial, fermé par Beckram et Kromdick.

De nous tous, Stala est probablement la seule à être sincèrement affectée par le décès de Fenwig d'Hurog. Mais ses yeux sont secs et son visage impassible.

Légèrement à l'écart, j'observe le déroulement de la cérémonie. Je regarde les porteurs de la Garde Bleue descendre précautionneusement mon père dans le trou comme jadis il a lui-même regardé d'autres porteurs déposer son propre père en sa dernière demeure. Il a dû éprouver une grande satisfaction quand la caisse de bois a touché le fond.

Mère se tient de l'autre côté de la fosse et, au visage pincé de Barbarin, je devine qu'elle fredonne encore en sourdine sa petite mélodie funèbre. En fouillant très loin dans ma mémoire, je retrouve les souvenirs flous d'un temps où elle était gaie, où elle riait et jouait avec moi à construire des châteaux en cubes de bois pendant que mon père se battait au côté du Roi.

La P'tiote regarde la caisse qui contient l'Hurogmestre se poser sur la terre fraîchement remuée. Elle tressaille lorsque notre oncle lui pose une main sur l'épaule. J'ai une pensée pour Tosten qui a tout quitté pour s'éloigner de notre père.

Que la Bête Chtonienne t'emporte pour ce que tu as fait de ta famille ! Mais mon exhortation reste sans effet. Aucune bête sombre ne jaillit des entrailles de la terre pour dévorer le corps de l'Hurogmestre. Apparemment, le fait d'être un Hurog légitime tout au regard des dieux.

Descendu de ma monture, je vais jeter une poignée de terre dans la tombe. *Reste où tu es*, dis-je à l'Hurogmestre. D'amères montées de colère stérile menacent la sérénité que j'affiche. S'il en avait été autrement, j'aurais peut-être quelques clés en main pour essayer de redonner vie à Hurog. J'aurais aussi mon frère auprès de moi pour m'assister dans cette tâche écrasante. Notre mère serait en état de faire tourner la maison, me libérant de ce souci afin que je puisse chasser les bandits ou m'occuper du domaine. Je ne serais pas là, à demi fou, incapable de retenir mes larmes tandis que les officiants achèvent de combler la fosse.

En fin de compte, je crois bien être le seul à avoir pleuré. Peut-être même étais-je le seul à être triste. J'ai pleuré, oui, mais ce n'était pas pour l'homme qui gît dans cette tombe.

— Mon oncle connaît-il ton existence ?

Oreg est allongé au bout de mon lit. Assis sur mon tabouret, je le regarde tout en affûtant mon poignard. L'habit de cérémonie est accroché dans mon cabinet. Les vêtements marqués de sueur que j'ai encore sur le dos sont ceux que je portais en fin de journée pour m'entraîner avec la Garde Bleue.

Oreg ferme les yeux, ses traits se détendent.

— Non. Comme tu le sais, ton père n'avait pas coutume d'en dire plus que nécessaire.

Je lève mon poignard pour examiner la lame à la lumière. Il y a un morfil. Je ne le vois pas mais j'en suis sûr. Sinon, le tranchant couperait beaucoup mieux que cela, depuis le temps que je l'aiguise. Je me penche pour prendre une lanière de cuir dans mon nécessaire d'affûtage et je me remets au travail.

Oreg s'installe sur le flanc pour mieux me voir.

— Un homme est venu parler à ton oncle.

— C'est le régisseur des terres rendues incultes par les remontées de sel, dis-je paisiblement en rectifiant le fil de ma lame.

— Le mage de ton oncle, avec sa barbe mitée, n'a guère été plus efficace qu'un emplâtre sur un mannequin de quintaine, commente Oreg. Certains ici vont connaître la faim cet hiver.

Je sais qu'Oreg n'aime pas Licleng et qu'il le traite de bouffon vantard. Je range mon cuir, caresse délicatement ma pierre avec le fil du poignard puis je me lèche l'avant-bras et passe la lame sur la zone humide. Cette fois, le résultat est là. Les poils sont rasés net.

— Sans doute, mais Hurog survivra.

Je ne peux rien faire pour ce qui concerne les récoltes. Je décide donc de changer de sujet.

— Merci pour les vêtements, dis-je. Je suppose que c'est aussi à toi que la P'tiote doit sa tenue.

Oreg hoche du bonnet.

— Les habits, c'est mon rayon.

— Tu as fait les broderies à la main ?

Il secoue la tête.

— Cette fois, c'était œuvre de magie. Mais quand j'ai le temps, il m'arrive de le faire à la main. (Oreg ferme les yeux.) J'ai souvent du temps à tuer.

Je me lève, m'étire et vais ajouter une bûche dans le feu qui décline. Même en été, la vieille bâtisse de pierre est froide à la nuit tombante.

3

Stolon

Me voilà empêtré dans la toile que j'ai tissée. Au lieu de prendre mon essor, je veux me persuader qu'il est plus sûr de ne pas bouger.

— Au moins, il sait se battre, souffle un homme à son voisin.

La voix ne me suffit pas pour l'identifier et impossible de regarder. Mon attention est centrée sur mon adversaire.

— Entre nous, il est plutôt bien, sauf qu'il oublie les ordres reçus. Dans trois ans, c'est lui qui les donnera, les ordres, mais moi je ne serai plus là.

Cette voix haut perchée et bizarrement nasale… Là, aucun doute, c'est le second de Stala. Depuis trois semaines que mon père est mort, j'ai déjà surpris plusieurs fois ce genre de conversation, avec un certain nombre de variantes.

Un juron étouffé de mon adversaire me ramène au combat. Ilander d'Avinhelle vient d'être intégré à la Garde Bleue et c'est la première fois qu'il tombe sur moi dans le tirage des duels libres.

La Garde Bleue recrute dans quatre des cinq royaumes : Shavig, Tallven, Avinhelle et Valdemer. Si un bon combattant tient quelques années, il peut espérer accéder officiellement au rang de garde de premier puis de deuxième échelon. Mais, il y a quinze ans, mon père a fait intervenir la Garde Bleue pour mater la révolte d'Oranston et, depuis lors, les Oranstoniens ne sont plus admis dans ses rangs.

Ilander a beau être nouveau, il sait que, dès le jour où j'ai été en âge de tenir une épée, j'ai été pris en main par ma tante et que je n'ai cessé depuis lors de m'exercer avec elle. Il n'aurait donc pas dû s'imaginer que je serais un adversaire facile. Chaque semaine, ces rencontres organisées par Stala donnent lieu à force effusion de sang car le duel libre, comme son nom l'indique, autorise tous les coups. Depuis que le résultat du tirage a été annoncé, Ilander est donc venu régulièrement m'observer à l'exercice. Mais l'exercice est l'exercice et le duel libre un vrai combat. À l'exercice, j'ai coutume d'« oublier » les enchaînements, surtout si Stala les change souvent. Je ne donne le meilleur de moi-même ni en vitesse ni en force devant un adversaire qui cherche simplement à améliorer sa technique de parade. Est-ce ma faute si Ilander en a déduit que je suis lent et maladroit ? Ilander qui, par ailleurs, trouve très drôle de jouer des tours pendables au grand benêt.

Je lui adresse un sourire bon enfant et, d'une rotation de poignet apparemment molle et imprécise, je dévie sa furieuse frappe de taille. Il s'énerve, revient en garde haute, grogne et boute de nouveau en y mettant toute sa force. Il ne lui vient pas un instant à l'esprit que je puisse être assez prompt pour riposter du tac au tac et ensuite relever ma lame à temps pour parer de quarte et arrêter la sienne avant qu'elle ne me prive de quelque chose qui compte pour moi, comme ma tête. J'entre au ventre. La pointe de mon épée claque sur sa cuirasse à hauteur de la ceinture, je coupe de gauche à droite, sans appuyer, puis je remonte le bras pour bloquer son épée. D'un coup de sifflet strident entre ses doigts, Stala donne le signal de fin de combat. Dans un affrontement réel, Ilander aurait été étripé. Quant à moi, je serais mort si je n'avais pas arrêté son épée car lui a vraiment porté le coup. Il n'en revient pas. Il veut continuer et en découdre. Il est fou de rage. Cela se voit dans ses yeux. Je le regarde timidement.

— Bel assaut, dis-je avec tous les accents de la sincérité en reculant d'un pas et en laissant mon fer glisser pour se dégager du sien. Ç'a été un joli combat. Pas vrai, Stala ?

La maîtresse d'armes ne cache pas son irritation.

— Pfff... Ilander ! Tu n'es plus un enfant. Qu'est-ce que ça veut dire de s'énerver ainsi contre son adversaire ? Ouvrir sa garde pour porter l'assaut par en haut est ce qu'on peut faire de plus bête face à quelqu'un qui se montre plus fort que toi, et même, dans le cas présent, plus rapide. Estime-toi heureux de t'en sortir indemne.

— Je suis désolé, Ilander, dis-je en lui dédiant mon regard le plus bovin. Je regrette de t'avoir mis en colère. Je ne le ferai plus, tu sais.

Ilander, qui commençait à se calmer sous les remontrances cinglantes de ma tante, enrage de plus belle. Son visage s'empourpre, ses narines se dilatent. C'est tout juste s'il n'en sort pas des jets de vapeur.

— Espèce de...

— Suffit ! jappe Stala.

La bouche d'Ilander se referme avec un claquement de dents perceptible. Stala attend. Quand elle est sûre qu'il ne va plus la rouvrir, elle se détend.

— Va te laver ! lui ordonne-t-elle. Tu as quartier libre pour la journée. Laveine prendra ton tour de garde.

Laveine se trouve derrière Stala, sur sa droite, dans le cercle des gardes qui entourent l'aire de combat. Elle ne le regarde même pas. Elle a les yeux baissés vers le sol poussiéreux, devant elle. Laveine est un homme intelligent et je le vois se raidir.

— Je t'avais dit de ne plus filouter les nouveaux, Laveine. De combien l'as-tu dépouillé ?

— Un demi-drach d'argent, chef.

— En pariant qu'il n'était pas capable de battre Stolon ?

— Oui, chef.

— Eh bien, je vais t'étonner, Laveine. Tu vas voir que j'arrive à faire de la magie aussi bien que Licleng. Regarde. (Elle lève les mains dans un geste théâtral.) Pouf! Il n'y a jamais eu de pari !

Laveine a l'air de vouloir discuter. Je le vois ouvrir la bouche à cette fin, une fois, deux fois, mais, finalement, tout ce qu'il arrive à en tirer c'est :

— Oui, chef!

Le cas de Laveine réglé, Stala s'intéresse au mien.

— Dis donc, Stolon, tu n'as pas beaucoup transpiré, me semble-t-il...

Je fronce les sourcils. L'idée me vient de humer mes aisselles, puis je me dis qu'il ne faut peut-être pas en faire trop et je me contente de hocher la tête comme à mon habitude.

— Quand tous les duels seront finis, nous allons faire un peu d'exercice, toi et moi, propose Stala. Qu'en dis-tu ?

Je n'en dis rien. En grand adepte du hochement de tête, je renouvelle mon acquiescement par ce geste, avec un petit sourire en supplément. Même pour ceux qui ne me connaissent pas et n'ont pas encore arrêté leur opinion à mon sujet, le sourire en dit long sur mon crétinisme supposé. Personne n'a jamais eu raison de Stala. Comme Laveine, je me demande ce qu'elle a compris. A-t-elle vu, par exemple, que j'ai volontairement excité Ilander ? Est-ce pour me punir qu'elle me convoque à ce combat ?

Stala peut être satisfaite. J'ai assez transpiré pour son goût. Je gravis en clopinant le grand escalier du château. Chaque mouvement est une douleur. C'était à prévoir. Stala est grande, nerveuse et rapide. Trente et quelques années d'entraînement aux arts de la guerre lui ont en outre sculpté des muscles de granit. Je suis plus grand, plus fort et plus rapide qu'elle mais elle est vicieuse au combat. Dans un duel libre, ce qui compte, ce n'est pas de se battre avec élégance, c'est de gagner. Et ma tante aime gagner.

Je me frotte l'œil gauche avec précaution et j'en retire encore quelques grains de sable. Pour ma part, je suis incapable de porter un coup tordu sans trahir mon dessein. Mais j'observe ceux qui y parviennent et j'apprends.

Je pousse la porte de ma chambre et je trouve Oreg. Il a sur le visage un sourire narquois, aussitôt pardonné lorsque je vois la baignoire fumante, préparée pour ma toilette. J'envoie voler mes vêtements sales, trempés de sueur, et j'entre dans l'eau. La baignoire est à ma taille car elle a été fabriquée pour mon père. Avec Axiel et Pompon, c'est tout ce que j'ai récupéré de lui. Je pousse un long soupir en sentant la chaleur atténuer la roideur de mes muscles souffrants.

— Est-ce toi ou Axiel que je dois remercier ? dis-je en attrapant un bout de savon.

— Axiel a monté l'eau et moi je l'ai réchauffée.

— Merci, dis-je avant de glisser la tête sous la surface et de rester ainsi un long moment.

Les souillures de mes activités matinales me collent à la peau. Oh, il n'y a pas de honte à perdre face à ma tante. Tout le monde perd contre Stala et bien peu nombreux sont ceux qui lui donnent autant de mal que moi. Ce qui me tarabuste, c'est le duel contre Ilander.

J'émerge pour reprendre souffle.

— Je t'ai regardé combattre, dit Oreg.

Il est assis sur mon tabouret, ses pieds balancent sans toucher le sol et je me demande s'il a un bon sens de l'équilibre ou s'il use de magie. Ma capacité à détecter la magie est assez incertaine et Oreg émet tellement de vibrations partout où il passe que j'ai du mal à dire si de petits sortilèges sont à l'œuvre ou non. On dirait la magie d'Hurog. Parfois, je me demande s'il est lui-même cette magie ou s'il puise dedans.

En tout cas, il en use davantage que la plupart des mages que je connais. Même ceux qui font merveille à la cour. Je suis incapable de dire s'il est plus fort ou plus démonstratif, ou s'il essaie simplement de m'en mettre plein la vue.

— Contre ma tante ? Quand elle a failli m'ouvrir le ventre ?

Il sourit au mur derrière moi.

— Non. Quand tu as ridiculisé ce nouveau garde. Ilandei ? Non, Ilandei c'est tallvenois et ce garçon est, me semble-t-il, avinhelite... Cela doit donc être Ilander...

Mon père est mort. Mon oncle se conduit comme un régent consciencieux et administre les affaires d'Hurog aussi bien que si c'étaient celles de son propre domaine. Mieux, peut-être. Ces trois derniers jours, il a passé la quasi-totalité de son temps dehors à tenter d'assainir les terres que les remontées de sel ont rendues impropres à la culture. Il a fait broyer des tombereaux entiers de coquillages rapportés des côtes puis a dirigé leur épandage par-dessus le sel. Ça ne marchera pas. Je le sais. Mon ancêtre Seleg avait déjà essayé un procédé similaire au début de l'invasion saline et ça n'avait pas marché. Je l'ai lu dans son journal.

Bien sûr, j'aurais pu épargner trois jours de dur labeur à Barbarin. Mais le benêt n'est pas censé avoir lu les gribouillis pratiquement indéchiffrables que Seleg a laissés sur des parchemins oubliés à la poussière dans le recoin le plus obscur de la bibliothèque. Et voici qu'en plus de la peur qui m'habite je me sens coupable. Mais ce n'est plus la peur de perdre la vie, c'est beaucoup plus terre à terre.

Alors, pour échapper à la culpabilité qui m'assaille quand je vois mon oncle mettre toute son énergie dans un projet voué à l'échec, j'ai fait mon petit numéro au détriment d'un garde innocent.

— Il a compris, dit Oreg. Il ne jouera plus les fiers-à-bras. Pas avec toi, en tout cas. Tu lui as montré qu'on devait respecter l'Hurogmestre.

On dirait qu'il veut enfoncer le clou. Je le scrute en me demandant s'il est juste en train de me livrer sa pensée ou s'il tâte le terrain pour essayer d'en découvrir davantage. A-t-il conscience de la culpabilité qui me tourmente ? Je ne sais. En observant mon père, j'ai aiguisé ma faculté de lire en autrui mais, avec Oreg, c'est une autre affaire. Il est esclave depuis trop longtemps.

Je prends un autre bout de savon et, tout en me frottant les mains pour les débarrasser de l'odeur métallique laissée par mon épée, je demande, histoire de changer de sujet :

— Comment était mon oncle quand il était enfant ?

— Je crois que je l'aimais bien, répond Oreg en faisant osciller le tabouret d'avant en arrière. Mais cela nous ramène bien loin dans le passé. Jadis, je me souvenais de tout. Aujourd'hui, c'est fini, j'oublie aussi vite que je le peux.

Son visage porte une expression figée, comme un regard tourné vers l'intérieur, qui me met mal à l'aise. Cette expression annonce souvent ses pires extravagances.

— Tu crois que je devrais tout lui dire ? C'est toi, tout de même, qui m'as engagé à suivre mon instinct.

Il rétablit le tabouret en position normale, se laisse glisser à bas et prend du champ pour se mettre hors de ma portée. Oreg progresse moins vite que Pompon. Il est vrai que Pompon n'a que quatre ans de mauvais traitements derrière lui…

— Que peut-il te faire ? demande-t-il. Tu n'as plus douze ans. Je… Je crois finalement que, loin de te protéger, la tromperie te porte préjudice.

— J'ai besoin de me vider la tête ! Je vais faire un tour à cheval, dis-je en me levant soudain dans un bouillonnement de cascade.

Oreg a un brusque mouvement de recul. Ignorant sa réaction, j'attrape une touaille et je me frictionne avec énergie.

Tout en me séchant, je m'aperçois que je me mords les lèvres malgré moi. Oreg a raison. Que mon oncle soit ou non digne de confiance, il est grand temps de mettre fin à cette singerie. Et c'est là que la peur montre son nez. Je ne peux pas annoncer tout de go à Barbarin que j'ai fait semblant d'être idiot pendant sept ans par peur de mon père. Le révéler à Oreg n'a pas été difficile mais c'était autre chose, il était déjà au courant. Oreg connaissait mon père. Il était là quand l'Hurogmestre a failli me tuer dans une crise de jalousie furieuse.

Incroyable paradoxe. Moi qui ai joué les crétins pendant plus du tiers de ma vie, voici que j'ai peur de passer pour un imbécile.

Je laisse échapper un petit éclat de rire sans joie et je file vers le cabinet quérir des vêtements propres, que j'enfile en annonçant :

— À mon retour, je dirai à Barbarin que je ne suis pas aussi bête qu'on le croit.

Jusqu'à présent, je n'ai pas beaucoup monté Pompon et la sortie que j'ai envie de faire n'est pas ce qu'il y a de plus indiqué pour lui en ce moment. Je reprends donc Plume, la bonne grosse alezane que j'ai l'habitude de monter pour mes courses dans les monts d'Hurog. Plume est râblée, avec des membres puissants et elle adore courir autant que je le lui demande. Je l'ai appelée Plume à cause d'une aigrette blanche qui décore son large front.

Pour elle, la folle chevauchée à flanc de montagne est une récréation. Pour moi, c'est une évasion nécessaire. Nous courons sur les pistes étroites et les sentiers de chèvres qui longent les précipices et je suis totalement absorbé par la conduite de ma monture. Ainsi, mon esprit n'a pas le loisir de tourner en rond et de ressasser de vaines réflexions sur un état de fait que je ne peux pas maîtriser.

Cependant que nous courons ainsi, il n'existe plus pour moi que deux choses au monde : le puissant poitrail de Plume qui trépide entre mes jambes et le tonnerre de ses sabots. La sueur de son effort m'envahit les narines, son souffle régulier cadence les battements de mon cœur. J'arrêterai quand je la sentirai mollir.

La course dans laquelle je l'entraîne aujourd'hui est dure et semée d'embûches. Elle abonde en raidillons, virages abrupts, branches mortes tombées au sol. Nous connaissons bien ce parcours, elle et moi. D'habitude, nous faisons halte sur une crête escarpée, non loin d'un arbre fendu en deux par la foudre. Arrivés là, nous faisons demi-tour et regagnons la forteresse à une allure plus raisonnable. Mais aujourd'hui, lorsque nous arrivons au niveau du vieil arbre noirci, Plume est toujours en grande forme et je suis moi-même encore sérieusement partagé entre le désir de tomber le masque et la honte de tout révéler.

Nous abordons à toute allure un tournant serré, en haut d'une côte, et je me penche vers l'intérieur pour aider la belle à négocier la courbe.

C'est alors qu'un sabot extérieur glisse en arrachant de grosses mottes de terre meuble.

Plume va verser dans l'abîme quand je jette tout mon poids de l'autre côté en même temps que je lui attrape la tête pour la tourner dans le sens de la descente. Et nous voici soudain en train de galoper vers le bas, ce qui vaut quand même mieux que de rouler à flanc de montagne.

J'agrippe Plume entre mes genoux et je regarde ses oreilles afin d'anticiper la direction qu'elle va choisir pour éviter les plus gros rochers. Il faut que je lui maintienne fermement la tête pour la stabiliser sans pour autant gêner l'effort phénoménal qu'elle déploie pour empêcher ses jambes de se dérober sous elle. Son poids ajouté au mien nous attire irrésistiblement dans le sens de la pente. Si le terrain était moins raide, je pourrais me renverser complètement en arrière et la faire glisser sur la croupe mais, dans le cas présent, une telle tentative nous serait fatale à tous les deux.

Le bas du sentier est encombré d'arbres morts tombés et enchevêtrés mais, virant, évitant, sautant, Plume réussit la prouesse de traverser cet invraisemblable fouillis à une vitesse que tout équidé raisonnable aurait refusée.

Brave bête ! Son courage nous a sauvés. Vraiment, je me demande comment elle a fait pour ne pas perdre pied et comment j'ai réussi à rester sur son dos. Mais nous sommes entiers tous les deux.

Dès qu'elle a perdu tout son élan, elle s'arrête sur des jambes chancelantes. Je suis secoué par sa respiration saccadée, la sueur née de son effort et de sa peur me chauffe cuisses et mollets.

— Tout doux, Plume, tout doux, dis-je en lui flattant l'encolure. Bonne fille… Oui, tu es même une grande dame aujourd'hui !

Je la berce avec les litanies de flatteries idiotes qui vous viennent aux lèvres dans ce genre de situation, jusqu'à ce que le blanc s'efface de ses yeux et qu'elle frotte sa tête contre mon genou dans une de ces incroyables contorsions dont les chevaux sont capables.

Je saute de son dos, atterris sur des jambes vacillantes et passe ma belle en revue avec la plus grande minutie. Je ne lui trouve que deux écorchures, pas de membre estropié. Je remonte et en route pour la forteresse. Marcher lui fait du bien et, à mi-parcours, je la sens complètement apaisée. On dirait qu'elle a tout oublié. Ce n'est pas mon cas. Ma bêtise, ma vraie bêtise, a failli nous tuer tous les deux. Sitôt arrivé, je vais tout expliquer à mon oncle.

En arrivant dans la cour de l'écurie, je tombe sur des palefreniers en train de s'occuper de chevaux inconnus au bataillon. Ils ont l'air encore plus harassés que ma bonne Plume. Les couleurs gris et or de leurs brides indiquent qu'ils sont à Gandelon, seigneur oranstonien et favori du roi Jakoven.

D'ordinaire Gandelon passe son temps à la cour ou à la chasse sur les terres de châtelains amis. En effet, suite à la révolte d'Oranston, les seigneurs régnant sur cette dépendance de Tallven ne sont plus autorisés à faire que de courts séjours en leur domaine. Même le favori du Grand Roi n'échappe pas à cette règle.

Je me demande bien ce qu'il vient faire ici.

À l'exception d'Oreg, les lieux sont déserts lorsque je pénètre dans la grande salle du château. Il est debout, jambes écartées, mains dans le dos, plongé dans la contemplation de la vieille inscription tracée sur le mur.

Son regard est si intense que je me surprends à examiner moi aussi le texte de la malédiction d'Hurog, mais rien n'a changé. Les runes donnent toujours l'impression d'avoir été grossièrement taillées au couteau de chasse. Pourtant, je ne connais pas de couteau capable d'entamer cette pierre. Chaque lettre est haute comme un homme. À certains endroits, l'outil a creusé sur une profondeur de deux pouces. À d'autres, il a tout juste laissé une mince griffure.

— Eh bien, Oreg ? dis-je après avoir soigneusement vérifié qu'il n'y a personne d'autre que nous dans les lieux.

Je suis le seul à le voir partout où il se trouve. Oreg use d'une forme de magie pour échapper à la vision des autres, à l'exception, quelquefois, de Ciarra, et j'ai appris à me montrer très prudent sur ce point, à ne pas lui parler en public, par exemple. Je suis censé être simplet, pas fou.

La magie commence à s'inviter dans la salle. Sa présence devient si forte que le sang me monte au visage. La magie qui entoure Oreg est beaucoup plus intense que d'habitude.

— Oreg ? dis-je d'un ton un peu plus nerveux.

— C'est moi qui ai écrit cela, affirme le fantôme en désignant l'inscription. Je l'ai fait quand il a tué la dragonne. Des ondes d'argent scintillaient dans ses yeux et il l'a tuée. Alors, j'ai gravé cela pour lui montrer ce que serait l'avenir d'Hurog.

— Cela a dû être un travail de titan, dis-je en essayant d'attirer son attention.

Je commence à connaître les signes précurseurs des crises qui frappent Oreg. Il lui arrive de parler à des gens qui ne sont pas là ou de regarder à travers moi, comme si je n'existais pas ou comme s'il était aveugle. D'habitude, il s'éclipse brusquement lorsque cela survient et, quand je le revois plus tard, tout semble terminé. Mais, à quelques rares occasions, je suis parvenu à attirer son attention sur moi et à faire cesser le phénomène.

— Il n'a pas pu le lire, ce scélérat illettré ! crie Oreg sur un ton qui traduit une haine féroce.

— C'est écrit en ancien shavigan. Bien peu de gens peuvent le déchiffrer.

— Je le lui ai lu et, alors, il m'a fait battre, poursuit Oreg.

Comme il prononce ces mots, le tissu de sa chemise craque et se déchire en biais du haut de l'épaule gauche jusqu'à la hanche droite. Il tressaute et le vêtement craque à un autre endroit. Je n'en crois pas mes yeux. Du sang imprègne le tissu. Mais Oreg garde la tête obstinément tournée vers l'inscription.

— Oreg…, dis-je en essayant de garder une voix calme.

Mais, cette fois, j'entends un claquement de fouet et un troisième coup s'abat sur son dos.

Ma mère crée parfois des apparitions. Il m'est arrivé d'entrer dans une pièce du château et de la retrouver au milieu de vignes et de fleurs exotiques pareilles à celles qui embellissaient son enfance dans le sud de Tallven. Mais ce qui se passe devant moi en ce moment ne ressemble pas à ce genre d'illusion. Le sang coule du dos lacéré et se répand sur le sol poussiéreux.

— Oreg… Cela fait longtemps, très longtemps. Il ne peut plus te faire de mal.

— Il aurait pu me tuer, poursuit Oreg d'une voix irréelle.

Je vais me placer entre le mur et lui pour essayer de capter son regard et ce que je vois me coupe le souffle. Son visage est boursouflé, méconnaissable. Des os blancs apparaissent à travers ses joues.

— Mais il ne l'a pas fait. Il a envoyé quelqu'un d'autre me fouetter. Sais-tu pourquoi ?

— Non, dis-je à voix basse. Je t'écoute.

— Parce qu'il ne voulait pas perdre Hurog. Il connaissait mon violent désir de mourir. C'était lui qui portait l'anneau, il était donc le seul à pouvoir me tuer. Voilà pourquoi je l'avais provoqué. Il le savait et il en a envoyé un autre.

— Oreg, dis-je en lui touchant doucement le haut du crâne.

À ce que je peux voir, en effet, c'est la seule partie de son corps qui ne porte aucune trace de sévices passés. Et, comme je fais ce geste, j'entends la voix de mon oncle derrière moi :

— À qui parles-tu, Stolon ?

Chose inhabituelle, sa voix est douce. Aussi douce que la mienne quand je parle à Oreg. Mais il est évident que Barbarin ne voit pas le fantôme.

Moi qui comptais tout lui révéler. « *Je suis normal, mon oncle, vous voyez bien…* » Je repasserai.

— J'étais en train de lire l'inscription sur le mur, dis-je sans me retourner. Un jour, Tosten m'a expliqué ce que ça voulait dire mais je ne me rappelle que quelques mots.

— Ah ! commente Barbarin, visiblement rassuré. Gandelon et son frère sont ici.

Je me détourne brusquement d'Oreg en faisant un gros effort pour ne pas broncher quand il pousse un gémissement aigu et j'endosse ma cuirasse de benêt. Nos visiteurs étaient restés en retrait pendant que Barbarin s'approchait de moi. Je les rejoins en quelques pas.

— Gandelon !

Je lui attrape la main et la secoue vigoureusement. Il a beau essayer de se dégager, je l'attire contre moi et je lui administre une vigoureuse tape dans le dos. Il étouffe un petit cri plaintif. Barbarin me passe un bras autour des épaules pour m'éloigner discrètement de notre hôte.

— La cour est bien loin d'ici, me dit-il. Le seigneur Gandelon et son noble frère Landislas ont fait une longue chevauchée cette semaine passée pour venir nous voir.

Gandelon est un homme de taille moyenne avec un visage délicat, des cheveux bruns bouclés et des lèvres fines qui ont le sourire trop facile. Il fait plus jeune que son âge. Peut-être est-ce pour cela qu'il plaît toujours au roi. Son frère

Landislas lui ressemble beaucoup mais en plus épais. Le nez fin de Gandelon devient fort et viril chez Landislas. La bouche est plus large, le sourire charmeur. Vus l'un à côté de l'autre, les deux frères ont l'air du soudard et du lettré ou, pour prendre une image dans le domaine de la chasse, du chien de meute et du chevreuil. C'est, à tout le moins, ce que disent les dames de la cour.

Après les avoir mis tous bien mal à l'aise en les dévisageant un long moment à tour de rôle, je fais cette fracassante déclaration :

— Qu'est-ce qu'on s'ennuie à la cour ! Si j'étais vous, je serais aussi venu ici.

Cela fait rire Landislas.

— Bien dit. J'ai apprécié cette semaine passée comme cela ne m'était pas arrivé depuis longtemps à la cour. Je serai bien chagriné quand il faudra que cela se termine.

Je n'aime pas Landislas. C'est une brute et, dit-on, un maquereau.

Gandelon est encore en train de frotter en cachette l'épaule que je lui ai frappée. Mais lui a de l'éducation.

— Je vous présente mes sincères condoléances, me dit-il.

Je lui retourne un regard interrogateur.

— Pour le décès de Monsieur votre père.

— Ah, oui ! Bien sûr ! Voici un moment que mon père est mort.

Déconcerté par cette indifférence, Gandelon perd son sens de la juste réplique. Finalement, il me déplaît moins que je ne l'aurais voulu. Car je n'aime pas l'idée d'apprécier un tant soit peu le favori du roi. En vérité, il me plaît d'autant plus que sa présence m'oblige à différer l'aveu à Barbarin. Lequel Barbarin reprend vivement la situation en main :

— Maintenant que nous avons trouvé Stolon, peut-être voudrez-vous nous affranchir des motifs de votre visite, messieurs.

— La chasse sans doute, dis-je.

Oreg n'émet plus un son en dehors de quelques grognements étouffés ici et là. Mais le bruit du cuir sur sa peau claque dans la salle et la pression des forces magiques m'empêche de me concentrer comme je le voudrais sur nos hôtes.

— Oui, dit Gandelon avec un ricanement, nous chassons… Mais pas ce que vous croyez. Landislas a acheté une esclave à une de nos connaissances et il vient de découvrir que cette personne n'avait pas qualité pour la vendre.

Une esclave… Pauvres êtres privés de liberté. On les trouve en nombre à Estian, à la cour tallvenoise du roi Jakoven comme dans d'autres domaines des Cinq Royaumes. Mais les gens de Shavig ne possèdent pas d'esclaves.

— Elle appartenait à son père, précise Landislas avec une simagrée mielleuse.

— Son père est Ciernack-le-Noir, ajoute Gandelon d'un ton acide.

— L'usurier ? demande mon oncle, visiblement choqué.

Sans doute n'a-t-il pas eu vent de ce que l'on raconte à propos du frère de Gandelon.

Oh, Landislas n'est pas endetté, bien au contraire. Il invite des gens de cour à s'encanailler et les attire dans des bouges où l'on joue de l'argent. Ces tripots appartiennent à Ciernack et, si les amis de Landislas vont y dilapider leur fortune, c'est leur faute, non la sienne. Pas vrai ?

— Le prêteur, oui, confirme Gandelon. Mais cette esclave s'est enfuie avant que Landislas n'ait pu la rendre. Et nous la pourchassons depuis lors. Très honnêtement, nous n'aurions jamais retrouvé sa trace si Landislas n'avait pas découvert que quelqu'un lui a indiqué Hurog comme un havre pour les esclaves. D'après la piste que nous avons suivie, elle est entrée dans un tunnel près de la rivière. J'ignore comment elle a fait car nous n'avons pas pu ouvrir la grille. Pourtant, elle y est : ses traces de pas se poursuivent à l'intérieur.

Gandelon s'adresse à moi davantage qu'à Barbarin. Cela fait partie, sans doute, des raisons de la vague sympathie qu'il m'inspire. D'une manière générale, les courtisans déploient d'étonnants efforts pour oublier ma présence, même quand je me trouve près d'eux à les toucher.

Je baisse les yeux d'un air ennuyé.

— Les égouts.

Gandelon claque les doigts.

— Bien sûr ! s'exclame-t-il. J'avais oublié que cette bâtisse… (il accompagne son propos d'un grand geste circulaire du bras) a été édifiée par les nains.

— Non, dis-je. Seulement les égouts.

— Ah bon ? fait Gandelon avec un hochement de tête. Quoi qu'il en soit, nous avons une esclave en fuite dans vos égouts et nous ne pouvons pas ouvrir la grille qui semble scellée à la sortie du tunnel.

Elle ne l'était pas la dernière fois que j'y suis allé, me dis-je, étonné. Peut-être même est-elle restée posée à côté de l'ouverture comme je l'ai laissée. Je dois dire que je n'y ai pas pensé depuis mon exploration de l'autre jour. C'est probablement Oreg qui l'a consolidée. Plus que quiconque, il a de bonnes raisons de protéger une esclave fugitive. Peut-être même est-ce cette affaire qui a déclenché sa transe.

Dans mon dos, le claquement du fouet est de plus en plus rythmé. Mais Oreg ne fait plus aucun bruit.

— Nous avons laissé gens et chiens en bas et sommes venus voir si vous avez un moyen d'accéder à l'égout, dit Gandelon.

— Aucun moyen.

— Enfin, Stolon, tu y es allé il n'y a pas si longtemps ! me rappelle Barbarin d'un air contrarié. Tu dois bien savoir comment on y entre.

J'acquiesce d'un mouvement de tête. Je le sais, en effet.

— Il n'y a pas d'esclaves à Hurog, dis-je.

Gandelon et Landislas me considèrent d'un air agacé. Mais mon oncle fronce gravement les sourcils. Il sait, lui, ce que je veux dire. Il sait l'aversion que j'éprouve pour l'esclavagisme et il devine celle que je ressens à cet instant pour Landislas. Je vois l'appréhension naître dans son regard. Si Oreg veut sauver la pauvre fille, je ne vois aucun inconvénient à l'y aider.

— Nous l'avons pistée jusqu'ici, reprend Landislas lentement, pour bien me faire comprendre le sens de ses paroles. Elle a franchi la grille et c'est là que la piste s'arrête. Elle ne pourra pas ressortir par là car nous avons laissé des hommes sur place. Maintenant, il nous faut trouver un moyen d'entrer.

— Le seul moyen, c'est la grille, dis-je d'une voix douce.

— Pouvez-vous l'ouvrir ? demande sèchement Landislas, qui semble en avoir terminé avec le ton courtois.

Il me paraît, en effet, bien anxieux. Je vois même qu'il transpire mais je m'en moque royalement. Un damoiseau qu'il avait entraîné dans les rets de Ciernack-le-Noir s'est, m'a-t-on dit, donné la mort dernièrement. C'était un brave garçon aimé de tous.

— Oui, dis-je.

— Bien. Alors, allons chercher notre esclave fugitive, décrète sèchement Landislas sans prêter attention à la main que son frère a posée sur son épaule.

— Il n'y a pas d'esclave, dis-je en lui souriant avec bonhomie, comme si je lui pardonnais sa lenteur d'esprit.

Mon oncle incline une tête découragée et la secoue lentement de droite et de gauche.

Oubliant sans doute que ma bêtise se loge dans mon crâne et non dans mes membres, Landislas me saisit par le bras.

— Un peu de lutte ? J'adore ça ! dis-je joyeusement en l'expédiant à douze pieds, parmi la meute de chiens qui paressent devant la cheminée quand personne ne chasse.

— Pas dans le château, Stolon, je te prie ! lance mon oncle avec sévérité.

Je prends un air offusqué et proteste énergiquement :

— C'est lui qui a commencé.

Gandelon se retourne vivement et je suis le seul à surprendre son grand sourire.

— Peut-être, Stolon, mais je ne crois pas qu'il voulait te provoquer, reprend Barbarin, accablé.

Puis il va secourir le blanc-bec rageur qui se démène comme un beau diable pour échapper à la toilette poisseuse que lui administrent une demi-douzaine de langues affectueuses.

— Suffit, Tayaut ! La paix, Harlout ! Couché, toi ! Veux-tu bien te tenir ! Prenez ma main, seigneur Landislas. Vous devriez savoir que mon neveu adore se mesurer à la lutte avec ceux qu'il rencontre. Il sait se tenir, tant qu'on ne porte pas la main sur lui.

Le ton de Barbarin est glacial et lourd de reproche.

Landislas me décoche un regard hargneux mais il a dépassé les limites de la bienséance et il le sait. Il attrape la main de mon oncle et se relève.

— Il me semble comprendre ce que Stolon veut vous dire, enchaîne Barbarin en revenant vers nous avec Landislas. Il n'y a pas d'esclaves à Hurog. C'est une vieille loi qui régit ce domaine et c'est probablement ce qui a été dit à votre évadée et qui l'a poussée à tenter sa chance ici.

— Je ne l'ignore pas, messire, dit Gandelon. Mais quel lien y a-t-il entre votre droit et notre esclave ?

— Il n'y a pas d'esclaves ici, répète Barbarin. Comprenez-vous ce que cela veut dire ? Si votre fuyarde est arrivée à Hurog, ce n'est plus une esclave.

Landislas le regarde avec une parfaite incrédulité.

— Vous plaisantez.

Tout en tenant prudemment son frère par le bras, Gandelon, à son tour, s'adresse à mon oncle :

— Seigneur Barbarin, vous sauriez peut-être faire une exception pour cette fois.

— Non ! dis-je fermement en voyant mon oncle prêt à opiner du bonnet. Il n'y a pas d'esclaves à Hurog. Je suis l'Hurogmestre, garant des lois sur ces terres. Ici, pas d'esclaves. Tous à Hurog sont libres de vivre en paix. Hurog est un refuge pour tous.

L'éloquence n'étant pas mon fort, il m'a fallu un bon moment pour déclamer ce couplet. Mon oncle le reconnaît, il provient d'une des nombreuses sagas qui chantent Seleg, mon héros. Ce n'est pas Seleg qui a aboli l'esclavage à Hurog. C'est un Hurogmestre plus ancien qui avait besoin de bras pour aider aux travaux de la terre. Mais c'est Seleg qui a remis cette règle à l'honneur. N'étant pas d'Hurog, Gandelon et Landislas me regardent comme si une vache douée de la parole venait de leur apparaître.

— Ce n'est qu'une histoire, Stolon, dit mon oncle avec grande prudence.

Il fait un test, je pense, pour voir comment il peut s'y prendre pour me faire changer d'avis.

Je souris.

— Mère m'a dit que je devrais tout faire pour ressembler à Seleg.

Une forte déception se peint sur le visage de Barbarin.

Toute personne résidant en terre d'Hurog connaît ces histoires. Chacun ici, homme ou femme, vénère Seleg. Il me suffirait d'évoquer la mémoire de Seleg et de faire référence à l'honneur d'Hurog pour avoir derrière moi toute la population ou presque, que mon oncle soit d'accord ou non. Barbarin le sait. Landislas ne repartira pas avec son esclave. Pauvre Landislas…

Barbarin se tourne vers moi avec une mimique soucieuse.

—Messires, si vous voulez bien m'accorder un moment pour que je m'entretienne avec Stolon…

—Il vaudrait mieux l'enfermer, commente Landislas.

—Messires, je pense que vos hommes et vous-mêmes êtes bien fatigués, coupe mon oncle en élevant la voix. Je vais poster des hommes de la Garde Bleue devant la grille des égouts pour que vous puissiez prendre du repos. Un bon repas et quelques heures de sommeil devraient vous faire le plus grand bien. Quant à toi, Stolon, tu vas te débarrasser de ta tenue de cheval, faire un brin de toilette et changer de vêtements. Je viendrai te rendre visite pour bavarder d'événements survenus en ton absence.

À cet instant, Oreg pousse un hurlement. Je sursaute malgré moi.

Gandelon se raidit.

—Qu'est-ce que c'est ? demande-t-il en tendant l'oreille et en plissant les yeux comme quelqu'un qui écoute attentivement un bruit inconnu.

—Quoi ? fait Barbarin.

—On dirait… quelque chose comme… On dirait un gémissement d'agonie. On dirait que c'est…

Personne ne réagissant, Gandelon laisse sa phrase en suspens. Je la termine paisiblement :

—Juste un fantôme. Bien, je vais à ma toilette. Messires…

Je les salue d'une révérence collective et, fidèle à mon personnage, file dans l'escalier que je gravis quatre à quatre.

Axiel attend dans ma chambre. Sans une parole, il m'aide à me déshabiller puis à me laver. Il ne fait même pas de réflexion sur la tenue confectionnée par Oreg que je vois étalée sur mon lit et qui m'attend pour le déjeuner. Il faudra que j'en parle à Oreg. Je ne vois pas d'inconvénient à ce qu'Axiel connaisse l'existence du fantôme de la famille mais je ne voudrais pas que ses faits et gestes soient portés sur la place publique et se mettent à faire l'objet de tous les commérages.

Axiel est en train de serrer le laçage de ma manche gauche lorsque la porte s'ouvre brutalement.

— J'aimerais te parler seul à seul, déclare Barbarin en s'invitant dans la chambre.

J'acquiesce d'un mouvement de tête. Axiel finit le laçage et prend congé.

— Si vous avez besoin de moi, je serai dans mes quartiers.

Barbarin le regarde sortir, attend qu'il ait refermé la porte et se met à arpenter la pièce de long en large.

— Où es-tu allé chercher ça, mon neveu ? Ce n'est pas Fenwig qui te l'a enseigné. Impossible. Mon frère bien-aimé était le digne rejeton de notre père et je puis t'affirmer que Da aurait ri à s'en faire éclater la rate si on avait invoqué devant lui cette histoire d'Hurog comme refuge. Seul un enfant peut croire une chose pareille, ou bien…

Il se tait juste avant de dire « un imbécile ».

Je reste où j'étais à son arrivée et je suis ses allées et venues en bougeant la tête à droite puis à gauche dans un mouvement de balancier ample et indolent. Je dois avoir vraiment l'air très abruti. Je cesse brusquement cette pantomime lorsqu'il me vient à l'esprit que je vais tout révéler à mon oncle.

Il s'arrête sur place, tout aussi brusquement, comme si ses pas avaient été commandés par le va-et-vient de ma tête.

— Je suis venu t'expliquer une chose, Stolon, reprend Barbarin. Si un mot de ceci filtre à l'extérieur, Hurog va devenir le rêve des esclaves fugitifs dans tous les Cinq Royaumes. On va se gausser de nous à la cour. Mais… Mais je suppose que tu n'en as cure, n'est-ce pas ?

Il est clair qu'il n'attend pas de réponse. Donc je ne lui réponds pas. Pas directement, à tout le moins.

— Il n'y a pas d'esclaves à Hurog.

Barbarin pousse un soupir. C'est drôle, on dirait presque un soupir de soulagement. Il regarde fixement devant lui et ce n'est plus à moi qu'il parle. C'est à lui-même qu'il s'adresse quand il reprend :

— Il n'y a pas d'esclaves à Hurog. Une vieille loi, inscrite dans notre charte par le premier Grand Roi établit que, quand un esclave pose le pied sur ce territoire, il devient à jamais un homme libre. Cette loi, mon père et son propre père avant lui avaient décidé de n'en pas tenir compte. Mais il est vrai qu'elle n'a pas été abrogée et que, donc, elle est toujours en vigueur. Landislas et Gandelon n'auront qu'à s'en retourner voir comment réagit Ciernack. La parole de Seleg a toujours force de loi à Hurog.

— Gandelon semble être un honnête homme, dis-je, et Landislas une belle canaille.

Le visage de Barbarin se durcit.

— Tu ne l'aimes pas ? Pourquoi ?

Ça y est, je tiens l'occasion de lui montrer que je suis plus malin qu'il ne le pense. Mais j'ai toujours le même problème avec la prise de parole : trop lent au démarrage, je ne trouve pas mes mots. Je comprends vite que l'occasion est ratée et, une fois de plus, la tentative s'achève sur un haussement d'épaules. Je vais attendre que Gandelon soit parti pour retenter ma chance.

— Et si tu l'aimais ? insiste mon oncle. Déclarerais-tu que l'esclave est libre ?

Bonne question. Ma décision serait-elle, au moins en partie, dictée par mon aversion pour Landislas ? La vieille loi me serait-elle revenue en mémoire s'il n'y avait pas eu Landislas ? Je pense aux gémissements d'Oreg dans la grande salle, je pense au dragon enchaîné dans les soubassements du donjon. Les Hurog ont trop souvent oublié leurs vieilles lois.

— Il n'y a pas d'esclaves à Hurog.

Barbarin m'adresse un étrange sourire suivi d'une courbette respectueuse et il se dirige vers la sortie.

— Très bien.

— Tu ne vas pas la donner, Stolon ? dit une voix dès qu'il a refermé la porte derrière lui.

C'est celle du seul et unique esclave d'Hurog. Oreg est là, dans ma chambre, devant le panneau qui s'ouvre vers les passages souterrains. Son visage est redevenu normal, il ne porte plus une trace de coup sur le corps et il a l'air d'avoir retrouvé ses esprits. Encore qu'il se tienne replié sur lui-même et se trémousse anxieusement d'un pied sur l'autre.

J'aimerais bien pouvoir le libérer, lui aussi. Je tâcherai d'en parler à l'un des sorciers du roi la prochaine fois que je me rendrai à la cour. C'est à voir car je ne suis pas certain d'avoir envie de partager nos secrets avec tout le monde. Et surtout, je ne suis pas certain que même un mage du roi soit capable de conjurer un sortilège qui dure depuis si longtemps. Il est bien connu que les mages avaient plus de pouvoirs au temps de l'empire.

— Je ne la donnerai pas, dis-je.

Oreg relève le nez.

— Vrai ?

— Vrai.

J'espère que ma voix est assez assurée pour le convaincre.

— As-tu songé à lui fournir le nécessaire pour dormir et se nourrir ?

— Oui, répond Oreg dans un murmure. Mais cette Sclavina est toujours terrorisée. Je l'ai installée dans la caverne aux ossements. Elle ne m'a pas vu. J'ai juste laissé des vêtements chauds, un couchage et à manger dans la grotte. J'aurais dû te le dire ce matin.

— Tu l'as enfermée dans cette caverne ? Elle y est restée toute la journée ?

— Oui, répond Oreg.

— Je vais aller lui parler, dis-je. Nous pourrions lui trouver un abri convenable dans le donjon, même si Gandelon et Landislas ne sont pas encore partis. Mais, bien sûr, elle peut aussi rester où elle est, si elle le souhaite et si tu le veux bien.

Aujourd'hui, Oreg vient me demander de l'aide. Hier, c'est Pompon qui a poussé un petit hennissement joyeux en me voyant. Les miracles arrivent parfois. Oreg me fixe d'un regard plein de désarroi. Il a l'air aussi jeune que mon frère la dernière fois que je l'ai vu. Parfois, il m'arrive de réussir à oublier qu'il est un fantôme et un esclave. Pas aujourd'hui, après la scène à laquelle j'ai assisté tout à l'heure. Il est venu quérir de l'aide mais il ne me fait pas tout à fait assez confiance pour accepter ce que je lui propose.

— Elle n'aura rien à craindre, dis-je pour le rassurer.

Bien qu'il n'ait pas fait un geste, le panneau coulisse dans son dos. Il s'engage dans le passage. Je le suis. Cette fois, le trajet est court jusqu'à la caverne au dragon. On dirait qu'elle est située juste derrière ma chambre et non plus dans les profondeurs de la terre. Deux choses me frappent au moment où nous y arrivons. La première est un bourdonnement étrange. La seconde est la montée de la magie qui emplit la caverne comme une soupe épaisse emplit un chaudron. Je vois de petites lueurs, mais aussi des scintillements ici et là et les sensations que je perçois dans ma nuque me disent que des choses ou des êtres se tiennent à l'affût dans l'ombre.

Je m'arrête.

— Elle essaie de faire agir sa magie, explique Oreg. Mais elle est trop faible pour briser la protection que j'ai installée autour des ossements.

Nous entrons dans la caverne et avançons parmi les débris jusqu'à l'emplacement sableux où se trouvent les ossements de dragon. On ne peut pas dire que nous soyons discrets, pourtant elle ne se rend pas compte de notre présence. La nommée Sclavina est assise devant le crâne. Ses cheveux mi-longs pendent en tapons crasseux. Elle est si sale que c'est tout ce que je peux dire d'elle malgré la lumière dispensée par les fluoroches : elle est sale. Le bourdonnement qui m'a intrigué est produit par son chant, un chant comme je n'en ai jamais entendu de pareil.

Mon attention est tellement centrée sur elle que je ne remarque pas tout de suite l'absence de chaînes autour du squelette. L'idée de les enlever moi-même m'avait effleuré l'esprit puis je m'étais dit que ça ressemblait trop à de la dissimulation de preuve. Découvrir un squelette de dragon sous le château d'Hurog n'est pas inconcevable ; découvrir le même squelette enchaîné montre que notre famille a failli à son devoir. Voilà pourquoi j'ai décidé de le laisser tel quel.

— Salut à toi, gente inconnue, dis-je. Sois la bienvenue en terre d'Hurog.

Elle devait être totalement absorbée par la mise en œuvre de ses sortilèges car elle sursaute et se lève d'un bond tandis que son chant monocorde s'arrête brusquement. Je viens de lui offrir officiellement l'hospitalité d'Hurog mais j'ai l'impression qu'elle n'en a pas conscience. Impression confirmée une fraction de seconde plus tard quand elle fait un geste de lanceur de pelote. Une chose enflammée part alors de sa main en crépitant et vole vers nous à une vitesse vertigineuse. Mais le brûlot parcourt seulement quelques pieds avant de tomber et de s'éteindre.

— Tout doux, petite sœur, susurre Oreg. Excuse-moi de t'avoir abandonnée mais je devais aller m'informer des intentions de l'Hurogmestre afin de savoir sur quel pied danser avec toi.

Elle lève le nez vers lui.

— Je ne suis pas votre sœur.

Elle a un accent mais elle a parlé d'une voix si chevrotante que j'ai du mal à l'identifier.

— Pourquoi êtes-vous venue à Hurog ? dis-je d'un ton pacifique.

— Je croyais que c'était un refuge où les esclaves et les dragons pouvaient trouver liberté et sécurité. Les autres se sont moqués de moi quand je le leur ai dit. Je suis venue malgré tout. Et j'ai découvert qu'ils avaient raison.

Elle illustre son propos en montrant les chaînes qui gisent un peu plus loin sur le sable. Peut-être est-elle originaire d'Avinhelle, quoique son accent soit moins rude que celui d'Ilander. L'esclavage est pratique commune en Avinhelle. Mais quelque chose ne colle pas tout à fait. Son parler et son comportement ne sont pas serviles comme ils devraient l'être si elle était une esclave.

— Vous êtes en sécurité ici, lui dis-je en toute bonne foi. Vous pouvez demeurer à Hurog. À mon sens, il serait sage que vous restiez cachée jusqu'au départ de Gandelon et Landislas mais, comme je l'ai dit, vous êtes libre et c'est à vous que la décision appartient.

Elle nous examine un moment d'un œil arrogant puis déclare :

— Qui êtes-vous pour me parler de la sorte ? L'un comme l'autre, vous me semblez à peine sortis de l'enfance…

Sa voix se brise à ces mots et son effet théâtral aussi. Ses yeux et l'ensemble de son visage sont marqués par la lassitude. J'avais déjà trouvé un air fatigué à Gandelon et Landislas, or ils ont voyagé à cheval alors qu'elle… Je baisse les yeux et je retiens une exclamation de stupeur. Ses pieds sont nus.

— Tu as vu ses pieds, Oreg ? dis-je au lieu de répondre à sa question.

Oreg regarde.

— Je file aussitôt chez le mareschal Penrod emprunter une brosse et de son extrait de noisettes des sorcières, je vais puiser un seau d'eau et je reviens.

À peine a-t-il fini sa phrase qu'il a déjà disparu. La femme écarquille les yeux et se rassied dans une succession de mouvements hachés.

— Mais qui êtes-vous ? redemande-t-elle.

Cette fois, il n'y a ni agressivité ni accusation dans sa voix et je lui réponds aimablement :

— Je suis Stolon. Mon père, Fenwig d'Hurog, est mort le mois dernier. Je suis donc le nouvel Hurogmestre mais c'est mon oncle qui gouverne jusqu'à mes vingt et un ans.

— Et lui ? demande-t-elle en indiquant la direction par laquelle Oreg s'est éclipsé.

— Oh, lui c'est Oreg, un… ami.

— C'est un mage.

— Alors ça…, ça se discute, dis-je, bien engoncé dans ma carapace de benêt, celle que je revêts instinctivement quand j'entre en relation avec les gens. Nous avons un mage ici et il ne ressemble pas du tout à Oreg.

— Tous les mages ne se ressemblent pas, s'étonne la fugitive.

—Je vous demande bien pardon. Le mage de mon oncle Barbarin et celui de mon père se ressemblent comme deux gouttes d'eau.

—C'est parce qu'ils sont frères, seigneur Stolon, dit la douce voix d'Oreg dans mon dos.

Il est déjà de retour. Décidément, les fantômes ne perdent pas de temps. Je le regarde approcher en papillotant des paupières. Je ne suis pas encore habitué à le voir filer puis revenir en un éclair avec sa mission accomplie et l'étonnement me facilite la tâche. Jouer les idiots me paraît plus facile.

—Ah oui! J'avais oublié.

D'un geste, j'invite la fugitive à s'asseoir sur une roche plate, juste un peu trop basse pour être confortable, je prends le seau d'eau rapporté par Oreg et le dépose près de ses pieds.

—Je me débrouille assez bien pour ce genre de soin, dis-je, la P'tiote se blessait perpétuellement les pieds parce qu'elle ne voulait pas porter de souliers de femme. Ça va mieux maintenant car je lui ai fait faire une bonne paire de chaussures de bûcheron. Mère n'était pas très contente mais ce n'est pas elle qui passe son temps à s'occuper des pieds de la P'tiote!

On dirait que mes paroles l'apaisent. Elle me regarde déboucher la fiole de terre qui contient la préparation de Penrod à base de noisettes des sorcières. J'en verse une bonne dose dans l'eau. Elle plonge doucement ses pieds dans le mélange et siffle quand le désinfectant s'attaque à ses blessures. Oreg me tend une brosse de chiendent propre. Je la mouille et je prends un pied de la fugitive.

Elle s'est bien arrangée. Toute la plante de son pied est à vif et incrustée de terre. Sachant que je ne peux rien faire pour atténuer la douleur, je frotte franchement afin que ce soit fait une bonne fois pour toutes et que je n'aie pas besoin d'y revenir. Quand j'estime l'avoir débarrassé de toutes ses souillures, je remets le pied traité dans le seau et je prends l'autre.

Tout en frottant, je réfléchis. Cette femme est une bien curieuse esclave. D'abord, elle a des pouvoirs magiques. Il n'est peut-être pas impossible de réduire en esclavage un mage ou une magicienne, mais je n'ai jamais vu le cas. De plus, elle se laisse soigner et servir, ce qui n'est pas habituel chez les esclaves, et, surtout, fatiguée comme elle doit l'être, elle n'a pas cette attitude de soumission impuissante que j'ai observée chez tous les esclaves qu'il m'a été donné de croiser.

— Que va faire votre oncle quand il saura que je suis ici ? demande-t-elle.

— Il le sait déjà, réponds-je en lui examinant l'autre pied.

Pas très beau à voir. Il y a un début d'infection.

— Seigneur Stolon ! lance Oreg dont le regard se fait soudain distant, ton oncle te cherche pour le souper.

— Peux-tu finir ce travail ?

Oreg acquiesce. Son regard est de plus en plus lointain.

— Il se dirige vers tes quartiers. Si tu fais vite, tu peux encore arriver avant.

Assis en bout de table, je préside le souper. Mère siège en face de Barbarin et de la P'tiote avec, à sa droite, Gandelon et Landislas à sa gauche. Comme à son habitude, Gandelon est courtois et enjoué, à l'inverse de Landislas qui fait une tête de six pieds de long et ne desserre pas les dents.

— Eh bien, lance l'oncle Barbarin, quelles sont les nouvelles de la cour ? Je n'y suis pas retourné depuis la grande foire d'hiver.

— Le roi Jakoven a bien du tracas avec Vorsag, répond Gandelon, arrêtant à mi-course le morceau qu'il allait porter à sa bouche. Kariarn, le nouveau maître de ce domaine, est réputé changeant et l'on se demande s'il respectera les traités signés par son père.

Vorsag se trouve à l'extrême sud des Cinq Royaumes, à la frontière méridionale d'Oranston.

— L'on se demandait déjà, par le passé, si le père de Kariarn respecterait ses propres traités, commente l'oncle Barbarin. Quant à Kariarn lui-même, je l'ai rencontré et je n'ai aucun doute à son sujet. Il les respectera tant qu'il y trouvera des avantages et les violera dès qu'ils ne lui conviendront plus. J'ai entendu dire qu'il y avait déjà eu des incursions vorsaguiennes à Oranston.

Gandelon confirme d'un hochement de tête.

— J'ai renvoyé mon maître d'armes sur mon domaine avec la plus grande partie de mes hommes.

— Mais vos terres se trouvent à plus de six lieues de Vorsag, observe Barbarin dont le ton passe de celui de la conversation détendue à l'intérêt sincère. Si des coupe-jarrets pénètrent aussi loin en territoire interdit, je ne comprends pas pourquoi le roi ne dépêche pas de troupes.

— Le roi Jakoven croit aux fables colportées par Kariarn. D'après lui, il s'agirait simplement de bandes de malandrins qui auraient étendu leurs activités, voire d'Oranstoniens qui se livreraient eux-mêmes à ces expéditions de pillage. Jakoven ne va pas s'engager dans la guerre pour quelques actes de brigandage.

Je n'avais jamais entendu Gandelon dire quoi que ce soit contre le Grand Roi mais, aujourd'hui, il y a une forte dose d'amertume dans sa voix.

J'interviens en m'efforçant de paraître passionné comme peut l'être un idiot qui aime se battre :

— La guerre ?

Gandelon a un haussement d'épaules mi-figue mi-raisin.

— Le roi n'entrera pas en guerre pour Oranston tant que les agresseurs se contenteront de tuer et de voler. Il n'interviendra que s'ils occupent le territoire, dit-il avec l'aisance et le ton mesuré qui lui sont habituels.

J'en viens à me demander si l'amertume de tout à l'heure n'était pas le fruit de mon imagination. Gandelon est oranstonien mais il est aussi l'amant du roi depuis trois lustres.

Je fais mine de m'intéresser à mon repas mais je cogite énergiquement. En cas de guerre, il faudrait confier Hurog à la responsabilité de… quelqu'un. Il faudrait que, escorté de Barbarin et de la Garde Bleue, je traverse les Cinq Royaumes pour atteindre Oranston. Avec les prévisions de mauvaises récoltes, ça ne serait pas une bonne chose pour Hurog, en dehors du fait qu'il y resterait moins de bouches à nourrir.

Barbarin n'est pas seul à avoir croisé Kariarn, le roi de Vorsag. Je l'ai moi aussi rencontré à la cour. Kariarn a cette particularité des gens qui n'ont pas été spécialement gâtés, que ce soit pour le physique ou pour les traits du visage, mais qui donnent l'impression inverse. Il croule sous le poids des amulettes et ne se déplace jamais sans une kyrielle de mages. Officiellement, il est censé être mage lui-même mais je n'en crois rien. C'est son comportement face à la magie qui me fait dire ça. Elle le fascine, le subjugue, alors que les vrais mages de ma connaissance ne s'intéressent qu'à la magie des autres.

La voix de Landislas m'arrache à ma rêverie :

— N'est-ce pas, Stolon ?

Constatant avec plaisir qu'il a retrouvé la parole, je relève le nez vers lui.

— Euh, oui ? Je… J'étais dans mes pensées…

Il esquisse un sourire.

— Votre oncle était en train de nous conter vos prouesses avec le cheval de votre père. Il paraît que ce tueur vous mange dans la main et vous suit partout comme un toutou.

— Apprivoiser un cheval et qu'il vous suive, ce n'est pas bien difficile, dis-je en riant. Mais arriver à le monter, c'est autre chose. Il m'a envoyé trois fois dans les orties cette semaine.

— Hemm, commente Landislas, peu désireux de s'avancer sur ce terrain. Je faisais également remarquer à votre oncle ce goût que vous avez pour les drôles d'oiseaux comme cet étalon, par exemple. Je l'avais déjà remarqué à la cour. Tu te rappelles, Gandelon, cette godiche qui avait séduit notre Stolon ? Je ne parlerai pas de votre sœur, sans mauvais jeu de mots. Encore qu'une femme dépourvue de la parole ne soit peut-être pas une si mauvaise fortune. Et maintenant, voici que vous voulez ajouter mon esclave à votre collection, si je comprends bien.

Barbarin et Gandelon sourient pour se donner une contenance. La P'tiote devient nerveuse ; elle aimerait se cacher dans un trou de souris.

Mère se redresse et intervient avec l'air évaporé qu'elle a à cette heure du jour :

— Bien sûr que oui. S'il n'était l'héritier d'Hurog, il aurait été envoyé en apprentissage chez les mages. Mais son père ne voulait pas en entendre parler. C'est le Grand Roi Jakoven qui avait ordonné à Fenwig de le faire. Nous manquons de mages. Mais Fenwig a dû renoncer à l'envoyer à l'école des mages après ce terrible accident. Stolon n'avait plus les capacités requises pour devenir mage.

Elle se tait aussi brusquement qu'elle a pris la parole et se remet à manger. Landislas la regarde d'un air contrarié.

— Quel rapport avec les bêtes rares de Stolon ?

Mère mâche avec élégance, avale sa bouchée puis se rince la bouche d'une petite gorgée de vin avant de répondre :

— C'est un trouveur. Comme dans les histoires. Il trouve les choses égarées, et vice-versa.

Ses pupilles sont rétrécies. On ne voit que deux petites taches. Pourtant la grande salle ne reçoit la lumière qu'à travers des impostes couvertes de voiles et l'éclairage y est tamisé. Je me demande de quelles herbes du jardin elle a fait usage. La racine de mandragore n'agit pas sur les pupilles.

Je m'attendais à ce qu'elle aille mieux après la mort de l'Hurogmestre mais elle se complaît dans son personnage de veuve éplorée. Elle ne renaîtra pas, la femme qui faisait bouger mes cubes dans la chambre.

— Je ne le crois pas, Dame Hurog, objecte Barbarin. Je ne pense pas que Stolon soit un trouveur. Fenwig m'a dit que ses dons s'étaient envolés… (il jette un coup d'œil dans ma direction. Imperturbable, je croque et mastique assez bruyamment une carotte crue) quand il a été… blessé. S'il était toujours un trouveur, il trouverait des choses. Or ce sont elles qui le trouvent.

— Oui, très cher, lui dit Mère exactement comme elle le disait à son frère. Je suis sûre que vous avez raison.

Je suis navré pour mon oncle. Il est difficile de discuter avec quelqu'un qui vous glisse entre les doigts comme la bouillie glisse sur une cuiller. Gandelon semble très mal à l'aise et je me dis qu'au fond, prendre un repas avec Mère et moi n'est peut-être pas une source de joie sans partage.

Je finis le morceau de pain posé sur la planche de bois et me lève. Barbarin me regarde d'un œil réprobateur pour essayer de me rappeler qu'il est impoli de quitter la table avant que tous les convives aient fini de manger. Mais je crois que je vais le laisser exposer sans moi qu'Hurog offrira asile à l'esclave de Landislas.

— Pompon, dis-je en guise d'explication. Il lui faut quelques carottes, à lui aussi.

Je montre la poignée de carottes que j'ai subtilisée pendant le repas. La P'tiote récupère son reste de pain et se lève précipitamment pour me suivre.

— D'accord, dis-je avant que Barbarin ait pu faire une réflexion sur ses mauvaises manières. Tu peux venir. Mais ne te mets pas dans nos pattes. Si Pompon te blessait, il en serait très meurtri.

4

Stolon

La fuite est un acte de couardise. Mais la couardise n'est pas forcément une mauvaise chose. « En tout, il faut juste milieu », comme dit ma tante.

Lorsque toutes les carottes sont passées de mes mains à l'estomac de Pompon, je regagne ma chambre avec Ciarra sur les talons. Elle prend un jeu de cartes et, au prix de force manipulations, m'entraîne dans un de ces concours de réussites dont elle a le secret. En principe, le résultat dépend exclusivement de la chance et, comme par miracle, c'est toujours elle qui gagne. Que puis-je en conclure ? Qu'elle a une chance phénoménale ou qu'elle triche habilement et sans vergogne ?

Perché sur son tabouret favori, Oreg fait des yeux ronds et ricane en la regardant me rouler dans la farine. Oreg ne se cache pas devant Ciarra, sauf quand d'autres personnes sont présentes.

— Allez, au lit ! dis-je quand elle a fini de me tailler en pièces.

Elle rit, me pose un baiser sur la joue et sort de la chambre en gambadant.

J'attends qu'elle ait bien fermé la porte derrière elle avant de questionner Oreg :

— Comment va notre protégée ?

— Elle dort, répond le fantôme avec un sourire ensommeillé. Elle va rester dans la caverne jusqu'au départ des deux autres. Elle est très remontée contre Landislas.

— Ça ne m'étonne pas. Je serai plus tranquille quand ils auront débarrassé le plancher…

À ce moment, quelqu'un frappe discrètement à la porte.

— Je vais voir comment va notre fugitive endormie. Je te laisse régler tes affaires avec Gandelon, dit Oreg en disparaissant.

Le tabouret bascule sur deux pieds, hésite un court instant puis tombe à grand bruit.

Je vais ouvrir la porte. Comme annoncé par Oreg, c'est Gandelon qui vient me voir.

— Bonsoir, dis-je en lui tenant la porte avec un grand sourire.

Il entre.

— J'ai besoin de votre aide, Stolon, déclare-t-il en approchant de moi.

Je le regarde le plus bêtement possible. Lui ? Besoin de mon aide ?

— J'ai trouvé ceci dans les affaires de mon frère, annonce Gandelon en extirpant de sous son ceinturon un morceau de tissu roulé en boule. Regardez. Je me demandais si vous aviez déjà vu ce genre de chose.

Comme je me penche pour regarder, il déplie son petit balluchon et me souffle au visage un paquet de poudre gris-vert qui se trouvait dedans. J'ai encore le temps de le voir reculer en se bouchant le nez puis c'est le trou noir.

Je m'éveille avec la mauvaise sensation d'avoir de nouveau douze ans et de ne plus pouvoir bouger. Des gens s'affairent autour de moi mais je n'arrive pas à saisir ce qui se dit. Tenaillé par la peur, je hurle et vocifère mais aucun son, pas même un murmure, ne franchit la barrière de mes lèvres. Les bruits de l'extérieur finissent par se taire et, pendant un moment, je me demande si ce ne sont pas mes oreilles qui ont cessé de fonctionner.

Émergeant du brouillard ambiant, la voix inquiète d'Oreg vient me détromper :

— Il a fallu que j'attende leur départ, Stolon. Ne te fâche pas, je t'en prie, je… je vais te libérer de tout cela. Tout ira bien, je t'assure !

Les liens du maléfice jeté par Gandelon se brisent, je roule sur le flanc puis je me retrouve à genoux, je suffoque puis j'arrive à respirer, des larmes coulent sur mon visage et, sans même que je le veuille, mes premiers mots forment un juron :

— Par tous les démons de l'enfer !

— Chut… chut ! souffle Oreg.

Tout en me tapotant nerveusement la main, il se penche le plus possible en arrière et je comprends qu'il a peur d'être frappé pour avoir trop tardé à me secourir. Le choc que me cause l'idée d'inspirer pareille terreur, ajouté au fait d'avoir retrouvé mes capacités motrices, achève de me secouer et je reviens complètement à moi.

— C'est bon, c'est bon…, dis-je. Tout va bien, merci.

Ma voix est rauque comme si j'avais hurlé. D'une main tremblante, j'essuie la sueur de mon visage et je découvre que je suis tout simplement sur mon lit. J'en reste interdit. Pourquoi Gandelon m'a-t-il neutralisé en me jetant un sort pour me laisser ensuite dans ma chambre ?

Oreg dresse l'oreille.

— Ils reviennent ! annonce-t-il. Que veux-tu que je fasse ?

— Rien. Sauf si je te le demande. Qu'ils ne te voient pas.

J'entends des voix à l'extérieur. Celle de mon oncle, entre autres. Il m'a l'air fort courroucé. Je me rallonge sur le lit et ferme les yeux.

— Pas si roide, souffle Oreg.

J'arrive à me relâcher tant bien que mal juste au moment où la porte s'ouvre.

— Noble sire, dit Gandelon d'une voix ennuyée, Stolon n'est pas à même de présider aux destinées d'Hurog. Pour son bien et celui du domaine, il faut le confier à l'Asile royal d'Estian, comme l'avait requis le noble Fenwig, son père. Vous avez vu l'ordonnance royale. Sachez, par ailleurs, que vous n'avez pas d'inquiétude à avoir en ce qui concerne le coût de cet internement. Je fais verser une pension sur mes propres deniers.

Ainsi mon père voulait me faire enfermer dans l'Asile royal !

— Cette affaire remonte à cinq ans, proteste Barbarin. Fenwig pensait alors que Stolon était atteint plus gravement qu'il ne l'est en fait.

— Que nenni, objecte sèchement Gandelon. L'Hurogmestre se refusait simplement à payer les frais d'internement. L'affaire est réglée. Reste à savoir qui va prendre les rênes d'Hurog. Si vous m'aidez à récupérer l'esclave, je vous ferai nommer seigneur d'Hurog en remplacement de Stolon.

Barbarin prend une profonde inspiration. Surprise ou avidité ? Un long silence suit. Pourquoi cogite-t-il tout ce temps avant d'accepter ? On lui offre la chance de s'approprier Hurog en toute légitimité.

La voix de Gandelon se fait toute douce :

— Le roi m'écoutera sur cette affaire. D'autant plus que le cadet de Stolon a disparu depuis deux ans. Assez longtemps pour qu'on puisse le croire mort.

— Vous me liez les mains, dit Barbarin.

— Vous vous les êtes liées vous-mêmes en laissant l'héritier prendre toutes les décisions, réplique calmement Gandelon. J'ai envisagé cette stratégie dès que nous avons su que la fille venait par ici. Je connais votre neveu pour l'avoir observé à la cour. Il récite *in extenso* les ballades de Seleg à ceux qui veulent bien l'écouter. Je savais qu'il s'en tiendrait aux vieilles lois. À la différence de vous et de moi, il est trop… naïf pour accepter la négociation.

Une main se pose brièvement sur mon front. C'est celle de Barbarin.

— Est-ce que vous torturez les petits chiens aussi ? demande-t-il ironiquement.

— Je le ferais pour protéger mon frère, réplique Gandelon d'une voix dure qui ne laisse aucun doute sur sa détermination.

— J'irai parler au roi Jakoven, déclare Barbarin. Je ne suis pas sans influence, moi non plus.

Je sens une menace dans sa voix. Je ne peux pas ouvrir les yeux mais, au ton de Gandelon, je sais qu'il sourit :

— Il ne cédera pas un pouce. J'aurai cette esclave.

Pas si Oreg refuse de la livrer, me dis-je intérieurement. Ou sinon, il leur faudra démonter Hurog pierre par pierre.

— Il y a une autre façon de considérer la situation, messire Barbarin, insiste Gandelon. Selon vous, combien de temps Hurog a-t-il de chance de survivre avec un idiot à sa tête ?

Barbarin se met à faire les cent pas. Je l'entends au son de sa voix.

— Et si je ne veux pas d'Hurog ? On peut aussi voir la chose sous cet angle. Ce n'est qu'une vieille forteresse entourée par un domaine plus petit que le mien. Pour ma part, je ne vois qu'une explication à sa survie actuelle : l'obstination des Shavigans. Hurog occupe une position septentrionale qui l'empêche de viser plus loin qu'à tout juste nourrir sa population. Et encore, cette année ce ne sera pas le cas. Les vieilles mines sont épuisées depuis des générations.

Il essaie de se convaincre lui-même mais je sens dans sa voix ce violent désir d'Hurog que je connais bien pour le partager. Je me demande si Gandelon s'en rend compte.

— Pauvre ? Hurog ? Et le trésor des nains ? s'enquiert Landislas. J'ai ouï dire qu'il y avait de l'or, des pierreries et des talismans !

Je n'avais pas pris conscience de sa présence avant cette intervention. Je suis incapable de savoir s'il est sérieux ou s'il ramène simplement son grain de sel. Les deux, peut-être.

— Mon grand-père n'avait pas vu le jour que déjà des foules de gens cherchaient le trésor d'Hurog, réplique Barbarin avec un agacement perceptible. Si un jour ce trésor a existé, il est pillé depuis belle lurette.

— Hurog pourrait aussi revenir au Grand Roi, dit Gandelon avec l'évidente volonté d'intimider Barbarin. Je sais que différentes opérations menées par Jakoven ont été très coûteuses et qu'il a contracté de grosses dettes. Si *par hasard*, quelqu'un lui soufflait l'idée de récupérer les terres d'Hurog pour les conserver en provision, comme une réserve éventuellement monnayable face à ses créanciers, nul doute qu'il irait au plus simple et ne garderait que les terres. Le reste, par exemple les chevaux, comme tous les biens de valeur, serait vendu. Ensuite, le domaine serait livré à lui-même. Je ne donne pas cher de ses chances de survie dans ces conditions. Mais, si vous nous aidez à capturer l'esclave de mon frère, je ferai en sorte qu'Hurog soit à vous.

Un silence de mort s'installe. Puis, finalement, mon oncle cède :

— Afin que je puisse garder le domaine en bon état pour Tosten, mon neveu disparu. Cette esclave sera remise à vos hommes dès que nous l'aurons tirée des égouts.

— Je savais que vous finiriez par vous ranger à la raison, messire Barbarin. Vous ne m'en voudrez pas, je présume, si je poste mon propre garde à la porte de Stolon. Dès demain matin, je le ferai escorter jusqu'à l'Asile royal. Landislas et moi-même resterons ici pour prendre la fugitive en charge quand elle sera retrouvée.

— Comme vous voudrez, dit mon oncle.

Je l'entends approcher du lit. Il me touche de nouveau le front puis quitte la pièce sans un mot de plus.

— Il pourrait bien nous causer des difficultés, observe Gandelon.

— Mais non, dit Landislas. Le jeunot se trouvera très bien à l'asile en compagnie de tous les boulets aristocratiques que Jakoven y a fait enfermer. Barbarin le sait. Hurog ne s'en portera que mieux et moi de même.

— Et toi, tu ne fréquenteras plus les tripots de Ciernack ! ajoute Gandelon. Tu vas tenir la promesse que tu m'as faite.

— Bien sûr, répond Landislas. Bien sûr.

Gandelon s'en va, accompagné de son frère, non sans avoir, comme annoncé, laissé un garde à l'intérieur de la chambre. Maintenant seul – avec la compagnie du soudard qui va et vient devant la porte –, j'évalue les options possibles.

Il n'est évidemment pas question que je me laisse enfermer dans l'Asile royal. Un jour, je suis allé visiter l'institution avec Fenwig. Peut-être voulait-il se faire une idée de l'avenir qu'il me réservait. Je me souviens de cette visite. J'en suis ressorti bouleversé par les regards vides de ces malheureux qui se cramponnaient aux barreaux de leurs cellules.

Je n'irai pas croupir derrière ces barreaux ! Gandelon ignore à quoi il va se heurter s'il veut m'arracher de force à la terre d'Hurog. D'abord, j'ai Oreg, mon arme secrète. Ensuite, ma tante Stala n'est pas femme à se soumettre par crainte des conséquences politiques de ses actes. À mon sens, elle interviendra et la troupe de Gandelon ne fait pas le poids contre la Garde Bleue.

Pourtant, la peur me glace toujours le cœur. Ainsi, mon père avait concocté ce moyen détourné de me déposséder d'Hurog. Je n'arrive pas à le concevoir. J'ai Hurog dans la peau et sa magie dans le sang. Chaque fois que je quitte mon pays, j'éprouve une terrible sensation de vide, un vide que rien ne peut combler. Sans Hurog, je n'existe pas.

Certes, Stala est capable de nous débarrasser de Gandelon mais le remède serait pire que le mal. Le Grand Roi ne lui pardonnerait jamais cette forfaiture. Au bout du compte, c'est Hurog qui serait écrasé. Par ma faute. Par ma seule faute.

Je n'ai qu'une solution pour éviter ce désastre : partir.

Gandelon est un madré. Il faut l'être pour avoir survécu à la guerre que son père avait déclenchée. Issu de la petite noblesse d'Oranston, il a volé très tôt de ses propres ailes et fait mordre la poussière à bon nombre d'hommes *a priori* plus puissants que lui. Il doit en avoir davantage même que mon oncle à son tableau de chasse. Aujourd'hui, Gandelon est un homme qui n'a plus grand-chose à apprendre en matière de fourberie.

Quant à Ciernack-le-Noir, il a la mainmise sur le milieu interlope et le monde de la corruption dans la cité royale d'Estian et son pouvoir est comparable à celui de Jakoven.

Si j'avais dit la vérité à Barbarin juste après la mort de mon père, tout Shavig et la plus grande partie des Cinq Royaumes en auraient été informés et Gandelon n'aurait pas poussé le roi à rédiger cet acte ordonnant mon internement. Si j'avais dit la vérité, nulle menace ne pèserait sur Hurog.

D'abord, je vais prendre le large. Ensuite, je vais me gifler pour avoir été aussi bête que je feignais de l'être. Et quand j'aurai fait tout cela, je trouverai un moyen de reconquérir Hurog.

Ma décision prise, je somnole un moment en attendant que le garde s'endorme. Quand le bruit profond et régulier de sa respiration indique qu'il a sombré dans le sommeil, j'ouvre prudemment les yeux. Et je les referme aussitôt car quelqu'un frappe à la porte.

— Qu'est-ce que c'est ? grogne le garde, éveillé en sursaut.

— Je vous apporte une collation, répond la voix d'Axiel.

Je comprends aussitôt. Axiel est l'ordonnance de l'Hurogmestre. Il n'est pas censé porter à manger à qui que ce soit. Il y a des servantes pour cela.

J'entends le garde ouvrir, Axiel entrer et se diriger vers la table, près de l'âtre. Le garde referme la porte et je n'entends plus rien. Plus de paroles, plus de semelles raclant le sol, jusqu'à ce que la voix d'Axiel s'élève de nouveau, mais en sourdine cette fois, tout près de mon oreille.

— Alors ? Qu'est-ce qu'ils t'ont fait, mon gars ? Voyons voir ça…

Je ressens une soudaine bouffée de sympathie pour Oreg et Pompon. Jusqu'à quel point puis-je faire confiance à l'ordonnance de mon père ?

— Ils m'ont jeté un sort, dis-je en me relevant soudain à la grande surprise d'Axiel.

Laissant tomber le masque de Stolon le benêt, je poursuis :

— Seulement, il n'est pas facile de garder un Hurogmestre sous l'effet d'un sortilège dans l'enceinte même d'Hurog.

Axiel a senti le changement subtil. Il me dévisage et j'en profite pour tourner les yeux vers le garde que Gandelon a placé dans ma chambre. Il ne l'a même pas tué. L'homme gît sur le sol, ficelé et bâillonné. Je sais pour l'avoir observé qu'Axiel est un artiste mais pour en faire autant, aussi vite et sans le moindre bruit, c'est plus que de la virtuosité.

Je souris, pour voir comment il réagit.

— Il vaudrait mieux que je file d'ici, dis-je. À moins que tu aies une idée pour échapper à l'internement sans que les troupes de Jakoven débarquent pour envahir Hurog.

Une lueur amusée brille dans l'œil d'Axiel.

— Dites-moi, seigneur Stolon, pouvez-vous me donner la définition du mot « internement » ou avez-vous le cerveau trop limité pour saisir de quoi il s'agit ?

— Axiel a tout compris !

Il laisse échapper un petit éclat de rire.

— J'ai eu l'occasion de vous voir à l'exercice avec Stala et je me demandais comment un crétin pouvait se battre comme vous le faisiez. J'aurais dû me douter que vous simuliez. (Il reprend son sérieux.) Il vaudrait mieux filer dès maintenant. On a rapporté à Stala que vous aviez été capturé. Elle a aussitôt commencé à préparer l'intendance et le matériel et m'a dit d'aller vous chercher.

— Je ne pars pas seul, Axiel. J'ai bien réfléchi à la question. Il y a des gens que je ne peux laisser ici. À commencer par Ciarra. Elle est devenue une belle jeune fille et il y a par ici trop de malotrus prêts à profiter du fait qu'elle ne peut ni crier ni raconter ce qu'on lui a fait.

— Et qui en profiteraient d'autant plus que vous n'êtes pas là pour la défendre, approuve Axiel.

— J'ai averti Ciarra et Sclavina, dit Oreg du fond de la chambre. Elles sont prêtes à partir.

Il n'a pas fini sa phrase qu'Axiel a déjà dégainé son épée et traversé la moitié de la pièce. J'en conclus que, pour une raison qui m'échappe encore, Oreg a décidé de se montrer et de se faire entendre.

— Du calme, Axiel, dis-je sans élever le ton de peur d'être entendu si quelqu'un passe dans le couloir.

Le petit homme s'immobilise, mais sans rengainer son épée.

— Ce jouvenceau est… (j'hésite une fraction de seconde) est mon… cousin Oreg. (Résultat de la proverbiale vitalité des frères Fenwig et Barbarin, et même dit-on de mon grand-père, les « cousins » ne sont pas ce qui manque à Hurog.) Il est mage et c'est grâce à lui que le sortilège de Gandelon a été mis en échec. Oreg, voici Axiel, mon ordonnance.

Oreg, bien sûr, n'a pas besoin de cette explication. Je la donne pour ne pas mettre la puce à l'oreille d'Axiel. Oreg s'incline dans une salutation à l'ancienne. Axiel répond d'un bref mouvement de tête et, cette fois, remet sa lame au fourreau. Il va falloir que je cogite sérieusement pour trouver quelque chose de plus convaincant pour expliquer la présence d'Oreg. En attendant, j'enchaîne sans laisser à Axiel le temps de réfléchir :

— Il y a des gardes dans la grande salle, Oreg. Connais-tu un passage direct pour gagner les écuries ?

— Bien sûr, répond le fantôme.

Il pivote face au mur, à un endroit éloigné du panneau par lequel nous avons accédé à la caverne du dragon. Il enfonce une pierre comme s'il y avait un mécanisme derrière. Une portion de mur glisse sans bruit, répondant aux questions qu'Axiel peut légitimement se poser sur la manière dont Oreg est arrivé ici. Bien sûr, la réponse est fausse mais l'heure n'est pas aux révélations fracassantes sur les mystères d'Hurog.

Le passage dans lequel Oreg nous conduit est équipé de marches et de fluoroches. Il est également bien poussiéreux, ainsi que doit l'être tout passage secret qui se respecte. Qui sait, d'ailleurs, s'il ne s'agit pas tout bonnement d'un passage secret ? Nous empruntons bientôt un étroit corridor et arrivons à un embranchement. Oreg fait une halte.

— Séparons-nous, propose-t-il. Nous gagnerons du temps. Je pourrais aller aux chevaux avec Axiel tandis que tu irais chercher les femmes. Elles sont dans la caverne.

— D'accord, dis-je. Nous nous retrouverons sur le chemin de Tyrfannig, sous ces deux gros rochers qui se dressent vers le ciel comme des oreilles de lièvre. Tu connais l'endroit, Axiel ?

Il hoche la tête.

— Entendu, rendez-vous à la Roche au Lièvre. Pas de problème, seigneur Stolon.

Avec l'aide de Stala, ils ne devraient pas avoir de mal à faire sortir les chevaux.

Je prends à gauche dans le corridor, comme si je connaissais le chemin. Dès que je suis hors de vue, je m'assieds par terre car je sais parfaitement que je ne vais pas pouvoir retrouver la caverne en explorant des lieues et des lieues de souterrains.

Je réfléchis. Comment vais-je faire ? J'ai perdu Hurog. Il n'y a aucun moyen d'échapper à l'ordonnance royale, sauf à passer par le roi lui-même. Je suis un idiot, tout juste bon à aller grossir les effectifs de l'Asile royal. Ce genre de mésaventure ne serait jamais arrivée à mon père. Mon père était un héros combattant.

Dire qu'Oreg est revenu sur ses pas ne traduirait pas exactement la réalité. Il vient simplement d'apparaître devant moi. Il défait une ceinture qu'il portait à la taille et me la tend. C'est une ceinture à poche et fermoir. Elle est pleine d'argent.

— J'ai dit à Axiel que j'avais oublié quelque chose et que je le rejoindrais, explique-t-il. Je suis allé au cabinet de travail et j'ai puisé cet argent dans le coffre. Il y a quelques pièces d'or, certes, mais la majorité sont des drachs d'argent, décimes et centimes de cuivre.

J'examine les pièces et je fais quelques rapides calculs. Après les récoltes, il faudra payer les tailles, dîmes et redevances diverses. Il y a également des travaux à financer et, que je sache, Hurog ne regorge pas d'espèces sonnantes et trébuchantes. Je suis d'ailleurs étonné par ce que je vois. Je ne pensais même pas qu'il existât une somme pareille dans toutes les caisses du domaine. C'est une grosse somme pour Hurog mais, bien sûr, pour racheter la décision du roi, elle serait dérisoire. Je passe la ceinture à ma taille en demandant à Oreg combien il a laissé dans le coffre.

— Suffisamment pour assurer les dépenses courantes, répond-il. Ton père possédait plusieurs coffres. Celui-ci n'avait pas été ouvert depuis sa mort. Hurog n'est pas aussi misérable qu'il se plaisait à le dire.

— Vraiment?

J'en suis bien étonné quand je pense à ce qu'un peu d'or en plus aurait pu faire pour Hurog.

— Quels sont tes plans, seigneur? me demande Oreg.

J'ai encore à l'esprit les réflexions que je me faisais à propos de mon père et je m'apprête à répondre lorsque l'importante bourse que je viens de recevoir me donne une idée:

— Mon père m'a laissé une richesse qui pourrait me permettre de conserver Hurog: les enseignements de Stala.

J'ai appris à commander, à établir un plan de bataille et, Siphern m'en préserve, à évaluer le moment de battre en retraite. Je veux être un héros combattant.

Comme mon père.

— Tu as reçu une formation, reconnaît Oreg après un temps d'hésitation qui ne flatte pas mon amour-propre, mais tu n'as aucune expérience, aucune armée et, surtout, il n'y a pas de guerre.

Je ricane.

— Toute ma vie a été une bataille. J'ai cette expérience. Si je peux montrer ma valeur l'épée à la main, ce sera un atout de taille pour faire abroger l'ordonnance du roi. On envoie facilement promener un benêt de dix-neuf ans qui ne fréquente guère la cour. Mais on ne peut tenir pour quantité négligeable un chef de guerre couvert de gloire.

Oreg me regarde comme si j'étais un crétin. J'ai l'habitude mais, cette fois, je suis étonné, surtout de sa part, car je n'ai rien fait pour cela.

— En principe, un chef de guerre a une armée, dit-il en guise de commentaire. Et les héros sont bien souvent des hommes morts. Ce n'est pas tout à fait un hasard.

Je me gausse de son ton sec.

— Cela arrangerait bien des gens, c'est sûr. Mais mourir ne fait pas partie de mes projets immédiats. Avec cette fortune (je tapote la ceinture), je peux louer les services de quatre ou cinq hommes de guerre. Et j'ai Axiel en plus.

C'est déjà bien pour un début.

— Tu peux m'ajouter à tes effectifs, déclare Oreg. J'ai demandé à ton ordonnance de prendre un cheval supplémentaire pour moi.

Oreg se tient dans l'ombre, je vois mal son visage et je ne suis pas certain d'avoir bien saisi ses paroles.

— Quoi ? Sais-tu qu'Oranston se trouve au diable vauvert ?

— Oui, je le sais.

— Je croyais que tu étais la forteresse d'Hurog !

Il sort de l'ombre avec un sourire mi-figue mi-raisin.

— Je suis Hurog, en effet. Mais cette apparence humaine peut te suivre n'importe où, à la condition que tu portes l'anneau. Je peux même continuer à faire œuvre de magie. Un peu moins bien, voilà tout.

— Sais-tu te battre ? dis-je en songeant qu'un mage peut toujours être utile.

— Moins bien que toi mais mieux que Ciarra.

— Ça fait de la marge… (Son sourire se fait rusé.) Très bien, si c'est ton vœu. Maintenant, viens. Allons quérir les femmes et rejoindre Axiel.

Sclavina, la fugitive, et Ciarra nous attendent dans la grotte avec un petit tas de bagages. Sur le dessus, je vois ma cotte de mailles. J'ai pris mon épée avant de quitter la chambre mais mon haubert était resté je ne sais où dans quelque cabinet. J'avais l'intention de demander à Oreg de voir s'il pouvait y aller mais il a déjà fait le nécessaire.

— Oreg, je rends hommage à ta compétence, dis-je.

Ciarra m'aide à enfiler le pesant équipement qui prend place sur mes épaules comme une étreinte familière. J'ajuste ensuite sangles et lanières tout en racontant aux femmes l'affaire de Gandelon et de l'ordonnance royale.

À la fin de mon récit, Ciarra me regarde avec un air sérieux et se frappe le front du bout de l'index. *Pas si bête que ça, le Stolon*, veut-elle dire.

— Ben tiens ! Tu viens avec nous ?

Son sourire ravi est plus éloquent qu'un discours. J'évite de gâcher sa joie en révélant mon intention de lui trouver un refuge sûr et de la laisser là en attendant d'en avoir trouvé un pour moi. À chaque jour suffit sa guerre.

Pour ma sœur, c'est provisoirement réglé. Je me tourne vers l'autre femme.

— Sclavina, je suis navré de ne pas avoir pu vous accorder la liberté en ce domaine d'Hurog mais je vous promets de tout faire pour que vous ne retombiez jamais en esclavage.

Elle ne réagit pas à mes propos, tout au moins pas en paroles. Elle se contente de m'examiner.

Heureusement, la Roche au Lièvre n'est distante de la forteresse que d'un quart de lieue car j'ai dû porter Sclavina sur presque tout le parcours. Elle voulait marcher mais elle nous ralentissait trop.

Penrod et Axiel nous attendent avec huit chevaux derrière le pâle rocher qui se dresse au milieu d'un bosquet de charmes. Six chevaux sont sellés, les deux autres lourdement chargés de matériel. Six montures sellées alors que nous sommes seulement cinq…

Penrod, qui a suivi mon regard, répond à la question que je n'ai pas encore formulée :

— Je me suis dit qu'une épée de plus vous serait utile.

Penrod a combattu au sein de la Garde et continue à suivre l'instruction de Stala, comme tous ceux qui travaillent aux écuries. Mon père voulait que chacun puisse prendre sa part de la défense d'Hurog en cas de besoin.

Trois hommes de guerre plus un thaumaturge, c'est maigre mais, pour commencer…

— Mon second a pour mission de dire au seigneur Barbarin que vous êtes venu aux écuries flanqué d'une femme étrangère et que vous avez pris les meilleures montures. Bien sûr, j'ai protesté. Alors vous m'avez donné ordre de vous accompagner pour prendre soin des bêtes.

— Très bien, observe Oreg, ainsi ils ne se croiront pas obligés de mettre la forteresse en pièces pour rechercher Sclavina.

Il tend la main à Penrod et se présente :

— Oreg, un cousin de Stolon. Il m'a permis de me cacher ici en attendant de prendre une décision sur la conduite à tenir. J'ai décidé de venir avec vous.

Tout en admirant le talent d'Oreg pour raconter des sornettes, je présente chacune et chacun. Par la force des choses, le rituel est court.

— Pressons, dit Axiel. Stala pense pouvoir les retarder mais ce n'est pas une raison pour traîner.

Nous reportons notre attention sur les montures. Alors seulement, je remarque que Pompon fait partie du lot. Il s'ébroue en me voyant et frotte son museau sur ma poitrine. Il n'est pas encore devenu le plus sûr des destriers mais je suis content de le voir.

C'est la présence de Plume qui me surprend le plus.

— Vous amenez une jument avec l'étalon ?

Plume tend paresseusement l'oreille en entendant ma voix, tandis que Ciarra saute en selle. Ciarra est la seule personne que j'autorise à la monter.

Tout en réglant le harnais de son hongre personnel, une belle bête musculeuse, Penrod bougonne, visiblement irrité par ma remarque.

— Il a déjà voyagé avec des juments, dit-il. Monsieur sait se tenir avec les dames. Je pense aussi que Plume aurait été perturbée si je l'avais laissée. Il ne reste là-bas personne pour la monter comme il convient. Et puis pensez-vous que ce serait un grand malheur si par hasard il nous arrivait un poulain ?

Attribuer les montures aux humains et vice-versa ne va pas sans poser de problème. Oreg, par exemple, n'a jamais fait de cheval. Penrod n'avait pas prévu cela en choisissant les bêtes. Finalement, l'affaire se règle en permutant les rôles. Le destrier donne sa selle à un cheval de bât – de bonne race mais plus calme – et se voit chargé de ballots à sa place. Oreg s'accommode assez bien du changement. Grâce aux dieux, Sclavina connaît l'art équestre.

Ce serait une gageure que d'effacer les traces d'une troupe aussi importante. Je n'y songe même pas. Faute de discrétion, ce qu'il nous faut c'est prendre de l'avance.

— Où allons-nous ? demande Penrod.

— Plein sud, dis-je. En route pour Tyrfannig dans un premier temps. Si nous tenons une allure convenable, nous y serons au matin. Je pense payer notre passage sur un navire marchand à destination d'un grand port de Valdemer comme Belport. Ensuite, nous pourrons prendre la direction d'Oranston pour aller voir ce qui s'y passe.

Plus nous nous éloignons d'Hurog, plus je sens s'amenuiser les effets de la magie qui imprègne la forteresse. C'est toujours la même chose quand je quitte notre vieux domaine. La sensation est triste, déprimante. Les voyages ne devaient pas affecter mon père de la même manière car je suis mage de naissance et il ne l'était pas. Quant à moi, je pense comprendre ce que ressent un ivrogne quand on le prive de cervoise. Au bout d'un moment, je m'accoutume à ce manque mais c'est toujours désagréable. Ça l'est d'autant plus ce soir que je ne sais pas si je reverrai un jour Hurog.

— Vous avez bien dit Oranston ? demande Axiel en piquant un peu sa monture pour se hisser à mon niveau. Pourquoi Oranston ?

— Parce que la guerre couve là-bas, réponds-je. Et je pense y trouver une opportunité de recouvrer Hurog. Vous n'êtes pas obligé de me suivre.

À mon étonnement, Axiel, l'ancienne ordonnance de mon père qui a maintes fois mené bataille à son côté, ne forme pas les mêmes critiques qu'Oreg contre mon projet « téméraire » et « inconsidéré ».

Son sourire blanc luit sous les étoiles.

— Je suis fort honoré de me joindre à votre troupe, seigneur.

— Êtes-vous sûr que Belport soit le meilleur point de passage pour aller vers Oranston ? demande Penrod, qui remonte, lui aussi, à notre niveau. Ne devrions-nous pas faire route vers une ville située plus au sud ? Le chemin entre Belport et Oranston passe par la montagne. Il nous contraindra à franchir plusieurs cols et nous arriverons là-bas vers la fin de l'automne. J'ai déjà fait ce trajet, seigneur Stolon, et pour vous dire le fond de ma pensée, je ne suis pas chaud pour renouveler l'expérience.

Je m'accroche à la conversation pour essayer d'échapper au malaise croissant qui m'envahit à mesure que nous nous éloignons d'Hurog.

— Je n'avais pas l'intention de prendre la voie maritime, dis-je. Je compte payer le passage et laisser Gandelon pourchasser le bateau tandis que nous chevaucherons à travers Tallven pour gagner Estian, la capitale. À partir de là, la route nous mène plein sud, droit sur Oranston.

5

Stolon

La fuite était-elle le meilleur choix ? Des gens sont morts, des gens qui auraient pu vivre si j'étais resté. Des gens que j'aimais. Mais, à ce moment-là, je ne voyais pas d'autre conduite à tenir.

Ce qui, à la faveur de la nuit, pouvait paraître risqué mais logique se révèle beaucoup moins évident à la lumière du jour. Mais je n'ai pas de meilleur plan.

Au détour de la route qui serpente entre les collines, Tyrfannig surgit enfin à nos yeux fatigués. Les maisons éparses, teintées de rose par les premiers rayons du soleil, me sont presque aussi familières que les murailles scarifiées d'Hurog.

Oreg chevauche à mon côté. Je me penche vers lui pour demander à voix basse :

— Peux-tu, à partir d'ici, voir ce qui se passe à Hurog ?

— Je peux le faire de n'importe où, répond le mage-fantôme.

Ses membres se relâchent, son regard s'échappe dans les lointains et, un moment plus tard, il accède à ma demande :

— Ils se sont rendu compte de ta disparition, seigneur Stolon. À l'heure qu'il est, Gandelon est aux écuries, en train de faire seller des chevaux.

— Merci, Oreg.

En poussant les bêtes, il faut environ quatre heures pour couvrir la distance Hurog-Tyrfannig. Pour nous, la chevauchée a duré près de cinq heures et je veux que nous soyons au moins à une heure de la ville lorsque Gandelon y arrivera. Je hèle Penrod et lui demande de prendre Axiel avec lui pour aller acheter quelques fournitures qui nous font défaut.

— Les autres viendront avec moi. Nous irons louer une chambre dans une auberge pour que Sclavina puisse s'y reposer. Ensuite, j'irai de mon côté faire une course personnelle en ville. Oreg et Ciarra, vous m'attendrez à l'auberge. Vous y serez en sécurité.

— Entendu, dit le mareschal. Je vais passer la consigne à Axiel.

Penrod fait demi-tour pour aller parler à mon ordonnance qui ferme notre petit convoi. Oreg attend qu'il soit à distance respectable, se rapproche de moi et demande discrètement :

— Ne pourrais-je pas t'accompagner en ville ?

Ce que j'ai à faire, je tiens à le faire seul mais je suis intrigué par son intonation suppliante et je veux en savoir plus.

— Pourquoi ? Qu'est-ce qui ne va pas ?

— Je ne puis m'éloigner de toi quand je suis loin d'Hurog.

— Que veux-tu dire ?

— Pour toi, cela n'a aucune conséquence, répond-il avec un petit sourire en forme d'excuse. Mais pour moi, la séparation est très éprouvante.

— Jusqu'où puis-je aller ? Mon affaire doit m'emmener à moins d'une demi-lieue de l'auberge. Ça fait trop loin pour toi ?

Oreg observe un long moment les oreilles pointues de son cheval puis il capitule.

— Cela devrait aller, lâche-t-il à contrecœur.

De très nombreux navires font la liaison avec Belport, principale destination au départ de Tyrfannig, mais la difficulté est de trouver un bâtiment qui ait prévu de prendre la mer avant l'arrivée de Gandelon et de ses hommes. Je finis par en dénicher un, le *Cormoran*, qui doit appareiller dès la marée haute, et j'arrive à intercepter *in extremis* le commis aux écritures avant qu'il n'aille déposer la liste des passagers à la capitainerie.

— Ne traînez pas, me dit-il tandis que je règle le montant de notre course. Le commandant n'a pas coutume d'attendre les retardataires.

— Entendu, je vais faire mon possible. Mais, si par hasard vous avez pris le large quand nous arriverons, ce sera tant pis pour nous, nous tâcherons d'avoir le prochain navire.

L'homme a l'air de me prendre pour un farfelu cousu d'or, ce qui ne me fait ni chaud ni froid. Il encaisse sept drachs d'argent par tête, tarif du passage pour Belport, et note soigneusement les six noms sur son parchemin en commençant par « Stolon d'Hurog ». En toute logique, Gandelon va entamer ses recherches par la capitainerie et il n'aura aucun mal à se procurer la liste des passagers déclarés à l'embarquement sur le *Cormoran*.

Du port, je file vers les quartiers sud. Ici, les maisons sont plus petites, les rues plus étroites et mal tenues. Je passe devant trois tavernes, une ribambelle de chandelleries et une forge avant d'entrer dans l'échoppe d'un tonnelier dont je ressors aussitôt pour revenir sur mes pas jusqu'à une petite taverne crasseuse. Je ne sais si l'enseigne, *Chez maître Cornu*, veut outrager le dieu cornu – un ancien dieu de la chasse traditionnellement représenté avec des cornes – ou s'il s'agit d'une allusion à une personnalité locale dont l'épouse aurait une notion bien à elle de la vertu conjugale. Quoi qu'il en soit, son impertinence doit plaire aux marins.

À cette heure du jour, la taverne est vide, à l'exception d'un ménestrel mal fagoté. Concentré sur la ritournelle qu'il gratte sur une vieille harpe, il ne fait pas attention à moi. Une barrique de bière a été mise en perce. Je trouve une chope propre sur une étagère et vais me servir une rasade.

À mon étonnement, le harpiste est plutôt bon vu son jeune âge. Je m'installe à une table pour l'écouter jouer. Il devrait tout de même songer à remplacer son vieux crincrin par un instrument de meilleure facture.

—Le patron va te demander de régler cette bière, dit-il en écartant les cheveux blond cendré qui lui tombent sur le visage.

—J'ai quelque menue monnaie, dis-je.

—Il paraît que l'Hurogmestre est mort.

Il joue quelques notes lugubres en me regardant. Je bois une petite gorgée de bière.

—J'ai pensé que tu ne souhaiterais pas venir aux obsèques.

Il ne répond pas. Je vide rapidement ma chope et la repose sur la table.

—Je pensais te trouver au travail chez le tonnelier, Tosten. Alors, comme ça, tu t'es mis à faire de la musique pour distraire les matelots en goguette…

—Je ne suis pas doué pour le travail du bois, proteste mon cadet. Mais à la harpe, je me défends. Certains, il est vrai, jugent que ce n'est pas un vrai métier…

Je le coupe:

—Je pense que ça peut le devenir car tu m'as l'air d'avoir du talent. Ne me confonds pas avec le père, je te prie.

Je suppose que la musique rapporte plus que le travail d'apprenti tonnelier.

Il regarde ailleurs. J'en conclus que ce n'est pas le cas.

— Tu sais, Tosten, ce n'est pas parce que je tenais à cet apprentissage que je t'ai confié à ce tonnelier, c'était pour ta sécurité. Un beau gosse comme toi au milieu de ces bandes de marins…

Il se raidit, preuve que le sous-entendu ne lui a pas échappé, alors qu'il serait largement passé au-dessus de sa tête il y a deux ans quand je l'ai laissé à Tyrfannig. Mais impossible de savoir ce qu'il pense vraiment car il dévie vers un autre sujet :

— Ainsi, tu es le nouvel Hurogmestre…

Tosten a toujours été un garçon secret. Je crois aussi qu'il ne m'aime pas plus que ça, avec ma joyeuse balourdise et ma façon de faire l'idiot. Je suis comme un gros corniaud pataud et gueulard qui voudrait jouer avec un poulain de race. Les coups de sang du père et les raclées, même s'il les a moins subis que moi, l'ont marqué davantage. Il s'est bagarré, donné un mal de chien pour essayer de correspondre à ce que le père attendait. Il n'a jamais compris que Fenwig en exigerait toujours plus.

— Non, dis-je, je ne suis pas l'Hurogmestre.

Et, comme je prononce cette phrase, il me vient une question à laquelle je n'avais pas songé auparavant. Qu'est devenu le titre d'Hurogmestre ? Est-il mentionné dans l'ordonnance royale ?

— Enfin… je veux dire que je n'ai pas encore la haute main sur Hurog.

— Ah ! Et pourquoi ? demande mon frère.

Je sens que j'ai éveillé son intérêt.

— Il paraît que notre père m'a déclaré inapte. Or il se trouve qu'après sa mort les ambitions politiques de certains sont allées dans le sens de ce qu'il souhaitait. Mais, si l'oncle Barbarin respecte ses engagements, c'est toi qui hériteras d'Hurog.

Le silence tombe dans la salle vide, pesant. Et il s'éternise. Jusqu'à ce qu'une tension extrême m'agrippe la nuque. S'il veut Hurog, Hurog est à lui. En vérité, je ne crois pas qu'il la veuille mais on n'est jamais sûr de rien. Tosten est mon frère et il n'est pas question que je prenne les armes contre lui. Il écarte les mains, les pose sur la table et ses longs doigts fins se plient souplement. Ils me font penser à ceux d'Oreg.

— Comment cela ? demande-t-il en regardant le mur sombre de la taverne.

— Après moi, c'est toi qui hérites de Fenwig.

— Ça, je le sais, dit-il d'un ton agacé, et sa voix crépite comme s'il avait la gorge desséchée. Mais, en dehors de toi, tout le monde ignore où j'ai trouvé refuge. Je me demande comment tu vas faire.

Il y a là un sous-entendu qui m'échappe.

— Faire quoi ?

— Non, mais tu crois que je ne vous ai pas vus, le père et toi, vous exercer à longueur de temps ? me lance-t-il. Tu crois que je n'ai pas compris ce qu'Hurog représente pour toi ? (À l'entendre, j'ai l'impression qu'il a dix ou vingt ans de plus que son âge réel.) J'ai réfléchi après que tu m'as fait partir, et j'ai compris pourquoi tu jouais les crétins. Finalement, c'est un bon moyen pour écraser tout ce qui peut se dresser entre Hurog et toi. Fenwig massacre ses enfants, tu massacres Fenwig. Et maintenant te voici, seul avec moi. (Il pose sa harpe et se campe face à moi.) Fais vite. Le patron est parti chercher un fût de bière, il ne va pas tarder.

Je le regarde et je me sens stupide, aussi stupide que je feins de l'être. De quoi parle-t-il ? Je n'y comprends rien. Qu'ai-je à craindre du patron de cette taverne minable ?

— Écoute, Tosten, il faut que je quitte cette ville d'une manière ou d'une autre. Si je reste, je vais me retrouver à l'Asile royal pour nobles indésirables et parents gênants. Toi, si tu veux monter à Estian et t'inscrire à l'École des ménestrels, je peux te donner l'argent nécessaire. J'ai vu le tonnelier, il saura trouver des hommes pour t'escorter. Maintenant, si c'est Hurog que tu veux, je pense que Barbarin jouera le jeu mais, au début, je te conseille quand même de ne pas t'éloigner de Stala. Dans ce cas-là, je t'enverrai Penrod qui, pour le moment, est avec moi. (*Et aussi Oreg, si c'est possible.*) Et peut-être Axiel.

S'il veut être Hurogmestre, je n'ai pas besoin d'une armée.

— Mais je ne veux pas te laisser ici, dis-je encore en balayant la salle d'un regard circulaire. C'est dangereux. Si tu as l'idée d'un endroit où tu pourrais… (Je m'étrangle soudain avant d'avoir fini ma phrase car je viens de comprendre ce que Tosten insinuait.) Comment ! Tu crois que je suis venu te tuer ?

Il m'a fallu du temps pour faire le rapprochement mais l'idée de tuer mon frère est si loin de mes desseins que je ne pouvais pas imaginer qu'il ait pu lui-même l'envisager.

Tosten sursaute en voyant combien ma tête a changé.

— Excuse-moi, murmure-t-il.

Il esquisse le geste de tendre une main vers moi mais s'arrête avant de me toucher, reprend sa harpe et la serre si fort qu'il doit s'en faire mal aux phalanges. Quant à moi, j'ai presque le tournis en prenant conscience de l'image qu'il peut avoir de moi, l'image d'un frère tellement obnubilé par son désir de régner sur Hurog que la mort du père ne représente pour lui qu'une étape dans l'accession au pouvoir.

— Te tuer ne me servirait à rien, dis-je en me levant. Si tu meurs, le roi rattachera Hurog à la couronne, c'est tout.

J'ai besoin d'un refuge où me blottir et panser mes plaies. J'ai besoin de dormir pour effacer cette fatigue obsédante qui ne cesse de me rappeler que je ne suis plus en terre d'Hurog. J'ai besoin de partir.

— Tu as laissé tomber le tonnelier parce que tu le croyais à ma solde, dis-je.

Il y a sans doute une part de vrai là-dedans, encore que Tosten ait toujours aimé la musique. À preuve, il y excelle.

— Enfin, bon, tant que tu fais entrer un peu d'argent, le tenancier de ce commerce devrait te protéger…

À ma grande surprise, ma voix a son timbre habituel.

Je prends la lourde ceinture que m'a donnée Oreg, je vide les pièces sur la table et je partage en deux. Je prélève ensuite ce qui me revient et je le glisse dans la bourse, que je boucle de nouveau à ma taille. Ce qui me reste ne me suffira pas pour engager une équipe de mercenaires mais j'ai trouvé le moyen de m'en passer. Ce que je laisse à Tosten lui permettra largement de se payer une école ou ce qu'il voudra d'autre.

Je l'entends prononcer mon nom comme un au revoir au moment où je franchis la porte.

Les autres sont fin prêts et nous partons sans attendre dès que je les ai rejoints à l'auberge. En un rien de temps, Tyrfannig est loin derrière nous. Finalement, j'ai jugé plus sage d'éviter la grand-route d'Estian. Autant ne pas s'exposer à une mauvaise rencontre pour le cas où Gandelon, qui se déplace plus vite, aurait l'idée de l'emprunter malgré mon stratagème. Le revers de la médaille est que nous devons cheminer sur des sentiers difficiles. Nous chevauchons ainsi tout le jour et faisons halte avant que la nuit ne soit trop noire.

Parmi les sages conseils de Stala, perpétuellement présents à ma mémoire, je me souviens de celui-ci : « Fais en sorte de bien connaître ceux qui se battent à tes côtés. » Je désigne donc Sclavina pour prendre le premier tour de garde avec moi. Elle est encore bien lasse et ses paupières tombent mais je suis moi-même assez frais pour tenir le coup jusqu'à ce que Penrod vienne nous relever.

Un tertre se dresse au-dessus de notre bivouac. D'un geste, j'indique à Sclavina de m'y suivre pendant que les autres s'installent pour dormir. Elle grimpe en boitillant mais cela ne semble même plus la ralentir.

Arrivé au sommet de la butte, je m'assieds sur une souche. Sclavina croise les bras et s'adosse à un arbre. Je ne la distingue que très vaguement dans la clarté diffuse du crépuscule. Mais je l'ai observée pendant notre chevauchée et je retrouve dans le clair-obscur la délicate beauté de sa silhouette. Oreg a fait le nécessaire pour qu'elle puisse prendre un bain et ce n'est plus la même femme. Sa chevelure brune aux reflets auburn resplendit dans le jour finissant. Elle est plus âgée que moi, peut-être même plus âgée que ma mère, mais je ne pense pas qu'elle ait atteint la quarantaine.

— Eh bien ? dis-je. Parle-moi un peu de toi.

— Que veux-tu savoir ?

Je lui souris.

— Nous n'avons peut-être pas d'esclaves à Hurog mais je suis allé à la cour. J'en ai vu. Les esclaves ne se conduisent pas comme tu le fais. Les esclaves sont dociles et silencieux. Une esclave, par exemple, ne se serait pas mordu les lèvres pour cacher sa douleur comme toi quand je t'ai frotté les pieds. Car les esclaves savent que minorer leurs souffrances ne fait qu'inciter les brutes à leur infliger davantage de sévices. Dis-moi qui tu es vraiment et pourquoi Ciernack-le-Noir tient tant à te récupérer.

Silence sépulcral.

— C'est une magicienne, seigneur ! lance Oreg, surgi de nulle part.

Sclavina se retourne au son de sa voix. J'en déduis qu'il n'a pas mis en œuvre son artifice de dissimulation et qu'il est visible de tous.

— Ça, je le savais, dis-je.

— Je suis une esclave, que tu le croies ou non, affirme Sclavina, brisant le silence dans lequel elle s'était réfugiée. Je ne suis pas très bonne magicienne mais je le suis de naissance et j'étais la seule à posséder ce don parmi les esclaves de Ciernack. Il me trouvait utile.

Elle fait un geste et une flamme blafarde s'allume dans sa paume. Elle la lève pour m'éclairer et me dévisage un long moment. Son teint est pâle mais peut-être est-ce dû à la blancheur froide de cette flamme qu'elle a fait naître. Ses yeux scintillants reflètent sa tension intérieure. Je ne sais ce qu'elle recherche sur mon visage ou dans mon expression et j'ignore si elle l'a trouvé quand elle éteint sa flamme.

— Je vois, dis-je. Et où est-il allé te prendre ? En Avinhelle ?

Elle a l'accent de l'Ouest, avec une douceur typique dans la prononciation des consonnes. Elle hésite un instant puis hoche la tête.

— Au sanctuaire des Tcholites.

— Tu avais été dédiée au culte de Tchole ?

Je sais que Tchole, la déesse tutélaire d'Avinhelle, exige des magiciennes pour la servir dans ses temples, des magiciennes qui sont en fait des esclaves mais pas des esclaves ordinaires. Cette fois, je la crois.

Toutefois, les Tcholites sont remarquablement protégées et je m'étonne :

— Comment a-t-il pu t'en faire sortir ?

— Ma vie fut achetée à prix d'or, répond Sclavina, la voix chargée d'amertume. Je crois avoir compris que la Tcholine avait besoin d'argent pour accroître son influence à la cour du Grand Roi.

— Elle t'a donc vendue…

Sclavina baisse la tête.

— Te voici maintenant libre d'aller où tu veux comme tu veux. Nous sommes probablement aussi loin d'Avinhelle que faire se peut sur le territoire des Cinq Royaumes mais, si tu le souhaites, j'engagerai une escorte pour te ramener chez toi.

Une escorte et rien de plus, si je veux garder de quoi arriver avec les autres jusqu'à Oranston.

Sclavina secoue la tête.

— C'est ma famille qui m'a vendue à la Tcholine, seigneur Stolon. Si je retourne là-bas, ils seront obligés de me remettre entre ses mains et alors, elle n'aura plus qu'à me restituer à l'homme auquel elle m'avait cédée. Je ne sais où aller. Garde-moi avec toi. Je saurai me rendre utile.

Elle baisse la tête et se balance, dos à son arbre.

— Comment as-tu entendu parler d'Hurog ? demande soudainement Oreg. Il y a longtemps que les esclaves fugitifs ne viennent plus y chercher refuge. De plus, tu as bien choisi ton heure. Si tu étais venue quelques mois plus tôt, le père du seigneur Stolon t'aurait immédiatement renvoyée auprès de Ciernack.

Rire de Sclavina, un rire mécanique, sans amusement.

— Ciernack possède un jeune esclave qui a pour tâche d'alimenter le feu en continu dans la salle où les hommes se retrouvent pour boire. Il m'avait dit qu'un jour un grand seigneur avait tenu des discours au sujet d'une forteresse de légende nommée Hurog. Il avait dû l'écouter avec grande attention car il connaissait par cœur trois ou quatre de ces histoires.

Je ris à mon tour, comme on rit quand on se sent bête.

— Non. Il a simplement dû l'entendre souvent. Lors de mon dernier passage à la cour, je suis allé plusieurs fois chez Ciernack où j'ai raconté et reraconté ces histoires aux infortunés qui avaient eu la mauvaise idée de se trouver là en même temps que moi.

Je cherchais à tirer un ami des griffes de Ciernack, je n'y étais pas parvenu. Ainsi, ce sont mes propres histoires qui ont poussé Sclavina à venir à Hurog. Même cet incident mineur dans l'enchaînement des faits qui ont causé ma chute est le fruit de mes agissements.

Je me frotte le visage.

— Tu es certaine de vouloir rester avec nous ? Si tu nous suis, tu risques fort de te retrouver au cœur d'une guerre de grande envergure sur les terres d'Oranston.

— Entre rester avec toi et me retrouver obligée de vivre de mes charmes, le choix s'impose de lui-même, seigneur Stolon.

— Ah… oui… bien sûr, fais-je avec bonne humeur. Mais tu vas être obligée de faire autre chose : engager une troupe de mercenaires.

Je m'approche d'elle et j'ajoute d'une voix suave comme un ronronnement :

— Car, vois-tu, tu as ici un mercenaire malavisé. Il avait oublié de s'adjoindre une magicienne pour combattre les maléfices dirigés contre lui.

Un court silence passe puis elle demande :

— Comment fais-tu ? D'abord, tu joues le voyou écervelé, un instant plus tard le grand seigneur et maintenant voici que tu es un… un…

Je la gratifie d'une révérence aussi grotesque que démesurée.

— Voici Taveln Kirette, pour te servir !

J'entends soudain un ricanement sonore. C'est Oreg.

— C'est un mercenaire qui était venu suivre l'entraînement de la Garde Bleue, explique-t-il pour l'édification de Sclavina. Ah, je l'avais oublié, celui-là ! C'était vraiment un affreux, un méchant comme on n'en rencontre pas souvent. Il a quand même pris ses cliques et ses claques le jour où Stala, la tante de Stolon et maîtresse d'armes de la Garde, l'a envoyé mordre la poussière. Être terrassé par une femme était chose insupportable pour le sieur Taveln Kirette. Mais, chapeau bas, messire Stolon ! Vous nous le jouez plus vrai que nature.

J'accueille le compliment d'une courbette grotesque. Mais le fin fond de la vérité est moins drôle et il leur échappe. À tous, à Oreg comme aux autres. Tous ces personnages que j'incarne sont des compositions, y compris le seigneur. Je l'ai pêché dans les histoires de Seleg. Il vient du journal caché dans la bibliothèque. À l'âge de douze ans, je suis devenu un mime. J'ai cessé d'être un homme réel.

— Trop de gens connaissent Taveln, dis-je à voix haute. Je suis un fils cadet.

— Plaît-il ? fait Sclavina, décontenancée.

— Je ne peux plus être Stolon d'Hurog. Trop de risque de me faire expédier à Estian, comprends-tu ? Chacun sait que Stolon est un idiot et que sa place est déjà prête à l'Asile royal. Je pense que je vais incarner un fils cadet en disgrâce menant campagne pour essayer de regagner son titre et son nom. J'ai pris des chevaux et de l'argent chez moi et je me suis enfui avec mon fidèle serviteur… Voyons… sera-ce Axiel ou Penrod ? Penrod, je crois. Il a un air de vieux serviteur qui donnera parfaitement le change. J'ai aussi emmené mon écuyer avec moi. Il s'appelle Ciar, nous dirons que c'est le masculin de Ciarra. Je pense qu'il y aura moins de danger pour elle si elle se fait passer pour un garçon. Axiel… eh bien, Axiel, nous l'aurons trouvé sur la route, en déshérence. Disons que ce pourrait être un homme d'armes dont le maître aurait péri, voyons… victime d'une épidémie, par exemple. Oreg sera mon cousin, ou mon demi-frère bâtard, enfin quelque chose dans ce goût-là.

— Est-ce réellement un bâtard ? s'enquiert Sclavina avec un fort accent de curiosité.

Arraché à mon œuvre de création, je me renfrogne.

— Oui, mais il n'aime pas qu'on en parle.

— Comment ? fait Oreg en levant un sourcil déconcerté.

— Non, dis-je avec fermeté. Tu n'aimes pas cela.

— Et moi ? demande Sclavina en se penchant en avant.

— Elle est la cause de ta disgrâce, propose Oreg.

— Non, fais-je en secouant la tête. Ça force trop sur le sentimentalisme larmoyant. On va dire… que nous avons trouvé cette magicienne avinhelite en rade dans le port de Tyrfannig et que nous l'avons engagée.

— Rescapée d'un naufrage plutôt qu'en rade, propose Sclavina avec enthousiasme. Loin de chez moi au nord des Cinq Royaumes, sans le sou pour payer mon voyage de retour, j'ai accepté l'offre d'emploi de ce groupe de soldats de bonne tenue.

— Parfait, dis-je.

Cette femme me plaît. Et pas seulement parce qu'elle est belle.

— Pour quelqu'un qui ne veut pas de sentimentalisme larmoyant, c'est réussi…, marmonne Oreg.

— Comme c'est bizarre, dit Sclavina en reprenant brusquement son sérieux. Jamais je n'aurais imaginé me retrouver un jour aussi loin de chez moi. Il est interdit aux Tcholites de quitter la tour. Certaines sont en permanence baignées dans un rayonnement lumineux né de leur dialogue avec la déesse. Pour ma part, je n'ai jamais eu la sensation d'atteindre ce contact. Les philtres qu'on nous faisait prendre pour accéder à la déesse n'ont jamais marché pour moi. La Tcholine en était chagrinée car elle jugeait que je n'étais utile ni à la déesse ni à la tour.

Je crois deviner une forme d'opprobre sous la raideur qu'elle affiche.

— Tu penses ! ricane Oreg. On vous droguait pour vous voler vos pouvoirs. Personne n'a besoin de drogue pour entrer en contact avec les dieux. Allez demander aux ascètes de Mégone. Ils ont le pouvoir d'Aethervon et ils le maîtrisent suffisamment pour carboniser la tour des Acolytes. Pourtant, leurs disciples ne sont pas vidés de leur substance, comme des fruits séchés, au bout d'un an de noviciat.

Je me racle la gorge en espérant que Sclavina, avinhelite de naissance, n'a pas trop grande connaissance de l'histoire tallvenoise.

— Mégone ? N'est-ce pas cette ruine à la sortie d'Estian ? On m'a raconté qu'elle avait été détruite et l'ordre d'Aethervon avec elle, pendant les guerres de Réformation. Mais cela remonte à plusieurs siècles.

Un silence passe, un peu long, puis Oreg trouve la parade :

— Je suis un peu historien à mes heures et il m'arrive de vivre plus près du passé que du présent.

Naturellement, Sclavina avale la fable. La vérité serait beaucoup plus difficile à croire.

— Qui es-tu réellement ? demande-t-elle après un moment de flottement. Axiel et Penrod ne te connaissaient pas. Tu es jeune, trop jeune pour être un si bon mage. Même la Tcholine ne peut pas se téléporter sans mettre en œuvre un protocole compliqué alors que, toi, tu le fais sans difficulté apparente, comme sur un claquement de doigts.

Ne m'étant jamais téléporté nulle part, je déduis qu'elle s'adresse à Oreg mais c'est tout de même moi qui réponds :

— Oreg fait partie de la famille.

— En tant que bâtard, confirme ce dernier d'un ton relativement convaincant. Je parais plus jeune que je ne le suis. C'est à cause d'un sortilège… (Sa voix décline au moment où il laisse la phrase en suspens puis elle se revivifie.) J'ai eu envie de visiter les domaines familiaux. J'ai pu m'y introduire aisément mais Stolon et sa sœur ont fini par éventer ma présence.

Il ment aussi bien que moi, en se reposant le plus possible sur la réalité pour abuser son monde. Nous avons peut-être cela dans le sang.

Il fait encore nuit noire quand je m'éveille en sentant une main sur mon épaule. Penrod est agenouillé près de moi. Je me lève d'un bond en faisant le moins de bruit possible et j'empoigne mon épée. Il m'entraîne sans un mot, me fait traverser un petit bois et nous arrivons à la butte où nous étions tout à l'heure. Oreg nous y attend.

Je vois aussitôt ce qu'il voulait me montrer. La lumière orangée qui brille dans la nuit à moins d'un quart de lieue n'autorise aucun doute. Quelqu'un a allumé un feu de camp.

— Vous êtes allé voir ?

Penrod secoue négativement la tête.

— Ne bougez pas d'ici. J'y vais. Mais ouvrez l'œil. S'il y a de la bagarre, vous réveillez les autres.

De jour, il est déjà difficile de marcher sans bruit à travers les bois mais le faire en pleine nuit, avec la lune pour seul éclairage, se révèle parfaitement impossible. À moins qu'ils ne soient sourds ou plongés dans un sommeil profond, ceux qui ont allumé ce feu m'ont entendu bien avant mon arrivée sur les lieux.

Je ne vois qu'une silhouette. Un homme enveloppé dans une cape légère. Perché sur un gros rocher, face au feu, il me tourne le dos. Je ne distingue qu'un couchage.

— J'ai pensé qu'il serait moins risqué de te laisser venir jusqu'à moi plutôt que de tenter l'inverse, dit Tosten d'un ton dégagé.

Pourtant, de l'endroit où je suis tapi au pied d'un arbre, je suis sûr qu'il ne peut pas me voir.

— Ce n'est pas bon pour la vision nocturne de regarder fixement les flammes.

Que fait ici mon frère ? Je n'en ai pas la moindre idée.

— Je ne veux pas aller à l'École des ménestrels d'Estian, reprend-il d'une voix enrouée par le désarroi. Je ne veux pas être apprenti tonnelier. Je ne veux pas divertir les clients dans une taverne. Je regrette, Stolon. Sans toi, à l'heure qu'il est, je serais enterré sur le flanc de cette colline avec nos ancêtres.

Je soupire en guise de commentaire et je m'avance pour que le feu me rende aussi visible à ses yeux que lui-même l'est aux miens.

— Ne te mets pas dans cet état, dis-je en jetant une brindille dans les flammes. Tu ne me connais pas. Au fond, tu ne sais rien de moi, sauf que je ne suis pas aussi stupide qu'on croit.

Tosten, en effet, ne sait que ce que j'ai bien voulu lui montrer. La chevauchée nocturne vers Tyrfannig, il y a un peu plus de deux ans, avait été encore moins causante que notre rencontre à l'enseigne de *Chez maître Cornu* tout à l'heure. Il était affaibli par la perte de sang et j'étais pressé. Nous avions à peine échangé quelques mots.

Ce n'est pas sa faute si, en le regardant, je vois le diablotin rieur qu'il était dans son enfance et si lui me voit comme un étranger qui ressemble à son père.

— Fenwig s'en serait chargé à ta place, dis-je. Il t'aurait tué comme un rival.

— Comme il a failli te tuer toi-même.

La voix de Tosten est calme, sans jugement.

— Des Oranstoniens ont fait halte à la taverne aujourd'hui, m'apprend-il. Ils pestaient contre un bateau parti avec la marée. Le plus vieux d'entre eux, qui semblait aussi le plus mauvais, a dit qu'il avait envoyé un homme à Belport mais qu'il avait peu de chance de te rattraper. Il a prononcé ton nom très distinctement. Il a dit aussi que Ciernack allait bien être obligé d'accepter un dédommagement financier pour la perte de son esclave mais la somme exigée serait sûrement trop élevée pour eux et il faudrait que le plus jeune la prélève sur son héritage. Tu me suis ?

Je hoche la tête, bien content d'aborder un sujet moins douloureux.

— Qu'as-tu fait ? Tu les as espionnés ?

— Nullement. Je faisais simplement mon travail : je jouais pour les distraire. Mais ils parlaient si haut qu'on devait les entendre depuis le port. Surtout le jeune. Il hurlait, il était fou de rage à la perspective de rester jusqu'à la fin de l'année à… à Buril, si je ne me trompe. Ça te dit quelque chose ?

— Buril ? Oui. C'est le fief d'un nommé Gandelon, à Oranston. Le jeune, c'est son frère, Landislas. Landislas est un homme de cour. Pour lui, Buril, c'est le milieu de nulle part.

Je n'avais pas l'intention de parler de Buril mais puisque Tosten l'a fait… Et, finalement, il est bon de savoir où se cache Landislas. En m'efforçant d'être aussi concis que possible, je retrace pour Tosten les événements qui m'ont conduit à partir d'Hurog.

— Que vas-tu faire maintenant ? s'enquiert-il.

La lueur des flammes qui dansent sur son visage m'empêche de lire son expression.

— Je vais en terre oranstonienne pour guerroyer contre Vorsag.

À l'instar d'Axiel, Tosten se contente de hocher la tête, ce qui m'amène à m'interroger aussi sur sa santé mentale.

— Ça peut marcher. On ne se débarrasse pas comme ça des héros de guerre.

Il n'y a pas l'ombre d'un doute dans sa voix. Je vais devenir un héros.

— C'est bien ce que j'ai pensé.

Tosten baisse la tête et ses longs cheveux tombent de chaque côté de son visage.

— J'aimerais que tu m'emmènes avec toi.

C'est la culpabilité. Il a heurté ma sensibilité et, maintenant, il cherche à se racheter.

— Va à l'école d'Estian te perfectionner à la harpe, dis-je. J'ai suffisamment d'hommes d'armes.

— Je suis bon, Stolon. Et tu le sais.

C'est vrai qu'il est bon. Pas comme pouvait l'être notre père. Ni comme je le suis moi-même. Ses atouts sont la vitesse et l'agilité. Tosten ne combat pas en force et, en dépit de ce que prétendait l'Hurogmestre, il n'en est pas moins dangereux. Cinq hommes en état de combattre, plus une thaumaturge, avec seulement Ciarra à protéger... c'est tentant.

— Tu veux m'aider ? D'accord. Je vais avoir besoin de quelqu'un à Estian. Il faut trouver un endroit sûr pour mettre la P'tiote à l'abri.

Il relève le visage, un visage têtu qui me rappelle celui que peut avoir Ciarra à certaines occasions.

— Je n'irai pas à Estian, décrète-t-il. Tu n'es pas obligé non plus de me laisser venir avec toi, mais ne t'étonne pas si je vous file le train. J'ai assez d'argent pour voyager, rappelle-toi.

Je ferme les yeux. J'ai de nombreuses raisons de l'accepter et une seule de le rejeter. Je ne veux pas mettre mon frère en danger. Je vais aller évaluer la situation à Oranston. Si la situation est trop grave, je l'enverrai voir ailleurs avec Ciarra. Si je lui confie la mission de protéger la P'tiote, il acceptera.

— Plie ton couchage, dis-je. Tu seras aussi bien avec nous.

Sur quoi, je lui donne un coup de main pour éteindre le feu et rassembler ses affaires.

À l'aube, je sonne le rassemblement. Ciarra s'assied à côté de Tosten et lui touche le visage à tout bout de champ, comme si elle voulait s'assurer qu'il est bien là. Tosten, lui, ne cesse de regarder Oreg à la dérobée.

— À partir de maintenant, nous faisons équipe, dis-je. Nous travaillons ensemble, nous nous entraidons dans la mesure du possible. Chaque matin, nous aurons un temps d'exercice. Aujourd'hui, Axiel va prendre en main Oreg, Sclavina, Ciarra et Tosten.

Me tournant vers Axiel, je donne la suite de mes instructions :

— Je ne connais pas le niveau d'Oreg ni celui de Sclavina. Ciarra est débutante et Tosten, si tu te souviens, excelle au couteau ainsi qu'au corps à corps. Je vais m'entraîner avec Penrod. Ce soir, nous changerons. Je travaillerai avec Axiel, et Penrod avec Tosten. Par la suite, nous permuterons régulièrement en fonction des progrès de chacun. L'entraînement au combat est un gage de survie, c'est pourquoi nous nous exercerons ainsi, le plus intensément possible, tout en poursuivant notre route.

Le rythme que j'impose, aussi bien pour la marche que pour l'exercice, met chacun à rude épreuve et nous perdons tous du poids, y compris les chevaux. Au bout d'une semaine d'effort intense, nous sommes à quelque trois jours de marche d'Estian.

— Le coude à l'intérieur, Sclavina ! dis-je en regardant les deux femmes s'affronter.

Elle en connaît un rayon, preuve que les Tcholites n'usurpent pas leur réputation de bonnes combattantes. Mais elle n'est quand même pas allée à l'école de Stala. Son jeu de jambes, notamment, est assez limité, peut-être parce que ses pieds sont encore sensibles.

Plus jeune et plus menue, Ciarra est bien meilleure à l'épée. Mais elle a perdu les allures d'enfant fragile qu'elle avait à Hurog. Elle contre un coup latéral porté par Sclavina et j'apprécie la fermeté des muscles qui galbent maintenant ses bras et ses épaules.

Penrod attire mon attention en me tapotant l'épaule. Sans un mot, il me montre l'endroit où Tosten et Oreg sont en pleine action. Que se passe-t-il ? Je traverse le campement pour aller voir.

Comme Ciarra, Oreg s'est bien amélioré pendant ces dix jours de marche et d'exercice. Il a tellement progressé en équitation qu'il peut maintenant monter presque tous les chevaux que nous avons pris avec nous. Pour le combat, je le placerais, en gros, entre Ciarra et moi mais, plus le temps passe, plus il se rapproche de moi.

Le combat entre Oreg et Tosten fait penser à un exercice de voltige réalisé par deux acrobates minces et souples, l'un à dominante sombre et l'autre couleur d'or. Leurs mains vont si vite qu'il est bien difficile de suivre les actions. C'est ce que Penrod voulait me montrer.

Au début, mon frère était rouillé mais il a vite retrouvé le pli. C'est son attitude qui reste problématique. Comme tout le monde, il est persuadé que nous avons dit la vérité en racontant qu'Oreg était un enfant illégitime de notre parentèle. Mais ce lien semble n'être pour lui qu'une source d'animosité. En vérité, Tosten a l'air si malheureux que je me demande pourquoi il a voulu venir avec nous. Il ne parle pratiquement à personne en dehors de Ciarra et il prend Oreg de haut. Si Oreg était un homme ordinaire, je me ferais du souci pour lui. Mais, dans le cas présent, c'est pour Tosten que je m'inquiète.

Pour l'heure, Oreg a le plus grand mal à empêcher la lame tranchante de mon frère de lui trouer la peau.

— Tosten, dis-je d'une voix forte, c'est un exercice. Pas une lutte à mort !

Je le fixe d'un œil autoritaire jusqu'à ce qu'il porte ses coups avec moins de hargne.

Axiel, qui est au feu en train de préparer le repas du matin, tourne la tête vers moi et opine en signe d'approbation.

— Raconte-moi le siège de la place de Farnide, lui dis-je tout en surveillant le combat de Tosten et Oreg.

— Encore la forteresse de Farnide ! proteste Oreg en baissant la tête pour éviter le fer de Tosten. Oh non, autre chose, par pitié !

Axiel est encore meilleur que Stala et j'en apprends beaucoup en m'entraînant avec lui. Autre avantage, il a une grande connaissance de la stratégie. Penrod aussi est un combattant de valeur, rapide et intuitif. Il lui arrive assez souvent de me battre à l'entraînement. Chaque fois que j'en ai l'occasion, je leur demande de me faire partager leur expérience des campagnes passées en terre d'Oranston, des méthodes de combat, des stratégies gagnantes. Ils se moquent un peu de ma curiosité mais ils racontent, jusqu'à s'en briser la voix, puisque c'est moi qui le leur demande.

Axiel raconte donc, en commençant par les erreurs des défenseurs de la place. J'écoute attentivement et je grave les faits dans ma mémoire.

Les récits terminés et le déjeuner pris, nous levons le camp. Nous chevauchons toute la journée à travers des herbages. Si, comparé aux petites routes côtières accidentées que nous avons empruntées jusqu'ici, le chemin est plus aisé pour nos montures et nos chevaux de charge, il est par contre plus fastidieux pour les cavaliers. Chaque lieue parcourue ressemble à celle qui la précède et à celle qui la suit.

Nous finissons par penser que nous ne verrons jamais Oranston.

La soirée se déroule comme toujours : exercice et souper. Et, comme toujours, je me réserve la dernière heure avant le crépuscule pour partir seul sur Pompon. Parfois, j'en profite pour chasser, parfois je me contente d'une séance de travail avec l'étalon. Je lui enseigne ce qu'un cheval de guerre doit savoir, plus quelques autres petites choses. Cette heure quotidienne me requinque et m'offre une plage de temps durant laquelle je peux être moi-même. Devant les autres, je suis Seleg, mon héros de légende. Je lui emprunte sa sérénité et son autorité naturelle, ce que seul Oreg remarque avec une ironie discrète. Plus nous nous rapprochons d'Oranston, plus je vois mes compagnons se régler sur le calme et la confiance de Seleg en devenant eux-mêmes calmes et confiants. Même Oreg n'y échappe pas. Pompon est le seul à connaître mes doutes.

Haletant après l'exercice, je suis allongé à plat ventre sur le sol et j'observe Ciarra qui travaille ses enchaînements avec Oreg comme partenaire et instructeur.

— Alors, Axiel, dis-je, que penses-tu de notre petite bande de combattants ? Sommes-nous assez solides ou faut-il dépêcher quelqu'un à Estian pour recruter ?

— Il a reçu une formation d'assassin, répond Axiel avec un mouvement du menton en direction d'Oreg.

L'ancienne ordonnance de mon père n'est pas aussi épuisé que moi mais je ressens quand même quelque satisfaction à voir ses vêtements trempés de sueur après notre petite séance.

— Oreg ! Un assassin ?

J'étudie le combat en redoublant d'attention.

— Oreg, oui. Si j'avais parlé de Ciarra, j'aurais dit « elle », réplique insolemment Axiel. Les coups qu'il porte sont ceux que l'on enseigne aux assassins de métier. Il les modifie mais il ne me trompe pas. Où l'avez-vous trouvé ? Les mages assassins ne doivent pas être légion.

— C'est lui-même qui m'a trouvé, dis-je sans mentir. C'est un Hurog, un bâtard mais un Hurog quand même. Je ne sais pas grand-chose de son histoire personnelle. Mais que je sois damné si je le traite un jour comme mon père l'a traité.

— Ah bon, fait Axiel en guise de commentaire. (Il laisse ensuite passer un long silence avant de répondre à ma question.) Je pense que nous n'avons pas besoin d'hommes supplémentaires pour mener des expéditions nocturnes ou procéder à des frappes furtives avec retraite rapide. C'est ce que nous avons de mieux à faire. Place à la précision et à la vitesse. Il y a moins de risques.

— Et moins de gloire. Mais je suppose que je n'ai pas encore l'envergure qu'il faut pour tenter de remporter des victoires en combat rapproché quand les probabilités sont contre moi. Stala a bien fait son travail.

— « Jamais un grand général n'a remporté de victoire en combat rapproché », dit Axiel en imitant le ton et la voix grave de la maîtresse d'armes d'Hurog.

Je poursuis la citation :

— « Car un bon général ne s'engage jamais dans un combat rapproché. Il faut attaquer l'ennemi sur son point faible. »

— « Évitez l'affrontement quand le rapport de forces est défavorable », enchaîne Tosten en se levant pour s'éloigner du feu et venir s'asseoir en tailleur près de moi.

« Attaquez les convois de ravitaillement et les coursiers qui transportent la solde. »

L'exercice se termine en farce quand Ciarra commence à glousser puis explose de rire face aux grimaces sévères par lesquelles Oreg sanctionne chacune de ses erreurs. Elle ne parle pas mais elle rit, un rire étrange, sec et sans timbre, qui se communique quand même à tout le monde. Oreg finit par la soulever et la flanquer comme un sac sur son épaule. Puis il se met à tourner sur lui-même jusqu'à en perdre l'équilibre.

6

Estian : Kromdick, Beckram et Gandelon

Ce n'est pas seulement mon histoire. J'en découvrirai certains aspects beaucoup plus tard. Nous approchons d'Estian. Des événements qui se déroulent dans cette ville vont avoir des conséquences de taille sur l'avenir.

L'ouvrage que Kromdick avait emprunté à la bibliothèque royale aurait dû mobiliser toute son attention. Mais sa concentration était sérieusement entamée par les bruits qui lui parvenaient depuis la chambre de son frère, de l'autre côté du mur.

Il changea de position, prit ses aises et tourna la page.

— Ils pourraient quand même faire un effort, se montrer plus discrets ! murmura-t-il au moment où un cri suraigu transperçait la nuit. C'est dégoûtant. La reine Tehedra est plus âgée que notre mère…

Mais beaucoup plus attirante, il devait bien l'admettre aussi.

Ce n'était pas le sexe en soi qui dérangeait Kromdick. Depuis la lointaine époque où la camériste de leur mère avait séduit et déniaisé le jeune Beckram, il avait eu le temps d'apprendre à vivre sans s'occuper des débordements de son jumeau. Ce qui le tarabustait, c'était d'imaginer la tête de Beckram posée sur le billot, la hache du bourreau lui tranchant le cou dans un bouillonnement de sang. Mais il savait que ce risque était sans doute au nombre des raisons qui avaient poussé Beckram à faire ce qu'il faisait en ce moment. Comme d'habitude, Beckram jouait à prendre des risques et Kromdick se faisait un sang d'encre.

Kromdick laissa échapper un petit soupir d'auto-détestation. Il avait failli avaler sa pomme d'Adam, la veille, lorsque la reine l'avait confondu avec son jumeau. Tout de même, elle aurait pu montrer un peu plus de jugeote et éviter les jeux de mains en public. Elle devait bien savoir que Beckram ne serait pas seul à monter à l'échafaud s'ils étaient confondus. C'est solidairement que les deux coupables du royal adultère seraient condamnés à la décollation.

La semaine passée, Kromdick avait senti un peu trop souvent la chair de poule lui hérisser le poil en surprenant le regard du roi posé sur lui. Kromdick, dont la principale activité consistait à emprunter et à dévorer les traités d'agronomie de la royale bibliothèque, se demandait bien en quoi sa personne méritait pareille attention de la part du souverain. La seule réponse plausible était que le roi avait eu vent de l'affaire et qu'il le prenait pour son frère. Kromdick, bien sûr, était allé faire part de ses soupçons à Beckram, lequel avait réagi en haussant les épaules. La seule consolation de Kromdick était qu'il n'avait pas lu de colère dans les yeux du roi, mais plutôt un questionnement.

Gandelon se redressa sur son oreiller moelleux, regarda le meurtrier de son père et annonça d'une voix douce :

— Les nouvelles de mon domaine ne sont pas bonnes, mon roi. On dit que les incursions et les pillages empirent, surtout à l'ouest.

Jakoven, Grand Roi des Cinq Royaumes sous suzeraineté de Tallven, écarta d'une main indifférente les paroles de son mignon et repoussa à terre le couvre-lit de velours brodé.

— Les Vorsaguiens ne s'implanteront pas. Ce sont des pillards, pas des paysans. La terre n'a aucune valeur pour eux.

— C'est votre peuple que ces pillards massacrent, majesté ! Vos sujets et les miens.

Les mots étaient explicites mais Gandelon avait pris grand soin d'adopter un ton dégagé tout en lissant les draps chiffonnés par l'éjection du couvre-lit.

— Tu t'inquiètes trop, mon joli. Va dormir, maintenant. Tu m'empêches de me reposer.

Gandelon enfouit le visage dans son oreiller moelleux. Il captura sa haine et la repoussa soigneusement derrière les barrières qu'il avait appris à dresser des années plus tôt quand, âgé de seulement douze ans, il avait été abandonné à Estian avec son frère de huit ans à charge. Tous les autres étaient morts, martyrs du combat pour la libération d'Oranston. Il avait appris très tôt que l'imprudence c'était la mort. Pire même, à cause de votre témérité, votre femme et vos enfants se faisaient violer et tuer. Gandelon ne voulait pas suivre l'exemple paternel. Gandelon intriguait, élaborait des stratégies, déplaçait les pions en douceur, insensiblement. Le prix à payer était souvent élevé mais, au moins, il avait ainsi protégé son frère. Landislas était sain et sauf.

Les initiatives de Gandelon n'apporteraient jamais le malheur à sa famille. Mais, parfois, elles blessaient son âme.

Son âme souffrait en ce moment. Elle souffrait de ce qu'il avait fait au pauvre Stolon d'Hurog. Gandelon avait brisé la vie d'un jouvenceau inoffensif et innocent. Et tout cela pour rien car le jouvenceau en question s'était évaporé dans la nature en emmenant avec lui l'esclave de Ciernack. S'il l'avait pu, il aurait dit au roi qu'il n'avait pas fait valoir son ordonnance d'internement. Jakoven avait laissé ce point à sa discrétion. Mais ce n'était pas possible, ses troupes étaient infestées d'espions et plus personne n'ignorait qu'il avait capturé Stolon avec l'intention de l'escorter jusqu'à l'Asile royal. Aujourd'hui, Stolon était en fuite et Gandelon avait dépensé tout son bien pour garantir la sécurité de Landislas. En espérant qu'il soit réellement en sécurité… Car Ciernack-le-Noir n'était pas à proprement parler un homme digne de confiance. Il y avait une autre cause de souci pour Gandelon : seuls les dieux savaient quels dégâts Landislas allait faire à Buril. Mais tant pis, c'est là-bas qu'il était en sûreté, pas ici.

Gandelon était tenaillé par l'angoisse. Son estomac se révulsait, le brûlait. Certes, c'était pour récompenser son favori de l'or qu'il avait versé au trésor de la Couronne que le roi Jakoven avait déclaré Stolon inapte à régner mais cela avait aussi pour effet de resserrer les liens qui asservissaient Gandelon. Car, en vérité, Jakoven se moquait bien de savoir qui régnait sur Hurog, ce petit fief tellement pauvre qu'il était réduit à payer ses impôts en nature. Fenwig d'Hurog était mort et, avec lui, l'homme de guerre que tous craignaient. Aujourd'hui, Hurog ne comptait plus. L'intérêt de Jakoven pour ce fief venait exclusivement de l'importance qu'il avait aux yeux de Gandelon.

Gandelon savait, cependant, qu'il lui était impossible de faire volte-face et de plaider la cause de Stolon. Jakoven était jaloux des marques d'intérêt ou d'affection que Gandelon pouvait manifester envers une personne ou une cause.

Prendre parti pour Stolon maintenant, c'était à coup sûr le condamner à mort.

L'étreinte du roi assoupi se relâcha et son bras retomba sur le lit. Gandelon le regarda en se demandant s'il avait fait le bon choix. En tout cas, cela n'avait rien rapporté de bon pour son fief d'Oranston.

Jakoven faisait semblant de ne pas comprendre que Kariarn, le seigneur de Vorsag, voulait s'approprier Oranston. Mais ce n'était que ruse. Il attendait que Kariarn et ses troupes aient totalement envahi Oranston et soient, pour parachever leur conquête, contraints d'attaquer Tallven en franchissant la montagne par les cols qui ouvraient la route entre les deux territoires. Dès qu'ils s'engageraient dans cette nouvelle voie, l'avantage stratégique reviendrait aux armées des Cinq Royaumes.

Cela faisait quinze ans seulement que la révolte d'Oranston avait été écrasée et nombreux étaient ceux qui avaient encore cette guerre en mémoire. Les griefs et mauvais souvenirs abondaient et peu étaient prêts à s'offusquer de ces petites rapines et violations de territoire. Une fois Oranston entièrement envahi, la logique de guerre serait mieux acceptée de tous. Les nobles des quatre autres royaumes seraient légitimement indignés et accorderaient leur soutien inconditionnel à Jakoven.

La stratégie était simple et irréprochable. En envoyant Landislas à Buril, Gandelon lui avait donné pour consigne de commencer à recruter et former des combattants pour protéger le domaine et pour aider à son évacuation en cas de nécessité.

S'il avait été sûr de sauver Oranston en tuant le roi, Gandelon l'aurait fait depuis belle lurette. Mais il était bien placé pour savoir qu'un tel acte signerait sa propre condamnation à mort. Mieux valait utiliser le roi que de mourir bêtement décapité, pendu, voire pire, écartelé ou roué. Quand il brassait ces considérations dans sa tête, Gandelon en venait immanquablement à penser à son père, qui aurait vigoureusement désapprouvé ses agissements. Mais il savait où menaient ces positions-là. Leur mère, qui avait toujours pris le parti de son mari, avait fini par être acculée à se donner la mort. Lui était toujours en vie. Si son père avait vécu assez longtemps pour le voir faire la catin du roi, il lui aurait tranché la gorge.

— Il y a du neuf, Kromdick, annonça Beckram à la seconde où son frère ouvrait la porte de communication entre les deux chambres.

Le soleil du matin inondait la pièce et s'étalait sur le parchemin que Beckram tenait en main.

Il avait dit cela d'une voix tellement atone que Kromdick se demanda si les gardes royaux n'attendaient pas dans le couloir pour les cueillir tous les deux.

— Qu'est-ce qui se passe encore ?

Beckram lança la missive dans sa direction.

— Lis.

Kromdick ramassa le manuscrit et vit aussitôt qu'il était de la main de Barbarin. Il le lut, fronça les sourcils puis le relut.

Stolon condamné à l'asile ! Pauvre Stolon. Kromdick savait combien Hurog comptait pour leur cousin, même s'il était un peu simplet. Étant un Hurog lui-même, il connaissait la force des liens qui, de génération en génération, attachaient la lignée au domaine de ses origines. Par-delà la mort, l'Hurogmestre avait réussi à frapper son fils une dernière fois. D'y penser, il en tressaillit. Le vieil Hurogmestre lui avait toujours fait peur.

— Ce que j'aimerais savoir, c'est comment Père a appris que je dormais avec la reine, demanda Beckram avec une forte note d'agressivité.

« Dormir » n'est pas le mot, faillit rétorquer Kromdick, mais, si Beckram aimait bien faire des remontrances à autrui, il le prenait très mal quand elles s'adressaient à lui. Kromdick ravala donc sa réplique et se contenta de :

— Il n'en parle pas.

— Il me prie d'user de mon influence sur la famille royale pour obtenir de Jakoven le retour en grâce de Stolon. Si ce n'est pas en parler !

Face à l'évidence, Kromdick dut admettre qu'il n'était pas étranger à l'indiscrétion :

— Hemm… Eh bien… Oui, j'ai cru bon de lui dire que tu compromettais l'honneur de la famille. Pour qu'il ne tombe pas des nues au cas où…

Beckram coupa son frère en sifflant bruyamment.

— Le roi n'en a cure. Tehedra ne lui a jamais donné d'héritier, ni à lui ni à qui que ce soit. Il a Gandelon et se moque bien de savoir qui fréquente la couche de son épouse.

— C'est elle qui te l'a dit ?

Beckram sourit. Un vrai sourire, ce qui était rare de sa part.

— Elle ? Pas du tout. C'est le roi lui-même quand il m'a accordé la permission de la posséder.

Kromdick se demanda si cette déclaration devait le rassurer ou accroître son angoisse. Le roi jouait parfois à des jeux bien mystérieux.

— Tu devrais te méfier.

Beckram rejeta l'avertissement d'un petit geste méprisant.

— Je ne comprends pas pourquoi Père s'inquiète tant pour le sort de Stolon, dit-il. Tout le monde sait bien qu'il est idiot, trop idiot en tout cas pour régner sur une terre comme celle d'Hurog. Cela donnait du mal même à ce vieux grigou de Fenwig. Et puis… (Il marqua une brève hésitation.) Et puis je n'aime pas Stolon.

Bien sûr ! Parce que, tout crétin qu'il est, il te montre comment tu devrais te conduire, pensa Kromdick. *Et, ce faisant, il te met sous le nez la vilenie de ton propre comportement.*

— En même temps, je ne voudrais pas le voir interné dans une cellule de l'Asile royal. Tu l'imagines ? Il serait capable de tuer quelqu'un sur un coup de sang. Mais je suis sûr qu'on peut trouver un arrangement. Père n'aurait qu'à lui offrir un poste insignifiant. Parce que, à mon avis, il y a longtemps que ce pauvre Tosten mange des pissenlits par la racine. Je suis certain que feu notre oncle y a veillé. Ce qui fait tomber Hurog aux mains de Père.

— Père ne veut pas d'Hurog, dit Kromdick.

Il savait que cette révélation allait étonner son frère. Barbarin, en effet, avait toujours, en paroles au moins, été d'accord avec Fenwig pour dire, contre le bon sens le plus commun, que la position d'Hurogmestre était la plus enviable en ce monde.

— Quoi ? fit Beckram.

— Il en a peur. Il dit qu'une malédiction pèse sur Hurog. Tu te rappelles grand-père ? Et Fenwig ? Il a été fauché encore plus tôt. Notre père fera son devoir et rien de plus. Il ne veut pas d'Hurog, te dis-je. Tu en voudrais, toi ?

Beckram médita l'hypothèse pendant un moment puis il grimaça.

— Il est vrai que ça vous pose d'être un Hurog. On vous regarde un peu comme… comme quelqu'un qui posséderait une bête mangeuse d'hommes. Mais non, je ne veux pas Hurog. Ce serait une calamité pour ma vie amoureuse. Tu connais une femme qui ait envie d'aller vivre dans ce trou sinistre ? Très peu pour moi ! En plus, étant le fief le plus ancien, si Hurog entre dans notre succession, c'est à moi qu'il reviendra, alors que toi tu auras droit aux richesses et au soleil d'Iftahar. Brrrrrr… C'est décidé, je vais parler à Tehedra.

Beckram attendit d'avoir bien refermé la porte pour se départir de son sourire. Il se serait tranché la gorge plutôt que d'avouer ses inquiétudes concernant sa liaison avec la reine. Le dernier amant de Tehedra avait été retrouvé flottant sur le ventre dans le petit bassin de la cour centrale, mésaventure qui aurait pu faire l'objet de tous les potins de cour mais dont, curieusement, personne ne parlait jamais.

Beckram ne savait pas quelle bêtise l'imprudent avait commise mais il était bien décidé à ne pas l'imiter. Il avait toujours pris garde à rester en dehors de la politique, il ne demandait jamais de faveur, ne parlait jamais de la reine à personne, sauf à Kromdick, et ça, ça ne comptait pas. Mais, bien sûr, tout le monde était au courant.

Était-ce solliciter une faveur que de demander la réhabilitation de Stolon ? En aucun cas. C'était même l'inverse. Hurog, un cadeau empoisonné ? Tout bien réfléchi, la perspective de recevoir ce fief en héritage n'était pas si effroyable que cela et personne n'aurait risqué sa vie pour y renoncer.

Risquer sa vie…

Qui aurait pu imaginer qu'il aurait un jour risqué sa vie pour Stolon ?

Il décida de ne jamais en parler à son cousin d'Hurog et s'engagea dans l'escalier pour descendre au jardin où les dames de la cour retrouvaient leurs soupirants avant le dîner. Stolon remerciait ceux qui l'aidaient avec des accolades de grosse brute. Le pas de Beckram était sautillant, presque dansant, sur les larges marches de pierre. Risquer sa vie… Il aimait ça.

Alanguie dans son coin de jardin favori, Tehedra Foehne Tallven, reine de Tallven et des Cinq Royaumes, s'abandonnait au plaisir subtil que lui procuraient les doigts graciles de sa servante affairés sur sa chevelure. Le coin de Tehedra était isolé, presque invisible du reste du jardin et, quand la reine s'y tenait, les autres dames veillaient à respecter sa tranquillité.

Les douces senteurs des arbustes d'ornement étaient aussi bienfaisantes que les soins de la servante. L'un d'eux, avec ses fleurs blanches aux pétales bordés de reflets rosés, lui rappelait ceux que jadis elle voyait depuis sa chambre d'enfant. Comment se nommait cette délicieuse plante ? Elle ne s'en souvenait plus. Quelle importance ? Le nom ne comptait pas ; les sensations, oui. En fermant les yeux, elle arrivait à entendre la voix de sa mère qui la gourmandait puis celle, plus profonde et grave, de son père qui la consolait.

— Eh bien, ma belle a sommeillé tout le matin ?

Un joli sourire se forma sur les lèvres de la reine. Elle le laissa s'élargir et devenir plus séducteur tandis qu'elle ouvrait les yeux en murmurant :

— Beckram, mon doux ami…

Il sourit à son tour et la caressa d'un regard admiratif, qu'elle jugea au moins partiellement sincère. Il était bien jeunot mais elle-même ne paraissait pas la moitié de son âge. Elle se demandait pourquoi le roi lui avait choisi celui-ci cette fois. Pour la mettre à l'épreuve ? Possible. Onev, le précédent, était bien jeune aussi, plus fragile et moins madré. Il n'avait pas tenu un an avant que Jakoven ne le tue. Elle espérait bien que Beckram lui ferait plus d'usage. Elle aurait aimé pouvoir le protéger mais elle avait compris depuis longtemps qu'il valait mieux s'abstenir sur ce point. Tehedra de Tallven avait appris à savourer au jour le jour ce qui lui était donné et, surtout, à ne pas trop s'attacher. C'était plus facile quand ils ne devisaient que sur des futilités. Celui d'avant Onev aimait les courses en mer et lui en parlait souvent. Elle avait oublié son nom mais elle se souvenait de cela.

— Ma reine, votre beauté fait pâlir celle de vos Baisers d'Adieu.

« Baiser d'Adieu », mais oui ! Elle était justement en train de songer au nom oublié de ces jolis buissons et, sans que rien n'ait été dit, il venait de le lui rappeler. Fallait-il y voir un signe ? En tout cas, Tehedra se souviendrait de Beckram chaque fois qu'elle contemplerait ces plantes exquises.

— Est-ce ainsi qu'on doit les nommer ?

Il rit.

— Je le crois. Mais si vous voulez en être tout à fait sûre, c'est à mon frère qu'il faut le demander. À propos, que lui avez-vous fait ? Je l'ai trouvé bien nerveux ce matin et il m'a laissé entendre que vous n'y étiez pas pour rien.

Elle dut faire un gros effort pour garder son masque de bienséance.

— Il se tenait près de moi hier soir et… enfin, j'ai cru que c'était vous. J'ai…

Mais qu'avait-elle à se sentir gênée à cause d'un petit geste ? C'était ridicule. Elle se reprit. Elle n'allait pas se décomposer devant cet enfant ! Elle prit une bouffée d'air parfumé par les Baisers d'Adieu et conclut d'un ton apaisé :

— Je lui ai légèrement pincé la croupe. J'ai cru qu'il allait défaillir.

Elle roula de gros yeux ronds mais se rappela confusément que la candeur pudibonde de Kromdick ne l'avait pas laissée insensible.

Beckram rit de nouveau et s'installa à ses pieds avec l'aisance gracieuse de la jeunesse.

— Il se formalise d'un rien.

Il prit dans sa main un pied de Tehedra et l'effleura du bout des doigts en exerçant par intermittence de petites pressions pour éviter de la chatouiller.

— Mmmm..., susurra-t-elle. Que c'est bon... Où avez-vous appris à faire cela ?

Il eut une légère hésitation. Sensible au compliment mais étonné, il perdit son propre masque pendant quelques secondes. Mais Beckram se ressaisissait vite.

— De mon cousin Stolon. Il avait douze ans et mon cheval préféré s'était tordu le pied.

Misère ! Tout sauf cela ! Elle ne voulait surtout pas entendre parler de sa famille. Elle ne voulait pas qu'il soit une personne comme les autres. Mais c'était trop tard. Le visage de Beckram était devenu sérieux, presque sombre.

— L'ambition de mon frère est de devenir un seigneur paysan, dit-il.

— Ah oui ?

Finalement, Kromdick pouvait fournir un sujet de conversation acceptable.

— Nous avons conclu une entente, poursuivit Beckram. Si j'hérite du domaine de notre père, nous nous répartirons les tâches. À lui les travaux de la terre, à moi la guerre et la politiquc.

Le visage de Beckram était baigné de soleil et il plissait les yeux dans une petite grimace pleine de charme. *Le plein air lui va si bien...*, songea la reine. *Il y est chez lui, dans son élément. C'est un enfant du plein air. Un enfant de la lumière. Et moi, je suis la veuve noire qui l'a capturé dans sa toile.*

Elle émit un murmure indistinct qui traduisait un intérêt poli.

— Hélas, tout cela tombe à l'eau aujourd'hui, reprit son jeune amant.

La phrase aurait pu alarmer la reine mais Beckram ne paraissait pas plus affecté que cela. Elle attendit donc la suite. Il allait sans doute lui servir un compliment enthousiaste sur sa beauté qui l'emprisonnait ici et l'empêchait de réaliser ses ambitions ailleurs.

Elle eut un autre murmure, tout aussi indistinct mais plus encourageant.

— Le roi a déclaré mon cousin inapte aux fonctions d'Hurogmestre. Il a filé mais, dès qu'ils le retrouveront, ils le feront enfermer à l'Asile royal.

— Ils ne vont quand même pas réussir à le prendre ?

Tehedra se souvenait de Stolon d'Hurog. C'était un garçon simple mais si gentil, une qualité qui n'étouffait guère les hommes d'aujourd'hui. Elle avait même remarqué qu'il faisait toujours danser les filles laides. Elle ne pouvait pas l'imaginer dans cette prison fondée par son époux pour se débarrasser des indésirables qu'en raison de leur rang ou de leur notoriété il eût été dangereux ou impopulaire de liquider purement et simplement. Cet asile lui faisait peur. Elle craignait d'y finir ses jours elle-même. *C'est affreux*, se dit-elle. *Abominable*. Elle en tremblait mais des lustres de pratique lui avaient enseigné à ne jamais se départir de son masque de bienséance.

— Non, répondit Beckram. Mais c'est lui qui va se livrer.

Il la regardait avec la loyauté au fond des yeux, des yeux de jouvenceau sincères et purs. Il était clair que ce regard ne cherchait pas à la manipuler en jouant la carte de la séduction. Il hésita puis se jeta à l'eau :

— S'il vous plaît, implorez le roi de rendre à Stolon ses droits sur Hurog. Il est simplet, certes, mais ce n'est pas un fou dangereux. Tout cela, c'est à cause de l'oncle Fenwig.

Elle s'aperçut qu'elle hochait la tête en signe d'approbation. Elle n'avait pas oublié les éclats de voix ni les tempêtes de jadis et s'était toujours plus ou moins demandé si, à l'époque, son royal époux n'avait pas un peu peur de l'Hurogmestre.

—Ni mon père ni moi-même ne voulons d'Hurog. Ce fief est une curiosité dans la famille mais il est diablement encombrant. Pour ma part, je préférerais de loin recevoir le domaine de mon père, où Kromdick m'épaulerait en exerçant les fonctions de régisseur.

La main de Sheira, la servante, manqua une mèche et Tehedra sentit une terreur paralysante monter en elle. Pareille requête allait éveiller la curiosité de Jakoven. Il voudrait savoir quel avantage Beckram escomptait en tirer. Malgré ses années d'expérience de la cour, elle pouvait encore croire à la sincérité et au désintéressement. Jakoven jamais.

—Allons, allons, minauda-t-elle pour tenter de l'aider à se protéger. Que me cachez-vous, mon doux ami ? Quel extraordinaire dessein poursuivez-vous que vous ne vouliez me l'avouer ?

Elle pouvait bien faire cela pour lui. Beckram devait à tout prix se trouver une meilleure raison d'implorer la faveur royale. Le roi avait toujours veillé à ce que ses amants soient récompensés à la hauteur de leurs services.

Beckram secoua la tête.

—Non. Je ne supporte pas l'idée de le savoir reclus dans une cellule. Sa place est à Hurog. (Il eut un petit sourire qui le fit paraître la moitié de son âge.) Il est lourd, il est lent mais il est solide et sait ce qu'il veut. Il connaît tous les chemins d'Hurog, chaque pierre de chaque chemin, chaque bête du cheptel et sa descendance. Il est chez lui là-bas. Et, après la vie que lui a fait mener l'oncle Fenwig, je pense qu'il y a droit.

Il se frotta l'œil sans raison visible.

Mon pauvre ami…, soupira-t-elle intérieurement en tendant la main pour lui toucher la tête. *Le roi n'avalera jamais une chose pareille! Renoncer à un bien par affection pour un cousin. Il va te soupçonner d'ourdir une intrigue pour le renverser.* Hurog était pauvre mais avait un poids politique. Elle s'en souvenait. Et Jakoven ne pouvait que le savoir aussi. Pour que Shavig puisse continuer à avoir un roi en propre, il fallait que ce monarque soit issu de la famille Hurog. Les seigneurs de Shavig ne l'ignoraient pas. Ils allaient le soupçonner d'avoir des visées sur le royaume.

Mais Tehedra était l'épouse de Jakoven depuis des années. Elle devait garder le sourire.

— Je le lui demanderai, soyez-en sûr. Mais ne vous faites pas trop d'illusions. Il est bien rare que le roi change une décision suite à l'une de mes requêtes. Et maintenant, allez me quérir quelque boisson fraîche. Je suis assoiffée.

— J'y cours, reine de mon cœur, dit Beckram en se levant d'un bond et en s'éclipsant après une profonde révérence.

Tehedra lutta de toutes ses forces pour ne pas se mettre à trembler tandis que Sheira recommençait à la coiffer. Elle n'en voulait pas à sa servante de tout rapporter au roi. La pauvre fille n'avait pas le choix.

La reine était simplement anéantie par la naïveté de ce jouvenceau qui n'avait rien flairé et venait de signer son arrêt de mort.

Gandelon était effaré. Même en fouillant tout le pays arpent après arpent, les Oranstoniens de la cour n'auraient pas pu trouver plus mauvais porte-parole que le vieux général Javernes de Callis. C'était pourtant celui-là qu'ils avaient choisi pour plaider leur cause.

Les audiences matinales du roi n'avaient jamais été un plaisir pour Gandelon mais celle qui se déroulait en ce moment était ce qu'il pouvait imaginer de pire, un calvaire.

— Nous vous avons juré allégeance, Sire, prononça Javernes avec solennité. Et ce serment, sur notre vie et notre sang, nous lie à vous jusqu'à la mort.

Nul n'en doute, songea Gandelon en son for intérieur, *mais cela vaut pour vous. Lui se contrefiche de ce serment.* Il avait expliqué aux Oranstoniens que le roi ne voulait pas les aider et Javernes devait bien être conscient de s'engager en terrain fangeux. Gandelon leur avait longuement répété que Jakoven ne ferait que se braquer davantage s'ils essayaient de lui faire subir quelque pression que ce soit. Les Oranstoniens n'avaient rien voulu savoir.

Javernes avait l'air de ce qu'il était, un vieux soudard. À la cour, il était le seul à avoir le courage d'arborer la coiffure traditionnelle des seigneurs d'Oranston : cheveux coupés court et tempes rasées au-dessus des oreilles. Gandelon savait que Jakoven considérait Javernes comme un homme fini, un bras cassé. Gandelon, à l'inverse, voyait en lui un héros mais, mesure de prudence élémentaire, il gardait son opinion pour lui.

Gandelon porta délibérément son attention ailleurs. Le roi donnait ses audiences dans l'une des grandes antichambres du palais d'Estian. La Tamerline venait souvent y tromper son ennui depuis que Mégone avait été désertée. Elle était présente ce matin-là. Son pelage tacheté de jaune et or tranchait au milieu des aristocrates vêtus de couleurs sombres. La Tamerline avait la taille et la forme générale d'un ours mais avec quelque chose de plus gracieux qui faisait penser à un chat sauvage géant. Sa tête, plus féline elle aussi, avait des mimiques expressives et de grands crocs pointus apparaissaient entre ses lèvres. Prédatrice terrifiante, comme se devait de l'être tout gardien de temple, elle possédait toutefois un attribut insolite qui détonnait sur son aspect général : une interminable queue pelucheuse.

Jadis, elle avait dit à Gandelon qu'il était le seul à la voir et il se demandait par quel miracle personne ne la bousculait ni ne lui écrasait les pattes dans cette cohue.

Les yeux jaunes et perçants de la Tamerline croisèrent ceux de Gandelon par-dessus la foule.

— Callis est assiégée, Sire, poursuivait Javernes. Vous ne pouvez pas persister à penser qu'il s'agit seulement d'incursions ponctuelles. Si Oranston tombe, ils voudront ensuite prendre Tallven et Valdemer !

Le ton du vieux général était si fervent que Gandelon ne put s'empêcher de tourner brièvement la tête vers lui. Quand il ramena son regard sur l'assistance, la Tamerline avait disparu.

— Nous nous tenons informé de l'évolution de la situation et donc n'ignorons rien de ce qui se passe dans le Sud, dit Jakoven d'un ton à la fois condescendant et magnanime. Mais nous connaissons aussi les prodigieuses compétences des Oranstoniens dans l'art de la guerre. Nous estimons donc...

Les mots se désagrégeaient dans le brouhaha et, par moments, Gandelon ne saisissait plus que le ton de Jakoven sans comprendre ses phrases. La rouerie du roi était époustouflante et lui donnait des frissons glacés, à tel point qu'il devait lutter contre lui-même pour garder un visage de marbre. Car de nombreux regards peu amènes épiaient les réactions de l'Oranstonien que le Grand Roi avait choisi pour giton.

— Nous sommes convaincu qu'avec une centaine d'hommes vous viendrez vous-même à bout de ces pillards, conclut Jakoven d'un ton toujours aussi serein.

Javernes connaissait son suzerain. Il s'inclina profondément pour répondre mais il fut coupé avant d'avoir pu prononcer une parole.

— Je prends le pari ! lança une voix que Gandelon connaissait bien.

C'était Alizton Tallven, le demi-frère naturel de Jakoven. Gandelon le chercha du regard. Il le trouva, le vit approcher Javernes de sa démarche chaloupée et assener familièrement une claque entre les épaules du vétéran.

— Je le connais, ce vieux Javernes, ajouta Alizton. J'ai combattu contre lui pendant la dernière guerre et je peux vous dire que ce n'est pas rien !

Alizton avait des allures de damoiseau précieux et un peu trop soucieux de son élégance vestimentaire mais il ne fallait pas s'y tromper. À l'âge de vingt-deux ans, il avait déjà été nommé général et conseiller militaire de son père.

Le roi se cala contre son dossier. La différence entre les deux frères était stupéfiante, sachant, surtout, que leurs mères étaient sœurs. Le roi avait l'allure de tous les gouvernants, des traits épais qui dégageaient une impression de puissance, un regard gris, froid, impassible, observateur et calculateur. Il n'était pas beau à proprement parler. La beauté physique, c'était bon pour la plèbe. Jakoven préférait avoir de l'allure, avec un nez fin déformé par une excroissance consécutive à une ancienne fracture de la cloison. Ses cheveux frisés, coupés court, étaient encore abondants mais totalement gris maintenant. Gandelon se rappelait l'époque où il l'avait connu avec des boucles brunes.

Aîné des trois fils du défunt roi, Alizton portait des cheveux longs qui lui battaient les épaules et qu'il teignait avec soin. Aujourd'hui, ils étaient d'un beau châtain brillant. L'homme était grand, svelte et musculeux, sans une once de graisse, et s'exprimait avec une gestuelle maniérée presque comique. À la mort de leur père, lorsque Jakoven avait accédé au trône, il avait démissionné de son poste. D'après Gandelon, c'était la raison pour laquelle il ne croupissait pas aujourd'hui dans une cellule de l'Asile royal comme leur jeune frère.

— Ai-je bien compris ? demanda le roi, visiblement amusé. Tu veux parier que Javernes est capable, avec juste une centaine d'hommes, de mettre en déroute les envahisseurs vorsaguiens ?

— Oui. Avec l'aide de la population d'Oranston, précisa Alizton. J'estime aussi que le choix des cent hommes devrait être laissé à sa discrétion.

Le roi gloussa sous cape et Gandelon n'eut plus aucun doute. L'idée du pari amusait réellement Jakoven.

— Quel sera l'enjeu ?

— Mon étalon contre l'épée de notre grand-père, répondit Alizton.

Gandelon savait que le roi convoitait Sang-Bleu, le destrier de son frère. Il le vit réagir avec un sursaut d'intérêt.

— Pari relevé, déclara Jakoven. Callis peut prendre cent hommes de son choix pour tenter de repousser les Vorsaguiens derrière leurs frontières. Je leur donne six mois pour y parvenir. S'ils réussissent, l'épée du grand-père est à toi. S'ils échouent, tu me donnes le destrier Sang-Bleu.

— Pas si vite, protesta Alizton. Il faut d'abord l'acceptation de Javernes.

Ils avaient réussi à faire une farce de la requête du vieux général, tourner en dérision l'honneur des hommes de guerre rassemblés dans cette vaste salle.

— J'accepte vos conditions puisque je vous ai juré fidélité, dit Javernes.

L'attitude et le ton du vieil homme étaient pleins de dignité. Gandelon espérait que tous s'en rendraient compte. Quand il voyait des Oranstoniens comme celui-là, il était fier d'être des leurs. Son père aurait approuvé la conduite de Javernes.

— Ça c'est un brave, murmura le roi en se tournant vers son amant.

Gandelon était effaré. Il avait les entrailles nouées. Une petite voix intérieure se mit à lui seriner : « Le roi sait, le roi sait. » Mais que savait le roi ? Rien puisqu'il n'avait rien fait pour sauver Oranston. La seule chose qui, portée à la connaissance du roi, pouvait causer le malheur de Gandelon était encore secrète. Gandelon était le seul à savoir combien il haïssait Jakoven.

— Peu d'hommes ont un courage comparable à celui de Javernes, déclara Gandelon, la voix vibrante d'admiration. Mais c'est pitié qu'un tel homme soit aussi fou. Son amour pour Oranston lui fait oublier les intérêts des Cinq Royaumes. Mieux vaut l'envoyer là-bas, à Oranston. Jamais il ne mettra autant de lui-même dans le combat que si c'est pour la défense de sa terre natale.

Déjà, la lassitude commençait à se voir dans les yeux gris du roi. Gandelon s'en félicita. Quant à Javernes, il faillit rougir comme un jouvenceau en s'entendant qualifier de la sorte en public.

Jakoven se tourna vers son greffier.

— Prends note de ma décision et du pari d'Alizton. Nous donnerons à cet homme, voyons… une semaine pour faire le choix de ses troupes et de son matériel, au financement desquels nous pourvoirons. Quand tu auras terminé, nous passerons au plaideur suivant.

Tandis que le roi présidait les autres séances, Gandelon observa l'assistance en se demandant si, comme on le lui avait fait croire dans sa tendre enfance, le monde des hommes avait un jour été juste et bon.

S'en sont allés les hommes d'honneur
Dans l'ombre fluctuante des heures
Avec écus, épées, chevaux

Pour combattre les faux héros.

Cette petite ritournelle cafardeuse vagabondait dans son âme. Une ritournelle qu'il avait entendu chanter dans une taverne crasseuse où il avait fait halte avec Landislas au cours de leur stupide chasse à l'esclave. Elle s'intitulait *Le Héros du pleutre*. Gandelon aimait ce titre ; il le dépeignait à la perfection.

— Quelle idée stupide Jakoven a-t-il eue de donner ainsi carte blanche à ce vieux bougre ?

Le jardin ombreux paraissait encore plus sombre sous le clair de lune que par nuit noire. Gandelon tourna la tête et c'est sans surprise qu'il vit la Tamerline installée sur l'une des balustrades de marbre ouvragées, à la base de la pergola qui servait de support à une luxuriance de plantes grimpantes. La balustrade avait l'air de ployer sous le poids de la puissante créature.

Gandelon savait que, si elle ne lui avait pas parlé, il aurait passé son chemin sans la voir. Et pourtant elle ne se cachait pas. Son poil, si brillamment tacheté et éclatant à la lumière du jour, se fondait dans les ombres de la végétation nocturne. Telle était la Tamerline, créature mythique et magique, qui avait jadis révélé son existence à un jeune Gandelon terrorisé. Pour quelle raison ? Il ne l'avait jamais bien su. Pour tromper son ennui, lui avait-elle répondu le jour où il lui avait posé la question.

La Tamerline était la Gardienne de Mégone mais plus personne ne croyait en son existence depuis la chute de son domaine. Un jour, elle avait dit que cette chute avait été de tout temps inscrite dans le destin de Mégone. Gandelon avait des doutes car, tout en prononçant ces paroles, la Tamerline battait l'air de sa queue comme un chat en colère. Les visiteurs étaient si peu nombreux au temple détruit d'Aethervon qu'elle occupait son temps en observant les faits et gestes de la cour d'Estian et la vie de l'amant oranstonien du roi.

— Stupide ? Jakoven ? Pourquoi dis-tu cela ? demanda Gandelon.

À l'attitude décontractée de la Tamerline, il savait qu'il n'y avait personne d'autre dans le jardin. Ils pouvaient parler librement.

La grosse bête roula sur la balustrade tout juste large d'un empan et, sans perdre son équilibre, se trémoussa pour se gratter le dos sur la pierre rugueuse.

— Pourquoi Oranston ne peut-il pas se défendre contre les Vorsaguiens alors qu'elle l'a déjà fait par le passé ?

— Parce que…, commença spontanément Gandelon. (L'élaboration de la réponse dans sa tête le fit ensuite hésiter un court instant.) Parce que les seigneurs, au lieu de gouverner chez eux, sont coincés ici, à Estian, et que cela dure depuis la fin de la dernière guerre. Mais c'est encore plus compliqué, Tamerline. C'est comme ça depuis quinze ans. On ne trouve pas d'hommes de guerre formés sur place car nous n'avons pas le droit de constituer des armées. La plupart des seigneurs aguerris ont été occis à la guerre ou sont morts mystérieusement par la suite. La seule raison pour laquelle Javernes ne s'est pas tué en tombant de cheval, ou n'a pas été confondu avec un cerf lors d'une partie de chasse, est qu'il est incapable de dissimulation. Jamais un nationaliste n'irait le recruter pour former un mouvement secret car, dès le lendemain, le roi serait au courant.

— Nombreux sont ceux qui vont le suivre volontiers dans ce conflit, dit la Tamerline dans un ronronnement apaisant. Javernes est un héros, sans conteste, mais peut-être pas aussi follement honorable que tu le crois. Et il y en aura d'autres ici. Toi, peut-être.

— Je ne crois pas qu'il me choisira. Mon intervention en public l'a mis trop mal à l'aise.

— Pas si sûr…, murmura la Tamerline en sautant souplement au bas de la balustrade.

Les coussinets de ses pattes amortirent l'atterrissage mais ses griffes claquèrent sur les briques de l'allée.

— Mais, reprit-elle, ta question concernait ma remarque sur la stupidité du roi… Imagine ce qui arrivera si Javernes réussit avec ses cent hommes. Partout dans les Cinq Royaumes, les gens sauront que le pari est né de l'antagonisme entre les deux demi-frères. Et tout le monde aime les perdants qui se mettent à gagner. Cela pourrait suffire à secouer sérieusement le pouvoir de Jakoven. Moi, si j'étais le roi, j'aurais tué Alizton depuis longtemps. Les hommes intelligents sont dangereux.

— Pourquoi t'intéresses-tu tellement à tout cela ? demanda soudainement Gandelon. En quoi la tournure des événements te concerne-t-elle ?

Il ne s'attendait pas à la voir muer à cet instant. C'est pourtant ce qui se passa, comme c'était déjà arrivé une fois depuis qu'ils se fréquentaient. Une silhouette humaine se détacha de la masse du corps animal. Sa peau était tachetée tout comme sa fourrure. Pour le reste, elle était semblable à n'importe quelle femme nue. Même ses yeux jaunes avaient pris une douce couleur d'ambre. Elle avait l'air incroyablement jeune. Gandelon en avait été ébahi la première fois. Si elle avait été humaine, il lui aurait donné moins de vingt ans.

La Tamerline fit un pas en avant et lui toucha la joue.

— L'heure arrive, Gandelon de Buril. Les ténèbres ont régné pendant très longtemps. Pas seulement ici mais sur les autres créatures de la magie. Les nains se sont réfugiés dans leurs domaines mais ils ont été frappés par la discorde et les maux en grand nombre. Quelque chose est venu, il y a longtemps, corrompre la magie de la terre. Maintenant il faut sauver la terre.

— Si les Vorsaguiens sont vaincus, la magie redeviendra favorable ? s'enquit Gandelon.

Elle lui avait souvent parlé de magie corrompue mais jamais en des termes aussi précis.

Elle sourit.

— Je ne sais pas. C'est possible. L'avenir n'est pas facile à prédire, même pour Aethervon.

Gandelon la regarda avec stupeur.

— Aethervon ? Vraiment ?

— Mégone est en ruine mais cela ne veut pas dire qu'Aethervon a oublié ses promesses. Pour remercier le Grand Roi d'avoir donné Mégone à ses adeptes, Aethervon lui a promis de veiller sur son royaume.

Les yeux de la Tamerline faisaient penser à ceux d'une chatte. Soudain, elle se mit à humer l'air et son regard se dissipa dans le lointain.

— Il arrive.

Elle reprit vivement sa forme animale et prononça son habituelle formule d'au revoir :

— Adieu, petit.

Ne sachant que faire ni que penser de ce que la Tamerline venait de lui révéler, Gandelon s'assit sur la balustrade et se mit à frotter du pouce une griffure laissée par son passage.

— Gandelon ! lança Jakoven dans la nuit. Je me souviens de toi, assis à ce même endroit la première fois que je t'ai vu. Mais qu'est-ce qui te rend si triste ?

Gandelon se redressa en dépit de la main de Jakoven qui l'invitait à se blottir contre sa royale épaule. *Assez de faux-semblants*, pensa-t-il. *De toute façon, ça ne marchera plus.*

— Je suis triste pour ma patrie, Oranston.

Bien sûr, la réponse ne plut guère à Jakoven, qui resserra brutalement la pression de sa main sur l'épaule de Gandelon.

— Ton père t'a abandonné pour aller défendre Oranston. Complètement abandonné. Il n'y avait personne pour vous protéger quand les soudards sont arrivés. Ils ont tué ta sœur devant tes yeux. Ils vous ont violés, ton frère et toi. Et ton père qui se battait, fidèle à ses engagements, ton père n'était même pas là pour te défendre.

Pour me défendre contre toi, pensa Gandelon dans un brusque accès de violence. Pendant un instant, il craignit d'avoir pensé à voix haute. Il sut qu'il n'en était rien quand l'étreinte du roi se fit plus douce.

— Tu étais tellement meurtri quand tu es venu à moi, susurra Jakoven. Si petit et si terrifié. Cela m'a fait mal de te voir dans cet état, de lire cette terreur sur ton visage. Alors j'ai réparé tout cela.

Il enfouit le visage dans le cou de son mignon. Gandelon n'était pas dupe de ses minauderies. Il savait ce que Jakoven avait en tête en le secourant jadis. Des projets bien précis. Il se souvenait tout spécialement du sort réservé à son frère. Mais Landislas était à Oranston maintenant, loin des griffes de Jakoven. Son corps répondait aux caresses du roi mais son esprit était ailleurs. Il se disait qu'il allait peut-être se joindre aux troupes de Javernes. Peut-être... Ce serait bon de revoir sa terre, de revoir sa femme.

7

Stolon

Aethervon a toujours posé un problème très particulier à ses adorateurs tallvenois. S'il est vraiment un dieu, pourquoi a-t-il laissé détruire son temple ? Aujourd'hui, heureusement, la majorité des Tallvenois ne vénèrent plus rien en dehors de l'argent et le problème se pose de moins en moins.

— Tu peux me rappeler pourquoi nous passons si près d'Estian ? me demande Tosten en entrant par le haut.

Je pare son coup d'épée avant de répondre :

— Parce que le meilleur passage pour franchir les montagnes se trouve plein sud. Si j'ai bien compris ce que tu as entendu l'autre jour, Gandelon a cessé de chasser la fugitive. Donc, logiquement, il a dû prendre la route la plus directe pour rejoindre Estian. En passant par ici, nous ne risquons pas de le rencontrer.

Nous sommes en train de nous entraîner en effectuant des enchaînements basés sur des plans d'attaque et de défense que nous étudions depuis que nous sommes en âge de tenir une épée. Stala nous engageait à bavarder pendant cet exercice car, disait-elle, quand la bouche est à l'ouvrage, le bras est obligé d'agir par réflexe. Je ne suis pas tout à fait sûr que ce soit vrai. Ce dont je suis sûr, en revanche, c'est qu'il ne faut pas compter sur Tosten pour avoir oublié une seule phase d'un de ces enchaînements.

— Tu penses que nous atteindrons Estian aujourd'hui ? poursuit Tosten en augmentant la cadence des coups, ce qui m'oblige à en faire autant.

— En principe, oui, réponds-je.

J'accélère encore un peu.

— Tu ne crois pas que nous progresserions plus vite si nous n'avions pas à nous entraîner comme ça à tout bout de champ ? s'enquiert-il avec un hoquet de surprise qui ne l'empêche pas de s'aligner sur ma vitesse et même de l'augmenter presque aussitôt.

— Si, sans doute, mais nous devons être fin prêts en arrivant à Oranston.

J'ai réussi à débiter tout cela sans reprendre mon souffle et en m'alignant, moi aussi, sur son accélération. J'arrive même à ajouter :

— Je ne tiens pas à ce que l'un des nôtres se fasse tu... oups ! se fasse... tuer parce qu'il ne sait pas manier l'épée.

Je pousse encore la cadence pour compenser mon essoufflement. Du coin de l'œil, je vois que les autres ont terminé leur séance d'entraînement et qu'ils nous regardent.

— Pourquoi a-t-on l'impression que Stolon frappe plus vite que Tosten ? demande ingénument Sclavina.

— Parce qu'il frappe plus vite, tout simplement, répond Axiel. Il est plus grand, donc son bras a plus de chemin à parcourir. En principe, un homme corpulent est toujours plus lent qu'un homme petit.

Il a l'air satisfait comme un bon père fier de son enfant.

— Je suis toujours étonné quand je regarde Stolon combattre, intervient Oreg. Il parle lentement, il a l'air un peu niais même quand il ne le fait pas exprès, ses déplacements sont lents...

— Non, coupe Axiel. Il se déplace comme il faut. Il a *l'air* d'être lent, c'est un peu comme le destrier de Penrod. C'est le plus rapide des chevaux mais on dirait qu'il va deux fois moins vite que les autres.

Il nous regarde combattre un moment et monte le ton :

— Stolon ! Tosten ! Doucement ! Vous allez finir par vous blesser !

— On leur montre ce qu'on sait faire ? demande mon frère en souriant d'une oreille à l'autre.

J'en reste pantois pendant une brève seconde. D'une manière générale, Tosten sourit difficilement et, quand cela lui arrive, il fait plutôt dans le petit sourire coincé.

— On leur montre quoi ?

Il va falloir que ce soit court car je ne vais pas tenir ce rythme bien longtemps encore.

— Ferme les yeux.

Cela aussi, c'est une chose que Stala nous faisait faire. Nous étions intégralement cuirassés et armés d'épées de bois de sorte que, sauf coup du sort difficilement imaginable, le risque se limitait à quelques vilaines ecchymoses. Habituellement, Stala bandait les yeux d'un seul des deux participants et les enchaînements se faisaient à vitesse réduite de moitié.

— Toi aussi ? dis-je.

Il ferme les yeux en guise de réponse. Je l'imite mais, contrairement aux exercices réalisés sous la férule de Stala, nous ne ralentissons pas la vitesse.

Une chose me gêne lorsque je dois fermer les yeux, c'est que je perds l'équilibre chaque fois et qu'il me faut un peu de temps pour retrouver mon assise. En contrepartie, le fait de ne rien voir augmente considérablement mon pouvoir de concentration. Mon arme devient mon principal repère sensoriel. À force d'encaisser les chocs, j'ai l'impression que l'épée de Tosten frappe mon bras et non ma propre lame. C'est grisant. Autant que la course à flanc de précipice sur le dos de Plume et presque aussi trépidant.

Nous nous affrontons, comme des enragés, jusqu'à ce que le « tac » des lames s'entrechoquant devienne irrégulier. L'un de nous deux fatigue et a perdu le rythme.

— À trois, on arrête, dis-je à voix basse.

— Un, fait Tosten sur le même ton.

— Deux…

— Trois, souffle Tosten.

Je bondis en arrière pour sortir du champ. J'ouvre les yeux pour découvrir qu'il en a fait autant. Étourdi, chaviré par l'impact du retour à la lumière du jour sur mes sens exacerbés, j'ai besoin de m'asseoir. J'ai juste le temps de le faire avant de m'écrouler.

— Idiots ! s'exclame Axiel. Un jour vous allez avoir un mort avec ce jeu de brutes.

Nous nous regardons tous les deux et rions sans vergogne. La complicité est revenue entre nous. Il y avait bien longtemps que je n'avais pas éprouvé cette connivence avec mon frère.

Notre hilarité ne modère pas l'irritation d'Axiel :

— J'avais dit à Stala que c'était stupide de combattre les yeux bandés. Ça incite les sterranes à faire des acrobaties ridicules comme celles que nous venons de voir.

Dès que je me sens moins sonné, je me relève et je tends mon épée à Axiel, comme doit le faire un élève repentant. Naturellement, il refuse de prendre mon arme et pousse une sorte de grondement mi-figue mi-raisin véhiculant l'admiration d'un professeur envers un élève indiscipliné mais plein d'inspiration.

— Je n'aurais pas échangé ma place contre toutes les brebis d'Hurog ! Mais ne le dis à personne.

— Qu'est-ce qu'un sterrane ? demande innocemment Oreg.

Je reçois une secousse et je comprends qu'il me fait passer un message muet. Il veut me faire remarquer quelque chose.

— Un jouvenceau sans jugeote, bien sûr, répond Axiel.

Il dissimule si bien son malaise que je ne m'en serais pas rendu compte sans le signe caché d'Oreg. Comme tous les jeunes nobles des Cinq Royaumes, je connais plusieurs langues mais le mot « sterrane » ne me dit rien.

— Vieux nain agité, ricane Oreg en sourdine.

Axiel s'apprête à répliquer mais Tosten ne lui en laisse pas le temps. Comme il le fait chaque fois qu'il en trouve l'occasion, il agresse Oreg :

— Espèce de bâtard mal embouché ! Tu ne peux pas montrer un peu de respect à l'égard de tes aînés ?

À mon étonnement, une expression d'exultation extrême envahit le visage d'Oreg.

— Il est temps de lever le camp, décrète précipitamment Axiel.

C'est la première fois qu'il exprime quelque chose ressemblant à un ordre, en dehors bien sûr des séances d'entraînement du matin et du soir. Je me demande s'il veut empêcher Tosten et Oreg de s'écharper ou s'il cherche à faire passer aux oubliettes l'intervention d'Oreg au sujet des nains.

J'avais l'intention de creuser l'affaire mais je préfère – à contrecœur – ne pas m'opposer à la consigne d'Axiel. Il a bien mérité cette exception en rétribution des services rendus à ma famille pendant toutes ces années. Accessoirement, je me refuse à jouer le jeu de qui que ce soit, pas même celui d'Oreg. Quelle est la probabilité qu'Axiel soit le fils d'un nain ? C'est à peu près aussi invraisemblable que l'affirmation d'Oreg quand il se dit aussi vieux qu'Hurog. Qu'il ait du sang de nain, cela ne me paraîtrait pas complètement inimaginable. C'est une autre chose qui me gêne. Quand il est vraiment ivre à ne plus tenir debout, Axiel se prétend fils du roi des nains.

Pompon se sent bien. Il le montre en dansant et en s'ébrouant joyeusement. Il fait beau et le soleil me fait du bien, à moi aussi. Pour la première fois depuis mon départ, j'ai le sentiment d'avoir les idées en place et la tête sur les épaules. La rupture du lien avec Hurog me donne toujours la sensation d'avoir perdu une partie vitale de moi-même mais ce manque devient supportable, comme une cicatrice sur le moignon d'un membre coupé.

— Seigneur Stolon, dit timidement Oreg qui chevauche à ma droite.

— Oui ?

— Où as-tu projeté de bivouaquer ce soir ? Nous n'atteindrons Estian qu'en toute fin d'après-midi.

— Le chemin que nous suivons rejoint la grand-route dans quelques lieues. Mon père aimait entrer dans Estian au petit matin et nous passions toujours la nuit au même endroit. Je pensais m'arrêter là et contourner Estian demain.

— Pourquoi ne passerions-nous pas la nuit à Mégone ?

— Tu veux y faire une visite culturelle ? demande Sclavina qui chemine à ma gauche.

Oreg se penche pour lui sourire en hochant la tête d'un air ravi.

Je craignais que la présence d'une belle femme comme Sclavina dans notre petit groupe ne crée du désordre mais elle s'y est beaucoup mieux intégrée que je ne le prévoyais. Je suis à peu certain qu'elle partage sa couche avec Axiel et avec Penrod aussi mais, comme elle conduit son affaire en évitant les frictions, je ne vois pas ce que je pourrais y redire.

— Mégone est au nord-est d'Estian. Cela représente un détour d'au moins deux lieues et demie, dis-je.

— Je sais, répond Oreg. J'aimerais, malgré tout, y passer la nuit. N'as-tu pas dit à Tosten que la vitesse était secondaire ?

Le chemin est assez large ici pour permettre à Tosten de se hisser à notre niveau.

— Les ruines sont hantées, affirme-t-il. Axiel connaît toute l'histoire. Il est parti en éclaireur mais, ce soir, il se fera un plaisir de nous raconter tout ça.

Sa voix est enjouée comme jamais. Je suis sûr que notre séance de ce matin l'a rendu guilleret.

— Hantées ? dis-je d'une voix tremblante mais en prenant bien garde à ne pas regarder Oreg. J'avais oublié. Nous devrions peut-être éviter cet endroit.

— Pfff! souffle Tosten. Ne te crois pas obligé de nous faire ce numéro, Stolon. (Il sourit à Sclavina et je comprends qu'elle lui a lancé un charme, à lui aussi.) Nous avons un fantôme à Hurog également. Personnellement, je ne l'ai jamais vu mais il fallait entendre notre tante – dame Barbarin, pas Stala – quand il lui rendait visite... C'était quelque chose !

Sclavina n'a jamais rencontré Stala mais elle nous a entendus en parler longuement.

— Il est facile de faire fuir les fantômes pendant le jour, dis-je. La nuit, quand les ruines prennent vie autour de vous, ce n'est pas tout à fait pareil.

Voici qu'à son tour Penrod nous rejoint.

— Quelles ruines ? demande-t-il.

— Oreg veut aller dormir dans les ruines hantées de Mégone, répond Sclavina.

— Dans des ruines hantées ? fait le vieux mareschal, hilare. Ça va me rappeler mon chez-moi !

Axiel est le meilleur éclaireur que je connaisse. C'est lui qui nous a trouvé le bon chemin. Personnellement, j'aurais franchi l'embranchement sans le voir. Ici et là, quelques débris montrent que, dans un passé lointain, cette route a été une importante voie de passage. Mais les histoires de revenants et de malédictions qui courent à son sujet ont fini par rebuter les voyageurs. Quand on pense que les Tallvenois se moquent de nous, gens du Nord, parce que nous sommes superstitieux, laissez-moi rire ! Un autre siècle sans entretien et il ne restera plus aucune trace de cette route.

À dire vrai, si Oreg n'avait pas été des nôtres, je ne l'aurais pas empruntée. Comme dit mon oncle, les gens du Nord savent mieux que quiconque à quels ennuis on s'expose en fréquentant les sites habités par la vraie magie. Axiel et Sclavina ne débordent pas d'enthousiasme alors que Tosten est déchaîné. On ne le tient plus et je crois bien que c'est lui qui a fini par me faire basculer et par emporter ma décision. Je ne l'ai jamais vu aussi exalté.

Nous devons serpenter entre des arbres qui n'étaient pas là à la grande époque de Mégone. Aujourd'hui, ils se dressent vers le ciel et ombragent les vestiges de la chaussée. Sur les bas-côtés, de gros ronciers dissimulent partiellement des alignements de statues cassées et de bancs de pierre démolis.

En fin d'après-midi, les chevaux sont fatigués. Ils bronchent et transpirent car la côte est raide pour arriver au temple. Je vois Penrod dégager ses pieds des étriers et se laisser glisser à terre. Axiel suit le mouvement. Franchement, je n'ai pas envie de gravir la colline à pied mais Penrod doit avoir le double de mon âge et, si lui le fait, je ne peux que l'imiter. Je me laisse donc tomber à terre en riant de ma propre résistance à l'effort.

Le rire s'étrangle dans ma gorge à la seconde où mes pieds touchent le sol. Mes poils se hérissent et la chair de poule me gagne partout. C'est différent d'Hurog mais je sais ce que c'est. La magie qui habite la colline ne coule pas en moi comme un fleuve, ne s'engouffre pas dans tous les recoins de mon âme. Mais elle est là, aucun doute possible. Et c'est très curieux.

Je ne sais pas pourquoi je réagis comme cela. On m'a toujours appris que la magie était une force comme le vent, le soleil. Mais à Hurog, la magie me comble, elle m'apporte la force et la paix quand j'en ai besoin. Il est vrai qu'aujourd'hui elle ne répond guère à mes appels. Ici, je ne sais ce qui me touche à travers la terre meuble que je foule mais c'est intrusif et je n'y sens aucune bienveillance. Oreg arrive près de moi, me saisit le coude et me fait avancer avant que les autres aient remarqué que je me suis arrêté.

— Tu la sens, n'est-ce pas ? murmure-t-il, très bas pour que le cliquetis des harnais et le clappement des sabots sur la chaussée couvrent le son de sa voix. Et tu as vu ? Sclavina ne ressent rien. C'est bien étrange.

— Comme à Hurog..., dis-je dans un souffle.

— Oui et non, objecte-t-il avec un petit sourire sibyllin. Les deux sont d'anciens lieux de pouvoir.

— Quel pouvoir ? fait la voix de Tosten.

Comme souvent, quand je parle en particulier avec Oreg, il a surgi de nulle part pour se mêler à la conversation. En revanche, il est très rare qu'il s'adresse directement à lui comme il vient de le faire.

— Le pouvoir de Mégone, dis-je avec un mouvement de tête pour indiquer les ruines qui se dressent au-dessus de nous et obscurcissent le ciel.

— Cet endroit me rend nerveux, avoue Tosten en se frottant les bras. J'ai l'impression d'être surveillé par quelque chose ou par quelqu'un qui n'est pas animé de bonnes intentions.

— Alors ? s'écrie Sclavina. Bougez-vous ! Vous bloquez le passage. Si nous voulons dresser le camp sur cette colline déserte, il vaut mieux le faire pendant que nous avons encore un peu de jour.

Je me retourne, je vois qu'elle est toujours en selle et ne semble pas en éprouver de remords. Je ne dis rien mais j'accélère. Elle a raison : il faut dresser le bivouac avant la nuit.

L'escalade met un terme à mes cogitations pour cause de respiration haletante. Mais je me console en observant que je ne suis pas le seul car personne ne parle plus. La côte devient plus difficile. Je jette les rênes sur l'encolure de Pompon et je vais derrière m'accrocher à sa queue pour me faire tirer. Je l'ai à peine empoignée que je réalise qu'il n'est pas habitué à ce genre de familiarité. Mais non, il ne m'expulse pas d'un coup de sabot et continue à suivre Penrod. Merci, Pompon. Un coup d'œil en arrière me montre que Tosten a fait la même chose. Oreg, par contre, grimpe la côte comme un bouquetin, apparemment sans effort. Sclavina aussi a finalement mis pied à terre et semble peiner à l'arrière. La P'tiote, elle, est toujours en selle mais, habituée à porter beaucoup plus lourd que cette puce, Plume nous dépasse comme si elle marchait en terrain plat.

Le sommet de la colline se dresse au-dessus de nos têtes comme un phare dans la tourmente. Pompon sent que nous touchons au but et force l'allure, à moins qu'il ne soit vexé d'avoir été dépassé par Plume. Il s'active tant et si bien que je suis presque obligé de courir pour ne pas lui lâcher la queue.

Si le soleil éclaire encore généreusement le sommet, les arbres font de l'ombre sur le sentier. Pompon mène maintenant un train tel que je vais bientôt perdre l'équilibre et me faire traîner. Je lui lâche la queue et m'agrippe à un pilier de pierre brisé.

Je m'éveille allongé sur le dos et je vois un visage étranger penché sur moi. Il ne porte pas les tatouages de notre ordre et je ne reconnais pas sa robe. Et… son visage… me fait penser… Il a le visage d'un Hurog… et je vois un dragon dans le ciel… un dragon avec de grandes écailles bleues bordées d'or.

Hurog.

— Ça va, Stolon ? Tu n'es pas blessé ?

C'est Tosten qui est penché au-dessus de moi. L'anxiété se lit dans son regard.

Je crois qu'il pose les bonnes questions mais ça me pique de partout, comme si je m'étais roulé nu dans un champ d'orties, et je suis incapable de répondre. Cela n'a certainement pas duré longtemps car j'entends Oreg qui rapplique avec son cheval.

— Que se passe-t-il ?

Cette fois, j'arrive à articuler quelque chose :

— J'ai trébuché…

Je sais que c'est faux. Cela vient du pilier, bien sûr. Je parviens à esquisser un semblant de sourire et à lâcher un de ces bons mots dont j'ai le secret :

— On est tellement bien, allongé dans l'herbe… Je crois que je vais rester comme ça, tiens.

Voyant que ma main est toujours au contact du pilier, je la ramène vivement par-devers moi. Heureusement, les sensations de piqûre se dissipent presque instantanément. Pas de bobo, sauf à la tête.

— C'est fini, tout va bien, dis-je en me relevant d'un bond souple pour illustrer mon affirmation. Allez, finissons cette grimpette !

Et « pan », ma tête tape contre la panse de Pompon, ce qui ne nous fait de bien ni à l'un ni à l'autre. Il s'écarte d'un air indigné et je finis de me remettre sur mes jambes. J'espère que l'ombre des arbres me cache suffisamment pour qu'on ne voie pas la peur sur mon visage. Ce détour qui, ce matin, avait des airs d'escapade est en train de prendre une tout autre tournure et je commence à me méfier très sérieusement d'Oreg et de ce qu'il avait en tête quand il a proposé de faire le crochet.

— J'espère que tu sais ce que tu fais, Oreg, dis-je entre mes dents.

Il me sourit, un sourire pâlichon, mais il ne répond rien.

Lorsque j'arrive au sommet, Axiel, Penrod et Ciarra ont déjà dessellé leurs montures et sont en train de les étriller vigoureusement. Pompon pousse un joyeux hennissement, va rejoindre les autres bêtes et attend que je vienne, à mon tour, le débarrasser de sa sellerie et de cette couverture grossière qui lui tient trop chaud et lui gratte le dos.

— Peut-on aller visiter un peu les lieux, voir si les moines ont laissé des traces ? me demande Sclavina en fixant l'entrave de son cheval.

— Nous n'en avons plus pour longtemps avant le crépuscule, dit Penrod qui examine attentivement le ciel.

Ciarra me fixe d'un regard suppliant et trépigne comme une enfant. Elle a déjà entravé Plume. Oh, je sais parfaitement ce qu'elle veut mais, après l'expérience du pilier, je me demande sérieusement s'il est raisonnable d'aller se promener dans les ruines.

Peut-être ai-je tort mais je cède :

— Bon, d'accord, ça va. Mais pour cette fois seulement. C'est exceptionnel. Pas d'exercice ce soir. Allez-y mais faites attention. Et n'oubliez pas que ce site a été consacré à un dieu. Comportez-vous avec respect et ne touchez à rien.

Je n'ai pas encore terminé ma petite tirade que Ciarra et Sclavina ont déjà filé. Dès qu'il a fini de panser son cheval, Tosten les suit, talonné par Penrod. Axiel prend une petite pelle dans un bât et va creuser un trou pour y faire le feu.

Oreg, qui joue l'absence d'intérêt, s'occupe à ramasser des brindilles alentour.

Je prends tout mon temps pour étriller Pompon. À la fin, son poil brille comme une pomme lustrée, à l'exception de quelques bandes râpées par le frottement des sangles. Je le laisse partir quand il commence à piaffer, impatient d'aller paître avec les autres. Je ne prends même pas la peine de l'entraver. Je sais qu'il va rester avec sa bande.

— Je vais faire mon tour, moi aussi, dis-je.

Axiel laisse échapper un grognement. Oreg dépose son tas de petit bois et m'emboîte le pas.

Penrod et Axiel ont installé le camp à l'écart du corps de bâtiment principal. Ce qui nous place à l'extrémité nord du sommet, avec la flèche du temple en ruine entre Estian et nous.

Le sommet de la colline forme une prairie plate d'environ cinq arpents. Je suppose que jadis la plus grande partie de cette surface était pavée. Aujourd'hui, les vieilles dalles sont recouvertes de terre mais la couche est trop mince pour qu'il puisse y pousser autre chose que de l'herbe.

— Pourquoi nous as-tu amenés ici ? dis-je lorsque nous sommes à l'écart.

Oreg baisse la tête et je ne peux plus observer son visage.

— Attends, tu vas voir. Ça pourrait être important mais… rien n'est sûr.

Je m'arrête.

— Il y a du danger ?

Oreg relève la tête et sourit.

— La vie est un danger permanent, seigneur Stolon. Le seul endroit où il ne puisse plus rien arriver, c'est la tombe. Mais la Tamerline protège ces lieux contre les mauvais esprits. Cela se passera bien.

Je le regarde un moment avec perplexité. La Tamerline, la gardienne légendaire du temple… Elle vit sur le mont Mégone. C'est une grande prédatrice qui se nourrit des démons de la nuit. Il m'arrive de me demander si Oreg n'est pas fou, mais il est très calme et semble sincère en ce qui concerne notre sécurité. J'acquiesce d'un bref hochement de tête, essentiellement parce que je n'ai aucune envie de redescendre au pied de cette colline pour aller bivouaquer plus loin. Et je me remets en marche vers le secteur où subsiste le plus grand pan de mur encore debout.

Si les ruines sont toujours là, c'est grâce à la peur que Mégone inspire aux Tallvenois. Sinon, le temple démoli aurait servi de carrière pour la construction d'édifices moins nobles, comme cela se pratique un peu partout. Mais de nombreuses histoires courent, racontant les malheurs de ceux qui ont eu l'audace de construire leur logis avec des pierres de Mégone, fléaux en tout genre, maléfices, etc. Je me rappelle une réflexion assez cynique de mon père. Il n'aimait pas que les paysans viennent récupérer les pierres dans les monuments anciens à l'abandon mais il ne s'agissait pas pour lui de préserver le souvenir. Il avait une raison bien à lui de refuser cette pratique. Les belles demeures de pierre étaient faites pour les riches marchands, pas pour les vilains. Et la superstition était le moyen le plus simple et le moins coûteux de dissuader les paysans d'aller piller les ruines.

Le résultat est que nous devons avancer en trébuchant au milieu de débris de toutes sortes. Certains sont petits, d'autres immenses et me dépassent en taille. Beaucoup sont ornés de sculptures que je trouve admirables bien qu'elles soient abondamment craquelées.

— Ce sont les nains qui ont sculpté ces pierres, Oreg ?

— Hé ! Hé ! répond malicieusement Oreg. (Puis il me fait un grand sourire.) Tu crois à cette légende colportée par les nains, disant qu'ils sont les seuls à savoir sculpter la pierre ? Les nains étaient des maîtres, nul ne le conteste. Ce sont eux, notamment, qui ont réalisé toutes les sculptures de la bibliothèque d'Hurog. Mais il y a eu aussi de nombreux artistes humains. Ce sont des hommes qui ont réalisé les œuvres que nous voyons. La sculpture sur pierre est passée de mode il y a deux siècles. Le plâtre et la gravure sur bois l'ont remplacée, qui coûtent moins cher et s'exécutent plus rapidement.

Je m'approche d'une portion de mur qui dépasserait largement le plus haut toit d'Hurog. Il était encore plus haut en son temps car le sommet s'est écroulé. Le mur est cintré et construit en dégradé, chaque étage étant un peu plus large que celui qu'il supporte. On peut penser qu'il s'agissait d'un dôme. Tous les étages sont couverts de bas-reliefs mais nous sommes encore trop loin et il ne fait pas assez clair pour que je puisse les distinguer nettement.

Nous contournons plusieurs tas de pierre et rampons par-dessus un amoncellement de gravats pour atteindre une petite zone dégagée, juste au pied du mur.

— C'était l'intérieur du temple, dit Oreg avec une pointe de tristesse dans la voix. Ici, ce n'étaient que couleurs vives : bleu et violet, orange et vert. Les peintures de ce temple n'ont jamais eu de pareilles.

Fort de ses paroles, j'observe les murs et je vois effectivement qu'ils ont porté des couleurs vives. Aux endroits où les panneaux ont été protégés des intempéries, on constate de façon encore plus évidente que la pierre a été peinte. Le panneau du bas est couvert de personnages comiques, exagérément caricaturés, dont les mains de pierre dressées au-dessus de leurs têtes semblent soutenir le panneau supérieur. En y regardant de plus près, je constate que chacun est unique, avec un visage et un costume différents de ceux de ses compagnons. Certains personnages se tiennent en équilibre sur les mains et portent le panneau supérieur sur leurs pieds. À un endroit, je remarque même une encoche dans le panneau pour laisser la place à un petit individu particulièrement corpulent.

À proximité de la première lézarde du mur, mon attention est attirée par l'expression particulièrement espiègle d'un de ces petits êtres. En approchant, j'en comprends la raison. Ses mains ne touchent pas le panneau supérieur : il ne porte rien.

À l'étage du dessus, ce sont des arbres qui sont peints. Des arbres que je ne reconnais pas. Et au troisième étage…

— Siphern !

Mon exclamation déclenche une explosion de rire chez Oreg qui attendait patiemment ma réaction devant ce que je viens de découvrir. Comme la plupart des dieux de Tallven, Aethervon a deux facettes opposées. Il est à la fois la divinité de la peine et de la joie. Ainsi, la population du troisième étage est fort joyeuse.

— Je n'aurais jamais imaginé une chose pareille ! Comment est-ce possible ? dis-je en examinant une scène particulière.

— Grâce à la grande souplesse de la femme, répond Oreg d'un ton plein de sarcasme.

Je le regarde avec scepticisme.

— En tout cas, je n'aimerais pas être son partenaire. Imagine qu'elle perde l'équilibre.

— Sûr, c'est risqué, convient Oreg en reprenant son sérieux mais en gardant une lueur canaille au fond des yeux. Toutefois l'expérience mérite peut-être d'être tentée.

Je secoue la tête et le laisse à la contemplation des sculptures peintes pour aller voir plus loin, et je trouve Ciarra debout sur un pan de mur effondré. Elle regarde

Estian dans le lointain. Je me presse d'aller me planter derrière elle pour la retenir au cas où elle tomberait.

Ciarra n'a encore jamais vu Estian.

— C'est grand, n'est-ce pas ? dis-je.

Elle secoue la tête et fait un mouvement de contraction avec ses mains. Je baisse les yeux pour essayer de comprendre ce qu'elle veut dire. Estian est une vieille cité, plus vieille peut-être qu'Hurog. Oreg doit connaître les dates. De cette hauteur, les murailles se succèdent en formant des cercles concentriques. Elles ont été ajoutées au fur et à mesure que la population grossissait et dépassait les limites de l'ancienne enceinte. On a l'impression que la cité a été tissée par une araignée géante. La silhouette raide des vieux murs est adoucie par les bâtiments qui s'y adossent.

La courtine extérieure est plus étroite et plus basse que la muraille qui la précède. Quelques maisons sont venues se loger entre les deux murs d'enceinte mais la plus grande partie de l'espace est comblée par les résidus calcinés de l'incendie qui a ravagé la ville vers l'époque de ma naissance.

Ciarra a raison. Estian rétrécit.

La nuit qui suit n'est pas de tout repos. Je ne cesse d'entendre des bruits de cloches. Cela me réveille et, à deux reprises, je m'assieds pour faire un tour d'horizon. Tout le monde dort paisiblement sauf ceux qui sont de garde. Je me rendors. La troisième fois, Ciarra et Oreg ont disparu alors qu'ils sont censés monter la garde.

Je réveille Tosten et lui dis d'aller secouer Penrod tandis que je vais moi-même tapoter l'épaule d'Axiel. Mon ordonnance ouvre les yeux avant même que je l'aie touché mais ni lui ni moi ne parvenons à tirer Sclavina du sommeil. Elle dort comme si on l'avait droguée.

— Je reste pour veiller sur elle, propose Penrod à voix basse.

J'acquiesce d'un signe de tête et, accompagné des deux autres, je pars à la recherche des disparus.

—Il fait trop noir pour espérer lire une piste, dit Axiel. Mieux vaut se séparer en se fixant un rendez-vous et chercher tous azimuts.

—D'accord, retrouvons-nous au mur, dis-je en indiquant du doigt la partie la plus élevée, là où les petits personnages comiques semblent porter la voûte à bout de bras.

Je sais où elle est. Je l'ai repérée. Ce n'est pas la première fois que je les retrouve, elle et Oreg. Mes modestes pouvoirs me disent que, s'ils ne sont pas au mur, ils n'en sont pas loin. Mais, sans que je sache trop bien pourquoi, mon instinct me dicte d'y aller d'abord seul. La pulsion est si forte que je comprendrai ultérieurement : ce n'est pas mon instinct mais je suis aiguillonné par une force venue d'ailleurs. J'envoie donc Axiel et Tosten dans des directions opposées et je me dirige vers le mur.

La nuit estivale est tiède et peuplée de bruits, insectes, petits animaux et prédateurs qui vaquent à leurs occupations. Grande ombre fantomatique, un chat-huant passe au-dessus de moi en poussant le cri qui lui a valu son nom. Il est impossible de courir à cause des pierres éparpillées sur le sol mais je marche le plus vite possible.

Je trouve Ciarra sur le mur, à l'endroit où elle s'était déjà perchée en fin d'après-midi. Elle est tournée vers Estian et la brise nocturne fait voleter sa chevelure blonde. Oreg est au pied du mur, roulé en boule comme un animal blessé. Je m'agenouille près de lui.

—Oreg, qu'est-ce qui se passe ?

—Je ne peux pas ! hurle-t-il. Je ne peux pas l'empêcher, maître. J'ai essayé mais… impossible… Aethervon…

Je relève la tête et j'appelle ma sœur :

—Ciarra. Que se passe-t-il ? Sais-tu ce qui arrive à Oreg ?

Elle se retourne et un frisson me parcourt l'échine en même temps qu'une poigne invisible me serre le cœur. Les yeux de Ciarra émettent une lumière orange dans la nuit. Elle tend une main et quelque chose se matérialise dans le noir. Une bête monstrueuse auprès de laquelle ma P'tiote paraît encore plus menue. La bête frotte sa tête contre la main de Ciarra, comme un chat réclamant un câlin. Je suis assez près pour sentir l'odeur de carnassier qu'elle exhale en respirant.

— Ciarra !

Elle sourit confusément et se met à parler :

— Ô Stolon d'Hurog, le retour des dragons aura lieu si tu acceptes de payer le prix.

Sa voix est sèche et sans timbre, comme son rire. C'est une voix asexuée et sans âge. Ce pourrait être celle d'une femme, d'un enfant ou d'un vieillard.

— Chut ! fais-je à l'adresse d'Oreg qui marmonne dans sa barbe.

— Choisis soigneusement ta voie, enfant du tueur de dragon, car de ton choix, tout dépendra. Mais le cœur du dragon est bel et bien pourri.

Cette fois, elle s'exprime d'une voix grave qui pourrait être celle de notre père. Corps et âme engourdis, je fouille ma mémoire pour me rappeler les histoires que l'on conte sur Mégone. Ici ont vécu des oracles qui parlaient sous la dictée du dieu. Le dernier de ces oracles est mort durant la destruction de Mégone.

— Je ne l'ai pas trouvée, et…

La fin de la phrase s'étrangle dans la gorge d'Axiel quand il émerge de derrière un gros bloc de pierre et apparaît à ma vue.

— Qu'est-ce qui t'amène en ce lieu, ô fils du roi nain ?

C'est une petite voix qu'elle nous offre maintenant, très féminine et imprégnée d'une sensualité qui ne ressemble pas du tout à ma sœur.

— La prophétie et la nécessité, répond Axiel en balayant la scène du regard. Mon peuple est à l'agonie.

— Ton père a fait un rêve, révèle Ciarra d'une voix de petit enfant. Et tu es indispensable pour la purification.

Un cri jaillit alors de la nuit :

— Ciarra !

C'est Tosten qui vient d'arriver. Il respire bruyamment, comme quelqu'un qui a couru.

— Ô musicien, entonne-t-elle d'une douce voix chantante.

Il se fige net en l'entendant.

— Descends en toi-même puiser le savoir que tu recèles et fais-en bon usage. Les ménestrels ont toujours été proches des voies de l'esprit et la mélancolie est leur lot. Mais tu es aussi un homme de guerre. Ce monde a besoin de l'épée et du chant.

Fatigué des sales petits jeux d'Aethervon, je demande :

— Qu'as-tu fait à Sclavina et à Oreg ?

Je pose une main sur Oreg, il grelotte et sursaute en grommelant des propos incohérents.

— La femme s'est éveillée avant l'heure, dit Ciarra, cette fois avec la voix évaporée de notre mère. Elle sommeillera jusqu'à l'aube sous le charme de Tamerline.

Le grand animal s'écarte de Ciarra et saute du mur. Ses yeux fixes trouvent les miens et cherchent à les fasciner. Je relève la tête et braque mon regard sur Ciarra.

— Laisse, Tamerline. N'insiste pas. Ce n'est pas ainsi que tu attraperas un dragon, gronde la voix amusée de Fenwig. L'autre, là, s'est cru plus fort qu'il n'est. Il a besoin d'être remis à sa place.

Oreg est agité de violents soubresauts à chaque syllabe que prononce Ciarra. Je suis furieux. Le jour où il s'est flagellé dans la grande salle du château me revient en mémoire. La colère noire qui monte en moi ressemble comme une sœur à celle que j'éprouvais quand notre père tabassait la P'tiote. Je me relève dans un bond en poussant un rugissement qui surprend la Tamerline et la fait reculer instinctivement.

— Suffit ! Vous n'avez aucune raison de le torturer ainsi ! Et laissez ma sœur !

Elle me regarde de ses yeux ardents et demande, toujours avec la voix de notre père :

— Peux-tu me dominer ?

Ma colère vire à la rage. J'en tremble et la magie venue des fondations de l'ancien temple me pénètre par les pieds, monte jusqu'à ma tête en se frayant un douloureux passage dans mes membres, dans ma poitrine puis dans mon esprit.

Elle sourit, agite la main et le sortilège n'est plus. J'ai l'impression que de l'eau glaciale coule dans mes veines à la place de mon sang. Je retombe à genoux en portant mes mains à ma tête qui semble sur le point d'exploser.

— Stolon !

Deux mains chaudes m'attrapent par les épaules. C'est Tosten. Il fait ce qu'il peut pour me réconforter.

— Non ! Tu ne peux pas. Mon pouvoir est trop grand. Ici ce n'est pas le repaire du dragon.

La voix de Ciarra est retombée pour redevenir le murmure sans timbre qu'elle était au début. Elle ferme les yeux et dégringole de son perchoir, de notre côté, heureusement. Axiel bondit et l'attrape avant qu'elle ne heurte le sol. Elle est inerte, complètement molle, mais elle respire. Axiel lui tapote les joues sans réussir à l'éveiller. La Tamerline fait claquer sa queue par deux fois puis disparaît.

Je rassemble toutes mes forces pour maîtriser ma peur et la terrible douleur qui palpite dans ma tête.

— Axiel, Tosten, ramenez Ciarra au bivouac. Je vous rejoins avec Oreg.

— Ça va ? me demande Tosten.

Je le rassure d'un hochement de tête tout en grinçant des dents.

— Oui oui… Ça va. Allez !

Tosten redresse brutalement la tête comme un poulain qui refuse le mors. Il se tourne vers Axiel.

— Allons-y, dit-il.

Et il file sans m'accorder un regard.

— Si vous laissez faire, il va prendre Oreg en grippe, déclare Axiel. C'est peut-être déjà fait.

— Suffit, dis-je. Je m'occuperai de Tosten. Toi, occupe-toi de ma sœur.

Il charge Ciarra sur une épaule et prend la même direction que mon frère. C'est moi qui aurais dû m'occuper d'elle mais elle a Axiel et Tosten. Oreg, lui, n'a que moi. Par le truchement de Ciarra, Aethervon a dit qu'il remettrait Oreg à sa place.

— Là… là…, dis-je d'une voix apaisante.

Je le déplie et le couche sur le sol. À grand-peine, car chacun de mes muscles est un nid de douleur.

— Aethervon s'en est allé. Tu es sauf.

Qui est-il réellement, cet Oreg ? Un esclave ? Le donjon d'Hurog ?

Il tressaille, s'écarte de moi, se retourne et se frappe violemment le visage contre un rocher.

— Il ne voulait pas la laisser, se lamente-t-il. J'ai essayé. Mais il ne voulait pas. C'est ma faute, ma faute, ma faute…

— Chuuut…

— Tu m'avais dit de la protéger et je n'ai pas pu, gémit Oreg. C'est dur ! J'ai mal !

Moi aussi, j'ai mal et la douleur me rend moins vigilant. J'ai failli rater le sens profond de ce qu'il dit.

— Tu as essayé, c'est bien, dis-je, la gorge sèche. Tu m'entends, Oreg ? C'est bien d'avoir essayé. Je ne peux pas te demander de la protéger de tout.

Je lui ai ordonné de la protéger, c'est vrai. Je n'ai pas oublié. Il a suivi mes consignes. Je n'avais pas pensé que, dans certaines circonstances, il ne serait pas à même de le faire. Mes paroles l'apaisent et il cesse de se cogner la tête contre la pierre. Au bout d'un moment, il m'apparaît qu'il a sombré dans l'inconscience. Les violences que m'a fait subir le dieu tallvenois se dissipent dans mon corps en y laissant des douleurs musculaires proches de celles qui suivent les séances d'entraînement trop intensives. Cela finira bien par passer. Résigné, je me relève, je balance Oreg sur mon épaule, comme Axiel l'a fait pour Ciarra, et je reprends le chemin du campement.

Je retrouve Axiel, Penrod et Tosten autour du feu. Aucun d'eux ne fait de commentaire tandis que j'installe Oreg dans son couchage et le couvre soigneusement. Ma tâche de nourrice accomplie, je reviens près du feu. C'est le moment que choisit Tosten pour se lever, regagner son propre couchage et se rouler dans ses couvertures en me tournant le dos.

— J'ai raconté ce qui s'est passé à Penrod, annonce Axiel en dirigeant ostensiblement son regard vers mon frère. Sclavina et Ciarra ont l'air de dormir normalement. Espérons que tout ira bien à leur réveil.

— Il va falloir les éloigner d'ici dès que possible, dis-je. Je ne me sentirai pas tranquille tant que nous ne serons pas à bonne distance de Mégone.

Penrod approuve d'un hochement de tête.

— Aethervon vous a-t-il fait quelque révélation utile avant mon arrivée là-bas ? demande Axiel.

— Non. Il n'a pas dit grand-chose à part que le cœur du dragon était pourri. Comme si j'avais besoin de lui pour savoir qu'Hurog va mal !

Il a aussi révélé que les rumeurs concernant Axiel ne sont pas des fables. M'efforçant de mettre un couvercle sur la rage qui bouillonne en moi quand je pense aux souffrances subies par Ciarra et Oreg, je remue un peu plus mes souvenirs.

— Ah oui, il a dit aussi que les dragons reviendraient si je faisais le bon choix.

Penrod secoue la tête mais Axiel réagit en sursautant comme un chien qui voit son maître prendre la laisse. Un petit sourire de satisfaction éclaire son visage de cuir bouilli.

Quand tout le monde a regagné son couchage, je forme une coupe en joignant mes deux mains et je les fixe du regard. Plusieurs minutes s'écoulent puis, enfin, une petite lumière argentée se met à danser dans le noir à quelques pouces au-dessus de mes doigts. En matière de magie, c'est un exercice de débutant. Souffrant d'un manque de pratique abyssal, c'est le seul tour que je peux réussir. Mais mes pouvoirs sont de retour.

8

Stolon

Les Oranstoniens ont bien du mal à se décider. Qui doivent-ils combattre en premier ? Nous, les Nordistes, ou les Vorsaguiens ? Ils nous haïssent pareillement.

« Quand le vent se met à souffler et la pluie à tomber, tu sais que tu es arrivé à Oranston », disait toujours mon père.

Nous venons de traverser Tallven, une bonne terre à grain, essentiellement couverte de plaines avec, ici et là, des coteaux peu élevés. Oranston ressemble davantage à mon Shavig natal par son côté terre de rocaille bordée de montagnes escarpées. À cette différence près que Shavig n'est pas aussi humide.

Axiel ralentit sa monture pour se laisser rattraper. Il est couvert de boue de la tête aux pieds et ressemble à tout ce que l'on veut sauf à un fils de roi. D'ailleurs, il n'en a pas reparlé depuis Mégone. Et moi non plus, bien sûr.

— Quand le terrain est plat et qu'on ne voit pas de chemin, il y a toute chance que ce soit du marécage, dit-il lorsque j'arrive à son niveau. Il faut continuer sur cette route jusqu'aux montagnes.

Penrod, qui chevauche de l'autre côté, approuve d'un hochement de tête.

— Attendons la nuit et l'arrivée des moustiques, dit-il en riant.

Le vent se lève au moment où nous nous engageons sur l'ancienne route qui traverse Oranston. Il se met à pleuvoir presque aussitôt. Sur le coup de midi, quand nous dépassons le premier village, nous sommes détrempés et ressemblons à une troupe de gueux.

— Nous allons faire halte un peu plus loin, dis-je après une suite d'éternuements en rafale. Nous avons besoin de grain pour les bêtes. Penrod et Sclavina, allez nous négocier cela auprès de l'habitant. Et tâchez aussi de glaner des renseignements sur les pillards.

Penrod et Sclavina s'éloignent en direction du village et je continue avec le reste de la troupe. Nous trouvons un bosquet au milieu d'une étendue rocailleuse qui empiète sur les marécages et faisons halte pour dresser notre tente. Nous ne pouvons pas transporter de mât, il nous faut donc trouver des arbres plantés à la bonne distance pour servir de support à notre toile. Je laisse Axiel et Oreg s'en occuper et je prends Ciarra avec moi pour aller soigner les chevaux, qui sont aussi trempés et crottés que nous.

À peine ai-je débarrassé Pompon de sa selle qu'il se raidit et bronche en tournant la tête vers le chemin. Un court instant s'écoule avant que je n'entende à mon tour ce qui a causé son énervement. Un tonnerre de galopade. Ce sont Penrod et Sclavina qui reviennent en piquant des deux.

Penrod arrive en tête mais c'est Sclavina qui hurle :

— Des pillards ! Ils sont dans le village ! Il y en a au moins une dizaine !

— Sellez les bêtes ! dis-je.

Joignant le geste à la parole, je remets la selle sur le dos de Pompon et j'ajuste les sangles. Nous sommes si loin de Vorsag que je ne m'attendais vraiment pas à tomber sur des bandits. C'est stupide quand j'y pense. Tout territoire sans protection est susceptible d'être la proie des pillards, qu'ils viennent de Vorsag ou d'ailleurs. Sentant que je piaffe, Pompon piaffe aussi. Il trépigne et dresse la tête au moment où je lance la jambe pour l'enfourcher. Il m'est arrivé plus d'une fois de chasser le bandit avec mon père. Mais c'est ma première occasion de diriger les opérations.

Je fais un tour d'horizon. Les autres sont déjà en selle.

— Nous restons groupés sauf si je donne un ordre contraire, dis-je. Respectez les habitants. Si vous avez un doute sur l'identité d'un individu – villageois ou pillard ? –, évitez de le tuer dans la mesure du possible. Je n'ai rien oublié, Axiel ?

— Non, seigneur, répond mon ordonnance.

— Des précisions, Penrod ?

— Les villageois ont dû partir pour une activité extérieure car les seuls hommes que nous ayons vus sont des pillards. La rue principale est pavée mais couverte d'une bonne épaisseur de boue. Donc terrain glissant pour les chevaux. À mon sens, il va falloir mettre pied à terre et se battre ainsi. Cela dit, je ne pense pas que nous courrons grand risque. Il est clair que ce ne sont pas des soldats de l'armée régulière vorsaguienne mais des bandits de grand chemin. Ce que j'ai vu de leur armement n'est pas brillant. Et je suis sûr que, techniquement, ces malandrins n'arrivent pas à la cheville même de la jeune Ciarra.

— Ciarra, dis-je. Puisqu'on parle de toi, tu resteras à cheval. Tu ne fais pas le poids – au sens propre – pour te battre à pied contre un homme adulte, même piètrement entraîné.

J'avais pensé lui ordonner de garder le camp mais, Penrod a raison, tant qu'il s'agit de vulgaires coupe-jarrets, elle devrait s'en sortir. Et, de toute façon, elle n'accepterait jamais de rester ici, même si je lui en donnais l'ordre exprès. Stala dit toujours qu'un bon chef ne doit jamais donner un ordre quand il sait d'avance que ses troupes ne l'exécuteront pas.

Je fais un nouveau tour d'horizon. Tout le monde est bien en selle et paré.

— En route !

Nous fonçons au grand galop vers le village. Les rues sont désertes quand nous y arrivons. Un hurlement retentit, puis un autre. Une voix de femme en détresse. Plus nous nous en rapprochons, plus nous entendons d'autres bruits, comme des lamentations mais aussi une joyeuse rumeur, en arrière-plan.

Arrivés au bout d'une enfilade de masures, nous tombons sur une quinzaine de bandits crasseux et si puants que leur odeur domine celle de la sueur des chevaux. L'un d'eux porte un arc rudimentaire qui ne lui permettrait pas d'atteindre une forteresse à vingt pas. Les autres sont armés de vieilles épées émoussées qu'on dirait récupérées sur un champ de bataille il y a plusieurs décennies. Ils sont tellement fascinés par le spectacle que leur offrent trois des leurs que nous sommes déjà sur eux quand ils entendent le bruit des sabots.

Ils ont rassemblé les femmes en un groupe serré. Devant elles, deux malandrins maintiennent une toute jeune fille en position allongée à même le sol humide tandis qu'un troisième larron est en train de se déculotter.

Je ne pense même pas à donner le signal de l'attaque. De lui-même, Pompon fonce vers cette agitation. La puissance de son accélération est telle qu'il me suffit de sortir mon épée pour décapiter net le prétendant au viol. Son cadavre retombe sur la fille. Ce n'est pas très élégant mais impossible de faire autrement. Suivant mon exemple, Axiel tue un autre bandit mais le reste de la bande s'éparpille.

Tout en lançant Pompon à la poursuite d'un fuyard, je hurle :

— Pas de quartier !

C'est une véritable boucherie. Je taille et découpe dans la chair humaine sans qu'une seule de ces crapules ait le réflexe de se défendre ni de parer les coups. Je viens de tuer mon troisième bandit, un homme qui semblait assez vieux pour être mon grand-père, et je ne trouve plus personne à qui faire tâter de ma lame. Les miens se sont dispersés à la poursuite des pillards. Penrod est le seul qui soit encore en vue. Il a mis pied à terre et balance un corps sur le dos de son cheval. Quand Penrod fait quelque chose, il a toujours une bonne raison.

Je me dirige vers lui mais je dois rester en selle car Pompon prend trop de plaisir. Il a du mal à accepter de faire halte.

— Pourquoi emportes-tu ce cadavre ?

— Premièrement, il faut les fouiller et restituer aux villageois tout ce qu'ils leur ont volé. Deuxièmement, pour éviter que leurs âmes ne reviennent hanter ces lieux, nous devrons brûler les morts comme le font les Oranstoniens.

Autant de points que je n'aurais pas dû ignorer. Mais, quand nous avions fini de chasser les bandits avec mon père, il m'envoyait aussitôt porter la nouvelle au château et je n'avais pas l'occasion de prendre part aux opérations de nettoyage.

— Je vais en informer les autres, dis-je. Axiel pourchasse celui qui a pris la fuite dans les bois. Sclavina est restée au village avec les femmes. As-tu vu Tosten, Oreg et Ciarra ?

Un vrai chef de guerre lors d'une vraie bataille n'aurait jamais à poser une question pareille.

— J'ai vu Tosten et Oreg poursuivre les trois pillards qui ont filé par l'autre bout du village. Au début, Ciarra était derrière moi mais je pense qu'elle est restée avec Sclavina.

— Je vais aller les récupérer. Explique toi-même à Axiel comment il convient de traiter les morts.

— Entendu, répond Penrod. Mais, à mon avis, il sait ce qu'il a à faire.

— Je reviens vous aider dès que j'ai mis la main sur les autres, dis-je.

Pompon me laisse à peine finir ma phrase. Au premier coup de talon, il bondit en avant et fonce vers le village au triple galop.

À mon approche, les femmes se resserrent autour des enfants, comme un troupeau de juments protégeant leurs poulains face au loup qui arrive. Je regarde autour de moi, en quête de mes compagnons, et ne vois que Sclavina qui émerge du bois voisin.

Pompon danse sur place. C'est un cheval de guerre et l'odeur du sang l'excite au lieu de lui faire peur. À moi, cette odeur m'évoque celle des grands abattages d'automne et je me force à ignorer qu'il s'agit d'êtres humains et non de porcs ou de bœufs. Il faut savoir prendre ses distances avec les atrocités. Sinon c'est la nausée garantie après chaque combat.

— Sclavina ! As-tu vu Ciarra ?

— Elle est partie par là à la poursuite d'un malandrin. Pas revue depuis, répond Sclavina en pointant son épée sanglante vers la rue principale.

Je conduis Pompon dans la direction indiquée, nous remontons un alignement de cahutes et je fais brusquement halte en avisant Plume, grossièrement attachée devant l'une d'elles. Elle salue notre arrivée d'un petit hennissement. Pas un bruit ne sort de la masure sordide.

Une poussée de peur animale m'envahit. Mon pouls se met à cogner dans mes oreilles. La peur se change vite en colère. Je lui avais dit de rester en selle ! Je mets pied à terre et me dirige vers la porte. Rien ne sert de courir car, s'il s'est passé quoi que ce soit dans cette bicoque, le silence indique que c'est fini depuis longtemps.

J'entre. Mes yeux doivent s'habituer à la différence de luminosité et, pendant une fraction de seconde, je ne vois plus rien. Soudain, quelqu'un me porte un violent coup dans les côtes.

Je lâche mon épée car l'agresseur est trop proche et je dégaine ma dague. Puis je constate que c'est Ciarra. Elle m'a foncé dessus et enfouit sa tête au creux de ma poitrine. Je la soulève pour la porter dehors, à la lumière du jour. Il m'apparaît alors que son épée est couverte de sang à demi séché, ses vêtements aussi. Elle tremble de tous ses membres et je ne vaux guère mieux. Quand je pense que j'ai failli lui planter ma dague dans le ventre…

Incapable de tempérer ma peur et ma colère, je lui demande sèchement :

— Tu es blessée ?

Elle fait « non » de la tête mais pointe un index épouvanté en direction de la masure.

J'y retourne. D'abord, je récupère mon épée à l'endroit où je l'avais lâchée. L'intérieur de la petite habitation n'est guère plus grand qu'une stalle d'écurie à Hurog. Un lit de corde est suspendu dans l'angle gauche. L'âtre se trouve à droite. Une odeur d'entrailles me frappe les narines mais, de nouveau, je dois attendre que ma vue se soit accoutumée à l'obscurité.

Puis je le vois. Le bandit est replié sur la blessure de son ventre, béante du pubis jusqu'à la cage thoracique. Ses yeux sont vivants, ouverts et brillants. Son visage juvénile est imberbe et mouillé de larmes. Il ne doit pas être plus vieux que Tosten mais il a ce physique malingre des jeunes qui ne mangent pas tous les jours à leur faim.

Ma fureur contre Ciarra et son imprudence se dissipe promptement pour faire place à l'horreur qui me glace le sang.

Il m'implore dans un dialecte oranstonien mal dégrossi. Sans doute se demande-t-il si je le comprends alors que je serais capable de lui répondre. Mon père était étonné de mon aisance à comprendre et parler différentes langues. Il avait beau répéter que les exprimer en hurogien, en avinhelite, en tallvenois ou autre ne changeait rien à mes âneries en dehors de l'habillage. Mais je crois qu'à sa manière il en concevait quelque admiration.

— Pitié… Je vous en prie…, râle le jeune blessé.

Je vois à son regard qu'il se sait condamné. Il ne me demande pas de le laisser vivre. Au contraire, il sait quelles souffrances l'attendent si je n'ai pas le courage d'abréger son martyre. Je pense à Seleg. Seleg, lui, l'aurait sorti d'ici et aurait tenté de le soigner. Achever les gosses blessés est une solution pour les brutes comme mon père… et comme moi.

Je serre la main sur la poignée de ma dague et lui enfonce le fer dans la nuque, à la base du cerveau, comme Stala me l'a enseigné. Pour un homme de ma force et de ma rapidité, c'est le meilleur moyen de tuer vite fait bien fait. Il s'effondre sans même un dernier soubresaut.

J'essuie mon épée et ma dague sur ses vêtements, je les rengaine puis je soulève le mort et le sors de la maison. Ciarra me regarde puis se retourne brusquement et enfouit le visage dans la crinière de Plume. Je vois des sanglots silencieux lui secouer les épaules. Je la laisse là. Qu'elle pleure tout son saoul.

En arrivant au bout de la rue, chargé de mon macabre fardeau, je trouve Sclavina qui s'efforce d'entrer en communication avec les femmes. Mais elle ne parle pas un mot d'oranstonien et le résultat est consternant. Trois cadavres sont déjà entassés là. Je jette celui du garçon par-dessus.

Je me tourne ensuite vers Sclavina et, en choisissant des mots simples, je déclare pour les femmes et non pour elle :

— N'insiste pas, Sclavina. Nous allons repartir sans leur faire de mal et, voyant cela, elles vont s'apaiser et reprendre leurs activités. Si tu as tué un de ces bandits, apporte la dépouille ici. Il faut brûler les corps de ces malandrins pour qu'ils ne reviennent pas hanter les lieux dans l'avenir.

Je répète ma petite harangue en tallvenois, pour Sclavina cette fois, et ma voix sonne étrangement rêche à mes propres oreilles.

C'est à ce moment-là qu'arrivent Oreg et Tosten. Le cheval de mon frère est tout tremblant et dégoulinant de boue.

— Il a fait une chute dans les marécages, explique-t-il quand il capte mon regard.

— Nous devons rassembler les morts, dis-je.

— Mon cheval n'est pas en état, proteste Tosten d'un air crispé.

— Je vais m'en occuper, dit Oreg en décochant un coup d'œil dans sa direction puis dans la mienne.

Il ajoute à mon intention un signe de complicité sous la forme d'une discrète oscillation de la tête et je me mords la langue pour ne pas faire la remarque qui me montait aux lèvres. Il ne serait pas correct d'évacuer mon sentiment d'horreur en m'en prenant à mon jeune frère. Tosten est pâle et visiblement très ébranlé. À moins que la vie dans les tavernes de Tyrfannig ne soit plus piquante que je ne le pense, il a tué pour la première fois aujourd'hui.

Sclavina, elle, est sereine et professionnelle. Elle a visiblement déjà abattu des bandits. Peut-être est-ce sa longue expérience d'esclave qui l'a endurcie face à la mort.

À moins que l'on ne s'adonne dans les temples de Tchole à des pratiques que je préfère ignorer. À l'instar de Sclavina, Oreg a l'air de tuer comme il respire et l'idée d'aller collecter les cadavres ne semble pas l'émouvoir le moins du monde.

Tosten lance la jambe par-dessus le garrot de sa monture et glisse à terre. Il m'adresse un regard mortifié, me colle ses rênes entre les mains et détale vers le buisson le plus proche. Je flatte le cheval en lui tapotant l'encolure puis le fais marcher un peu pour m'assurer qu'il n'est pas éclopé. Les femmes du village m'observent avec terreur tandis que je m'adonne à ces quelques activités et j'en éprouve un grand malaise.

Tosten a le teint encore plus terreux quand il vient reprendre son cheval. Il s'efforce de ne pas croiser mon regard.

— Stala dit que les hommes de guerre les plus endurcis ont toujours une forme de nausée après le combat.

Ma remarque ne semble pas avoir grand effet sur l'état de mon frère. Je décide donc de lui confier une tâche :

— Ciarra est là-bas, dis-je en indiquant l'autre extrémité de la rangée de masures. Elle a éventré un homme d'un coup de poignard. C'est moi qui l'ai achevé mais ça a été très dur pour elle. Elle a besoin de toi.

Ils se soutiendront peut-être l'un l'autre.

Et le moment arrive où tous les bandits morts sont enfin rassemblés. Curieusement, grâce à notre éparpillement (manque d'organisation de ma part), nous les avons tous retrouvés. Axiel, Oreg et Penrod les fouillent. Ils les dépouillent de tout ce qu'ils ont sur eux à l'exception de leurs vêtements. Le chef a une épingle d'ambre et d'argent piquée dans sa manche. Quand Oreg la prend et la pose avec le reste du butin récupéré, je vois une femme esquisser un pas en avant puis se raviser.

J'envoie Sclavina dire à Tosten et Ciarra de regagner le camp avant que d'autres pillards ne profitent de notre absence pour nous dépouiller de notre matériel et de nos chevaux de charge. Elle exécute sa mission et revient en tirant Pompon par la bride. Façon de parler car je ne sais lequel des deux tire l'autre. J'avais oublié mon étalon auprès de Plume et Ciarra.

— Et voilà. C'était le dernier, dit Axiel en essuyant ses mains sanglantes sur une chemise en loques qu'il a ramassée près de la pyramide de cadavres. Maintenant il faut trouver de quoi faire un feu.

— Inutile, dit Oreg. Ça, je peux m'en charger.

D'un simple geste, il enflamme le tas de corps et les bandits morts se mettent à brûler comme s'ils étaient de bois et non de chair et de sang.

Sclavina lui apporte son aide en lui touchant le bras et, presque instantanément, une forte vague de chaleur nous enveloppe. La magie. La magie d'Hurog me frappe. Elle me secoue. Je vacille et je recule d'un pas. L'espace d'un instant, j'ai l'impression d'être là-bas, chez moi, et ma sensation de vide disparaît. Je suis de nouveau moi-même, intact, indivisible. L'exaltation m'envahit.

— Tssst, tssst, tout doux, ma fille ! lance Oreg à Sclavina.

Il se tourne vers moi d'un air préoccupé et ajoute :

— Je suis désolé, seigneur.

Et brusquement la magie cesse. L'arrêt est si brutal que je suis à deux doigts de hurler de douleur. Heureusement, Oreg est le seul à me regarder à ce moment-là. Je parviens à me remettre. Jusqu'à cet instant, je n'avais pas véritablement compris qu'Oreg et Hurog ne font qu'un. Il me l'avait dit, bien sûr. Mais je voyais en lui un individu attaché au château et au donjon. Comme moi, avec peut-être un peu plus d'intimité. Mais c'est une image beaucoup trop réductrice. La réalité, je viens de la sentir dans la magie. Il *est* Hurog. Et je me demande ce qu'il adviendra s'il est tué au combat. Voilà un risque potentiel dont j'aurais peut-être dû me soucier plus tôt.

— Même dans un de ses meilleurs jours, Licleng n'aurait pas été capable de faire ça, commente Penrod, médusé.

Sa remarque me ramène au présent, et aux bandits. Il n'en reste plus rien. Seul un carré de terre brûlée marque l'emplacement du « bûcher ». Il a fallu moins de temps à Oreg et Sclavina pour les réduire en cendres qu'il ne m'en faut pour tirer mon épée du fourreau.

— C'est peu dire, reprend Axiel. Licleng ne serait pas capable d'allumer une bougie avec un feu de camp à côté de lui.

— C'est Sclavina qui a réalisé cet exploit, dit Oreg en me visant encore une fois de son regard inquiet.

— En route ! Les bêtes sont fatiguées. Et plus vite nous serons partis, plus vite le village reprendra son visage de tous les jours, dis-je en montrant du menton le groupe de femmes et d'enfants.

Nous avons dressé le campement près d'un petit torrent et nous nous nettoyons tous vigoureusement dans ses eaux claires. Tosten et Ciarra ont fini d'installer le bivouac en notre absence. Il ne nous reste plus qu'à toiletter les chevaux et à préparer le repas. Mon frère et ma sœur n'ont pas grand appétit ce soir.

Ciarra reste agrippée au bras de Tosten et semble m'ignorer délibérément. C'est dur pour moi mais je la comprends. Je sortirais de moi-même si je pouvais le faire. Bien sûr, je ne regrette pas d'avoir écourté le martyre du jeune bandit. Ce que je déplore, c'est d'avoir été placé devant la nécessité de le faire. Et puis, malgré toutes les postures que j'affecte pour le faire oublier, cela rappelle que je suis bien le fils de mon père.

Les gens se demandent souvent pourquoi mon père, qui manifestement éprouvait de la haine pour Tallven plus que pour Oranston (parce qu'il payait la dîme à Tallven et non à Oranston), s'était battu si vaillamment dans le camp de Tallven lors de la révolte d'Oranston. Je le sais, moi. Depuis le jour où j'ai tué mon premier bandit et où j'ai éprouvé la même excitation que lui. J'aime sentir mon fer mordre dans la chair humaine, tailler dans le muscle, plonger dans les entrailles avec toute la vigueur de mon bras. Même l'obligation d'achever le gosse, tout à l'heure, n'a pas entièrement tué en moi l'euphorie de la bataille. Il m'arrive de me demander si un jour je ne vais pas m'éveiller et m'apercevoir que *je suis* mon père.

Je confie le troisième tour de garde à Tosten et Ciarra, me réservant le deuxième en compagnie d'Oreg. En fait, j'ai l'intention d'« oublier » de les réveiller. S'ils peuvent dormir un peu plus et récupérer, ce sera parfait.

Je n'ai toujours pas fermé l'œil quand Penrod vient me dire que c'est à moi de prendre la relève. J'attends qu'il se soit rendormi ainsi qu'Axiel et je vais rejoindre Oreg près du feu, où il est en train de raccommoder sa chemise.

— Oreg, dis-je, que se passerait-il si par hasard tu mourais au combat ?

— Les murailles d'Hurog s'effondreraient toutes les unes après les autres, jusqu'à ce qu'il n'en reste plus qu'un amas de pierres.

Après avoir déclamé cette prophétie sur un ton dramatique, il tire un fil, l'arrête puis me regarde avec un petit sourire.

— Crois-tu réellement que, si j'avais pu, je n'aurais pas tout tenté pour me soustraire à cette vallée de larmes ? me demande-t-il. Hélas, mon père ne m'a pas laissé le choix. Je peux être blessé, torturé, mais seul celui qui porte l'anneau peut me tuer.

— Ah ! C'est moi et aucun autre, dis-je en plongeant mon regard dans le noir de la nuit.

C'est vrai, il me l'avait déjà dit.

— Dis-moi un peu…, reprend-il. Tu es aussi nerveux que le brave Pompon au passage d'une jument.

J'hésite un court instant avant de répondre :

— La guerre m'étonne toujours. Tous ces hommes qui meurent comme de rien. Pourtant, chaque fois que je tire mon épée au clair, je m'attends à ce que ce soit différent. J'aimerais que…

Je me tais. Je ne sais comment dire ce que j'aimerais. Quels que soient les mots ou la manière de les dire, ce sera ridicule.

— Que ce soit comme dans les chansons ? Plein de gloire et d'honneurs ? propose Oreg.

J'avais raison. C'est ridicule. Je me demande bien pourquoi j'y crois encore.

— Ce n'était pas la guerre, intervient Axiel en s'asseyant sur son couchage. Ce n'était même pas une bataille. C'était une chasse à la vermine.

Sa voix est celle de quelqu'un qui vient de sortir du sommeil. J'en déduis qu'il n'a entendu que la fin de notre conversation.

— Je ne voulais pas te réveiller, dis-je.

Axiel hausse les épaules et noue les deux mains devant ses genoux en croisant les doigts.

— Pas facile de dormir, répond-il. Je suis toujours énervé après l'action.

J'ai la gorge sèche et je déglutis avant de poursuivre :

— Ce gamin que j'ai achevé. Il aurait dû être aux champs avec ses parents, ses frères et sœurs. Il n'aurait pas dû être là, en train de marauder pour survivre. Où est le maître de ce pays ? Que fait-il ?

— Ce garçon était un serpent venimeux ! riposte Axiel. Leur âge n'a aucune importance, ils vous tuent tout pareil. Si c'était lui qui vous avait trouvé avec la panse ouverte, il s'en serait amusé et vous aurait laissé agoniser dans la douleur. La vraie guerre, c'est… à la fois pire et mieux. La guerre vous met à nu, elle fait tomber les masques et les carapaces. Au combat, vous ne pouvez pas vous cacher ni aux autres ni à vous-même. Regardez Penrod, par exemple. C'est sur le champ de bataille qu'il a acquis cette assurance, cette confiance en lui-même, cette force sereine. Et c'est pareil pour tout le monde. Vous connaissez le Grand Roi ?

Je hoche la tête bien que je ne sois pas sûr qu'il attende une réponse.

— Son père était un si grand chef de guerre qu'on en parle encore, continue Axiel. Votre père a combattu sous son commandement. Le roi Jorn possédait des qualités de courage et de sagesse à un point rarement égalé et son fils Jakoven a un esprit vif comme l'éclair. En son jeune temps, Jakoven était capable d'observer un champ de bataille et de l'évaluer sans aucune erreur et plus vite qu'un homme ayant deux fois plus d'expérience. Il était remarquable à l'épée. Tous pensaient qu'il allait faire un commandant de l'envergure de Jorn. Mais, la première fois qu'il a conduit une bataille, presque tous ses hommes ont été tués parce qu'il a manqué de courage. À la suite de cet échec, son père lui a confié un rôle de commandement à un poste non combattant. Là, il ne risquait rien et pouvait exprimer ses talents de stratège et les mettre au service du royaume. Mais chacun savait combien Jakoven avait manqué de courage. Je crois que ça l'a perturbé, meurtri. Pas le manque de courage en lui-même, surtout le fait que tout le monde soit au courant.

Axiel prend une longue inspiration avant d'enchaîner :

— Ce n'était pas une vraie guerre mais c'était nécessaire. Premièrement, nous avons sauvé ce village, plus tous ceux que cette bande aurait pillés et saccagés. Deuxièmement, ces interventions permettent d'aguerrir un certain nombre d'entre nous qui n'ont jamais combattu pour tuer. L'exercice et le combat en conditions réelles sont des expériences bien différentes. Parce que, si vous avez l'intention de conduire notre groupe dans de vrais combats...

— Personne n'a craqué, dis-je.

— Personne n'a craqué, reconnaît Axiel en écartant une mèche brune de son visage. Ciarra s'en tirera et Tosten aussi.

Le temps du lendemain est gris, triste, désagréable. Tout est détrempé. Il n'a pas vraiment plu mais une brume épaisse plane sur tout le paysage. Même l'emplacement de notre feu est mouillé et, sans la magie d'Oreg, nous aurions bien du mal à nous chauffer et à préparer notre tambouille. Après le repas du matin, nous passons à l'entraînement quotidien. Tout le monde est plus grave que d'habitude depuis notre intervention d'hier. À moins que ce ne soit moi. Je suis tellement maussade que peut-être personne n'ose se risquer à détendre l'atmosphère. Même Oreg est étrangement silencieux.

Axiel donne soudain le signal de la fin d'exercice. Je salue mon partenaire, qui se trouve être Penrod, et vais voir pourquoi Axiel nous a interrompus.

Un homme accompagné d'un cheval est planté à distance prudente du campement. Il est grand, efflanqué et, à l'évidence, préfère nous laisser venir à lui que s'approcher de nous. Une preuve de sagesse face à une troupe de combattants. À sa place un paysan d'Hurog aurait appelé et serait venu naïvement jusqu'au camp. Mais il faut dire que, de mémoire d'homme, aucune guerre n'a ensanglanté la terre de Shavig. D'un geste, j'ordonne aux autres de rester en arrière et je m'avance à la rencontre de cet étrange personnage.

— Salut, messire ! lance-t-il dès qu'il s'estime à portée de voix. Mon épouse m'a rapporté que vous et vos hommes aviez protégé notre village.

Il s'est exprimé d'un ton neutre, sans emphase superflue, comme s'il parlait de la pluie et du beau temps, et dans un tallvenois tout à fait honorable. J'observe qu'il porte une épée. Depuis la fameuse révolte d'Oranston, les habitants de ce pays n'ont pas le droit de posséder de telles armes. C'est une épée de bonne facture qui ne peut pas être celle d'un soldat ordinaire. Je continue d'approcher en le détaillant attentivement.

Je lui donne à peu près le même âge que Penrod mais les ans l'ont marqué davantage que notre chef d'écurie. Il porte un bonnet de laine rabattu sur les oreilles dont la fonction pourrait être de lui tenir chaud. Il pourrait aussi servir à cacher la coiffure si singulière des aristocrates oranstoniens. Mais une particularité le trahit plus que toute autre : le cheval. Petite taille, flancs plats, poitrail étroit, c'est une bête de race oranstonienne particulièrement prisée par les nobles du pays pour ses qualités de sobriété et de résistance.

L'animal ne semble pas de toute première jeunesse et on pourrait le croire sous-alimenté, voire proche de la fin. Mais mon père a déjà rapporté de campagne des chevaux comme celui-ci et je sais à quoi m'en tenir. Jambes droites, queue haut placée, cou allongé, cette bête ne peut pas appartenir à un paysan.

C'est un noble, me dis-je. *Un de ceux qui ont refusé de capituler à la fin de la guerre*. Que ressent-il après avoir appris que sa femme doit la vie à des gens considérés comme des ennemis ? Pas étonnant qu'il paraisse si calme. Je parie qu'il n'a qu'une envie : dégainer cette épée et me la passer au travers du corps. Mais il est obligé de se conduire comme un villageois.

— Quelque chose vous étonne ? demande-t-il avant d'ajouter vivement : « seigneur ».

— Je songeais simplement que vous seriez sans doute plus heureux si nous nous étions entre-tués, dis-je sans prendre de détour. Si cela peut vous réconforter, sachez qu'il n'y a pas un seul Tallvenois parmi nous. Nous sommes, pour la majorité, natifs de Shavig et nous sommes venus ici pour combattre la racaille vorsaguienne.

À mon tour, j'ajoute « seigneur » à la fin de ma phrase.

Il m'observe longuement et m'adresse un pâle sourire.

— Disons que cela me rassure. Je vous dois un autre motif de soulagement. Sachez que c'est ma fille que vous avez sauvée du viol. Je me présente : Luavellet.

Il fait encore un pas et me tend une main, que je serre.

— Mon épouse m'a également dit que vous voyagiez. J'estime que nous vous devons le ravitaillement. J'ai aussi apporté quelques articles que, venant d'une contrée moins humide, vous n'avez sans doute pas dans vos bagages.

— Je vous remercie, dis-je. Il va de soi que vous accepterez d'être rémunéré en échange de ce ravitaillement.

Les deux sourcils de Luavellet se soulèvent et lui donnent une expression qui me rappelle mon grand-père quand il prenait son air le plus hautain.

— Je ne veux pas en entendre parler.

Comme d'un commun accord, nous avons tous les deux cessé de nous envoyer du « seigneur ».

— Nous avons les moyens de payer. Permettez-moi de faire affaire avec vous. Ensuite, vous pourrez nous remercier en nous fournissant les renseignements dont nous aurons besoin. J'aimerais savoir quelles exactions ont été commises par les bandits vorsaguiens.

— Quels sont vos intérêts dans cette affaire ? demande-t-il.

Je ne sens pas la moindre trace d'hostilité dans sa voix, aussi réponds-je le plus honnêtement possible :

— Je n'aime pas les pillards mais je n'irais pas vous faire croire que nous avons parcouru tout ce chemin simplement pour les combattre. Je dois faire mes preuves devant ma famille et j'ai pensé que l'occasion était idéale.

— Il va y avoir une guerre, mon garçon, déclare Luavellet.

Je hoche la tête.

— Certainement. Et je serai ici depuis un moment avant que le roi n'envoie son armée.

Il sourit en levant les yeux au ciel mais son visage est empreint de tristesse.

— Pourquoi sont-ils toujours aussi jeunes ? Le roi n'enverra pas son armée, mon garçon. Il attendra que les Vorsaguiens nous aient tous massacrés jusqu'au dernier. Alors seulement, il les prendra par les flancs et les contraindra à combattre du mauvais côté de la montagne.

Ces informations jettent un précieux éclairage sur les projets de Jakoven. Je savais qu'il y aurait une guerre après avoir entendu les explications de Gandelon sur la situation à Oranston. Mais, si je peux jeter un regard nouveau sur les intentions du roi, quiconque un tant soit peu versé en stratégie peut également le faire. Axiel m'a dit que Jakoven était un grand stratège. C'est aussi une crapule, un infâme assassin de sang-froid.

En allant juste un peu plus loin, je me dis que si Luavellet, isolé dans son village perdu, est informé des desseins du roi, je ne vois pas pourquoi les Vorsaguiens ne le seraient pas eux aussi. Leurs ambitions s'arrêtent-elles à Oranston ? Si oui, ils vont emprunter les cols pour franchir les montagnes et ensuite se retrancher dans le pays. Si non, ils se sépareront et attaqueront sur deux fronts, vraisemblablement sur les côtes de Valdemer. À moins, bien sûr, que le roi Kariarn ne soit un parfait imbécile. Quelles conclusions dois-je en tirer pour moi-même ? Je ne le sais pas encore avec certitude.

— Ce que vous venez de m'apprendre couvre largement votre dette à notre égard, dis-je à Luavellet. Pour autant que dette il y ait. Il va donc falloir accepter un règlement en échange de nos fournitures et de notre ravitaillement.

Ce soir-là, une pluie torrentielle s'abat sur nous et nous apprécions les toiles huilées qui nous ont été fournies par Luavellet. Il n'est bien sûr pas question d'entraînement avec la boue glissante qui couvre le sol. Si le temps reste aussi exécrable, il va falloir que je trouve une autre formule pour l'exercice. Mais, pour aujourd'hui, c'est relâche.

Une fois de plus, Axiel nous raconte le déroulement de quelques batailles. Puis Tosten prend sa harpe. Ciarra l'écoute, appuyée contre son épaule. Aucun doute possible, notre frère a eu grandement raison d'abandonner la tonnellerie pour s'adonner à l'art des bardes. Sa musique m'enveloppe comme une bonne couverture bien chaude.

Penrod sort d'on ne sait où un petit tambour et se joint au concert. Sclavina chante d'une voix douce et fluette qui se marie à merveille avec la puissante basse d'Axiel et la voix plus haute et mélodieuse de Tosten. Je n'ai rien entendu d'aussi beau depuis mon dernier passage à la cour. Je m'adosse à l'un des arbres qui servent de support à nos toiles imperméables et je me laisse aller, les yeux fermés.

À un moment, je sens que quelqu'un m'enroule une couverture autour des épaules.

— Doucement, souffle la voix de Penrod. Ne l'éveillez pas. Je pense qu'il n'a pas fermé l'œil depuis la chasse aux pillards.

9

Estian : Beckram, Kromdick et Gandelon

Mon père qualifiait Jakoven de couard dangereux, cruel et fourbe. Ils auraient donc pu se lier d'amitié, n'eussent été la couardise du Grand Roi et la dîme que l'Hurogmestre devait lui verser chaque année.

— Juste un soir, insista Beckram d'une voix suppliante. Ciernack a fait venir à sa taverne une danseuse d'épée avinhelite.

Kromdick s'assit sur le lit en croisant les bras.

— C'est ce que tu avais dit la dernière fois que j'ai pris ta place et ça a duré trois jours.

— S'il te plaît, frérot… Tu as le style. Tu es excellent.

— Pas si excellent que ça, tu le sais bien ! répliqua Kromdick en s'efforçant de se montrer ferme.

Un sourire victorieux se formait déjà sur le visage de Beckram. Kromdick comprit que, dès le début, il aurait dû s'en tenir à un « non » pur et dur. En acceptant de discuter, il avait permis à son jumeau de déplacer l'argument. Beckram avait attaqué en quémandant presque, maintenant on en était à évoquer son style et son talent.

— Chacun devra se montrer sous son meilleur jour ce soir et tes manières de cour sont irréprochables. Quand tu en auras assez, tu pourras toujours te retirer en prétextant d'une migraine.

— L'ennui, observa Kromdick, c'est que tu ne te montres jamais sous ton meilleur jour. Nous allons éveiller les soupçons si je respecte les bonnes manières en me faisant passer pour toi.

— Allons donc, mais pas du tout ! On pensera simplement que je fais du zèle depuis que le roi a confirmé la souveraineté de notre père sur Hurog.

Kromdick quitta le lit, approcha de son frère et lui posa une main sur l'épaule.

— Ce n'est pas ta faute. Je reconnais que tu as essayé.

— Alors pourquoi le roi m'a-t-il lancé un coup d'œil narquois quand il a prononcé la déclaration ? demanda Beckram en se passant la main sur le visage. J'aurais dû attendre sans rien faire, laisser à Père le temps de venir lui parler.

— Père n'aurait pas fait mieux que toi, affirma Kromdick.

La gentillesse de Kromdick à son égard amena sur les lèvres de Beckram un sourire qui, cependant, n'effaça pas la grisaille dans ses yeux.

— J'ai commis un impair quelque part, Kromdick. Je ne sais ni où ni quand mais j'en suis sûr. (Il frotta une tache imaginaire sur sa manche de lin.) Quoi qu'il en soit, je me sens incapable de les affronter ce soir. Il faut que je m'éloigne, que j'aille quelque part où je ne sois pas obligé de me plier à leurs simagrées. Juste ce soir. Il faut que je les oublie. Tous. Le roi, la reine, Père. À propos de Père, le sort du cousin Stolon le rend malade.

— Et toi aussi, commenta Kromdick.

Beckram leva un sourcil.

— Penses-tu ! Je ne l'aime pas.

— Tu l'envies, dit Kromdick avec sagacité. Stupide ou non, c'est un bon garçon. Et, tu as beau dire, tu l'aimes plus que tu ne t'aimes toi-même.

Beckram s'emporta et le rouge lui monta aux joues.

— C'est un crétin ! Nous n'en serions pas là s'il avait été un peu moins niais.

— Père va remettre de l'ordre dans tout ça, affirma Kromdick. Il sait y faire dans ce genre de situation.

Beckram hocha la tête et saisit la main de son frère.

— Merci, dit-il. Tu porteras mon costume bleu et or. Ils le connaissent tous. En te voyant vêtu de la sorte, ils seront persuadés que c'est moi.

Kromdick le regarda partir vers sa chambre avec l'air requinqué et se demanda comment il en était arrivé à accepter une fois de plus de se substituer à lui. Repassant la discussion dans sa tête, il réalisa qu'il n'avait rien accepté du tout. Beckram avait simplement fait comme si. Il alla reposer sur l'étagère le livre qu'il avait commencé et qu'il avait prévu de terminer. C'était fichu pour ce soir. Ce soir, il allait se pavaner avec les courtisans de Jakoven.

Gandelon évita l'épée, leva le bras pour porter une estocade mortelle et bloqua net son coup en sentant le contact froid du métal. Surgie de nulle part, la dague de Javernes venait de se plaquer sur sa gorge.

— Vous maniez fort bien le fer, dit-il en joignant un sourire à son compliment pour montrer qu'il n'avait pas de rancune envers son vainqueur.

À la vérité, il n'était pas peu fier d'avoir tenu tête au vieux soudard pendant quelques minutes. Ingénu, voire stupide, quand il s'agissait de politique, l'Oranstonien était un autre homme dans le maniement des armes, et peu nombreux étaient ceux qui osaient se mesurer à lui sur tout le territoire des Cinq Royaumes.

Javernes rengaina sa dague sans même avoir piqué la peau de son adversaire. Puis il le regarda droit dans les yeux.

— Eh bien, messire, si nous en venions à ce qui vous amène en ce lieu… Je suppose que ce n'est pas pour le seul plaisir de m'affronter en combat singulier que vous m'avez fait mander en invoquant la mémoire de votre noble père.

Gandelon balaya la salle d'armes d'un regard circulaire. Le grand local était désert mais on ne se montrait jamais trop prudent.

— Marchons, dit-il pour être certain que nul ne les entendrait.

— Vous complotez ? fit Javernes en fronçant les sourcils mais sans bouger d'un pouce.

— Je complote. On peut le dire comme ça, admit Gandelon. Mais tous les risques sont pour moi si le roi découvre que je vous ai approché. Marchons, je vous en prie.

D'un geste du bras, Javernes finit par l'inviter à bouger le premier. Il avait mis si longtemps à se décider que Gandelon aurait pu s'en formaliser mais le mignon avait d'autres soucis en tête. Sans prononcer une parole, il entraîna le vieil Oranstonien jusqu'aux jardins, où le bruit des fontaines couvrirait leur conversation. Sur le chemin, nul ne parut s'étonner de voir ensemble le favori du roi et le brave qui avait été récemment surnommé le « champion d'Oranston ». Leur armement et la sueur dont ils étaient couverts constituaient une explication suffisante.

L'heure était encore matinale et les jardins déserts. Le parfum des fleurs emplissait l'atmosphère, saisissant, presque envahissant après l'odeur de moisi qui imprégnait les couloirs humides du château.

— Pensez-vous sérieusement arriver à défaire les Vorsaguiens avec seulement cent hommes ? demanda Gandelon.

Le « champion d'Oranston » parut s'étonner de cette interrogation.

— Je suis le serviteur le plus obéissant et le plus dévoué de Sa Majesté.

Autrement dit, je ne remets pas ses décisions en cause.

— Qui se joint à vous ?

À peine eut-il posé la question que Gandelon se mordit les lèvres. Pourquoi était-elle sortie si brutalement ? La réaction de Javernes ne l'étonna pas.

— Mon ordonnance a une liste. Vous pensez bien que je ne connais pas les noms par cœur !

Gandelon balaya l'air d'un geste de la main.

— Ce que je voulais vous demander, c'est si… s'il y a une place pour moi dans votre plan. Au temps de mon père, Buril pouvait aligner trois cents hommes aguerris. Tout ce que je puis rassembler aujourd'hui, c'est une soixantaine d'hommes d'armes mais je suis en mesure de recruter cent soldats novices et d'assurer leur instruction.

— Vous pensez donc que je prémédite une telle chose ? murmura Javernes, comme pour lui-même.

Ses traits se durcirent jusqu'à former un masque sans expression.

— C'est ce que j'espère. Le roi n'a pas besoin de le savoir. D'ailleurs, il semble beaucoup plus préoccupé par la liaison de la reine que par les troubles en Oranston. Et il ne peut plus revenir sur son acceptation, maintenant.

Ils marchèrent un moment en suivant le mur qui clôturait les jardins avant que le commentaire de Javernes ne tombe :

— Vous ressemblez à votre père.

— Je sais, dit Gandelon.

— Askenven ne veut même pas entendre parler de m'accompagner.

Askenven était un jeune noble oranstonien. Il possédait la plus grosse fortune du pays mais aimait la vie oisive de courtisan à Estian.

— Il adore Tallven, reprit Javernes. Et il trouve le climat d'Oranston trop humide. Savez-vous quel nom on avait donné à son père pendant la guerre ?

— La Terreur, répondit Gandelon avec un pâle sourire.

— Sachez que, pendant trois jours, la Terreur a tenu une armée entière à distance avec seulement une poignée d'hommes. Ainsi, nous avons pu regagner nos foyers et protéger nos familles quand nous avons su que la guerre était perdue. Aujourd'hui, son fils préfère se saouler à Morneville dans la taverne de Ciernack-le-Noir, que voulez-vous... (Javernes secoua la tête et sa bouche se tordit en un sourire amer.) Vous croyez pouvoir gagner cette guerre ? Ne vous faites pas trop d'illusions. Le Grand Roi a trop bien réussi à ramollir nos jeunes hommes. Je pense qu'au bout du compte nous ferons tous d'excellents héros morts et que nos noms serviront de cris de ralliement quand Jakoven finira par se décider à défendre Oranston.

— Finir en martyr..., commenta Gandelon. C'est un peu présomptueux, non ? Démodé, en tout cas. Et inutile, pour tout dire. Sauf votre respect, bien sûr, et celui que je dois à mon père. (Il prit une profonde inspiration.) Kirkovenal, le frère cadet d'Askenven, a provoqué un esclandre hier.

— Ah oui ? fit Javernes, l'air absorbé par de tout autres considérations.

— Il protestait parce que le roi n'avait pas jugé utile de faire boucler leur caquet à deux blancs-becs tallvenois qui insultaient l'honneur d'Oranston. Il a été mis à l'amende pour trouble de l'ordre public, poursuivit Gandelon. Depuis qu'il est en âge de signer au bas d'un document, c'est lui qui exerce le pouvoir à Grenoire à la place de son frère.

Gandelon laissa son regard errer sur un petit bassin fleuri de nénuphars.

— C'est un enfant, dit le vieux Javernes.

— Un enfant de dix-huit ans, précisa aimablement Gandelon. Il est en âge de prendre l'épée. En âge de rameuter Grenoire contre ses ennemis. Et pas seulement ses ennemis vorsaguiens.

— La rébellion est morte, lâcha d'un coup Javernes.

Tant que je vis, elle vit, pensa Gandelon sans en rien dire.

— Peut-être, concéda-t-il à voix haute, mais si nous n'écrasons pas les Vorsaguiens, c'est Oranston qui sera mort. Je veux me battre.

Javernes allait répondre mais il en fut empêché par un page du roi qui arrivait tout essoufflé :

— Seigneur Gandelon ! Sa Majesté le roi exige votre présence en ses quartiers pour le déjeuner du matin.

Gandelon vit l'expression de Javernes se figer et faillit pousser un cri de rage. Le champion d'Oranston s'apprêtait à répondre positivement à sa requête, il le sentait. Mais la malheureuse intervention du page venait brusquement de ramener le soudard à une plate réalité : Gandelon était le giton de Jakoven.

Il inspira une nouvelle bouffée d'air dont il avait grand besoin et s'efforça de se montrer délicat en renvoyant le page. Sans laisser à Javernes le temps de reprendre la parole, il fit remarquer, dès que le gamin eut tourné les talons :

— Voyez ces jeux d'eau ! Quelle merveille ! On reconnaît bien là le talent de Jakoven.

— Le talent de ses mages, rectifia Javernes.

Gandelon secoua la tête et se tourna de côté pour regarder le vieux soudard dans les yeux.

— Non, dit-il. C'est l'œuvre du Grand Roi. Il a ses secrets, notre Jakoven. Ne le sous-estimez pas. J'en connais un qui voudrait bien vous faire croire qu'il possède des pouvoirs magiques, c'est le roi Kariarn de Vorsag. Mais lui n'en a aucun. Il a simplement quatre mages experts à son service.

Javernes nota l'information concernant Jakoven mais exprima ses doutes au sujet de Kariarn :

— Il n'existe pas quatre mages experts sur tout le territoire de Vorsag.

Gandelon haussa les épaules.

— Si vous le dites, je veux bien le croire. En tout cas, Arten, l'archimage de Jakoven, assure qu'ils sont quatre au service de Kariarn. Et j'ai beaucoup d'autres informations. Je me ferai un plaisir de les partager avec vous, si vous m'acceptez parmi les vôtres.

Le regard de Javernes se voila et il hocha la tête d'un air absent.

— J'y réfléchirai.

— C'est cela, réfléchissez, dit Gandelon, beaucoup plus calme qu'il ne s'en serait cru capable.

La mort dans l'âme, il s'imaginait déjà debout à la droite du roi pour saluer le départ de la troupe quand Javernes et ses cent hommes sortiraient d'Estian pour aller défendre Oranston.

— Merci pour le duel, ajouta-t-il. Maintenant je vous prie de m'excuser. Sa Majesté me réclame.

Vêtu du costume bleu et or de son frère, Kromdick s'examina dans la glace. Puis il ferma les yeux et s'employa à endosser l'assurance insolente de Beckram en même temps que ses vêtements. *C'est la dernière fois*, se jura-t-il en lui-même. Mais aussitôt le doute l'assaillit : était-ce bien sûr ? En devenant Beckram, il devenait libre comme Beckram. La liberté, le plaisir lui tendaient les bras. Il rouvrit les yeux, contempla Beckram dans le miroir, rectifia le col de sa tunique et sortit d'un pas calme et assuré.

Malgré ce qu'il avait pu lui en dire, Kromdick était plutôt à l'aise dans la peau de ce frère si différent de lui. Il louvoyait avec aisance au milieu de la foule, minaudant avec les femmes, les flattant sur leur beauté, échangeant avec les hommes des plaisanteries viriles ou des ragots sur leurs pairs. Mais une force étonnante l'empêchait de s'approcher de la reine. Après tout, il était là pour rendre service à Beckram et sur sa demande. Si elle s'offusquait de cette indifférence, c'était à son frère de s'en arranger plus tard avec elle.

Au cours du banquet, Alizton, le demi-frère de Jakoven, vint s'asseoir à côté de lui.

— Ainsi votre père a pris la succession de son frère comme Hurogmestre, fit-il avec l'air de s'en soucier comme de sa première flamberge.

— Oui. Quelle infortune pour notre pauvre père, soupira Kromdick en imitant la voix traînante de son frère. L'hiver est glacial à Hurog et il y pleut tout l'été. De plus, la moitié des paysans sont propriétaires de leurs terres. Il est quand même plus aisé de régner sur des serfs. La principale activité des Hurogmestres est d'ailleurs de négocier avec la paysannerie pour que l'agriculture puisse nourrir la population. La famine sévit plus qu'elle ne devrait à Hurog.

— Hurogmestre est un titre ancien et prestigieux.

— Le prestige ne nourrit pas son homme. La meilleure part (Kromdick réussit à singer à merveille le ton de son frère quand il était jaloux), c'est mon frère qui en hérite.

Iftahar est beaucoup plus riche qu'Hurog et le climat y est singulièrement plus agréable.

— Ce n'est donc pas vous qui avez prié le roi de donner Hurog à votre père ? demanda Alizton avec étonnement.

— Ai-je l'air d'un idiot ? répliqua Kromdick, suffoqué. Pourquoi aurais-je fait une chose pareille ? Je ne veux pas d'Hurog !

Alizton prit congé après quelques menus propos du même ordre. Kromdick s'aperçut alors qu'il transpirait et s'essuya le cou. Ce damné demi-frère était très agaçant. Cette fois, c'était décidé : plus jamais il ne prendrait la place de Beckram.

Il vida d'un trait sa coupe de vin et s'en fit verser une autre par un valet qui passait. C'est en se levant de table qu'il prit conscience d'avoir abusé de l'alcool. Au lieu de regagner directement sa chambre, il décida de faire un crochet par les jardins. L'air frais le revigora et il eut l'impression que son équilibre s'améliorait. Après la bibliothèque, le jardin était son refuge préféré au palais d'Estian. Les bruits d'eau des fontaines et des ruisseaux artificiels lui rappelaient Iftahar. Il aimait l'odeur des buissons aux fleurs blanches qui se dressaient comme des spectres dans la nuit.

Il était encore en train de se dégriser en humant les douces senteurs des Baisers d'Adieu quand une main de fer l'agrippa par l'épaule.

Dans la taverne de Ciernack, tous les yeux étaient hypnotisés par la danseuse à l'épée quand une violente quinte de toux secoua Beckram. Il avala une gorgée de bière pour faire passer la douleur, s'inquiéta un moment, puis le malaise passa. Il se dit que ce devait être une vulgaire crampe d'estomac et reporta son attention sur la belle

Avinhelite qui mettait son épée au fourreau comme seule une femme pouvait le faire.

D'un bond, Jakoven évita la giclée de sang. Il attendit que les soubresauts prennent fin et que sa victime s'immobilise, lécha un peu de sang à sa lame dégoulinante puis jeta son couteau à côté du cadavre. Le couteau ne présentait aucune marque distinctive. C'était sans importance. L'identité du meurtrier ne serait un mystère pour personne.

— Plus jamais d'amants pour ma dame la reine, dit-il à haute voix.

D'un petit coup de pied, Jakoven retourna le corps inerte.

— Même avec un idiot de Shavig je n'étais pas assez tranquille, enchaîna-t-il en examinant le visage crayeux de sa victime. Et voilà, Beckram, qu'est-ce que tu penses de ça ? Va-t-elle se suicider en apprenant ta mort ? Va-t-elle préférer une retraite dans un trou perdu ? Tu ne l'aideras pas beaucoup dans son choix, bien sûr. Ne t'inquiète pas. C'est moi qui prendrai la décision demain.

Alizton arriva une seconde trop tard. Il contempla la scène en serrant les poings. *Ça fait trop de morts, Jakoven, beaucoup trop de morts.*

Beckram se changeait en sifflotant gaiement. La danseuse à l'épée était formidable et il serait bien resté un peu plus, seulement des signaux diffus mais répétés avaient fait naître en lui une vague inquiétude au sujet de son frère. Il n'y avait sans doute pas de quoi fouetter un chat. Probablement la culpabilité d'avoir, une fois de plus, manipulé Kromdick pour lui faire prendre sa place. Il avait néanmoins décidé de rentrer.

Une fois déguisé en Kromdick, il poussa la porte de communication. La chambre voisine était vide. Les festivités devaient durer jusqu'à l'aube mais Kromdick avait l'habitude de se coucher tôt et son heure était largement dépassée.

— Eh bien, frérot, aurais-tu séduit une jouvencelle ? Il va falloir faire attention. Je ne voudrais pas que tu me rendes la reine jalouse.

Il se tut, porta la main à son front. Une autre idée venait de lui traverser l'esprit.

— Non. Tu ne ferais quand même pas ça ? Pas la reine !

Au fond, c'était peut-être cette idée qui l'avait travaillé toute la soirée.

Il baissa les yeux et se passa en revue pour vérifier qu'il était bien vêtu à la manière de Kromdick. Puis, d'un pas traînant, il sortit dans le couloir.

Le salon d'honneur grouillait encore de monde et il lui fallut un bon moment pour être certain que Kromdick était absent de cette cohue. Il se détendit en voyant la reine papoter avec une courtisane. Quelle idée avait-il eue ? Jamais son frère ne l'aurait trahi pour une femme.

— Kromdick ? lança une voix.

Beckram se retourna sans une hésitation. Il était meilleur à jouer Kromdick que Kromdick ne l'était à jouer Beckram.

— Bonsoir, messire Alizton, dit-il en découvrant celui qui l'avait apostrophé.

— Bonsoir, dit à son tour Alizton. On ne vous voit pas souvent aux festivités, messire Kromdick.

Beckram trouva au demi-frère du roi un air bien vieux et bien fatigué.

— C'est que je cherche Beckram, dit-il en imitant le petit rire gêné de son frère. Il m'a emprunté un livre pour presser une écharpe froissée et je ne le trouve nulle part.

— Ah bon ? fit Alizton. Il y a un moment que je n'ai pas vu Beckram. Je crois l'avoir entendu parler de prendre l'air après le banquet.

— Merci. Je vais voir dans la cour.

Alizton hocha la tête.

— Si je le croise, je lui dis que vous le cherchez.

Alizton suivit des yeux le Shavigan qui s'éloignait vers le fond du salon d'honneur. Puis il avala une grande coupe d'eau fraîche pour essayer de tuer le goût infect qu'il avait dans la bouche depuis qu'il était rentré du jardin.

Beckram eut tout de suite l'impression que la cour était déserte. La nuit était fraîche sans être froide. L'automne n'était pas encore là mais on en sentait les prémices. Curieusement, constater que Kromdick ne lui avait pas soufflé sa maîtresse n'avait été qu'un soulagement de courte durée.

Il s'avança jusqu'au milieu de la cour et se mit à battre du pied avec nervosité. *Au lit*, décida-t-il soudain. Ils avaient dû ajouter une substance douteuse dans la bière et c'était ça qui le plongeait dans cet état d'inquiétude. Étant donné les dimensions colossales de ce damné palais, ça n'avait aucun sens de se mettre à chercher le frérot, qui était probablement en train de cuver dans un recoin impossible.

Il se dirigeait vers leurs chambres quand une odeur de sang lui monta aux narines. Tandis que l'air charriait jusqu'à lui le remugle prenant et doucereux, il sentit comme une part de lui-même qui mourait. Il sut alors, sans l'ombre d'un doute, ce qui était arrivé. Le malheur s'était abattu sur son frère jumeau. Il l'appela malgré tout.

— Kromdick !

Mais la seule réponse fut celle de la brise qui bruissait dans les feuilles. Il entra et sa tête se mit à tourner. L'odeur de la mort le conduisit vers le lit tiré au carré sur lequel se dessinait une forme humaine à demi cachée par l'ombre. Le choc terrible fit place à la douleur puis à une colère noire quand il découvrit le visage exsangue de son frère. Il repensa au teint blême du précédent amant de Tehedra et se maudit d'avoir prié Kromdick de prendre sa place. Quel crétin il faisait.

L'envie de tuer Jakoven le saisit à la gorge. Le roi avait la réputation d'être une fine lame mais ce n'était qu'une réputation. Quel sujet, en effet, aurait pu se montrer assez fou pour vaincre le Grand Roi en combat singulier ? Beckram, lui, avait suivi les enseignements de Stala et savait qu'il était capable de tuer Jakoven. Il suffirait de l'attendre à l'un des nombreux endroits où il se rendait sans ses gardes.

Il s'aperçut vite que ce n'était pas la bonne solution. Barbarin avait déjà perdu un de ses fils, égorgé par Jakoven, il eût été indécent de lui faire perdre l'autre sous la hache du bourreau. Beckram médita cette évidence. Même si c'était une souffrance supplémentaire, il ne pouvait se venger du roi au vu et au su de tous. Par égard pour son père, il continuerait à respecter le serment de vassalité prononcé devant Jakoven.

Il abaissa doucement les paupières de son frère jumeau, posa les lèvres sur son front maintenant froid et lui murmura quelques paroles affectueuses. Il lui passa ensuite un bras sous les épaules, l'autre derrière les genoux et serra le corps de Kromdick contre lui.

Il eut du mal à se relever car Kromdick, comme lui-même, était un homme de solide constitution. Il tituba un instant, équilibra sa charge et se mit en marche.

Beckram resta un moment figé dans l'encadrement de la porte, à contempler l'assemblée. Une centaine de personnes se trouvaient encore dans le salon d'honneur. Beaucoup dansaient. Personne ne l'avait vu. Il constata avec satisfaction que Javernes était là malgré l'heure tardive et nota la présence d'une dizaine d'autres nobles dont la loyauté envers la Couronne ne pouvait être mise en cause.

Il entra et avança d'un pas mesuré en réglant son allure sur les battements de son cœur. Il sut qu'on l'avait vu quand des chuchotements se répandirent dans l'assistance. Tous avaient connu l'ancien amant de la reine. Tous connaissaient Beckram et tous comprenaient que Kromdick allait déposer le corps de son frère jumeau aux pieds du roi, son meurtrier.

Beckram entendit la reine Tehedra pousser un petit cri mais il n'avait d'yeux que pour le roi. Jakoven ne bougea pas et son visage resta de glace. Arrivé à cinq pas, il fit halte. C'était là qu'on se plaçait traditionnellement pour vouer allégeance au suzerain. Il s'agenouilla et déposa son frère sur le dallage de marbre blanc.

— Depuis le sacre du premier Grand Roi, les Hurog n'ont cessé d'honorer les lois de Tallven, déclama-t-il en plaçant sa voix comme son père le lui avait enseigné pour qu'elle porte sans forcer aux quatre coins du vaste salon. Mon oncle, mon père et leur père avant eux ont loyalement servi les Grands Rois et j'entends suivre leur exemple. Messire Javernes ?

Salut, brave entre les braves, pensa Beckram en voyant du coin de l'œil le seigneur oranstonien approcher à son appel.

Javernes alla se placer derrière le roi avant de parler. *Nous faisons tous ça parce que nous respectons la coutume*, songea Beckram avec ce détachement irréel qui le pilotait depuis qu'il avait fait son entrée dans le salon d'honneur du palais d'Estian.

— Oui, messire Hurog, lança Javernes.

Beckram eut une réaction de stupeur en s'entendant nommer de la sorte. Elle fut de courte durée. On l'appelait trop souvent Beckram d'Iftahar mais il était bien un Hurog. Né de la froide et noire pierre d'Hurog, dédié à elle corps et âme.

— Combien d'hommes avez-vous rassemblés à ce jour, messire Javernes ? s'enquit-il sans détacher son regard de celui du roi.

— Quatre-vingt-quatre.

— Et quand partez-vous ?

— D'ici dix jours.

— Envisageriez-vous de me compter parmi les vôtres ?

— J'en serais honoré, dit Javernes. Les Hurog sont des hommes de valeur.

Pour la première fois depuis qu'il était entré dans le salon, Beckram quitta le roi des yeux pour scruter le visage exsangue et la blessure noire de son frère. *C'en est fini de tes livres poussiéreux, Kromdick.*

Puis il releva la tête pour observer la réaction du roi.

— Très bien, messire Javernes, vous pouvez ajouter le nom de Beckram d'Hurog sur votre liste.

Un murmure ébahi parcourut la salle.

— Auparavant, ajouta Beckram, j'irai à Hurog pour y mettre en terre la dépouille de mon frère. Comme vous le voyez, Kromdick a eu un accident dans la cour. À moins que ce ne soit un suicide.

De nouveau, Beckram s'inclina sur la plaie béante. Il l'examina un moment puis fit un tour d'horizon.

— Je pencherais plutôt pour l'accident. Il a dû trébucher et s'ouvrir la gorge dans un buisson d'épineux.

Il souleva son frère dans ses bras et prit congé. Kromdick lui parut plus léger. Il était déjà dans le couloir quand il prit conscience d'une présence derrière lui. Javernes et Gandelon l'avaient suivi.

—Quand partez-vous à Hurog ? lui demanda Gandelon.

—Sur-le-champ, répondit Beckram.

—Avez-vous assez d'or pour changer de monture aux relais ?

—Je m'arrangerai.

Gandelon se défit de son escarcelle.

—Avec ceci, vous serez paré, assura-t-il en la nouant à la ceinture de Beckram.

—Je vais vous envoyer deux de mes hommes pour vous escorter dignement, dit Javernes. Ils vous rejoindront aux écuries.

—Je pars sur-le-champ, lui rappela Beckram.

—S'ils vous manquent aux écuries, ils vous rattraperont sur la route.

Les trois hommes se séparèrent et Beckram repartit seul vers ses quartiers. Il fut obligé de reposer Kromdick pour ouvrir la porte et le trouva beaucoup plus lourd quand il le reprit dans ses bras. L'énergie de la colère s'était dissipée ; il ne lui restait plus que la culpabilité.

Il allongea Kromdick sur le lit, mit le balluchon de son frère dans une sacoche et fit le tour de leurs quartiers en se demandant, bien embarrassé, ce qu'il convenait d'emporter.

Finalement, il enveloppa Kromdick dans une courtepointe et quitta les lieux, chargé de son fardeau et de sacoches presque vides. Il ne prit même pas le temps d'éveiller les écuyers d'écurie, posa son frère et son maigre bagage sur un tas de foin et harnacha lui-même les chevaux. Les hongres hurogiens renâclèrent un peu à l'odeur du sang mais Fragon, le cheval de Kromdick, avait été entraîné à la guerre. Il laissa Beckram charger la dépouille sur son dos et l'arrimer à l'aide de cordes.

Beckram noua la longe de Fragon au pommeau de sa selle, enfourcha son coursier et sortit dans la nuit. Il croisa deux soldats vêtus aux couleurs de Javernes qui se hâtaient vers les écuries, mais il ne s'arrêta pas. Il ne voulait pas rester une seconde de plus dans le palais du criminel qui avait égorgé son frère. Deux autres hommes firent basculer la lourde porte pour le laisser prendre sa route. Il ne remarqua même pas que c'étaient Javernes et Gandelon.

— Messire Javernes, dit Gandelon, vous devez me prendre avec vous. Si je reste ici, je vais moi-même trancher la gorge de Jakoven. Ce serait un geste stupide qui, de surcroît, ne servirait guère les intérêts d'Oranston.

Javernes lui lança un drôle de regard puis tourna la tête pour suivre ses hommes qui galopaient aux trousses du jeune aristocrate shavigan.

— Ce serait folie, en effet. Très bien, Gandelon, sois des nôtres si tu veux te joindre à la lutte pour Oranston.

Gandelon leva la main et fit un signe. Le vieux signe de ralliement des rebelles d'Oranston.

— Vive Oranston !

— Liberté pour Oranston ! lança Javernes dans la langue de sa contrée natale en formant, lui aussi, le signe des rebelles.

Gandelon se demanda si la cour ne se fourvoyait pas quelque peu sur la loyauté du vieux Javernes envers le Grand Roi.

Les chevaux loués en chemin étaient écumants et harassés lorsque la masse sombre et imposante de la forteresse se profila dans le jour naissant. Deux jours et trois nuits de selle avaient amené Beckram à bon port. Il avait changé huit fois de monture et dépensé presque tout l'or de Gandelon. Quant aux hommes de Javernes, ils s'étaient évaporés au cours de la deuxième nuit et il ne les avait pas revus.

Beckram arrêta son coursier devant la grille. Plus jeune, il avait estropié le cheval d'un de ses amis en essayant de sauter une clôture trop haute et son père avait dû remplacer l'animal à ses frais. Pourquoi cette pensée lui venait-elle à l'esprit en ce moment ? Peut-être parce que son père ne pouvait plus faire grand-chose à ses frais aujourd'hui.

Ce n'était pas drôle mais il se mit à rire nerveusement. Beckram était éreinté. Il laissa les chevaux fatigués passer devant.

Le claquement lourd des sabots sur l'esplanade pavée alerta les sentinelles. Mais on le reconnut et on lui ouvrit. Déjà levé malgré l'heure matinale, Barbarin parlait avec un fermier quand Beckram entra dans la place.

— Kromdick !

Le jeune homme se demanda comment son père avait fait pour franchir si rapidement le mur d'enceinte puis il réalisa qu'il avait cédé au sommeil et fermé les yeux pendant quelques instants.

— Kromdick ! Que se passe-t-il ? Qui… Qui est sur ce cheval ?

Beckram glissa à bas de sa monture plus qu'il n'en descendit. Incapables de le porter, ses jambes se dérobèrent sous lui et il tomba à genoux sur le pavé froid.

— Je suis Beckram, dit-il. Kromdick est mort. À cause de moi.

Il leva les yeux vers son père, attendant que l'information fasse son chemin dans la tête de Barbarin, attendant d'être châtié comme il le méritait.

— Jakoven a tué Kromdick parce que tu couchais avec la reine ? Alors que c'était lui qui t'avait pratiquement jeté dans les bras de Tehedra ?

Ils s'étaient installés dans un petit cabinet, à l'abri des oreilles indiscrètes. Beckram se demanda pourquoi la voix de son père était si calme.

Il avait dormi, assommé par la fatigue et le vin chaud qu'on lui avait servi. Il n'avait pas complètement récupéré mais des rêves agités l'avaient tiré du lit.

— Le roi a tué Kromdick en le confondant avec moi, répéta-t-il pour la troisième fois. Si je ne l'avais pas persuadé de prendre ma place, il serait encore en vie.

Barbarin ferma les yeux.

— Quand je pense que je lui ai sauvé la vie jadis. Le savais-tu ? J'ai sauvé la vie de ce fou furieux pour qu'il assassine un de mes fils. (Il soupira.) Nous enterrerons Kromdick demain. Votre mère est ici.

— Elle voudra qu'on l'enterre à Iftahar, dit Beckram.

Barbarin saisit le ton suppliant de son fils sans savoir, toutefois, dans quel sens il devait l'interpréter.

— Ton frère jumeau sera inhumé en terre d'Hurog sauf si tu le souhaites autrement.

— Qu'il repose ici, dit Beckram. Hurog le préservera des assassins et des fous.

Ce n'était pas ce qu'il avait voulu dire. C'était complètement idiot. Ça n'avait pas de sens mais son père se contenta d'acquiescer de la tête. Beckram se détendit un peu.

— Je repartirai pour Estian dès après-demain.

— Tu es toujours décidé à suivre Javernes dans sa folle entreprise ?

— Il faut que je fasse quelque chose. Sinon, je le tuerai de mes propres mains.

Le visage de Barbarin se durcit.

— Crois-tu que je n'y aie pas pensé ? lança-t-il avec véhémence. Si nous étions quinze ans en arrière, je le ferais. Le jeune Alizton était populaire, à l'époque, et les gens avaient l'habitude de la guerre. Mais Jakoven s'est débarrassé de tous ceux qui risquaient de menacer un jour son pouvoir et Alizton n'est plus qu'un bellâtre mondain, un parasite, un débris. (Il soupira une nouvelle fois.) Très bien. Pars avec Javernes. Mais tu n'iras pas seul. Je dirai à Stala de t'accompagner avec cinquante hommes prêts à guerroyer sous ton commandement. Je vais voir ça avec elle.

— Cinquante hommes ? Impossible, dit Beckram. L'autorisation de Javernes est limitée à cent hommes. Je suis le quatre-vingt-cinquième, si je ne me trompe.

— Tu partiras *avec Stala et cinquante hommes*. (Barbarin se leva.) Te rappelles-tu la devise de la Garde Bleue ?

— « Au combat, nous ne formons qu'un. »

— Tu vois bien : au combat, tu ne seras qu'un…

— Jakoven n'acceptera jamais cette façon de voir les choses, dit Beckram.

— Je l'aiderai à ouvrir les yeux, promit Barbarin avec un sourire terrible. Fais-moi confiance.

10

STOLON

La guerre est une saleté et la pluie ne fait qu'en accentuer le sordide.

Les semaines passent et ma quête de gloire marque le pas. Nous avons recherché des brigands vorsaguiens jusqu'aux confins méridionaux d'Oranston mais nous n'avons trouvé que des villages brûlés là où les pillards avaient sévi et n'avons croisé, sur notre route, qu'un ramassis de bandits en guenilles.

Il pleut sans cesse, sauf quand il tombe de la grêle ou de la neige fondue. Malgré les nettoyages attentifs et les applications d'huiles, le hongre d'Oreg et l'un des chevaux de charge ont attrapé la pourriture du sabot. Nous sommes en permanence trempés et frigorifiés, et l'humeur générale s'en ressent diablement.

Pour ne pas changer, Tosten est le plus renfrogné. Il n'ouvre la bouche que pour répondre aux questions qu'on lui pose. Le froid humide a réveillé chez Penrod les douleurs d'une vieille blessure à l'épaule et les séances d'entraînement sont visiblement un supplice pour lui. J'ai essayé de l'exempter mais il ne veut rien savoir.

Un jour Axiel l'a obligé à cesser le combat avant la fin. Si Sclavina ne s'était pas interposée, ils en seraient venus aux mains tant le mareschal était furieux. Axiel, fils du roi des nains, veille sur moi comme un chien de berger sur le pasteur de son troupeau. Même Oreg est bien souvent morose.

Par un après-midi aussi gris et humide que les autres, je décide de faire halte dans une petite bourgade rurale pour nous ravitailler. Nous n'avons pas besoin de grand-chose et j'en profite pour envoyer Penrod aux nouvelles auprès du chef de village.

— Ils n'ont ni vu ni entendu parler de pillards, me rapporte-t-il à son retour. Ils disent aussi qu'ils n'ont pas de grain à vendre et qu'ils ne peuvent pas non plus nous ravitailler en denrées alimentaires.

C'est le refrain que nous entendons pratiquement à chaque halte. Sans les provisions achetées à Luavellet et le produit de notre chasse, nous serions déjà morts de faim. Les Oranstoniens ont la rancune tenace.

— Leur as-tu parlé de ce village entièrement brûlé que nous avons aperçu à l'est de cette province ?

— Bien sûr, répond Penrod. Je suis sûr qu'ils nous en imputent la responsabilité. Où est parti Oreg ?

— Au temple de Mérone. Il veut la prier de faire cesser la pluie.

— Pour nous envoyer de la neige fondue à la place ? demande Axiel d'un ton grincheux.

Le village est plus grand que le dernier où nous sommes passés. C'est à peu près tout ce qu'on peut en dire. La population vaquait normalement à ses activités quand nous y sommes entrés et, dès qu'ils nous ont vus, les habitants ont filé se réfugier dans leurs chaumières implantées en cercles, assez loin de la voie qui fait office de rue principale.

Le temple de Mérone la Guérisseuse, déesse de la croissance des êtres vivants, est un peu plus vaste que les autres bâtiments. Des traces de bleu et de blanc sur la pierre orangée indiquent qu'un jour il a été peint. Un vieux panneau de toile cirée est tendu à l'entrée en guise de porte.

— Il est allé examiner les artefacts, explique Sclavina. On en trouve beaucoup dans les temples de Mérone. Mais je ne sens pas tellement de magie en provenance de celui-ci.

Je suis encore perturbé en pensant à la réaction des paysans. En arrivant, nous étions des mercenaires sillonnant Oranston pour sauver le pays des malfaiteurs vorsaguiens ; aujourd'hui, nous sommes devenus des étrangers malfaisants et indésirables.

— C'est vrai, lui dis-je. Il n'y a pas beaucoup de magie dans les temples de Mérone. La noblesse vénère plutôt Vekke, le dieu de la guerre. Les prêtres de Mérone demandent parfois des actes de magie en hommage à leur déesse mais ça se limite à des sortilèges maison, mis en œuvre par des sorcières de haies. La paysannerie n'accède pas à la vraie magie.

— Cascador n'est pas bien loin d'ici, déclare Axiel en tendant l'index vers un affleurement rocheux. Je reconnais ces grosses pierres. Je suis passé devant, la dernière fois que je suis venu à Oranston. Si vous cherchez des objets magiques, il y a à Cascador un gros rocher qui serait, raconte-t-on, un dragon changé en pierre.

— Un dragon ? ricane Penrod. L'Hurogmestre disait toujours : « Si cette caillasse a été un dragon autrefois, moi je suis une jument. »

Axiel secoue une tête dubitative.

— Possible. En tout cas, il transpirait la magie.

Je ne savais pas qu'Axiel détectait la magie. J'en découvre tous les jours sur son compte.

La loque qui sert de porte au temple s'écarte, Oreg sort et rejoint son cheval en pataugeant dans la bouillasse.

— Où va-t-on maintenant ? demande-t-il.

— À Cascador, réponds-je.

— On va voir le dragon ? lance Oreg, tout joyeux. Sensationnel !

Allons-y, me dis-je amèrement. *En route pour la promenade récréative.*

Les sabots massifs de Pompon clapotent et éclaboussent mes bottes déjà bien détrempées. Je n'arrive pas à savoir si le chemin traverse un torrent ou si c'est un torrent qui traverse le chemin.

Au moins, Pompon est heureux, lui. Je chevauche en tête et c'est sa position favorite. Il déteste la morosité qui règne dans notre petit groupe. Moi aussi. La dernière fois que j'ai essayé de remonter le moral des troupes, j'ai eu droit à une avalanche de réflexions fielleuses de la part de Tosten. Si je reste avec eux, je crains, à la longue, de ne pas pouvoir éviter les débordements verbaux.

La pluie ne dérange pas l'étalon, ce qui n'est pas le cas des autres chevaux. Pompon l'ignore du haut de sa grandeur. On dirait que de méprisables vétilles comme la pluie ou le beau temps n'ont aucune importance pour le formidable animal qu'il est.

Par moments, je me demande si je ne devrais pas tous les renvoyer à Hurog. Le climat plus sec de Shavig serait bénéfique à Penrod. Ciarra est trop jeune pour ce genre d'expédition. Tosten, lui, est trop douillet, moralement et non physiquement. Chaque mort, qu'il s'agisse de bandits que nous tuons ou de villageois assassinés par les pillards, le blesse profondément et laisse une plaie ouverte en son âme sensible. Même Sclavina serait sans doute mieux ailleurs.

Elle se prétend une petite magicienne de rien du tout. Je ne suis sans doute pas le meilleur juge en la matière mais elle me paraît beaucoup plus performante que, par exemple, Licleng, le mage de mon père. Chaque soir, elle nous allume un feu de camp avec des brindilles humides et du bois trempé tandis qu'Oreg sèche nos couchages. Elle pourrait vivre de ses talents dans n'importe quelle noble maison, surtout dans une région au climat humide. Sclavina n'a pas besoin de moi.

Oreg fait partie intégrante d'Hurog. C'est à Hurog qu'il devrait résider en permanence, pour son bien autant que pour celui de la forteresse. Le voir à Oranston avec moi est, de plus, une épine dans mes chairs. Il me rappelle que je ne suis pas Hurogmestre et que je ne le serai probablement jamais.

Reste Axiel, l'ordonnance de mon père et fils du roi des nains. De nous tous, il semble le plus à même de faire mieux que vagabonder sans but réel au milieu de ce marécage oublié des dieux. Bien des seigneurs seraient ravis de l'engager comme maître d'armes. Mais, s'il faut en croire les paroles d'Aethervon, Axiel est avec nous à Oranston pour sauver son peuple parce que son père avait un rêve.

Axiel a servi mon père pendant au moins seize ans mais il reste persuadé que, s'il a été envoyé à Hurog, c'est pour moi et pour nul autre.

Au voisinage de Cascador, Pompon s'ébroue soudain, grogne et se ramasse sur lui-même : comportement typique du cheval de combat qui sent l'approche de l'action. A-t-il repéré des guetteurs ? Une embuscade ? Brusquement tiré de mes pensées, je scrute les bois alentour.

Mon cœur bat à tout rompre. Je me penche sur le côté et, d'un petit coup de genou, je fais décrire des cercles serrés à Pompon. Mais je ne vois rien, excepté que le reste de ma troupe est largement distancé. Axiel chevauche en tête et

Oreg ferme la marche. Tosten et Sclavina sont plongés dans une discussion animée, Penrod se masse l'épaule sous le regard soucieux de Ciarra. Axiel a remarqué mon manège et porte la main à son épée.

Je fais un signe pour lui ordonner d'arrêter le groupe. J'attends la réponse montrant qu'il a compris et j'engage Pompon sur la piste tourmentée qui serpente à travers les marais de haute montagne. L'étalon avance à petits pas en humant l'air et en tendant l'oreille. Ne remarquant rien d'insolite, je m'apprête à rebrousser chemin quand la piste vire brusquement en direction d'une saulaie et d'un village dévasté.

Grâces te soient rendues, ô Siphern, qui m'as fait épargner cette horreur aux autres. Telle est la première pensée qui vient à mon esprit halluciné. Heureusement que Ciarra et Tosten ne voient pas ce que je vois.

Le spectacle qui s'offre à ma vue est très différent de celui des autres villages mis à sac. Les Vorsaguiens ont détruit les maisons puis ont empilé les poutres et le chaume des toits le long de la grand-rue. Les cadavres des habitants ont ensuite été disposés par-dessus avec grand soin. Les auteurs de cette installation ont alors mis le feu au chaume mais la pluie a tout éteint avant que les morts ne soient brûlés. C'est l'odeur des chairs partiellement grillées qui a alerté Pompon.

Je mets pied à terre et j'avance en tenant mon cheval par la bride.

Nous sommes passés bien des fois sur les sites d'atrocités commises par les Vorsaguiens mais jamais il ne m'avait été donné de tomber sur une scène comme celle qui s'étale devant mes yeux. Dans les autres villages, nous voyions toujours quelques survivants décamper à notre approche. Ici, on peut dire que si les Vorsaguiens n'ont pas réussi à tuer tout le monde, il est clair qu'ils ont essayé. À Vorsag, comme à

Shavig, on a coutume d'enterrer les morts. Mais les pillards ne nous ont pas habitués à brûler leurs victimes. Si le destin des âmes errantes leur était indifférent jusqu'à présent, pourquoi ont-ils brusquement commencé à s'en préoccuper ?

« C'est quand l'ennemi dévie de son mode opératoire habituel qu'on en apprend le plus sur son compte », disait toujours mon père. Mais qu'y a-t-il de si particulier à Cascador ?

Il y a un temple avec un dragon de pierre.

Je m'éloigne du grand bûcher et je cherche ce temple. Les Vorsaguiens ont tout détruit pour récupérer le bois et les matériaux combustibles. Je repère quatre sites où le lieu de culte aurait pu se dresser mais sans en avoir aucune certitude. Et je ne vois rien, non plus, qui ressemble au dragon de pierre d'Axiel, à moins qu'il ait la taille de mon poing.

Mais qui donc mène la danse à Vorsag ? Kariarn ? Il n'a guère que quelques années de plus que moi. On peut penser qu'il ne prend pas ses décisions sans avoir consulté un ou plusieurs conseillers. Peut-être même est-il manipulé par un guide inspiré. J'ai déjà rencontré Kariarn et, à cet égard, je peux affirmer que, si quelqu'un tire les ficelles à sa place, ce quelqu'un est aussi effacé que circonspect.

Lorsqu'il était à Estian, Kariarn a fait ratisser le pays par ses hommes, avec ordre de rechercher tous les artefacts réputés magiques. Est-ce qu'il a décidé de faire la même chose ici ? Pillerait-il systématiquement les villages qui abritent des temples consacrés à Mérone ? Dans ce cas, il est possible que ses troupes dérobent les artefacts puis brûlent tout alentour pour effacer les traces de leurs forfaits.

À ma connaissance, la plupart des temples ne contiennent que des objets sans valeur mais la civilisation d'Oranston, comme celle des autres royaumes, est très ancienne. Certaines de ses ruines recèlent de véritables trésors et la magie habite nombre de ses temples. J'inspecte minutieusement le sol mais rien n'indique qu'on y a transporté un objet de poids. Pas de traces de roues, pas d'empreintes de sabots profondément enfoncées dans la boue. Pourtant les Vorsaguiens sont passés ici, c'est certain. Ils étaient au moins cinquante, peut-être cent mais la pluie incessante brouille les pistes.

Il y a bien longtemps que Penrod et Axiel sont venus à Oranston avec mon père. On m'a raconté que l'ère de la magie était morte avec la fin du grand empire. L'explication donnée était simple : il existait une somme de magie limitée au commencement du monde et elle diminue au fil des siècles, à mesure qu'on l'utilise. Mon père, quant à lui, disait que cet âge d'or de la magie n'était qu'une légende inventée par des conteurs pleins d'imagination.

Mais si cette somme disponible était éparpillée dans des milliers d'artefacts et qu'en recueillant ces artefacts quelqu'un puisse en faire sortir toute la magie ? Il faut que j'en parle à Oreg.

Je m'apprête à faire demi-tour mais je m'arrête en repassant devant les monceaux de cadavres.

Je dénombre soixante-douze hommes, femmes et enfants, placés côte à côte sur le tas de bois. Si les Vorsaguiens ont essayé de les brûler, ce n'est pas par souci de leur avenir, c'est donc pour cacher quelque chose. Quelque chose que les villageois auraient pu raconter, vivants ou morts. La plupart sont nus, couchés sur le ventre, pieds et poings liés et les yeux bandés avec des bouts de chiffon. Ceux qui ne sont pas ligotés ont l'air d'avoir succombé en se battant. Seul avantage de la pluie continuelle, il n'y a pas de mouches.

Mon père et mes éducateurs m'ont inculqué durant toute mon enfance que mon rôle était d'empêcher ce genre d'infamie. La responsabilité de l'Hurogmestre ne se limite pas à administrer la terre héritée de sa famille, elle consiste aussi à prendre soin de ceux qui vivent sur cette terre. Cette responsabilité est ancrée en moi, comme une seconde nature, et j'enrage contre le Grand Roi qui n'a pas été capable de protéger ses sujets.

Si ce pays était gouverné par un seigneur capable de garantir la sécurité de ses vassaux, les Vorsaguiens ne seraient jamais entrés dans Oranston. Mais le souverain légitime de ce pays est mort pendant la rébellion et Jakoven n'a pas jugé utile de le remplacer. Voilà pourquoi Cascador est sans protection contre les incursions ennemies.

Je retourne le corps d'une fillette. Elle est déjà froide et ses joues d'enfant, souillées de crasse, portent les deux marques parallèles des larmes qu'elle a versées avant de mourir. Dès que la pluie lui coule sur le visage, les traces commencent à s'effacer. La seule blessure visible sur le petit cadavre est une estafilade large de deux doigts qui lui traverse la gorge d'une oreille à l'autre. Des runes ont été tracées sur son buste. Certaines sont peintes et se diluent sous le crachin ininterrompu, d'autres ont été gravées à l'aide d'un instrument coupant. *Soixante-douze Oranstoniens*, me dis-je en balayant du regard la pile des victimes. *Ça a dû leur prendre du temps.*

J'examine la peau de la fillette sous les cordes de ses poignets et de ses chevilles pour voir si je peux y trouver d'autres indices. Les liens sont serrés au point de comprimer l'articulation et, par endroits, ils ont déchiré les chairs tendres. Bizarrement, les blessures n'ont pas saigné. Cette constatation et l'absence de flaques de sang sous les cadavres égorgés me donnent à penser que ces gens ont dû être saignés à blanc ailleurs. Comme des porcs à la saison de l'abattage.

Cette image me ronge l'esprit et attise à un point inimaginable la fureur allumée en moi par les agissements d'Aethervon, l'autre soir au temple de Mégone. Elle bouillonne dans ma poitrine, cogne dans mes veines en pulsations déchaînées, me brûle les mains, les doigts. Je touche le chaume disposé sous le bûcher et il s'enflamme à mon contact. Je ne vois pas la magie mais je la sens palpiter en moi avec une force inouïe. Pompon se cabre légèrement et recule quand le bûcher s'enflamme en grésillant et en crachant vers le ciel des colonnes de fumée noire et grasse. Malgré la pluie, l'incendie se propage à grande vitesse et a tôt fait de carboniser les chairs mortes. Au moins, les âmes des victimes vont pouvoir trouver la paix pour l'éternité.

Je ne suis pas très versé en religion et n'ai jamais juré fidélité à aucun dieu. En cela, je suis le digne fils de mon père : j'en sais bien peu sur Mérone et encore moins sur Vekke, le dieu de la guerre. Mais, après ce qu'Aethervon a fait subir à Ciarra, je refuse de lui laisser ces pauvres gens en pâture jusqu'à la fin des temps. Dans la mesure de mes moyens, je me dois de leur rendre justice.

Il me revient en mémoire une prière que me chantait autrefois ma nourrice. Une prière que les gens de Shavig adressent à Siphern, dieu de la justice et de l'équité. Elle peut sembler déplacée dans ce pays de pluie et de grisaille mais je l'entonne quand même, les yeux fermés, tandis que le brasier gronde en rougeoyant sous les sombres nuages d'Oranston.

Et Siphern vient. Je ne le vois pas, même après avoir ouvert les yeux. Mais je le sens. Il est là. D'abord furieux du sort réservé à ces villageois, il rassemble leurs âmes terrifiées en son sein et les emporte avec lui. Je sens même qu'il me touche le front avant de se retirer.

Je suis moi-même apaisé quand mon psaume s'achève. Je me sens calme, comme vidé. Il m'apparaît alors que le temps de chien n'était pas la cause de ma méchante humeur. C'était la perte d'Hurog qui me tarabustait et le fait de savoir confusément que j'aurai beau me couvrir de gloire en massacrant les pillards (ce qui est loin d'être garanti, même dans des conditions plus favorables), cela ne changera pas l'attitude du Grand Roi. Jakoven se soucie davantage de ses fêtes mondaines que de son royaume. Il suffit pour s'en convaincre de voir comment il a abandonné à leur sort ces villageois et toute la population d'Oranston. En ce qui concerne Hurog, mon oncle s'en occupera mieux que mon père ne l'a fait, et ses descendants feront tout aussi bien après lui.

Pour une fois, en revanche, j'ai un objectif à ma portée. Je vais me mettre au service de ces gens que personne ne veut défendre.

— Seigneur Stolon ?

La voix d'Axiel m'arrache à mes pensées. Mon ordonnance est hors d'haleine et, quand je me retourne pour lui répondre, je le trouve à genoux, tête courbée. Cette vénération m'inquiète et me déplaît. Je m'approche de lui, l'attrape par l'épaule et le force à se relever.

— Il me semblait vous avoir ordonné d'attendre, dis-je.

Une expression de stupeur et d'espoir mêlés se forme sur le visage d'Axiel.

— Mais nous avons patienté très longtemps, affirme-t-il. Et vous ne nous avez envoyé aucun signe. Me jugeant en meilleur état que Penrod et plus capable que les jeunes de me préserver du danger, j'ai décidé de venir en éclaireur pendant qu'ils discutaillaient à n'en plus finir sur la conduite à tenir. À mon avis, ils ne devraient pas tarder à se décider et nous allons les voir arriver. (Il se tait une seconde, le temps de prendre une profonde inspiration.) C'est en traversant le petit bosquet de saules que j'ai senti le mal. Un mal terrible, comme je n'en avais pas connu depuis des siècles, seigneur Stolon. Ce mal, c'est la magie du sang. La magie rouge, comme on dit parfois. Et puis je vous ai entendu chanter Siphern, le dieu des terres boréales, pour sauver ces gens. Alors Siphern est venu vous visiter, seigneur. Il est venu purifier cette vallée de larmes. Notre espoir est en Hurog, me répétait mon père. Son rêve disait vrai. J'en ai acquis la certitude aujourd'hui. Notre espoir est en Hurog.

Je me trémousse gauchement, gêné par cette admiration démesurée. Franchement je ne comprends pas ce que j'ai fait pour le mettre dans cet état. L'acte de magie que je viens de réaliser est bien modeste. Sclavina ou Oreg auraient allumé le bûcher avec beaucoup plus d'aisance et d'efficacité que moi. Soudain un des mots qu'il a prononcés fait son chemin jusqu'à ma cervelle.

— Tu as bien dit *des siècles*, Axiel ?

Il a un grand sourire embarrassé, décolle ses genoux du sol trempé et s'assied sur les talons. Il retrouve alors son expression normale mais garde encore sur le visage les traces des sentiments violents qui viennent de le secouer. Cette gravité circonspecte qu'il arbore perpétuellement sur sa figure de cuir bouilli a fait place à un rictus stupide, totalement malvenu devant cette multitude de morts.

— Eh bien…, bredouille-t-il. C'est que…, dans la famille de mon père, on a tendance à vivre un peu plus longtemps que les humains. Voici un demi-siècle qu'on m'a envoyé à Hurog parce que cette seigneurie était l'espoir et le salut du peuple nain.

Le salut du peuple nain ? Vraiment ? ai-je envie de lui envoyer à la figure. Au lieu de quoi, je me contente de remarquer :

— Tu n'as pas l'air d'un nain.

— Je tiens de ma mère. Mon père est grand comme ça (il met la main à hauteur de son épaule) et il pèse deux fois mon poids.

Le bûcher dégage maintenant une fumée épaisse, lourde de vapeur d'eau, qui s'élève en volutes blanches dans une écœurante odeur de chairs brûlées. Cette odeur restera dans ma mémoire celle de l'énigme de Cascador. J'ai une mission et je m'y accroche fermement pour remplir le vide que la perte d'Hurog a laissé en moi.

— Te rappelles-tu quelle taille avait le dragon de pierre ?

— Il était un peu plus grand que Pompon, dit Axiel après un moment de réflexion. Il ne ressemblait pas au dragon des armoiries d'Hurog. En fait, il ne ressemblait pas à grand-chose. On aurait dit un bloc de pierre qu'un bon sculpteur aurait commencé à dégrossir mais on n'y voyait pas de traces de burin.

— Il n'est pas ici. Ou bien je ne l'ai pas trouvé. Si quelqu'un l'a emporté, il devrait en rester des empreintes. Je n'en ai pas trouvé non plus.

Axiel tousse et s'écarte du feu.

— C'est bizarre. Il est possible qu'il ait été enlevé.

— Je ne suis pas très calé en magie, dis-je en regardant les cadavres brûler, mais j'ai l'impression que ces villageois ont tous été saignés comme des poulets. Or je n'ai noté aucune trace de ce carnage, ni dans les rues ni dans les champs. Où est passé tout le sang ?

Axiel fronce les sourcils.

— C'est de la magie rouge, vous dis-je. Il faut un officiant doué de pouvoirs phénoménaux pour consommer autant de sang, or le meilleur mage du roi n'a pas plus de pouvoirs que Sclavina. De tous les mages humains que j'ai rencontrés dernièrement, seul Oreg pourrait mettre en œuvre une magie réclamant pareille quantité de sang.

Axiel place Sclavina sur le même plan que les mages du roi. Pour ma part, je la crois plus forte qu'elle ne veut bien l'avouer mais il est vrai que je ne l'ai jamais vue réaliser de prodiges vraiment spectaculaires. Je m'apprête à partager cette réflexion avec Axiel quand Pompon redresse la tête et lance un hennissement de bienvenue à ses congénères. Le reste de la troupe fait son apparition à la sortie de la saulaie.

Oreg arrête son cheval près de moi mais il reste en selle.

— Impressionnant, dit-il en contemplant le feu. Tu as construit ce bûcher tout seul ?

— Non, ce sont les Vorsaguiens, dis-je tandis que les autres se regroupent autour de nous. Le dragon de pierre n'est plus ici. D'après Axiel, sa taille est comparable à celle de Pompon mais je n'en trouve aucune trace nulle part. Une masse pareille ne peut pourtant pas s'envoler comme ça ! Quant aux villageois, ils ont été pendus par les pieds et saignés puis leurs cadavres ont été couverts de runes cabalistiques.

Finalement, j'aurais peut-être dû attendre avant d'allumer le bûcher mais j'ai agi par impulsion plus que par réflexion.

Oreg incline la tête en examinant le grand brasier. Un demi-sourire bien étrange relève les commissures de ses lèvres et son regard s'évade comme dans un rêve.

— Je sens les dragons, affirme-t-il.

— D'après Axiel, cette horreur est de la magie rouge.

— Je ne sens pas ici l'atmosphère pestilentielle typique de la magie du sang, observe Sclavina.

Je ne me sens pas de leur raconter l'intervention de Siphern. Je suis trop las et j'ai envie de faire simple. L'énergie que j'ai engloutie pour accomplir mon acte de magie y est sans doute pour beaucoup mais il y a aussi la mélancolie liée à la perte d'Hurog, une perte que je juge maintenant irrévocable.

Je leur demande si, selon eux, un mage ou un groupe de mages pourraient vider un objet de sa magie et la récupérer pour leur usage personnel. Deux réponses fusent simultanément.

— Oui, dit Oreg.

— Non, dit Sclavina.

Je me tourne vers eux, un sourcil levé en signe d'interrogation.

— Bon, admettons qu'en théorie ce ne soit pas complètement impossible, finit par concéder Sclavina avec un haussement d'épaules conciliant. Mais, même si la magie a disparu, la pierre serait toujours en place.

— Pas cette pierre-là, objecte Oreg. Je sens les dragons.

Il a toujours ce drôle de regard nébuleux.

— Pourraient-ils avoir transformé la pierre ? demande Penrod.

— Les vibrations qui émanaient de cette pierre étaient celles de la magie des dragons, dit Axiel. Si une force ou un homme doué de pouvoirs exceptionnels avait pu transformer un dragon en pierre, qui dit alors que les Vorsaguiens n'ont pas été capables de libérer le dragon ?

Un frisson glacé me remonte le long de l'échine. Comme pour rajouter à mon inconfort, la pluie vire tout à coup à l'averse puis au déluge.

— Kariarn possède-t-il un dragon ? demande Tosten.

— Quelqu'un possède un dragon, affirme très paisiblement Oreg.

Il reste encore des dragons, je le savais, je le savais ! hurle en moi une voix secrète, en même temps qu'une autre part de moi-même essaie d'imaginer comment Kariarn pourrait utiliser un dragon dont il serait le maître.

— Où allons-nous maintenant ? s'enquiert Sclavina.

Bonne question. Je mets provisoirement les dragons de côté et la réponse me vient. Elle paraît même évidente. Il me faut réunir quelques éléments supplémentaires pour vérifier ma théorie sur les attaques des Vorsaguiens. Et ces éléments, je sais où j'ai des chances de les trouver.

— Axiel, sais-tu comment on va à Callis à partir d'ici ?

— Je pense que oui. Mais pourquoi Callis ?

— Parce que j'ai besoin de renseignements, dis-je. Et, si quelqu'un est en mesure de répondre à mes interrogations, c'est certainement ce vieux renard de Javernes. Or, jusqu'à plus ample informé, c'est toujours lui qui règne sur Callis.

Javernes et son entourage sauront me dire si les villages dévastés possédaient des artefacts plus puissants que les localités laissées de côté par les Vorsaguiens. À partir de là, nous pourrons peut-être déterminer les prochaines proies des pillards. Au dire de mon père, Javernes en savait davantage sur ce qui se passait dans les armées du roi que le roi lui-même car, à l'époque déjà, il promenait à la cour sa coiffure d'un autre âge et ses manières de rustaud. « Javernes a l'air d'un grand-père naïf et débonnaire, répétait l'Hurogmestre en riant. Il inspire à tous une telle confiance que ses ennemis lui tourneraient le dos sans se méfier et que les félons les plus soupçonneux comploteraient à sa table comme s'il était sourd. »

Au bout du compte, le vieux renard joue un peu le même jeu que moi.

Une heure s'est écoulée depuis la macabre découverte de Cascador et la pluie semble vouloir se calmer, sans pour autant cesser complètement de tomber. À défaut de site plus accueillant, nous dressons le camp à l'abri d'un gros bouquet d'arbres. Le feu démarre en fumant et en crachotant mais finit par prendre.

Oreg, qui était parti chasser, nous rapporte deux lapins. C'est à mon tour de préparer le repas. J'ai dépouillé, vidé et embroché mes lapins. Ils tournent doucement au-dessus des flammes quand Ciarra vient s'asseoir près de moi et me prend une broche des mains. À mon avis, c'est pour assurer une cuisson convenable à son dîner plus que pour me tenir compagnie.

— Alors ? dis-je au bout d'un moment. Tu ne me fais plus la tête ?

Elle sourit et me tapote la joue en remuant les sourcils dans une mimique éloquente.

— Moi ? Grognon ? dis-je. Tu as vu ce qui tombe ? Quand je pense que nous avons passé presque tout l'été à chevaucher sous cette pluie pour si peu de résultat…

Elle secoue la tête et pointe le doigt au ciel puis vers moi.

— Oui, il pleut tout le temps. Mais ce sera plus facile à supporter car je sais maintenant quelle voie nous devons suivre.

Et c'est la vérité. Kariarn possède un dragon et peut-être la plus grande somme de magie qui ait jamais été rassemblée entre les mains d'un même homme, et Hurog est perdu, mais je me sens mieux car je sais où je vais.

— Tu tournes ton lapin trop vite, dis-je à la P'tiote.

Elle se penche pour s'appuyer contre moi mais ne ralentit pas le mouvement de sa broche. C'est elle qui a raison. À l'heure du repas, son lapin est parfait alors que le mien est un peu trop rosé au milieu. Mais, affamés comme nous le sommes, nous ne nous arrêtons guère à ce détail.

Quand les ventres sont pleins, nous allons ramasser du bois tandis que Ciarra, armée d'une corne pour nous sonner en cas de besoin, reste garder les chevaux. D'ordinaire, nous nous dispersons mais, ce soir, je sens qu'Oreg a envie de me tenir compagnie. Il marche à mon côté, silencieux, mais à sa façon de trotter, je sens qu'il attend le bon moment pour parler.

— Alors, tu es toujours décidé à devenir un héros ?

Je n'arrive pas à savoir si sa question est sarcastique ou non.

— Oranston a besoin d'un héros, dis-je en écartant une pierre d'un coup de pied peut-être un peu plus violent que nécessaire.

— Tu vas libérer le dragon ?

— Oreg, par tous les dieux de la terre, que pouvons-nous faire ? Nous ne sommes que sept !

C'est bien là que le bât blesse. Comment mener à bien mon projet d'assistance aux paysans d'Oranston alors que nous sommes sept ? Je ne suis pas un guerrier de légende comme mon père, je ne suis pas Seleg et je n'ai pas d'armée. Comme dans la fable hurogienne, j'ai l'impression d'être la mouche qui déclare la guerre au cheval. À la fin de l'histoire, la mouche fait la guerre toute seule et le cheval ne s'en aperçoit même pas.

— On ne peut pas le laisser entre ses mains ! déclare Oreg en s'enfiévrant soudain. Il n'y avait pas de traces de flammes marquant la lutte du dragon. Ils ont dû l'envoûter.

Un sortilège ? J'ai peine à le croire. Il faut, à coup sûr, détenir une puissance magique phénoménale pour réussir à envoûter un dragon.

— Serais-tu capable de délivrer un dragon enchaîné par un tel sortilège ?

Son silence fait office de réponse.

— Quel est ton plan ? demande-t-il au bout d'un long moment.

— Direction Callis, pour commencer. De là-bas, j'envoie un message au roi, à mon oncle Barbarin, à Javernes pour les adjurer de se mobiliser contre Kariarn. En espérant qu'il est encore possible de faire quelque chose pour arrêter ce criminel.

— Ils vont essayer de le tuer, Stolon, dit Oreg d'une voix presque inaudible. Impossible de lui laisser le libre usage d'un dragon.

— Que peuvent-ils faire d'autre ? dis-je, sachant qu'il a raison.

Nous faisons encore quelques pas puis Oreg détourne le regard.

— Seleg n'a pas eu besoin d'une armée pour tuer un dragon.

Je m'arrête sur place.

— Pardon ?

— Si un Hurogmestre a tué un dragon, pourquoi pas toi ?

Je suis assommé. C'est tout juste si je perçois la raillerie dans le ton de sa voix. L'horreur me noue l'estomac.

— C'est Seleg qui a enchaîné le dragon ?

Seleg, mon héros ! Les passages marquants de son journal me reviennent en mémoire : *« Protège les plus faibles. En toute occasion, préfère agir avec bonté »*. Autant de préceptes que nul n'aurait osé défendre à l'époque de mon père, ne fût-ce que par peur des moqueries. Seleg, le modèle auquel j'ai toujours voulu ressembler. Mais il est impossible de contredire la vérité assenée par Oreg.

— Il l'a tué afin de gagner les pouvoirs indispensables pour repousser les envahisseurs venus de la mer. Il l'a tué par peur. Il avait peur de perdre Hurog.

La voix d'Oreg a une intonation bizarre. Mais, sur le moment, je suis trop abasourdi pour y prêter attention.

J'ai du mal à respirer. Si Seleg a tué le dragon, c'est lui aussi qui a martyrisé Oreg pour avoir osé protester. J'ai été témoin de ces sévices dans la grande salle du château d'Hurog. Je me sens trahi. Comment est-il possible de se sentir trahi par un homme mort depuis des siècles ?

— Oreg..., dis-je.

Mais je me tais en voyant ses yeux émettre une étrange clarté couleur de lavande. Malgré l'anneau que je porte au doigt, malgré mon gabarit très supérieur au sien, je recule devant ce regard.

— Est-ce que ça t'a rendu la vie plus facile d'avoir tué le dragon ? me murmure-t-il. Est-ce que tu l'entends hurler toutes les nuits comme moi ?

Les poils se dressent sur mes bras.

— Je n'ai jamais tué de dragon, Oreg.

Il rit comme le vent d'automne dans un champ de blé.

— Je te l'avais dit. Les enfants des enfants de tes enfants paieront pour ce que tu as fait !

Les crises d'Oreg ne sont pas des accès de folie. Ce sont des cauchemars d'homme de guerre, dit Stala, des visions de bataille. De brutales résurgences de batailles passées, si fortes qu'elles submergent le présent. Elles sont terrifiantes quand elles frappent un homme d'armes mais pires encore quand cet homme est un mage. Un mage possédant le pouvoir d'Oreg rend ces cauchemars réels au point de saigner.

— Oreg, ce n'était pas moi.

En une vie humaine, un soldat peut engranger une quantité incroyable de visions de monstruosités et d'ignominies. Combien a pu en accumuler un personnage qui a vécu autant qu'Oreg ? Un jour, il m'a avoué qu'il déployait de gros efforts pour précipiter ces horreurs dans les oubliettes de sa cervelle.

Il me dévisage en respirant bruyamment. Je comprends qu'il est en train de se battre contre les visions.

— C'est fini, Oreg, dis-je d'un ton apaisant. C'est fini. Il y a longtemps que le dragon est mort.

— Stolon ?

Je suis effaré par la terreur qui explose dans sa voix. De quoi a-t-il aussi peur ? De ses souvenirs ou de moi ? Je me détourne et me remets à marcher.

— Oui, dis-je. Allez, ramassons du bois pour le feu de ce soir.

J'ai parcouru quelques pas quand je l'entends repartir et allonger la jambe pour me rejoindre.

— Je… Je regrette, bredouille-t-il. C'est parce que tu lui ressembles. Il était grand et bien bâti comme toi. Et il recelait beaucoup de magie en lui, comme toi depuis ton passage à Mégone.

D'un petit haussement d'épaules, je lui réponds que je n'accorde pas grande importance à sa méprise.

Nous ramassons du bois pendant un moment. Pratiquement tout ce que nous trouvons est à demi pourri par l'humidité ambiante. Nous sommes encore trop près de Cascador et le bon bois a déjà été ramassé.

— Je me suis pris pour mon père après avoir tué ce garçon à la frontière d'Oranston, dis-je brusquement. Il excellait à tuer.

J'ai besoin de parler, de m'ouvrir à quelqu'un. Je préfère Sclavina pour ce type de confidence. Elle est plus attentive, mais c'est Oreg que j'ai sous la main. Et il a connu mon père.

— Tu n'es pas du tout comme ton père, déclare-t-il, comme s'il voulait s'en convaincre lui-même.

Je me rappelle l'aisance avec laquelle ma lame a traversé la gorge du gamin et mon incapacité à trouver des mots pour réconforter Tosten démoralisé, et je comprends pourquoi les paroles d'Oreg sonnent faux.

— Sais-tu pourquoi j'ai eu tant de mal à abandonner mon rôle de crétin après la mort de mon père ?

— Non.

Sa réponse a fusé trop facilement. Je remarque qu'il a pris ses distances, très discrètement. Sans doute est-ce en réaction à mon langage corporel. J'essaie de me montrer plus détendu.

— J'ai d'abord cru que c'était par honte de tout avouer. Mais il y avait autre chose. J'avais joué les benêts pendant si longtemps que je n'avais plus d'autre façon d'être possible. En quittant Hurog, j'ai essayé de me mettre dans la peau de ce mercenaire mais ça n'a pas marché. Alors, je me suis rabattu sur Seleg.

Il observe un long silence. Je continue à marcher, sans chercher à savoir s'il me suit. Nos pas nous ont conduits loin du camp, nous avons trop bavardé pour faire une bonne récolte de bois et le bruit nous a fait rater toute chance de dénicher du gibier. Pourvu que les autres aient été plus efficaces que nous.

— Tu incarnes très bien Seleg pour quelqu'un qui ne l'a pas connu, dit Oreg au bout d'un long moment de flottement. (Je sens à sa voix qu'il tâte le terrain.) Il n'était pas complètement mauvais au début. Il n'a viré malfaisant qu'en atteignant le grand âge et en cédant à la couardise. (L'écart qui s'était creusé entre nous est en train de se combler.) Il n'avait pas la finesse de ton entendement et n'était pas aussi bon que toi avec autrui. Reste toi-même, Stolon. C'est ce que tu as de mieux à faire.

Nous marchons maintenant côte à côte et nos pieds clapotent en cadence dans la fange.

Moi-même… Ça n'existe pas, Oreg. Le moi de Stolon d'Hurog est une vue de l'esprit. Je suis un salmigondis informe, une mosaïque disgracieuse qui essaie de composer avec les fragments d'un mercenaire stupide et beau parleur dont le charme séduit tout le monde sauf ma tante Stala et ceux d'un ancêtre qui a laissé à la postérité tellement de récits que je n'ai pas pu tous les lire.

Oreg me sourit tout à coup et le malaise se dissipe.

— Je te connais, Stolon. Tu parles avec lenteur et tu te bats avec âpreté. Tu as un esprit subtil, tu es bon avec les petits enfants, les esclaves et avec les chevaux maltraités. Tu es l'Hurogmestre. Je le sais et c'est davantage que beaucoup n'en savent sur eux-mêmes.

Je souris à mon tour. Je suis sûr que Seleg ne l'aurait pas fait. *Merci, Oreg.* L'idiot parlait lentement, mon père se battait brutalement, Seleg était un esprit fin, il était bon et je ne suis pas Hurogmestre. J'ai tant de dispositions pour la duplicité et le faux-semblant que j'ai réussi à mystifier Oreg. Il va falloir que je prenne garde à ne pas me mystifier moi-même.

J'avais prévu de prendre mon tour de garde en même temps qu'Oreg mais notre discussion dans les bois m'a poussé à changer d'avis. Je lui ai trop parlé et mon âme est à vif. Je l'affecte donc au premier quart avec Penrod et, de ce fait, je me retrouve en compagnie de Sclavina pour tenir le deuxième.

Une hauteur, non loin du campement, nous offre une vue dominante sur la route. Notre heure venue, Oreg et Penrod vont rejoindre Ciarra et Tosten, et nous prenons place sur le gros rocher qu'ils occupaient.

Sclavina s'installe sur la pierre dure et se trémousse inconfortablement.

— Tu me donnes l'impression d'avoir changé de point de vue depuis le passage à Cascador.

Je lui lance un regard légèrement ironique.

— Ma tante dit toujours que, pour gagner une guerre, il faut connaître son ennemi et comprendre ses alliés. Je ne veux pas dire par là que nous avons une chance de remporter la guerre contre Vorsag mais j'ai maintenant une assez bonne idée de l'objectif qu'ils poursuivent.

Sclavina laisse échapper un petit éclat de rire, tire un bout de pain et du fromage d'un sac qu'elle a apporté avec elle et me les tend.

— Tiens, mange donc. C'est Axiel qui m'a donné ça pour toi. Il dit que si ce n'est pas consommé cette nuit, personne ne pourra plus le manger. J'ai remarqué que tu te rationnais de plus en plus à mesure que nos provisions s'amenuisent. Tu as maigri.

Je remercie comme il se doit et grignote le pain rassis avec l'empressement qu'on imagine. Le fromage aussi est assez piquant. Il est sec et allie de façon très équilibrée le goût de rance à celui de moisi.

— Ainsi, reprend-elle, tu penses que les Vorsaguiens cherchent des artefacts ?

— Comment le sais-tu ?

Mon expression la fait rire.

— Tout à l'heure, tu as demandé si un mage pouvait extraire les pouvoirs d'un artefact.

Je pose le pain et le fromage sur le rocher, comme si je pensais à autre chose.

— C'est vrai. Espérons que les hommes de Javernes pourront m'éclairer là-dessus.

— Et ça ne serait pas plus mal de faire autre chose que de patauger dans cette gadoue, ajoute Sclavina. Je préfère me battre.

— Moi aussi, dis-je en riant doucement.

Ça, c'est mon côté Fenwig.

Elle pose alors un doigt au coin de ma bouche. Sans préambule. J'en suis suffoqué.

— Tu sais, murmure-t-elle, je m'attends toujours à ce que tu réagisses bêtement.

Du bout de l'ongle, elle trace doucement une ligne entre ma bouche et mon œil.

— Ce sont mes yeux, dis-je. Difficile d'avoir l'air malin quand on a un regard de vache.

La douce caresse de son doigt a un effet dévastateur. J'en ai le ventre noué. Ce n'est pas la première fois qu'elle m'invite ainsi au rapprochement des corps. C'est d'ailleurs pour ça que j'ai, chaque fois que possible, préféré prendre mon tour de garde avec Ciarra ou l'un des hommes. Penrod et Axiel peuvent avoir des relations intimes avec une femme sans se sentir engagés. J'en suis incapable.

— Je pensais que t'écouter parler pousserait mon impatience à un degré insupportable, soupire Sclavina. Eh bien, même pas. Ta voix est à la fois puissante et veloutée. Je me sens tellement rassurée auprès de toi…

Elle prend ma tête entre ses mains et s'agenouille pour m'embrasser.

C'est mon corps qu'elle désire. Il a toujours attiré les femmes, même quand elles me prenaient pour un idiot. Ou peut-être justement parce qu'elles me prenaient pour un idiot. Je crois quand même que Sclavina m'aime un peu. De la sorte un passage à l'acte ne serait pas une union purement charnelle mais, en quelque sorte, un service rendu entre amis.

Mais peut-être est-elle simplement attirée par l'homme qu'elle croit voir en moi : fort, compétent, respectable, habile.

Le souvenir de ma dernière conversation avec Oreg m'empêche de succomber à son charme. Tout en goûtant le suave parfum de sa bouche, je rassemble les forces nécessaires pour forcer de nouveau ma personnalité, le temps d'un tour de garde. Pour avoir si longtemps joué le jeu du simulacre avec mon père, j'en ai au moins appris que la moitié de la réussite réside dans le regard de l'autre. Fenwig me prenait tellement pour un idiot qu'il ne voyait rien de ce qui aurait pu aller à l'encontre de cette certitude. Sclavina, elle, me prend pour un héros. Le personnage aurait dû être facile à endosser. Il ne l'est pas. Je m'écarte d'elle à contrecœur.

— Stolon ?

Le souffle court, je repose mon front contre le sien. Je dois trouver une excuse qui ne la blesse pas. C'est quand même un peu plus facile en sachant que, pour elle, je suis une tocade et non une conquête sérieuse. Les Avinhelites ont des mœurs plus libres que nous, les Shavigans : ils s'engagent moins.

— Nous ne pouvons pas faire ça, Sclavina. Je te rappelle que nous sommes de garde. Si nous poussons ce jeu plus avant, cent cavaliers vorsaguiens pourront arriver sur nous sans que je m'en aperçoive.

Elle pousse un petit ricanement et me laisse casser l'ambiance.

— Cent cavaliers ? Ah oui ?

Je lui mordille encore un peu la nuque puis je m'écarte, à regret, me relève d'un bond et fais quelques pas.

— Mais oui. Pourquoi pas cent ? Je vais faire ma ronde. (Je pointe le doigt vers elle.) Toi, tu restes ici et tu ouvres l'œil.

Elle a toujours le sourire aux lèvres quand je tourne le dos mais je sais que j'ai un nouveau souci dans mon bagage et qu'un jour il faudra bien y faire face.

Callis et Hurog sont deux places fortes qui ne se ressemblent en rien. Hurog est carré, Callis circulaire. La citadelle est environ trois fois plus grande qu'Hurog mais les murailles sont moins élevées. Bâties en pierre orange du pays, elles ont une couleur boueuse due à la pluie incessante et aux lichens qui ont poussé dessus.

Les grilles sont fermées quand nous mettons pied à terre. Je crois que je vais avoir plus de mal à persuader le garde de nous laisser entrer que je n'en ai eu à trouver Callis.

Son maître est absent, dit-il. Je le vois.

Nous avons des allures de malandrins. Je le vois aussi. Pire, nous avons des allures de malandrins shavigans. Criant du haut du chemin de ronde, l'homme me fait savoir que nous avons le temps de vieillir, de mourir et de pourrir avant qu'il ne nous ouvre. Et il ajoute quelques épithètes savoureuses qui amusent beaucoup ses compagnons d'armes.

On va bien finir par le relever et je trouverai peut-être à cette occasion un moyen de me faire ouvrir.

Nous avons cueilli quelques pommes en chemin. Axiel m'en tend une et je croque dedans. Elle est verte, acide mais tout de même plus agréable et rafraîchissante qu'une tranche de pain rassis et un bout de fromage moisi.

— D'où vient cette pomme ? demande le garde d'un ton suspicieux.

— Je l'ai achetée à un marchand sur la route.

Je croque une nouvelle bouchée et la mastique en souriant.

— Aucun marchand oranstonien n'irait vendre nos bonnes pommes à un Nordiste.

Je contemple la pomme pendant un long moment.

— C'est sans doute ce qu'on trouve de meilleur à Oranston. Mais prétendre qu'elle est bonne est très exagéré.

La riposte cinglante se perd en partie à cause de la distance qui nous sépare mais je vois à son sourire qu'il est bien décidé à nous en faire baver. Notre petite troupe a compris qu'il s'agissait d'un jeu entre Oranstonien et Shavigan. Ni lui ni moi ne cherchons l'affrontement. Nous allons nous livrer à une joute verbale entre homme du Sud et homme du Nord jusqu'à ce que quelqu'un vienne rapporter les consignes des autorités, qui, je n'en doute pas un instant, ont été ou vont être averties de notre arrivée.

Il n'en va pas de même d'un jeune soudard qui apparaît, armé d'une arbalète. Celui-là n'a pas du tout l'air de comprendre qu'il s'agit d'un rituel burlesque. Il prend même l'affaire très au sérieux et lance sans un soupçon d'humour :

— Donner cette pomme à de la racaille de votre espèce, c'est donner de la confiture aux cochons !

Sur quoi, le belliqueux bande son arbalète.

Tante Stala a toujours dit qu'il fallait se méfier des jeunots. Ils sont souvent agressifs et ne comprennent pas ce qui se passe. Je ne voyais pas bien contre quoi elle voulait nous mettre en garde. Je le constate aujourd'hui.

Le garde avec lequel je rivalisais d'avanies l'aperçoit et change de tête mais il n'a pas le temps d'intervenir. La muraille a une hauteur d'environ vingt-cinq pieds et, par chance, je suis plus rapide à lancer ma pomme que l'autre à décocher son carreau.

Sans doute aurait-il encore besoin de leçons sur la tenue en main d'une arbalète car l'arme lui échappe quand ma pomme l'atteint de plein fouet. Elle dégringole dans un bruit de ferraille et achève sa course à quelques pieds de notre petit groupe.

Je n'entends pas ce que le garde crie à ce moment-là mais le jeunot baisse la tête et se tasse comme un sale gosse pris en faute. J'ai l'impression qu'une huile a été appelée pour mettre un peu d'ordre dans la confusion créée par notre présence à la porte de Callis.

Je récupère l'arbalète, la désarme et la relance dans la direction d'où elle est venue en espérant qu'elle va atterrir de l'autre côté. Le mieux serait qu'elle tombe aux pieds de l'arrivant. Embarras maximum pour eux : accès possible pour moi et les miens. En effet, j'ai empêché le jeune homme de commettre l'irréparable, sans blesser personne et en leur restituant leur arme par-dessus le marché.

Un court moment s'écoule et une nouvelle tête apparaît au sommet de la muraille. L'homme a une bande rasée des oreilles à la nuque, à l'ancienne mode d'Oranston, et porte de surcroît une grosse barbe grisonnante digne d'un vrai Shavigan.

Je reconnais instantanément cet amateur de mélange de styles. C'est le bras droit de Javernes. Je ne me rappelle pas son nom et je me demande même si je l'ai connu un jour. Ce dont je me souviens, en revanche, c'est que l'homme est un taciturne. Je l'ai rarement entendu prononcer plus de quatre mots à la suite. C'est lui qui représente Javernes à Callis. Depuis la rébellion, en effet, le seigneur du fief n'est autorisé à séjourner en son domaine que quinze jours au moment des semailles et quinze jours à la période des moissons.

L'homme me lance un regard sévère.

— Qui êtes-vous, jeune homme, et que voulez-vous ?

Je me sens honoré d'avoir droit à une aussi longue tirade. Il l'a prononcée en tallvenois. C'est donc dans cette langue que je lui réponds :

— Mon nom est Stolon d'Hurog. J'ai des informations concernant les Vorsaguiens.

— Veuillez attendre, aboie le suppléant de Javernes.

Je le vois donner des directives et les gardes filent tous regagner leurs postes. Puis il disparaît à son tour.

Oreg me tend une autre pomme.

— Alors ? On va nous ouvrir ?

Je croque dans le fruit à belles dents et avale ma bouchée avant de répondre :

— J'en ai bien l'impression.

Si l'ombre de Javernes était seul ici aux commandes, il est clair qu'il aurait autorité pour faire lever les grilles. Comme il est reparti, je conclus qu'il est allé en référer à un supérieur, lequel ne peut être que Javernes lui-même.

Javernes s'est toujours montré bienveillant envers moi. Le sera-t-il quand il découvrira que je ne suis pas aussi crétin qu'il le pensait ? C'est la grande question. L'autre question est : que fait-il ici ? Le roi Jakoven a-t-il enfin décidé que les pillards étaient un danger pour Oranston et autorisé les seigneurs du pays à regagner leurs fiefs ?

La herse grince et commence à se soulever.

— En selle ! dis-je en sautant sur Pompon pour montrer l'exemple.

Nous franchissons l'entrée, passons la courtine et débouchons dans la cour, qui est intégralement pavée, à cause de la pluie je suppose. À Hurog, au printemps, il y a un pied de boue dans la cour du château. Je suppose qu'ici c'est la même chose tout au long de l'année.

Des ballots de paille ont été empilés autour de la cour et des tentes sont dressées un peu partout. À vue d'œil, il y a là de quoi héberger deux cents hommes de plus que n'en compte normalement la garnison de Callis. Le Grand Roi aurait-il autorisé Javernes à recruter pour combattre les pillards ? C'est très vraisemblable. Je n'imagine pas le vieux renard reniant sa parole et revenant ici à l'insu de Jakoven. Je sens que je vais bientôt avoir des réponses à toutes ces questions car Javernes s'avance à notre rencontre, flanqué de quelques serviteurs et hommes d'armes.

— Eh bien, Stolon, que fais-tu ici, mon garçon ? lance le seigneur oranstonien.

Je m'apprête à lui servir mon regard le plus bovin mais je me ravise aussitôt. Ce serait une grosse erreur de laisser Javernes croire que je suis toujours ce benêt que je feignais d'être. Sa haine pour le mensonge est légendaire sur tout le territoire des Cinq Royaumes.

— La même chose que vous, j'imagine. Je viens guerroyer contre les Vorsaguiens.

Le sourire accueillant qu'il arborait s'efface à ces mots. Je descends de cheval, desserre la bride de Pompon et continue à parler pour lui donner le temps de la réflexion :

— À mon avis, les Vorsaguiens mènent des expéditions de pillage plutôt que de conquête territoriale. Kariarn a toujours eu un goût immodéré pour la magie. Nous arrivons de Cascador. Les pillards y étaient passés quelques heures avant nous. Ils n'ont laissé que des morts derrière eux. Par ailleurs, mes hommes m'ont dit que, lors de leur dernier séjour – il y a quinze ans –, le temple de Mérone possédait un grand dragon de pierre. Or ce dragon n'est plus là.

— Dis donc, observe Javernes, on dirait que l'air d'Oranston a eu un effet salutaire sur ton entendement.

Je souris.

— Exception faite de l'humidité, l'air est excellent et je le recommanderai à mes amis.

Je vois à son visage que je n'en ai pas dit assez.

— C'est très simple, Javernes. Mon père a assassiné son propre père pour prendre la place d'Hurogmestre. Ensuite, il m'a presque tué pour m'empêcher de lui succéder à Hurog. La stupidité est le seul subterfuge que j'ai trouvé pour l'empêcher d'aller au bout de son dessein.

Une expression sidérée se forme sur son visage puis il hoche lentement la tête. Javernes connaissait mon père.

— Question de survie, bien sûr… Veux-tu te charger des présentations, mon garçon ? Je vois en ta compagnie des visages hurogiens que j'ai du mal à remettre.

— Javernes, dis-je sans fioritures, sachant que les Oranstoniens, et le vieux renard en particulier, détestent l'étalage des titres, voici mes hommes, Axiel et Penrod, qui ont jadis combattu aux côtés de mon père. Ma sœur Ciarra. (Elle lui lance un sourire d'arsouille en réponse à sa courbette.) Dis donc, on fait la révérence, petite mal élevée !

Ciarra me décoche un regard meurtrier et s'incline brièvement à la manière des servantes, ce qui provoque un gloussement amusé de la part de Javernes.

— Mon frère Tosten.

Le visage de Javernes redevient sérieux et il examine mon frère d'un œil scrutateur.

— Je le croyais mort.

— Qui vous a raconté ça ? dis-je.

— Votre père, me semble-t-il.

— Heureux de vous rencontrer et de vous prouver que mon père avait tort, dit Tosten.

Je continue les présentations :

— Sclavina d'Avinhelle, mage et femme combattante.

Sclavina sourit de toutes ses dents et se courbe en une gracieuse révérence. Malgré ses vêtements souillés et son harnachement de cuir tout craquelé, elle arrive à avoir l'air d'une grande dame.

— Et notre second mage, Oreg, mon cousin. Enfin… mon parent. D'après Oreg, Kariarn veut s'approprier les pouvoirs des artefacts pour réaliser de la grande magie. Il pense aussi que les mages de Kariarn sont parvenus à faire revivre l'être qui se trouvait à l'intérieur du dragon de pierre. Oreg dit qu'il s'agit d'un dragon.

— Stolon !

La voix qui vient de s'exclamer m'est familière mais, dans ce contexte inhabituel, je ne l'identifie pas tout de suite. Je comprends mieux quand je vois un de mes cousins se précipiter vers moi. D'habitude, je les différencie facilement mais l'homme qui arrive ressemble aux deux jumeaux à la fois. Il est amaigri et il a le visage triste et fatigué de ceux qui ont connu un grand malheur. Il a l'air aussi surpris que moi.

— Sur ma vie, dit-il, c'est bien toi, Stolon ? Mais d'où viens-tu comme ça ?

Finalement, l'absence de foulards fixés à ses habits et son mode d'expression direct me donnent une piste pour le reconnaître.

— Beckram ! Que fais-tu ici ?

Il m'assène une grande claque sur l'épaule et oublie de répondre à ma question.

— Père sera content de savoir ça, je peux te le dire ! s'exclame-t-il. (Puis il ouvre une bouche ébahie.) *Tosten ?*

— Content de te voir, cousin Beckram, dit mon frère.

— Très bien, commente Javernes, je vous laisse à vos retrouvailles. Beckram, je te charge de faire installer nos hôtes comme il se doit.

11

STOLON

Le combat dans lequel je me suis engagé pour expulser les pillards d'Oranston a tout l'air de virer à la guerre contre le Grand Roi. Je suis partant pour l'un et l'autre.

Beckram nous guide vers le campement de la Garde Bleue, dressé le long d'un mur sur une large bande gazonnée, et je ne peux retenir un sifflement impressionné en dénombrant les tentes. Six hommes montent une faction décontractée autour du cantonnement. Connaissant Stala, je présume que le reste de la troupe est à l'exercice.

— Que fais-tu ici avec la moitié de la Garde Bleue ? demande Tosten à notre cousin. Le roi aurait-il enfin décrété l'état de guerre à Oranston ?

Étant donné les relations tendues que j'ai eues avec Beckram avant mon départ d'Hurog, j'ai trouvé plus judicieux de laisser à Tosten le soin de lui poser mes questions.

— Tu plaisantes ? ricane-t-il. Le roi a simplement oublié de tourner sept fois sa langue dans sa bouche avant de parler et il s'est fait piéger par son demi-frère.

Je me risque à apporter mon grain de sel à la conversation :

— Alizton ?

— Tout juste. Jakoven n'a pas d'autre demi-frère. Résultat, Javernes s'est vu autorisé à lever une troupe de cent hommes pour venir mettre de l'ordre dans son fief.

Beckram n'ayant pas de réaction hostile, je décide de reprendre le flambeau.

— Et il a choisi la Garde Bleue ? dis-je, incrédule.

Beckram fait une halte.

— Non. Ça, c'est une autre affaire, répond-il. Mais toi, Stolon ? Qu'est-ce qui t'est arrivé ?

Son intérêt me paraît sincère. Ma première réaction serait d'énumérer mes malheurs et mes bobos mais je me refrène à temps. Les vieilles habitudes ont la peau dure.

— Ce qui est arrivé, c'est que mon père est mort et que l'effet a été souverain sur mes manières autant que sur mon entendement.

Un sourire se dessine lentement sur ses lèvres. Rien à voir avec le sourire instantané et conquérant auquel Beckram m'a habitué. Pendant une minute, je me demande même si ce n'est pas Kromdick que j'ai en face de moi. Les jumeaux échangent parfois leurs rôles et ils se copient si bien l'un l'autre que, malgré leur différence de personnalité, il est diablement difficile de les distinguer.

— Kromdick avait raison, commente Beckram. Il me disait que tu n'étais pas aussi bête que tu en avais l'air.

— Assez bête, quand même, pour perdre Hurog.

Il hausse les épaules et se remet à marcher d'un pas alerte vers les tentes bleues.

— Avez-vous du matériel pour dresser votre camp ?

— Nous avons des toiles que nous tendons entre les arbres mais il n'y a pas de forêt ici.

Nous récupérons nos sacoches et, sur un geste de Beckram, deux hommes viennent prendre les chevaux en charge pour les conduire vers les écuries. Après de nécessaires opérations de tri, nous rangeons équipement et fournitures dans une grande tente libérée pour nous.

L'opération terminée, Axiel pose une main sur l'épaule de Penrod.

— Si vous permettez, nous irons à la recherche de Stala. Il faut lui annoncer que le seigneur Stolon est non seulement sain et sauf mais qu'il est ici, à la forteresse de Callis, avec ses gens.

— Allez-y, dis-je. Sclavina et Ciarra vont vous accompagner. Elles partageront la tente de Stala. Il faut la mettre au courant.

Ciarra hoche la tête avec enthousiasme et tapote son épée du plat de la main. Puis elle détale comme un lapin, laissant les trois autres en arrière.

Dès qu'ils sont à bonne distance, Beckram se tourne vers mon frère et le prend dans ses bras.

— Content de te retrouver, Tosten. J'ai vu que tu avais toujours cette harpe que je t'ai donnée.

Beckram, qui serait capable de faire chanter les oiseaux, parvient à arracher un sourire à Tosten. Je ne savais pas que sa harpe était un cadeau de notre cousin.

— Elle lui a permis de gagner sa vie dans une taverne de Tyrfannig, dis-je.

— À Tyrfannig ? fait Beckram en levant un sourcil étonné. Tu n'avais pas trouvé mieux ?

Tosten se tourne vers moi avec son grand sourire sur les lèvres.

— C'est lui qui m'y a conduit la première fois.

— Dans une taverne à matelots ? demande Beckram en me regardant. Finalement, je crois qu'il reste du travail à faire avant que tu aies complètement recouvré la raison.

Je secoue la tête mais, sans me laisser le temps d'en placer une, Tosten bondit pour prendre ma défense :

— Pas du tout. Il m'avait d'abord placé chez un fabricant de barriques.

— Ben voyons, fait Beckram en riant. Et il pensait que tu allais y rester ?

— Ce tonnelier était un très brave homme, riposte mon frère avec flamme. J'aurais pu vivre heureux auprès de lui si je n'avais pas trouvé d'autre refuge.

Ça par exemple, Tosten prend ma défense ! Je me demande si je rêve. À moins qu'il ne soit en train de défendre le tonnelier.

D'un geste du menton, Beckram désigne Oreg qui fait des pieds et des mains pour se faire remarquer et prendre part à la conversation.

— Encore un Hurog, dis-je. Beckram, je te présente notre cousin Oreg. Oreg, voici Beckram.

— Tu n'as pas expliqué à Stolon ce que la Garde Bleue fait ici, observe Oreg, coupant court aux formalités.

Bien sûr, il connaît déjà Beckram et n'a pas oublié ses agissements avec Ciarra. Beckram, de son côté, détaille Oreg de la tête aux pieds puis se tourne vers moi avec une expression qui hésite entre le sourire contrit et la grimace.

— Toi au moins, tu as su protéger ton frère. Si je pouvais en dire autant…

— Comment ça ?

— Kromdick est mort.

J'en reste sans voix.

— J'ai séduit la reine Tehedra, enchaîne Beckram sans me laisser le temps de reprendre mes esprits, et j'ai dû gaffer à un moment ou à un autre car le roi a tué Kromdick en croyant que c'était moi. Voilà pourquoi je suis ici. Pour moi le choix était clair. C'était soit rallier la troupe de Javernes, soit rester à Estian et tuer de mes mains ce scélérat de Jakoven.

Kromdick est mort. Je n'arrive pas à le croire. Beckram fait de gros efforts pour parler d'un ton neutre mais je vois la rage meurtrière qui flambe dans son regard. Je tends la main pour lui toucher l'épaule. Il m'évite. Sa blessure est encore trop vive pour laisser une place à la sympathie d'autrui.

— J'ai emporté la dépouille de mon frère pour l'inhumer en terre d'Hurog. C'est mon père qui m'a dit de revenir ici avec les Gardes Bleus.

Beckram n'a visiblement pas envie de s'appesantir sur la mort de son jumeau. Pour changer de sujet, je rebondis sur la Garde Bleue :

— Javernes a fait une bonne opération en recevant Stala et sa troupe. Plus besoin de recruter.

— Pas du tout. Il avait déjà rassemblé la quasi-totalité de ses effectifs. Les Gardes Bleus sont en sus.

— Jakoven a commis une grossière erreur, lance alors une voix qui ne m'est pas totalement étrangère.

Je me tourne et j'ai un peu de mal à reconnaître l'homme qui vient d'apparaître au détour d'une tente. Je n'avais jamais vu Alizton en habit de chasse. Bardé de cuir, le demi-frère de Jakoven est beaucoup plus impressionnant que dans ses costumes de cour bariolés. Il dégage quelque chose de féroce. Cela dit, ce sont de drôles de manières que de faire irruption ainsi dans notre conversation. Passait-il par hasard ou était-il en train de nous espionner ? J'ai ma petite idée sur la question.

— Il a décidé de tuer Beckram parce qu'à ses yeux Hurog est un petit fief insignifiant et misérable qui occupe un obscur territoire peuplé de barbares nordiques, enchaîne Alizton. Il a cru que la puissance d'Hurog était morte en même temps que la glorieuse fripouille qui le gouvernait depuis des années.

(J'aime son analyse. Cette pertinence révèle chez Alizton une finesse d'esprit que la vie de cour n'avait jamais mise en valeur.) Barbarin lui a montré que le nom d'Hurog était bien vivant. Il a amené la moitié de la noblesse de Shavig à la cour avec Beckram, et ils lui ont mis la Garde Bleue sous le nez avec sa devise : « Au combat, nous ne formons qu'un. » (Alizton glousse et une expression de gamin fripon illumine son visage, formant un contraste étonnant avec la ruse cynique qui pétille au fond de ses yeux.) Les Shavigans ont bonne mémoire. Voici des siècles que le trône est vacant mais ils n'ont rien oublié : ils savent qui devrait être leur roi. Par ailleurs il était clair que Barbarin était prêt à lancer une rébellion sur-le-champ, en plein palais d'Estian. Il aurait été capable de dépecer le Grand Roi et de clouer sa dépouille au mur avec quatre dagues. Il ne s'est contrôlé que par crainte pour la vie de son autre fils.

— Le roi peut s'estimer heureux que mon père ne soit plus de ce monde, dis-je. Fenwig, lui, l'aurait tué sans l'ombre d'une hésitation.

— L'Hurogmestre n'avait pas que des défauts, admet Oreg.

— Mais que faites-vous en ces murs, messire Stolon ? demande soudain Alizton. Et, si je puis me permettre, comme vous avez changé !

— Il paraît que c'est l'air d'Oranston, répond Tosten en regardant l'herbe à ses pieds. À moins que ce ne soient les pommes du pays.

— La mort de mon père y est pour beaucoup, dis-je. De son vivant, il n'était pas prudent pour moi de me montrer trop malin. Quant à ce que je fais ici, eh bien, j'ai eu vent des troubles qui agitaient ce pays et je me suis dit qu'il fallait un Shavigan pour apprendre aux Oranstoniens à se battre. Me voici donc, avec plus de volontaires qu'il ne m'en faut car, c'est bien connu, deux Shavigans valent plusieurs centaines de Vorsaguiens. Pas vrai, Tosten ?

Le regard d'Alizton pivote vers mon frère.

— Là, Stolon insinue très subtilement qu'il avait pensé laisser certains d'entre nous – ou plutôt certaines – dans un endroit tranquille, dit Tosten. Mais la réalité lui a donné tort. Aujourd'hui, les femmes se battent comme de vrais soudards. Nous avions envisagé de conquérir Oranston puis Vorsag et de les conserver comme fiefs sous notre domination mais Stolon dit que ce ne serait pas convenable de conquérir un pays deux fois en un siècle.

— Même si vous plaisantez, ne dites jamais ça devant des Oranstoniens, lui conseille Alizton.

— En effet. Personne n'aime entendre la vérité, lance la voix de ma tante Stala.

J'avais bien vu des silhouettes approcher mais, comme elles portaient les couleurs de la Garde Bleue, je n'y avais pas prêté attention.

— Stala !

Je l'attrape par la taille, je la soulève avec son armure et tout le barda, et je la secoue comme un prunier.

— Ça suffit ! Repose-moi, espèce de malappris ! proteste ma tante, bien que je la sente émue et même ravie de mon espièglerie. J'aurais pensé que le vieil Axiel avait plus de jugeote et qu'il t'aurait dissuadé de venir jouer les bravaches à Callis.

— Il n'a pas eu voix au chapitre, dis-je en la reposant sur ses pieds.

— Dis donc, toi, tu as maigri.

Je hausse les épaules.

— Les paysans d'Oranston n'aiment pas approvisionner les soldats de Shavig, explique Tosten. Il faut dire que, pendant la dernière campagne, les Nordistes ont agi de manière à se mettre les gens d'ici à dos pour longtemps.

Stala n'avait pas dû remarquer sa présence car elle reste bouche bée.

— Tosten…, lâche-t-elle d'une petite voix qui ne lui ressemble guère.

Il la prend dans ses bras, l'air un peu gêné, et se raidit maladroitement quand elle le serre contre elle avec une force de titan. Au bout d'un temps infini, elle se décide tout de même à le relâcher et recule d'un pas pour le détailler de la tête aux pieds.

— Oui, tante Stala, je suis entier, avec tous mes abattis, grommelle-t-il sourdement.

— Il fallait qu'il aille se cacher en lieu sûr, dis-je.

Pour rien au monde je ne trahirais le secret de Tosten, bien que le souvenir de la flaque de sang qui coulait entre lui et moi soit aussi vif que si sa tentative de suicide datait d'hier.

— J'ai faim, déclare Oreg. Croyez-vous que nous allons enfin trouver quelque chose de convenable à nous mettre sous la dent ?

Pour le souper, on me place à la table d'honneur avec Javernes, Alizton et Beckram. Sa fille Tisala dîne aussi avec nous, tandis que Stala et mon petit groupe se restaurent en compagnie de la Garde Bleue. Javernes a bien fait les choses et le menu mérite le détour. Je trouve que sa fille le mérite également. Oh, la gent féminine est avantageusement représentée, surtout par des filles ou épouses de nobles oranstoniens envoyées à Callis pour leur sécurité. Une beauté à la chevelure flamboyante ne cesse de me jeter des œillades. Je lui réponds d'un petit sourire et elle rougit comme une écrevisse. Mais c'est la fille de Javernes qui a droit à toute mon attention.

Sans avoir la rudesse martiale de Stala, Tisala est une jeune femme robuste, naturelle et sans fard. On la remarque vite car elle tranche sur le groupe de donzelles maniérées et richement habillées qui prennent leur repas dans la grande salle du château. Cheveux bruns bouclés et coupés court, Tisala n'est pas une beauté. Elle a hérité de son père un nez mince et un peu trop long, ainsi qu'une carrure large et une haute stature. Ses mains, couvertes de cicatrices, sont aussi abîmées que celles d'un homme de guerre. Mais, malgré tout, elle porte sa robe moulante avec une grâce indiscutable.

Je savais par ouï-dire que Javernes lui déléguait l'administration de ses terres quand il était à la cour. Je pensais que sa tâche se limitait à régir le domaine. Mais il est peu probable qu'elle ait récolté ces cicatrices en effectuant des travaux d'écriture.

Tandis qu'un domestique la sert, elle me passe en revue puis demande :

— Que vient faire un idiot au milieu d'une guerre ?

Elle me plaît tout de suite.

— Ne faut-il pas être idiot, justement, pour se lancer dans une guerre ? dis-je avec un sourire narquois. D'autant plus quand il s'agit de défendre une terre qui n'est pas la vôtre.

Jetant un coup d'œil circulaire, je remarque que Sclavina m'observe avec un air bizarre. Quand je lui adresse un signe de tête discret, elle replonge le nez dans son assiette. Encore plus bizarre.

— Écoutez-la, soupire Javernes. Vous comprenez pourquoi je ne l'emmène jamais à la cour.

— Vous savez, mon père ne m'y a jamais emmené que par obligation, dis-je. Dès qu'il avait le choix, il me laissait à Hurog. Mais, pour revenir à notre guerre, avez-vous eu le temps d'examiner le cas des villages que les Vorsaguiens ont attaqués ?

Javernes hoche sobrement la tête.

— Les villages dévastés hébergeaient bien un temple de Mérone. Jusque-là, rien de très exceptionnel car beaucoup de localités d'Oranston possèdent un temple. Seulement (il pointe son couteau dans ma direction), tous ceux qui ont été pillés détenaient un objet doté de pouvoirs. Je me suis entretenu avec mon mage et mon prêtre. Ils sont en train de dresser une liste des autres villages répondant aux caractéristiques que tu as mentionnées.

Nous mangeons un moment en silence. Un vrai repas, chaud, bien cuisiné, un régal. Après l'entrée, tandis qu'on nous sert la suite, Javernes profite de la coupure pour exposer ses plans :

— Je vais envoyer des troupes vers chaque village inscrit sur la liste. Mais le gros des forces restera à Callis jusqu'au moment où nous aurons pu localiser ces pendards. Ils ont forcément un camp de base à Oranston, sinon ils n'auraient pas pu mener toutes ces expéditions à l'intérieur du pays.

J'abandonne provisoirement ma succulente aiguillette de canard pour proposer :

— Donnez-nous un village à protéger. Je suis arrivé jusqu'ici avec ma troupe, autant que ça serve à quelque chose.

— Je n'en attendais pas moins de toi. Je n'ai pas pléthore de combattants aguerris et je n'ai qu'un seul mage à ma disposition. La plupart des hommes que j'ai ramenés d'Estian préparent leurs propres fiefs pour faire face à une attaque de Vorsag.

— Logique, dis-je en piquant une bouchée de canard. Mais… pardonnez ma question, n'est-il pas illégal de lever des troupes à une aussi grande échelle ?

Mon hôte s'empourpre et explose :

— Maudit soit Jakoven, avec ses lois taillées sur mesure pour ses petits intérêts !

Je n'ai pas besoin d'un dessin. Il a dû avoir du mal, mais il a abjuré son allégeance à Jakoven. Javernes parjure, on aura tout vu. Mais il est vrai que le premier à parjurer a été le roi.

— Nous aurons libéré Oranston de ses ennemis avant que Jakoven n'ait le temps d'intervenir, assure Alizton. Que pourra-t-il faire alors, sinon féliciter les valeureux hommes qui auront sauvé son trône ? S'il engage des poursuites, sous quelque forme que ce soit, il aura contre lui toute la noblesse du pays. Ça, mon frère est suffisamment malin pour le savoir.

— Surtout si c'est vous qui le lui dites.

— Exactement, acquiesce Alizton d'une voix douce.

— Quel spectacle ! s'exclame une voix de femme rocailleuse. Ma parole, vous avez fait la bombe toute la nuit !

J'ouvre un œil et je vois un grand nez pointé vers moi. Puis le nez s'écarte de mon visage et je reconnais la fille de Javernes. Elle examine la tente vide avec une mimique réprobatrice tandis que j'essaie de rassembler mes idées et de me rappeler avec qui j'ai fait la bombe cette nuit.

— Vos gens sont levés et déjà à l'exercice. Le petit homme qui semble commander en votre absence m'a dit que je pouvais vous trouver ici. Sachez que mon père nous a assigné un village.

La mémoire me revient tout doucement. En fait de bringue, j'ai parlé une bonne partie de la nuit avec Stala, de la situation en général, de la mort de Kromdick, des pillages à Oranston, des luttes de pouvoir, etc. Si j'écoute mon corps, il me dit que j'ai encore besoin de quelques minutes pour faire complètement le point mais, à l'évidence, Tisala ne l'entend pas de cette oreille.

— Debout ! Regardez-moi cette feignasse !

Je me résigne donc à obtempérer, pour ma sécurité. Je me lève, m'étire et effectue quelques mouvements d'assouplissement pour achever de me mettre sur pied tout en essayant de détendre l'atmosphère :

— C'est une habitude chez vous d'entrer ainsi sans avertir dans la tente des jeunes gens ?

— Messire Hurog, sachez, premièrement, que nous avons fait battre tambour ce matin pour appeler nos troupes au rassemblement. Je ne vois pas ce que j'aurais pu trouver de plus tonitruant pour vous avertir de mon arrivée. Sachez, deuxièmement, que si vous vous risquez à me faire une nouvelle réflexion de cet ordre et sur un ton aussi discourtois, je vous coupe la langue et la jette en pâture à mes chiens.

Elle doit plaisanter car je remarque une fossette sur sa joue mais, vu son expression glaciale, je me demande si c'est du lard ou du cochon et je juge plus prudent de me tenir à carreau.

— Mais c'est vrai que vous avez l'air idiot ! s'exclame tout à coup Tisala tandis que nous chevauchons côte à côte à la tête de notre petite troupe.

J'ai découvert que la notion de « petite troupe » n'était pas la même pour Javernes et pour moi. En complément de mon groupe de sept, il m'a donc adjoint sa fille et les cinquante hommes de son unité personnelle.

— *Vraiment* idiot, insiste-t-elle en secouant la tête d'un air apitoyé.

Je me demande si je ne vais pas me mettre à loucher en lui faisant un pied de nez. Mais je renonce tant il est clair qu'elle n'a pas besoin de ça pour continuer à s'amuser.

— Je crois que ça tient aux yeux. On ne peut pas concevoir qu'il y ait le plus petit fragment d'intelligence dans le crâne d'un homme qui a des cils comme les vôtres.

Elle n'a pas l'air de plaisanter. Quant à moi, je me demande bien ce que je devrais faire de mes cils pour échapper à ses sarcasmes.

— Merci de m'éclairer, dis-je. Je suis votre obligé. Vraiment. Grâce à vous, je découvre enfin que j'ai l'air d'un crétin à cause de mes cils. Je croyais que ça venait de la couleur de mes yeux, figurez-vous.

Elle a les yeux marron, elle aussi. A-t-elle saisi la pique ?

— Ou bien… finalement non. C'est peut-être votre corpulence, suppute ma délicieuse compagne en cessant de s'intéresser à mon visage pour scruter la forêt que nous traversons.

Cette fois, je suis sûr qu'elle a caché un sourire et je me détends. Elle me titille, c'est certain. Et, honnêtement, j'aime autant mobiliser mes facultés à me demander ce qu'elle cherche plutôt que de visualiser dans ma tête de noires images de mon cousin mort ou de penser à mes yeux qui me piquent à cause du manque de sommeil.

— Ah oui ? Être grand et costaud est un signe de stupidité pour vous ?

— On s'attend toujours à ce que les gens immenses soient un peu lents et balourds, non ?

Compte tenu des événements qui secouent son pays, je trouve la demoiselle très décontractée. Ça ne semble pas être le cas de son cheval, un étalon tout en finesse avec des hanches étroites. La pauvre bête est cambrée et marche en crabe. À vue de nez, l'animal ne fait pas la moitié du poids de Pompon. Sur son dos, la silhouette de Tisala a quelque chose de disproportionné. J'avais déjà remarqué qu'elle était grande mais, tout à l'heure, avant de partir, j'ai pris sa vraie mesure. Elle est gigantesque, aussi grande que son père qui dépasse en taille tous les hommes de notre troupe, sauf moi bien sûr. Pour une femme, cela ne doit pas être facile à assumer.

— Lents, oui, évidemment… Et balourds aussi, bien sûr.

Je la vois hocher discrètement la tête. Elle a compris que j'avais compris. En fait, nous avons le même problème. Ça crée des complicités.

— Vous seriez plus à l'aise si vous aviez un vrai cheval au lieu de cette espèce de poney efflanqué et rachitique, dis-je en riant.

Son cheval n'est pas rachitique, il a juste les jambes en dedans. J'essaie simplement de relancer le badinage sur un terrain moins douloureux pour elle.

— J'aime mieux monter un poney rachitique qu'un gros canasson de labour avachi.

Un cheval de labour ? Tout bien réfléchi, elle n'a peut-être pas complètement tort si l'on s'en tient au physique de Pompon. Évidemment, elle n'a aucune idée du chemin parcouru par l'étalon. Je baisse un instant les yeux. Comme pour lui donner raison, deux longs fils d'herbe baveuse et à demi mastiquée pendent de chaque côté de sa bouche. Il a dû glaner ça en douce à un moment où je ne faisais pas attention. Il n'a plus grand-chose en commun avec l'animal enragé qui faisait peur à mes écuyers d'écurie.

— Il s'appelle Pompon, dis-je sur le ton de la dignité froissée. Si vous voulez en faire votre souffre-douleur, sachez au moins son nom.

Ciarra chevauche de l'autre côté. Je l'entends glousser.

— Votre frère est du genre taquin, lui dit Tisala.

Ciarra lève les sourcils.

— Pas du tout, proteste Tisala. Je suis juste un peu brusque et mal embouchée. Demandez-le à n'importe qui.

Ciarra lui répond d'un large sourire en agitant son menton vers moi.

— C'est sûrement vrai, Ciarra. Une femme qui traite mon pauvre Pompon de cheval de labour avachi est forcément mal embouchée.

— Espèce de faux-jeton ! lâche Tisala. Je ne sais pas comment vous avez fait pour donner le change et vous faire passer pour un crétin pendant tant d'années.

Ciarra dresse sept doigts.

— Pendant sept ans ? fait Tisala en secouant une tête incrédule. Sept ans à simuler et à tenir votre langue ! J'en serais morte.

— Je le crois volontiers.

Elle rit.

— Il est toujours aussi méchant ?

Ciarra secoue énergiquement la tête puis lève les yeux vers le ciel.

— Pas possible ? commente Tisala. Il ne peut pas avoir été pire.

Peu nombreux sont ceux qui arrivent à converser ainsi avec Ciarra. Habitué au mutisme de ses bêtes, Penrod y parvient presque aussi bien que moi. Tosten un peu moins. Les femmes en général ont plus de mal. Sclavina, par exemple, évite ma sœur comme si cette incapacité à parler la mettait mal à l'aise. Mais Tisala est l'exception qui confirme la règle. Elle communique avec Ciarra sans avoir eu aucune initiation et avec un naturel confondant.

Le fait d'évoquer Sclavina me rappelle son existence. Je l'avais évacuée de mes pensées.

Quand j'avais quinze ans, l'amour de ma vie était la fille d'un écuyer de Penrod. Elle avait vingt ans, elle était douce et pleine d'attention. Elle m'a brisé le cœur en épousant un marchand de Tyrfannig quand j'avais seize ans.

Je comprenais ses raisons et je savais qu'elles étaient bonnes. Cela m'a pris du temps mais j'ai même fini par éprouver de la sympathie pour son mari. Après elle, j'ai papillonné et j'ai découvert que faire l'amour sans amour était une bien triste expérience.

Quand je pense à Sclavina, je ne ressens pas plus d'émotion que quand je pense, par exemple, à Axiel. Voilà pourquoi j'aurais dû la repousser franchement, sans lui laisser le moindre espoir pour plus tard. Nous n'avons pas reparlé en tête à tête depuis cette fameuse soirée et je me dis que la chevauchée est l'occasion de combler cette lacune.

— Excusez-moi, mesdemoiselles, dis-je. Je vais déserter le champ de bataille car aucun homme ne sort vainqueur d'un combat contre une langue féminine.

Ciarra me tire sa langue féminine.

Sclavina se trouve en queue mais le chemin que nous avons emprunté pour traverser la forêt est assez large pour un chariot, ce qui me permet de faire faire demi-tour à Pompon et de remonter la colonne pour aller la rejoindre.

Je la trouve en compagnie d'Oreg. Un nouveau demi-tour m'amène à leur niveau.

— Oreg, s'il te plaît, va donc tenir compagnie à Ciarra et Tisala. Tu me diras si l'héritière de Javernes se montre plus souriante avec toi qu'avec moi.

— Elle te trouve imbuvable ? demande Sclavina, amusée.

— Elle en veut à mes cils, tu te rends compte ?

Oreg me regarde en papillotant des paupières.

— Les miens sont plus beaux que les tiens, Stolon. Je vais avoir du succès, dit-il en piquant doucement sa monture.

Je le laisse s'éloigner et je ralentis le pas jusqu'à ce que nous fermions la marche à bonne distance de ceux qui nous précèdent. Pour plus de prudence, j'attaque en avinhelite.

Je le parle avec un fort accent mais couramment, et c'est ce qui compte pour se faire comprendre.

— Je crois que je te dois une explication, Sclavina.

Elle sourit et ses superbes yeux flamboient dans les taches de lumière qui tombent des ramures.

— Une explication ? À quel sujet ?

— Pour mon refus de l'autre soir.

Son sourire s'efface aussitôt.

— Je t'écoute.

— Eh bien, voilà… Je suis sûr que, si nous n'avions pas été de garde, j'aurais répondu à tes avances. Et ça n'aurait pas été bien.

— Pas bien ? répète Sclavina en tirant involontairement sur ses rênes, ce qui provoque un brutal mouvement de tête de son cheval. On ne fait pas l'amour avec une vieille comme moi, c'est ça ? Oui, bien sûr, je comprends, maintenant que tu as rencontré Tisala…

— Mais non. Ça n'a rien à voir avec l'âge et encore moins avec Tisala. Pour toi, le sexe est un jeu. Et tu y es, je pense, excellente. Moi, je ne peux pas le voir comme ça.

— Tu parles comme une vierge effarouchée.

La voix de Sclavina est cassante. Elle cherche à me faire mal parce que je l'ai moi-même blessée. Je secoue la tête.

— Ma première bien-aimée m'a fait comprendre que l'amour ne pouvait se concevoir que dans le partage égalitaire. Elle avait raison. (Elle menait notre jeune couple et je suivais le mouvement, incapable de sortir de ce rôle stupide que je jouais, même dans nos relations intimes.) Toi et moi ne sommes pas sur un pied d'égalité à cet égard. Tu peux avoir une relation avec Axiel, une autre avec Penrod, sans qu'ils s'écharpent, sans même qu'ils aient des mots. Tu es beaucoup plus douée que moi pour y arriver. Avec ma partenaire suivante, j'ai découvert que l'acte de chair sans amour manquait totalement d'intérêt, tout au moins pour moi.

— Et tu ne m'aimes pas, bien sûr.

— Et toi ? M'aimes-tu ?

Je n'aurais jamais posé la question si je ne connaissais pas la réponse.

Réponse qui ne vient pas. Elle pince la bouche et garde le silence.

— J'aurais dû te le dire dès cette fameuse nuit, Sclavina. Il n'y a pas d'amour entre nous. Du respect sans aucun doute, de l'attirance aussi, au moins de ma part. Mais pas d'amour.

— Ça, tu le regretteras, promet-elle avec un sourire forcé qui ne parvient pas à effacer la meurtrissure dans son regard.

La riposte indélicate fuse sans que je puisse la retenir :

— Je regrette déjà l'occasion ratée, tu sais. Mais il faut s'en tenir là. Je ne peux pas faire semblant.

Elle ne répond pas. Au bout d'un long silence, je décide qu'il faut peut-être la laisser méditer là-dessus en paix et je pique Pompon pour aller rejoindre le groupe d'avant-garde. En dépassant Penrod et Axiel, je leur adresse un signe de tête pour leur indiquer d'aller rejoindre Sclavina.

— Nous sommes ici pour protéger ces objets. Ils sont dédiés à Mérone et ils doivent rester à l'intérieur de son temple, dit le prêtre en nous regardant avec mansuétude.

Le temple en question est un tout petit sanctuaire. Il est moitié moins grand qu'une masure paysanne moyenne. Nous sommes cinq dedans, Sclavina, Oreg, Axiel, le prêtre, moi, et le local est plein. Tisala a essayé de parlementer avec le prêtre mais elle a vite mis fin à la conversation en levant les bras au ciel et elle est partie au village pour inviter la population à faire ses ballots et à évacuer les habitations. J'espère qu'elle y parviendra mieux que moi.

— Il n'y a pas grand-chose à part le brassard, dit Oreg, qui est en train de faire l'inventaire avec Sclavina. Le reste a peut-être eu des pouvoirs magiques autrefois mais ils se sont affaiblis avec le temps. Le brassard lui-même n'irradie plus beaucoup.

Visiblement, le prêtre n'est pas satisfait de ce constat.

— Tout ça ne mérite pas que vous risquiez votre vie, déclare Axiel. Même la déesse vous dirait de partir.

Après la démission de Tisala, c'est à lui que j'ai confié les pourparlers. Non seulement il parle oranstonien mais c'est lui qui, dans notre groupe, ressemble le moins à un homme du Nord.

Le prêtre escamote son irritation et sourit avec douceur au fils du roi des nains.

— Je sais tout cela, mon enfant. Mais j'ai prononcé mes vœux sur ma vie. Si je meurs en servant Mérone, je serai auprès d'elle pour l'éternité.

La réplique d'Oreg ébahit tout le monde :

— Vous faites le jeu de l'ennemi. Ces objets n'ont pratiquement pas de pouvoirs mais, si les Vorsaguiens en accumulent une quantité suffisante et s'ils possèdent le savoir-faire indispensable, ils peuvent les utiliser à des fins destructrices susceptibles d'aboutir à la disparition de la déesse et même à celle de sa mémoire. Si vous les mettez à l'abri dans une place forte, ils continueront à servir Mérone la Guérisseuse.

Mais le prêtre sait que, s'il quitte le village, il perd toute autorité.

— Vous prétendez que Mérone n'est pas capable de défendre son sanctuaire ? demande-t-il, indigné.

Oreg s'approche de moi et me glisse à l'oreille :

— Les dieux doivent respecter un certain nombre de règles, faute de quoi ils s'exposent à la destruction, eux-mêmes ainsi que leurs lieux de culte. Si Mérone intervient ici pour protéger son temple, les dieux de Vorsag pourront se liguer contre elle.

— Les Vorsaguiens peuvent aussi bien se mettre au service de Mérone, dit le prêtre, tout content d'avoir trouvé cet argument. Qui sait si elle n'a pas décrété elle-même qu'ils avaient le droit de s'approprier les objets sacrés ?

Pour convaincre une personne, il faut savoir qui elle est et à quoi elle aspire, dit Stala. Qu'est-ce qui fait un prêtre de Mérone ? Ces hommes ne sont ni plus ni moins que des paysans un peu dégrossis. Je regarde Oreg qui s'échine à négocier avec ce personnage et je me demande comment il nous voit. Des Shavigans ou, au moins, des étrangers à Oranston. Encore que… Il n'était pas plus disposé à écouter Tisala.

Les adorateurs de Mérone sont des gens de la terre, des laboureurs, des pâtres. Des paysans. Si un paysan avait parlé à un seigneur comme le fait cet homme en ce moment, mon père l'aurait fait fouetter jusqu'au sang. Mais celui-ci est un prêtre.

Je regarde ses mains. Elles sont couvertes de cals. Cet homme travaille aux champs. Peut-être même a-t-il sa basse-cour et son cochon.

Je coupe Oreg avec grossièreté :

— Hé là ! Qu'est-ce qu'ils connaissent de la Guérisseuse, tous ces mages ? Ils ne savent rien et ne disent que des âneries. (J'ai suffisamment étudié le parler des paysans d'Oranston pour savoir que ça sonne juste.) Regardez-moi ces aristocrates qui passent la moitié de leur vie dans des châteaux dallés de marbre. Moi, je sais de quoi je parle.

Moi, j'ai creusé le sillon. Moi, j'ai transpiré en enfonçant le soc en terre et j'ai senti la main de Mérone guider ma charrue. Écoutez-moi, moi, et pas cet individu. Enfin… Il ne sait pas d'où il tire ce qu'il raconte mais ce n'est pas complètement faux quand même. Vous devez embarquer tout ce matériel et le mettre en sécurité. (Je fais un geste en direction du brassard magique qui trône sur le petit autel.) Y a pas à tortiller, on peut pas supporter de voir ça au bras de païens qui ont brûlé Cascador et volé le dragon de pierre.

Pour la première fois, le prêtre semble ébranlé dans ses convictions.

— Filez à Callis avec ces objets, dis-je. Vous pourrez les ramener ici dès que Kariarn aura le dos tourné.

Le prêtre prend une profonde inspiration.

— Je… Je me demande si… Je crois que… Si c'est provisoire, bien sûr…

Il est encore en train de bafouiller lorsque j'entends un bruit étrange à l'extérieur. Je pousse le prêtre, encore hésitant, dans les bras d'Oreg et je tends l'oreille. Un claquement de métal sur du métal. Je regarde dehors. Il me faut moins d'une seconde pour comprendre et je hurle :

— Aux armes ! Les pillards !

Il était temps.

Je suis probablement le dernier de la troupe à les avoir vus. Ils sont arrivés subrepticement mais ils ont dû tomber sur les hommes que Tisala a postés autour du village. Mon cri résonne encore que je suis déjà hors du temple et sur le dos de Pompon.

La bataille fait déjà rage. Pompon pousse un hennissement rageur et fonce dans la mêlée. À partir de maintenant le temps s'écoule au ralenti. Chaque fibre de mon être est tendue sur chaque action, chaque parade, chaque coup porté, chaque vie détruite. Petit à petit, je prends conscience de la présence de Tosten à ma gauche et de Penrod à ma droite. Mais ça n'a qu'une importance relative. Tout ce qui compte, c'est la seconde présente.

J'aime la bataille. J'aime le choc des lames, la violence de l'ennemi, le calme soudain et bref quand ma lame a pénétré dans sa chair. Pompon m'avertit de ses mouvements par le changement d'orientation de ses oreilles. Je le conduis en balançant le poids de mon corps d'un côté puis de l'autre. Nous progressons, implacables, distribuant la mort à nos ennemis. Inutile de le nier, j'aime cette sensation de puissance. C'est un trait de ma personnalité que je tiens de mon père et ça me fait peur, plus qu'aucune bataille ne pourra jamais me faire peur.

Axiel a raison : la vraie guerre, c'est autre chose que l'exercice. Savoir que j'ai en face de moi des hommes, mes semblables, formés et entraînés pour la guerre ajoute l'exaltation au plaisir de se mesurer à l'autre. Ça ne fait aucun doute, ces hommes sont de vrais soldats, ils ont des chances de me tuer alors que les bandits en haillons que nous avons liquidés ces derniers temps n'en avaient aucune.

Nos forces semblent s'équilibrer et je pense à Stala. Elle me conseillerait de faire volte-face. Il n'y aura pas de victoire si nous persévérons. Il n'y aura que des morts jonchant la campagne. Mais il n'est pas question de battre en retraite car il y a derrière nous des villageois, hommes, femmes, enfants, à protéger.

Une longue bataille a la particularité de se découper naturellement en assauts féroces et en temps d'accalmie. Quand j'ai décimé tous ceux qui se trouvaient sur mon chemin et qu'il ne reste personne en face, je retiens Pompon pour lui donner le temps de souffler. Je vois que je ne suis pas le seul à le faire.

C'est à l'occasion d'une de ces pauses que Tisala vient me rejoindre. Elle aime ça, elle aussi, je le vois au grand sourire avec lequel elle m'aborde.

— Personne n'a la supériorité, dit-elle.

J'acquiesce d'un hochement de tête tout en faisant des moulinets pour ramener les sensations dans mon bras.

— Espérons que le chef des Vorsaguiens va s'en rendre compte rapidement. Nous ne pouvons pas les laisser piller le village mais, s'ils continuent à résister, il ne restera plus grand monde, d'un côté comme de l'autre, à la fin de la bataille.

Tisala fait un tour d'horizon, repère un groupe d'hommes encerclés par des Vorsaguiens et, d'un commun accord, nous fonçons sus à l'ennemi.

Au combat, son étalon est aussi violent que Pompon, aussi bien entraîné mais un peu moins robuste. Quand nous entrons en collision avec un destrier vorsaguien, la bête tombe avec son cavalier, ce qui fait de mon cheval une véritable arme de choc. Le style de Tisala est différent du mien, également. Elle use abondamment de grands gestes et de fioritures qui visent essentiellement à effrayer l'adversaire mais elle tue aussi nettement et aussi vite que moi.

À l'occasion d'une nouvelle pause dans le combat, je remarque que le soleil est bas, presque sur l'horizon ; pourtant j'aurais juré que l'après-midi venait tout juste de débuter. Pompon halète et je suis secoué au rythme de sa respiration saccadée.

Penrod approche. Ses dents blanches étincellent dans son visage couvert de sang et de cruor.

— Leur chef se sauve, lance-t-il. Ils ne s'attendaient pas à tomber sur une troupe comme la nôtre. En fait, ils sont plus nombreux que nous mais nous sommes plus aguerris et mieux armés. Nos forces s'équilibrent et ils ont compris que cela ne pouvait finir que dans un bain de sang.

— « Un bon général ne s'engage jamais dans un combat rapproché. Évitez l'affrontement quand le rapport de forces est défavorable. Il faut attaquer l'ennemi sur son point faible. » Je ne fais que citer ma tante Stala, dis-je. Ils se replient avant d'avoir subi trop de pertes et vont revenir à la charge pour nous attaquer de flanc.

— Votre tante n'a jamais filé en laissant ses troupes derrière elle, observe Penrod en tendant l'index vers le sud.

Je me tourne, cherchant ce qu'il indique. Effectivement, l'homme qui était à la tête des agresseurs vorsaguiens s'échappe dans la forêt alors que ses subordonnés organisent une retraite moins rapide et dans une autre direction.

J'éperonne Pompon pour le faire sauter par-dessus une masse informe de cadavres en charpie et je le lance au galop sur les traces du fuyard.

Je constate bientôt que la forêt n'est qu'un petit bouquet d'arbres qui s'arrête à proximité d'une falaise calcaire. Le Vorsaguien a sauté de sa monture et déguerpit à pied. À mon tour je mets pied à terre et j'entends, dans mon dos, Penrod qui fait de même.

— Il est passé par là, non ? dis-je en pointant une anfractuosité rocheuse.

Pas de réponse.

C'est alors que j'encaisse un mauvais coup au bras. Je pivote sur place et je me trouve nez à nez avec Penrod. Il a une expression hallucinée sur le visage et tient une dague à la main. Une dague rougie par mon sang. Tosten est derrière lui et retire l'épée qu'il lui a plongée dans le corps.

— Penrod !

Je ne peux pas le croire. La scène me paraît irréelle.

— Il a essayé de te tuer, dit Tosten. Je vous suivais, et… je l'ai vu lever sa dague pour te frapper dans le dos.

Il a l'air aussi choqué que moi.

— Merci, Tosten.

Je m'approche de Penrod qui est tombé à la renverse dans une flaque de sang. Je m'agenouille près de lui. Il me sourit faiblement :

— Tant mieux… Je… Je n'ai pas pu retenir mon bras…

Un spasme le secoue et il meurt. La mort est horrible, répugnante. Celle de Penrod comme celle de tout homme. Les larmes me montent aux yeux.

Tosten se baisse et nettoie son épée sur la chemise de l'homme qu'il vient de tuer.

— Je l'ai frappé sans même me rendre compte que c'était Penrod.

Le mareschal était un pilier de son enfance, comme de la mienne, et voici ce qu'il en reste.

Je lève les yeux vers Tosten.

— Il est mort en combattant les pillards vorsaguiens.

— C'est évident, dit mon frère sans avoir besoin d'autre explication.

Je ferme les yeux de mon chef d'écurie. Son nom ne doit pas être entaché par un soupçon de félonie.

— Mais pourquoi Penrod a-t-il voulu te tuer ? demande Tosten qui semble reprendre ses esprits.

Je ne sais pas. Je réponds d'une mimique désarmée. Malgré la douleur de mon bras, preuve matérielle du geste de Penrod, je n'arrive pas à croire qu'il ait pu faire ça.

— Certains mages arrivent à imposer leur volonté aux gens pendant un temps limité et à leur faire accomplir des gestes qu'ils ne feraient jamais de leur propre chef.

C'est la voix de Sclavina. Elle approche. Ses vêtements de cuir, souillés de sang, montrent qu'elle s'est battue avec vaillance.

— Mais pour y parvenir, le mage doit se trouver très près de ceux qu'il dirige, ajoute-t-elle.

Sa voix a une sonorité étrange, comme une suite de fausses notes. Autre constatation étonnante : elle a été l'amante de Penrod mais elle ne semble pas plus émue par sa dépouille que le chasseur devant le cerf qu'il vient d'abattre.

Elle se penche pour examiner le cadavre et se relève en prenant appui sur mon épaule. Je sens alors une prodigieuse décharge d'énergie passer d'elle à moi, un voile noir tombe devant mes yeux et je sombre dans l'inconscience.

12

Callis : Beckram

Les chefs de guerre ont l'habitude de perdre des hommes sur le champ de bataille mais, en général, on retrouve les cadavres.

La seule activité susceptible de soutenir un peu le moral de Beckram était l'exercice quotidien sous la férule de Stala. Dans ces moments-là, il pouvait consacrer toute son attention au combat. La concentration, la dépense physique effaçaient pour un temps la douleur atroce et le sentiment de culpabilité, ne laissant que le trou vide et froid à la place naguère occupée par son jumeau. Stala le prenait en charge personnellement et ne le laissait plus combattre les autres.

Ce jour-là, Beckram était particulièrement inattentif, comme absent à lui-même et au monde extérieur. Elle le frappa du plat de sa lame pour l'obliger à surveiller sa garde.

— Alors, mon garçon ! s'écria-t-elle. Fais ça en pleine bataille et tu nous reviendras avec un bras en moins.

Piqué au vif, il riposta en portant à une vitesse phénoménale un enchaînement de coups, de taille puis d'estoc, qui obligèrent Stala à se taire quelques instants pour se concentrer sur ses esquives et ses parades. C'est seulement lorsqu'elle l'eut désarmé qu'il s'en rendit compte : il n'avait respecté aucune règle et si un seul de ses coups avait porté, il l'aurait tuée. C'était pour éviter un accident qu'elle se le réservait à l'entraînement.

Ayant pris conscience de son comportement, il cessa de bouger, n'esquissa même pas le geste de ramasser son épée. Il resta planté là, face à elle, pendant un temps infini, oscillant légèrement, concentré sur un seul objectif : ne pas tomber.

— Pardon, finit-il par dire.

— On remet ça, dit Stala.

Beckram ramassa lentement son épée et se mit en garde. Il remarqua qu'elle ne montrait aucun signe d'essoufflement.

— Mon petit Beckram, il n'est pas question pour moi d'aller annoncer à ton père qu'il a perdu son second fils, déclara Stala d'un ton sévère mais où il nota quand même de la compréhension. Ça va peut-être te coûter quelques plaies et bosses mais c'est toi qui l'auras voulu.

Dès qu'elle l'eut libéré, il se traîna jusqu'à sa tente et s'effondra sur sa paillasse. Parfois, quand il était dans cet état, il ne rêvait même pas et, si personne ne venait le déranger, il pouvait dormir une heure ou plus. Cette fois, lorsque ses yeux se fermèrent, ce n'est pas le sommeil qui l'emporta mais son cousin Stolon qui vint le visiter en pensée.

Tout compte fait, cette soudaine guérison de Stolon ne le rendait pas plus plaisant. De grand crétin, il était devenu sans transition grand manipulateur. Ces réflexions qu'il lançait incidemment en public et qui mettaient Beckram si mal à l'aise étaient toutes intentionnelles. Il n'était pas le seul à en souffrir.

Mais, honnêtement, il y avait aussi de bons côtés chez le cousin d'Hurog. Un grand sourire s'épanouit sur son visage quand il se rappela la tête de la veuve de messire Ibrim après qu'elle eut commis l'erreur fatale de faire publiquement des avances à Stolon, alors âgé de treize ans. Le cousin avait déjà un gabarit de colosse et elle l'avait pris pour un adulte. Beckram s'était beaucoup amusé de sa déconvenue : ça vengeait Kromdick que la veuve avait abondamment humilié la veille devant sa bande de commères sous le prétexte que ce « petit goret sale et malingre » s'était présenté à table avec une tache sur le devant de sa chemise. Kromdick en avait pleuré pendant la moitié de la nuit.

Le sourire de Beckram s'effaça quand il se rappela que Stolon avait aussi assisté à la scène. Avait-il pris la défense de son cousin ? Beckram ne se souvenait plus. Par contre, il se remémorait très bien sa tête à l'annonce de la mort de Kromdick. D'abord bouleversé, même atterré, Stolon n'avait pu dissimuler la rage froide que la nouvelle avait fait naître en lui. Il faisait peur quand il était comme ça, et ses yeux ne ressemblaient plus du tout à ceux d'une vache.

Au fond, si Beckram avait fait la connaissance de Stolon récemment, sans tout ce passif qui altérait leurs relations, il l'aurait certainement apprécié. La veille, au souper, il avait fait hurler de rire toute la tablée en racontant comment il s'était sauvé d'Hurog. Même Alizton n'avait pu garder son sérieux. Allongé sur sa couche, dans le clair-obscur, Beckram se dit que Stolon avait du talent car cette fuite n'avait guère dû ressembler à une partie de plaisir. Il suffisait pour s'en convaincre de se rappeler leur arrivée, crottés, en haillons, accablés de fatigue et de faim.

Quelqu'un l'appela du dehors :

— Beckram !

— Kirkovenal ! Entre donc !

Kirkovenal, le fils cadet de la Terreur, était l'un des rares vrais amis de Beckram. Il était le bienvenu dans des circonstances où tout autre que lui se serait fait envoyer sur les roses.

Beckram se redressa et s'assit sur sa paillasse tandis que son ami entrait et refermait le panneau de tissu derrière lui. Il avait dernièrement fait raser ses cheveux roux à la mode d'Oranston et une bande de peau blanche lui entourait la tête au-dessus des oreilles.

— Il paraît que ton cousin est ici, lança-t-il en guise d'entrée en matière.

Beckram s'assit en tailleur et fit signe à Kirkovenal de s'installer près de lui.

— Exact.

— Qu'est-ce qu'il fricote avec Sclavina ? Cette fille fait partie du clan Ciernack.

Beckram claqua les doigts.

— Bien sûr ! Je savais que je l'avais vue quelque part. C'est chez Ciernack. Sclavina, dis-tu ? J'avais oublié son nom. Ou peut-être ne l'ai-je jamais connu.

— Ce n'est pas ce que je te demande. Que fait-elle dans la suite de Stolon ?

— Que t'arrive-t-il ? demanda Beckram, perturbé par la nervosité de son ami. Elle fait partie des motifs qui ont fait perdre Hurog à Stolon. L'esclave s'était réfugiée chez lui et il a refusé de la livrer à Gandelon et Landislas.

— Cette esclave, c'était Sclavina ?

Kirkovenal était stupéfait, comme si cette réalité dépassait son entendement.

— Oui, elle-même. Quelque chose qui cloche ?

L'Oranstonien se frotta les yeux et les joues.

— As-tu déjà fait attention à ce qui se passe à la taverne de Ciernack ? As-tu, par exemple, noté le nombre de clients oranstoniens qui la fréquentent ?

Beckram secoua la tête.

— Non. Mais… maintenant que tu m'y fais penser…

— Moi non plus, je n'y avais pas fait attention, avoua Kirkovenal. C'est grâce à Gandelon que je m'en suis aperçu, il y a à peu près deux ans. Un jour il m'a pris entre quat'z'yeux et m'a dit que, si j'avais envie de me saouler, je pouvais le faire et me rendre utile par la même occasion en espionnant, mine de rien, les conversations. Je l'ai fait et c'est lui qui a rassemblé les pièces de la mosaïque et qui a mis au jour le jeu de Ciernack.

— Ciernack est du côté d'Oranston ?

— Pas du tout, répondit Kirkovenal en baissant le ton. Il roule pour Vorsag.

— Sans blague ? s'écria Beckram en secouant la tête pour voir si cela l'aidait à faire le lien entre Vorsag et une bande de nobliaux oranstoniens désœuvrés.

— Sais-tu qui les Oranstoniens haïssent encore plus que les Vorsaguiens ? poursuivit Kirkovenal.

— Les Tallvenois, répondit instantanément Beckram. Siphern nous protège ! Tu es en train de me dire que des *Oranstoniens* se sont rangés du côté de *Vorsag* ?

Kirkovenal eut un mouvement de tête négatif.

— Pas de façon directe, comme tu dois le penser. Rappelle-toi les clients qu'on rencontre chez Ciernack. La plupart sont, comme moi, des orphelins de la Rébellion. Ils n'ont aucun pouvoir, même sur leurs fiefs. Ils n'ont pas les moyens matériels d'aider Vorsag. Mais certains ne rechignent pas à jouer les agents de renseignement.

— Et Sclavina ? Que vient-elle faire dans tout ça ?

Kirkovenal eut une moue nauséeuse qui étonna son ami.

— C'est en travaillant pour Gandelon que j'ai remarqué des tas de choses édifiantes dans l'entourage de Ciernack. Sclavina possède des pouvoirs magiques.

— C'est aussi ce que dit Stolon, confirma Beckram.

— Et tu ne t'es jamais demandé comment un mage, homme ou femme, pouvait être réduit en esclavage ? Moi, si. Et j'ai remarqué, entre autres, que jamais Ciernack ne lui donnait d'ordre, que jamais, non plus, il ne se risquait à la contrarier.

— Admettons, dit Beckram. Moi, je n'ai pas remarqué grand-chose en ce qui concerne cette femme, pour la bonne raison que je ne l'ai pas beaucoup observée. Si tu le dis, je veux bien reconnaître que c'est une esclave d'un genre particulier, mais je ne comprends pas pourquoi ça te tracasse à ce point de savoir qu'elle est avec mon cousin Stolon.

— Tu l'apprécies, ce cousin ?

Beckram laissa échapper un unique et bref éclat de rire.

— C'est drôle, j'étais en train de me le demander quand tu es arrivé. C'est une vieille histoire, une histoire compliquée, mais finalement je crois bien que la réponse est oui.

— Tu te souviens de Paulon ?

— Ce type qui s'est fait tuer l'an dernier à Morneville ? Si je m'en souviens ? Bien sûr.

— Il était venu me voir chez moi, à peu près un mois avant de se faire trucider. Il était plein comme une barrique et il n'était pas encore midi. Je lui ai fait prendre un bain puis je l'ai mis dans un lit mais, avant de sombrer, il m'a raconté que Sclavina l'avait violé et torturé. Il tenait une de ces cuites : je ne l'ai pas cru. Une femme qui viole un homme ? Tu vois le tableau ?

Beckram était tellement familier de la culpabilité qu'il la détectait à vingt pas chez autrui et Kirkovenal transpirait la culpabilité en racontant cela.

— Tu crois qu'il a été éliminé parce qu'il t'avait raconté ce viol et ces tortures infligées par Sclavina ?

Kirkovenal eut un petit sourire crispé, proche de la grimace, et souffla nerveusement.

— Ça se pourrait bien. En tout cas, quelqu'un est allé dire à Sclavina qu'il m'avait parlé. Je ne sais pas qui. Peut-être Paulon lui-même. Quand je suis allé chez Ciernack, la fois suivante…

Comme mû par un ressort, le jeune Oranstonien se leva soudain. Les poings serrés, il se mit à faire les cent pas dans la tente.

— Je n'en ai jamais parlé à personne. Et je ne sais pas si… Je t'ai déjà raconté le service que m'a rendu ton cousin ?

Beckram répondit que non.

— Un jour, à Morneville, je suis tombé sur une bande de coupe-jarrets qui en voulaient à ma bourse. J'allais dégainer quand l'un d'eux m'a frappé par-derrière. Je tombe à genoux, sévèrement sonné. Quand je rouvre les yeux, les bandits étaient étalés sur le pavé, transformés en bouts de viande. Je vois ton cousin. Il approche, me tapote la tête et me demande si je suis mort.

Kirkovenal se tourna, dos à Beckram, et enchaîna :

— Je suis retourné chez Ciernack peu après la mort de Paulon. Je ne croyais toujours pas à cette histoire de viol, donc je ne me méfiais pas. Et d'un coup… Je… Elle…

Il tira sur sa chemise pour la soulever.

— Par tous les dieux ! s'exclama Beckram.

Malgré le mauvais éclairage, il était impossible de ne pas voir les horribles cicatrices qui s'entrecroisaient sur le dos de Kirkovenal.

Il remit sa chemise en place.

— C'est la trace la plus visible de ce qu'elle m'a fait subir mais il y a eu pire. J'ai cru que j'étais un homme mort.

— En effet, dit Beckram. Pourquoi ne t'a-t-elle pas tué ?

— Deux jours… Elle m'a tourmenté et humilié pendant deux jours ! Je m'en suis tiré en jouant les imbéciles. J'ai réussi à la convaincre que Paulon ne m'avait rien dit et j'ai fait semblant d'aimer ça. J'étais ivre et j'ai fait comme si j'étais persuadé de l'avoir payée pour me torturer et m'abaisser. Il y a des types qui font ça. Comme si c'était mon genre… Je l'ai fait jurer de n'en parler à personne pour que, surtout, mon frère n'en sache rien car il m'aurait écorché vif en apprenant que je m'adonnais à de telles pratiques. Apparemment, elle a marché puisque je suis ici pour te le raconter.

Il se retourna, face à son ami.

— Je n'ai pas bu une goutte de vin depuis.

Beckram se leva.

— Merci, Kirkovenal. Il faut avertir Stolon. Sais-tu qui pourrait me dire où le trouver ? Il est parti ce matin. Mais je ne sais pas où. Et Sclavina faisait partie du groupe qui l'accompagnait.

— Je vais trouver, assura Kirkovenal avec un hochement de tête. Ensuite je viendrai te chercher pour qu'on y aille ensemble.

Tout en se pommadant le bras, Tisala écoutait son enseigne lui lire la liste des morts et des blessés. Tisala connaissait chaque homme de sa troupe, son nom, ses goûts et ses couleurs préférées. Chaque tué était un deuil personnel pour elle. Sur cinquante soldats, quatorze avaient trouvé la mort. Douze avaient reçu des blessures graves et le reste avait eu son content de balafres, estafilades, contusions et lésions variées.

— Prenez une équipe et allez ramasser du bois pour dresser le bûcher, ordonna-t-elle. Je monterai la garde moi-même.

Mieux valait rester vigilants pour le cas où les Vorsaguiens reviendraient en catimini. Elle venait de désigner dix autres hommes pour assurer la faction aux différents points sensibles quand le prêtre arriva en gémissant.

— Il faut une escorte pour emmener les artefacts de la déesse à Callis.

— Nous ferons la route tous ensemble pour porter la bonne nouvelle à mon père, dit Tisala. Les villageois et vous-même êtes les bienvenus au château. Nous levons le camp demain matin.

— Il n'y a pas assez de bêtes au village pour…, commença le prêtre.

Tisala le coupa sèchement :

— Nous donnerons des montures à qui nous pourrons. Les autres iront à pied, voilà tout. Dites-leur de prendre un bagage léger.

Il avait l'air déçu.

— Vous préférez laisser la moitié du village ici ? demanda Tisala d'un ton exaspéré avant de tourner les talons.

Elle allait vers le bûcher pour en évaluer l'avancement et n'était pas arrivée à mi-chemin quand le petit mage brun qui accompagnait Stolon d'Hurog l'attrapa par la manche.

— Avez-vous vu mon maître ? demanda-t-il avec inquiétude. Le cheval de Penrod est revenu seul, je ne le retrouve pas, pas plus que Stolon.

C'était déconcertant, en effet. Parfois, les morts disparaissaient, comme avalés par le champ de bataille. Mais cela ne se produisait que sur les grands champs de bataille. Celui-ci était plutôt réduit.

— Juste avant la retraite, j'ai vu Stolon poursuivre des fuyards dans le bois et je crois que plusieurs des vôtres le suivaient.

— Quel bois ?

Tisala regarda ses traits tirés et décida qu'elle devait laisser ses occupations en plan pour l'aider.

—Allons chercher mon cheval. Je vais vous y emmener.

Un homme gisait dans le sous-bois, tué d'un coup d'épée dans le dos. Quand il le vit, Oreg tomba pratiquement de sa monture.

—Penrod…

Laissant le mage près du cadavre, Tisala sortit du bosquet. La grosse bête qui servait de destrier à Stolon était restée là pendant un moment. Impossible de s'y méprendre. Les traces de sabots ne pouvaient appartenir qu'à cet animal. Le secteur avait été abondamment piétiné mais, avec la pluie, les hautes herbes et la boue, il n'était pas possible de différencier les traces.

—Les chevaux sont partis par là, dit-elle en retournant vers le mage.

Il s'était relevé et s'avançait vers elle, mais il lui fallut une fraction de seconde pour réaliser qu'il titubait. Elle se précipita et l'attrapa sous l'aisselle pour l'empêcher de tomber.

—Vous êtes blessé ?

Il poussa un cri perçant et devint un poids mort.

Les buissons s'agitèrent à sa droite. Tisala laissa choir Oreg et tira son épée, mais ce n'était que le nommé Axiel, un autre mage de la suite de Stolon. Elle se rappelait son nom parce que Javernes lui avait dit qu'il appartenait au peuple nain. Or le peuple nain faisait affaire avec Callis et il était bon de connaître les noms de ses représentants.

Axiel jeta un bref coup d'œil au corps de Penrod puis s'agenouilla près d'Oreg, qui gémissait de plus en plus faiblement.

—Oreg… *Oreg?*

—Ça lui arrive souvent ? demanda Tisala.

— Pas que je sache, dit Axiel. Je ne l'ai jamais vu faire ça. (Il prit le visage d'Oreg entre ses mains.) Que s'est-il passé, Oreg ? Comment Penrod est-il mort ?

Le petit mage tressauta, se recroquevilla en position fœtale, son gémissement déclina et cessa.

— Il est parti. Il est parti. C'est ma faute.

— Qui ?

— Stolon, je crois, dit Tisala. Nous le cherchions quand nous avons trouvé Penrod. Son étalon est passé ici, ainsi que plusieurs autres chevaux. Je ne peux pas en dire beaucoup plus.

Sans un mot, Axiel examina le sol un peu partout, comme elle l'avait fait quelques instants plus tôt.

— S'il avait un peu moins plu ces derniers mois, on y verrait plus clair, dit-il en revenant vers Tisala. Un groupe a conduit trois chevaux dans cette direction et en a libéré un, celui de Penrod en toute logique. Les trois chevaux sont de grosses bêtes, donc ils doivent faire partie de notre troupe plutôt que de la vôtre. Oreg est ici. Penrod est mort. Ciarra aide les chirurgiens à s'occuper des blessés. Restent Stolon, Tosten et Sclavina.

— Ils seraient partis ensemble ?

— Comment savoir ? fit Axiel avec un haussement d'épaules. Leurs chevaux sont partis, en tout cas. Ça c'est sûr. Peut-être se sont-ils lancés à la poursuite de celui qui a tué Penrod.

— Et ils rentreront quand ils en auront terminé.

Axiel poussa une sorte de grognement comme seuls les hommes savent en pousser et Tisala décida de le prendre pour une réponse affirmative.

— Très bien, dit-elle. Dans ce cas, embarquons Oreg. Nous l'allongerons avec nos blessés et nos malades. J'enverrai des gens récupérer Penrod.

Elle avait vu suffisamment d'hommes après des engagements sanglants pour savoir que la fièvre de la bataille et les contrecoups avaient parfois d'étranges conséquences chez les soudards les plus aguerris. Oreg avait cessé de gémir ; c'était déjà ça. S'il ne se mettait pas à sangloter à son réveil, ce ne serait pas pire que certains soldats qu'elle connaissait.

— Je reviendrai chercher Penrod moi-même, dit Axiel. Nous avons été camarades pendant trop longtemps pour que je laisse d'autres mains l'emporter vers son dernier séjour.

Il souleva Oreg sans difficulté apparente et pourtant Tisala aurait parié qu'il ne pesait pas une once de plus. Elle maintint le hongre d'Oreg tandis qu'Axiel se démenait pour installer le mage sur le dos de l'imposante monture. Cette fois, elle s'abstint de toute remarque sur la taille des chevaux nordiques. Il y avait ceux avec qui on pouvait plaisanter et ceux avec qui on ne pouvait pas. Il y avait aussi les circonstances dans lesquelles on pouvait se le permettre ou non. Malgré la réputation que lui faisait son père, Tisala sentait ces choses. Et même plus, elle prenait à cœur de ne pas froisser les gens.

— Je vais trouver Ciarra pour lui raconter ce qui se passe, dit-elle en remontant en selle.

Oreg grelottait maintenant. Axiel l'enveloppa dans deux couvertures mais rien n'y fit.

— Je dois aller chercher le corps de Penrod.

Oreg ne semblait pas l'entendre. Axiel finit par se décider et sauta en selle. Son cheval laissa échapper un soupir presque humain mais ne formula pas d'autre protestation.

— C'est comme ça, Polisson, lui dit-il. Je ne sais pas pourquoi l'après-bataille est souvent plus difficile que la bataille elle-même mais, je te le répète, c'est comme ça.

Axiel était fatigué, lui aussi. Dans la société des humains, les nains étaient réputés pour leur résistance légendaire. Bien sûr, mais Axiel était à moitié humain et ses bras douloureux lui rappelaient qu'ils avaient tué beaucoup de monde. Une douleur sourde, à hauteur des côtes, lui disait qu'il avait reçu un mauvais coup. Il verrait ça plus tard. Penrod d'abord.

Comment croire qu'avec son expérience Penrod ait pu se faire surprendre par-derrière ? Il fallait bien le croire. Il était plus facile d'accepter la mort que de se révolter contre elle.

Le corps du mareschal était là où il l'avait laissé. Aucun pillard, aucun animal ne s'y était attaqué. Derrière la falaise, l'ombre colonisait la vallée, répandant une atmosphère ajoutant au malaise qui planait. Ou bien c'était peut-être parce qu'il était seul, sous ces arbres, avec le cadavre. Axiel le prit dans ses bras.

— Dors, mon vieil ami. Dors bien.

Il le chargea sur son cheval avec autant de délicatesse que s'il n'avait été que blessé et qu'il voulait éviter de lui faire mal.

Ciarra regardait les flammes manger la dépouille de Penrod et pleurait en silence. Axiel se tenait derrière elle, les mains posées sur ses épaules. Lui avait les yeux secs. Penrod n'était pas le premier compagnon qu'il livrait au bûcher, et sans doute pas le dernier. Il observait les corps qui noircissaient dans le feu et ses yeux de nain voyaient ce que les flammes cachaient au regard des humains. Ciarra se retourna et se blottit contre lui. Ce n'était qu'une enfant. Il la serra dans ses bras.

— Venez, dit-il au bout d'un long moment. Il faut aller se laver et dresser la tente. Si nous traînons trop, nous devrons le faire dans le noir. Vos frères vont bientôt rentrer et je suis prêt à parier qu'ils tomberont de sommeil.

Il faisait presque nuit quand Beckram et Kirkovenal atteignirent le campement. Les braises mourantes du bûcher funéraire leur firent comprendre qu'une bataille avait eu lieu un bon moment avant leur arrivée et Beckram eut soin de s'annoncer clairement avant de pousser plus avant. Puis il avança, questionnant tous ceux qu'il croisait sur son chemin. Personne ne savait où était Stolon. Il était en conversation avec un Oranstonien quand une petite main lui saisit la manche.

— Ciarra. Que se passe-t-il ? Où est Stolon ? Il lui est arrivé quelque chose ?

Elle se mit à secouer la tête puis elle haussa les épaules. Accentuant la pression de sa main sur le bras de son cousin, elle l'entraîna vers le centre du camp, où Axiel était de popote.

— Que faites-vous ici, messire Beckram ? demanda le fils du roi des nains.

— Je cherche mon cousin. Savez-vous où il se trouve ?

— Quelqu'un peut-il touiller à ma place ? Sinon, ça va accrocher dans le fond.

Axiel confia sa louche à Ciarra et se tourna vers Beckram.

— Nous ne savons pas exactement où est Stolon mais nous avons une idée de ce qu'il a fait. Pour autant que nous ayons pu retracer ses mouvements, il est parti avec Sclavina et Tosten à la poursuite de bandits vorsaguiens. Nous avions eu une petite échauffourée avec des pillards en arrivant ici. Nous avons aussi retrouvé Penrod mort à la limite du champ de bataille. Les traces indiquent qu'ils sont partis de là. Qui sait s'il ne s'agit pas de punir ceux qui ont tué notre chef d'écurie ? Pourquoi cherchez-vous Stolon ?

Beckram avait eu toute la durée du trajet depuis Callis pour rapprocher les informations de Kirkovenal et les récits de Stolon. Il en avait tiré un certain nombre d'hypothèses.

— Ciernack vend des renseignements au roi Kariarn, dit-il. Peut-être même en vendait-il déjà à son père. Au début, il s'agissait de renseignements à caractère militaire. Mais le nouveau roi de Vorsag n'a pas tardé à en exiger davantage. Il lui fallait de la magie. Les employés de Ciernack se sont alors mis à acheter des artefacts. Probablement à en voler aussi. Il y a deux ans, au moment où le père de Kariarn est tombé malade, Ciernack a engagé plusieurs personnes. Dans le lot se trouvait Sclavina. On la disait esclave mais c'était une invention. Elle était au service de Kariarn.

— Non ? fit Axiel, estomaqué. Sclavina, au service de Kariarn ? Pas croyable…

— C'est la seule explication que nous ayons trouvée à sa fugue à destination d'Hurog, expliqua Beckram. Sclavina n'était pas une esclave éprise de liberté. Kirkovenal a eu vent d'au moins un meurtre qu'elle a commis. Oui, elle a assassiné un homme de ses mains. Elle en a aussi torturé un autre. Ce n'est pas Ciernack qui lui donne ses ordres, c'est Sclavina qui donne les ordres à Ciernack. Nous pensons qu'elle avait entendu parler de trésors enfouis sous le vieux donjon. Elle avait conçu un stratagème très habile pour aller en reconnaissance à Hurog. Elle jouait les esclaves en fuite et Landislas, son amant, faisait semblant de la poursuivre afin de la protéger en cas de besoin.

Axiel eut une mimique incrédule.

— J'ai vu l'état de ses pieds quand elle est arrivée à Hurog. J'ai aussi vu les cicatrices de son dos.

— Et moi, dit Kirkovenal, je l'ai vue découper la peau d'un homme et l'arracher pour le plaisir. J'ai vu Ciernack-le-Noir, qui inspire la crainte au roi lui-même, s'aplatir devant Sclavina en colère. Je l'ai aussi vue jouer un peu tous les rôles, de la pucelle timide à la putain provocante, et elle était excellente.

Un long silence suivit, que Beckram finit par briser :

— Peu de temps avant la prétendue fugue de Sclavina, Landislas m'a coincé entre deux portes et m'a cuisiné à propos de trésors, en or et en magie, que les nains étaient censés avoir laissés dans les fondations du vieux donjon. Ce sont des fables, et je le lui ai dit. À mon avis, il a cru que je lui mentais et Sclavina a décidé d'aller vérifier sur place. La seule chose que j'ai du mal à comprendre, c'est pourquoi elle est restée avec Stolon.

Pendant même qu'il parlait, une autre hypothèse lui vint à l'esprit :

— Et si elle avait trouvé quelque chose ? Tiens, tiens… Mais oui, elle fait une découverte mais ne peut l'emporter elle-même… Stolon la sauve et lui dit qu'il part pour Oranston. Elle juge alors que c'est un excellent moyen de se rapprocher de Kariarn pour lui communiquer le renseignement.

— Javernes est certain que les Vorsaguiens ont implanté un camp de base à Oranston, intervint soudain Kirkovenal. Elle serait partie avec Stolon et Tosten… Buril n'est pas si loin d'ici, si tu me suis…

— Buril…, fit Beckram. C'est bien le fief de Gandelon ?

Kirkovenal acquiesça d'un mouvement de tête.

— Et c'est là que Landislas tient sa cour. Landislas, l'amant de Sclavina.

— Dont la haine pour Jakoven n'a d'égale que sa haine pour Vorsag, renchérit Beckram.

— Tout ça, ce sont des suppositions sans fondement, objecta Axiel. Avez-vous des preuves ?

— Quand Stolon a-t-il disparu ? demanda Beckram.

— Juste après la fin de la bataille, dit Axiel.

— Je vous demande si, selon vous, un chef de guerre formé par Stala abandonnerait ses hommes sans rien dire, juste après la bataille, pour se lancer à la poursuite d'une poignée de bandits ? s'enquit Beckram.

Axiel ne répondit pas. Beckram le fit à sa place :

— Non. Il ne ferait jamais ça. Pour moi, Sclavina est persuadée qu'un trésor se cache sous le château d'Hurog. Mais elle ne peut pas s'en emparer sans l'aide de Stolon. Et elle a l'intention de se servir de Tosten pour forcer Stolon à lui apporter cette aide dont elle a besoin.

13

Stolon

L'obsession a de curieux effets. Elle peut être le feu qui forge une épée invincible. Elle est aussi, le plus souvent, la paille, ce défaut invisible qui entraînera la rupture de la lame.

J'ai rêvé d'Hurog. Tout était si réel, si palpable, la bibliothèque était si vraie que j'avais dans les narines la subtile odeur de champignon qui enveloppe les ouvrages anciens. *Les rayonnages croulaient sous des volumes poussiéreux rédigés dans une langue que nul ne comprenait plus. Quelque part se trouvait un plan des corridors secrets mais le long tiroir plat dans lequel on rangeait les cartes avait disparu. Si je ne trouvais pas le plan, ils tuaient mon frère.*

Tosten crie. Sa voix est lointaine et assourdie mais elle me fait mal quand même.

— Occupe-toi de Tosten et de Ciarra, dit ma mère. Je dois faire mon jardin.

— Oui, Mère, répondis-je.

La main de Tosten était chaude au creux de la mienne. Ciarra était un gros paquet sous mon autre bras. Un soleil flamboyant étalait de somptueuses teintes orangées sur les parterres de fleurs…

— Où sont les ossements de dragon ?

Tosten hurle. Sa voix se répercute dans mon crâne jusqu'à ce que les parterres de fleurs disparaissent. Je me retrouve dans la caverne du dragon, au plus profond des entrailles d'Hurog. Il faut que je sorte mais, sans Oreg, je suis piégé. L'étroit souterrain se resserre sur moi comme un étau.

— La magie d'Hurog est corrompue, petit, murmurait la voix d'Oreg à mon oreille. Elle cherche notre faiblesse dans le sang du dragon. Les rêveurs s'égarent. La colère devient de la rage. L'ambition se change en obsession. La haine dévore les âmes.

Hurog, dis-je pour moi-même. Hurog *signifie dragon.*

J'ouvre les yeux. Hurog a disparu. Hurog s'est envolé. Si loin que je peux seulement sentir le trou béant qui reste à sa place et que je pourrais hurler, moi aussi, tant la rupture est douloureuse. Ma main droite est froide ; elle me fait mal. Des vagues glaciales, nées de la bague de platine, se propagent dans tout mon être. J'essaie de soulever ma main engourdie pour la réchauffer sous mon aisselle comme je le faisais jadis pendant les mois d'hiver. Mais ma main est arrêtée et mon effort n'aboutit qu'à un cliquetis de chaînes.

Je suis dans une petite cellule obscure au plafond élevé. À hauteur de deux hommes, une lucarne minuscule laisse entrer un filet de lumière glauque mais ne parvient pas à évacuer les remugles qui montent des joncs étalés sur le sol, qu'on aurait dû changer depuis au moins dix jours.

D'abord je me crois seul mais, en baissant les yeux, je vois une forme humaine désarticulée qui gît sur le tapis de joncs à demi pourris.

J'oublie mon mal en reconnaissant mon frère.

— Tosten ?

Je vois sa main. Elle est enflée, toute déformée. J'ai cru l'entendre hurler en rêve mais il m'apparaît que ce n'était pas un rêve. Et c'est moi qui hurle maintenant :

— *Tosten !*

Impossible de savoir s'il respire. Je veux qu'il bouge. L'idée de sa mort m'est insupportable.

Comme en réponse à mes cris, la porte s'ouvre et Kariarn entre dans la cellule. Il ressemble au garçon que j'ai connu jadis, en plus âgé. Kariarn doit avoir un an ou deux de plus que moi. Ses cheveux bruns, artistement coiffés, lui tombent sur les épaules. Il est vêtu élégamment et richement mais sans ostentation.

Quelqu'un l'accompagne. Il me faut quelques instants pour reconnaître Sclavina dans la femme effacée qui flanque le roi de Vorsag. Elle a la tête baissée dans une attitude de soumission que je ne lui ai jamais vue et je découvre avec stupeur que Kariarn la tient en laisse. Où est la féroce guerrière en haillons que j'ai quittée hier ? J'ai devant moi une esclave joliment coiffée, parfumée, maquillée et vêtue d'un voile de soie ivoire qui ne cache rien de son anatomie. Que lui a donc fait Kariarn ?

— Ah, Stolon, dit-il, le gardien m'a annoncé que tu étais éveillé.

Je tourne les yeux vers lui.

— Je regrette pour ton frère, ajoute-t-il en tapotant Tosten du bout de sa botte. (Si je n'étais pas enchaîné, je le tuerais.) La magie n'a pas opéré contre toi. Mon archimage m'avait juré que nul ne pouvait lui résister mais, à ce que dit Sclavina, tu es un Nordiste à la tête dure et c'est pourquoi ça ne marche pas.

Il tend la main et tapote la tête de Sclavina comme un veneur flattant un bon chien après la curée. Je m'attends tellement à la voir lui sauter dessus toutes griffes dehors que la suite de ses paroles m'échappe partiellement. Mais il ne se passe rien et Kariarn poursuit imperturbablement :

— C'est pourquoi elle vous a ramenés ici tous les deux. Elle a bien fait. Quand il s'est mis à crier, toi tu t'es mis à parler et à parler, si vite, si abondamment, que les mots se bousculaient dans ta bouche. Mais qui aurait cru que le seigneur d'Hurog était incapable de retrouver son trésor sans l'aide d'un mage pour le guider ? (Kariarn me lance un regard menaçant.) Peu importe. Sclavina a laissé une mèche de cheveux dans la caverne et mon archimage va la localiser. Ça engloutira de formidables quantités d'énergie mais nous nous rattraperons plus tard grâce aux ossements de dragon.

Sa convoitise quand il parle des ossements de dragon me rappelle mon père quand il posait les yeux sur une nouvelle camériste.

Ma gorge est sèche comme une feuille morte et je déglutis pour l'humecter. *Sclavina !* Elle me sourit dans son dos. Je ne l'ai jamais vue sourire ainsi, avec cet air à la fois madré et triomphant.

Je commence à répliquer :

— Tu me dis tout ça parce que…

Il me coupe :

— Parce que j'en ai par-dessus la tête de ces vieux qui se prennent pour les meilleurs simplement parce qu'ils sont vieux. Il me faut des hommes jeunes, des hommes pour qui jeunesse n'est pas synonyme de stupidité ni de mollesse. Sclavina me dit que ton mage te suivra où que tu ailles et quel que soit le suzerain auquel tu prêteras allégeance…

Il marque une pause. Peut-être attend-il de ma part une confirmation ou un démenti. Mais mon attention est accaparée par le froid qui m'engourdit le bras. Je ne sens plus la douleur et ça m'inquiète diablement. M'auraient-ils jeté un sortilège ? Pourquoi seulement ce bras ? Ont-ils essayé de m'arracher l'anneau ?

— Je peux soumettre Hurog, Stolon. (Kariarn est revenu au sujet qui m'obsède et il a, de nouveau, toute mon attention.) J'ai sous la main assez de magie pour jeter à bas ses vieilles murailles noircies et m'emparer des ossements de dragon. Mais je peux aussi te restituer Hurog. À la condition que tu me reconnaisses comme suzerain à la place de Jakoven. Tu ne dois rien à cette lavette. Il t'a volé ton fief familial. Il a tué ton cousin. Regarde les crimes qu'il laisse perpétrer en terre d'Oranston. Cet homme ne mérite pas son trône. Tourne-toi vers l'avenir, Stolon. Les Cinq Royaumes, à bout de souffle entre les mains de Tallven, peuvent devenir un domaine heureux et prospère sous mon pouvoir. Je peux te faire roi de Shavig, Stolon. C'est la position à laquelle tu as droit.

J'entends encore ma tante nous expliquer comment une guerre peut se perdre avant même la première effusion de sang. Tout cela est parfaitement illustré par les propos de Kariarn et le pire c'est qu'il a raison. Jakoven est incapable d'administrer les Cinq Royaumes. Kariarn, lui, ne resterait pas les bras ballants à regarder des étrangers ravager ses terres. Il défendrait son bien. Je comprends même son obsession pour la magie mieux que je ne comprends Jakoven car j'ai moi-même une obsession. Hurog.

Tosten remue brièvement la main.

— Sclavina peut soigner ses blessures, dit Kariarn, qui a dû suivre mon regard. Ça fait partie de ses talents et je vois qu'elle ne t'en avait rien montré. Comme je te l'ai dit, je regrette de l'avoir laissée jouer trop longtemps avec ton frère, mais elle avait mérité sa récompense. Elle adore détruire et faire souffrir. Il faut bien que, de temps à autre, je lui permette de donner libre cours à sa distraction favorite.

Je ne peux pas détacher mon regard de Tosten, qui, peut-être, ne touchera plus jamais les cordes d'une harpe. *C'est Sclavina qui a fait ça ? C'est Sclavina qui a pris son plaisir en réduisant mon frère à cet état de ruine ?* Je n'arrive pas à le croire.

— Montre-lui ton esclave soumise, maître, supplie-t-elle soudainement comme si elle lisait mes pensées.

Il tire brutalement sur la laisse. À demi étranglée par le collier, Sclavina tombe à genoux. Elle suffoque, tousse, s'étouffe.

— Tu parleras quand on te le demandera, esclave ! Tu as vécu trop longtemps en liberté. Faut-il que je te dresse de nouveau ?

Elle secoue vivement la tête, ce qui semble satisfaire Kariarn.

— L'heure n'est pas encore venue, dit-il en se balançant d'avant en arrière.

Elle retrouve son souffle mais, loin de se relever, reste agenouillée dans les joncs pourrissants et baise les bottes de son maître. D'un doigt sous le menton, il la fait se relever. Elle lui embrasse les mains. D'où je suis, j'ai un aperçu fugace de son visage et j'y vois l'expression d'une adoration aveugle qui me rend malade. Je comprends de moins en moins. Elle aurait pu se libérer de l'emprise de Kariarn. Elle est forte. Elle a même des pouvoirs magiques.

Certes je ne l'ai pas aimée d'amour, mais j'ai eu de l'affection pour elle. Je l'observe un long moment en me demandant si, par hasard, elle ne simulerait pas.

Pourtant, à en croire Kariarn, c'est elle qui a torturé mon frère et elle en a tiré du plaisir. Je ne peux pas imaginer la Sclavina que je connais en train de frapper quelqu'un, sauf au combat.

Elle joue mieux la comédie que moi.

Je cesse de l'observer pour scruter Kariarn dans les yeux.

— C'est mon caméléon, dit-il. Elle cherche ce qui me convient le mieux et s'adapte en permanence pour répondre à mon désir. C'est un cadeau de mon archimage. C'est un succube humain. Elle m'appartient corps et âme. N'est-ce pas, Sclavina ?

— Oui, maître. Je suis à toi. À toi seul.

Kariarn soutient mon regard.

— Avais-tu connu une Tcholite auparavant ? Quand elles entrent dans la communauté, elles abandonnent leur libre arbitre au profit de la Tcholine, la prophétesse. Par la suite, si la prophétesse confie une de ses Tcholites à un autre maître, elle délègue à ce dernier le contrôle sur la volonté de sa servante. La Tcholine m'a offert Sclavina lorsque j'avais treize ans et j'ai depuis tout pouvoir sur elle.

Sur quoi, il s'en va en tirant la laisse de Sclavina. La porte se referme et j'entends une barre se bloquer de l'autre côté.

Un moment s'écoule puis Tosten émerge de sa léthargie. Il pousse un grognement, s'assied.

— Qu'est-ce qu'il a voulu dire ? demande-t-il. Qu'elle est devenue ainsi par l'effet de la magie ?

— Je ne sais pas, Tosten.

— Que la vérole t'emporte ! jure-t-il d'une voix faible et éraillée. Arrête de me regarder comme ça !

— Tu as appris des expressions intéressantes pendant ton séjour chez maître Cornu...

Ma tentative pour détendre l'atmosphère fait un fiasco.

— Tu n'es pour rien dans ce qui m'est arrivé ! crache Tosten.

— J'aurais dû parler plus tôt.

— La plupart des violences m'ont été infligées alors que tu avais déjà parlé, affirme-t-il en détournant son regard de moi pour le plonger dans l'obscurité.

» Par Siphern, Stolon, je la croyais mon amie. Elle m'a cassé un doigt et puis elle m'a embrassé. On… On aurait dit que ma douleur lui faisait l'effet d'un aphrodisiaque. Elle me faisait saigner puis léchait mon sang. (Un tressaillement le secoue de la tête aux pieds.) Elle était si acharnée sur moi que Kariarn a dû l'arracher de force. (Tosten baisse la tête et sa voix devient rauque comme si on lui arrachait les mots de la gorge.) Dis-moi que c'est par sorcellerie qu'elle est devenue comme ça. Dis-moi qu'elle est possédée par les démons.

— Je ne crois pas que même les dieux puissent changer entièrement quelqu'un, dis-je d'une voix étranglée. Certains prennent plaisir à voir les autres souffrir. Père était ainsi. Quand il m'avait bien rossé, il allait se mettre au lit avec la première servante qui avait le malheur de croiser son chemin.

Je me souviens d'une horrible nuit passée à bercer ma bien-aimée en lui murmurant des mots doux pour tenter de la consoler. Mais ses larmes ne cessaient de couler. Comment panser la blessure d'une jeune femme violée par le père de celui qu'elle aime ?

Tosten enfouit le visage entre ses genoux et éclate de rire.

— Dis donc, Stolon, tu me fais des remarques sur mon vocabulaire, tu me racontes tes malheurs avec Fenwig… Mais, logiquement, tu ne devrais pas être en train de me réconforter ? Tu sais, le secours à ceux qui souffrent…

— Je ne peux pas te protéger contre le savoir, dis-je au bout d'un long moment. Tu ne peux pas ignorer le mal, vivre à côté de lui comme s'il n'existait pas, car c'est te rendre vulnérable à ses maléfices. Regarde notre mère. Elle a passé la majeure partie de sa vie à éviter de voir qui était réellement Fenwig d'Hurog. C'est pour ça qu'elle a été incapable de nous défendre contre lui.

Dire qu'il aura fallu ça pour que je découvre à quel point je lui en veux de sa passivité quand notre père massacrait

Tosten avec des mots plus destructeurs que des coups. Pour moi, elle porte une lourde responsabilité dans sa tentative de suicide. Dans mes rêves, Oreg me disait que Mère avait perdu ses repères à cause de la magie d'Hurog. Il a beau lui chercher des excuses, je trouve qu'elle aurait dû réagir, se battre pour ses enfants.

— Tu étais là pour nous protéger, dit Tosten à mon étonnement. Elle le savait et comptait sur toi. Moi, je suis comme elle, je m'accroche à ce qui ne va pas, je vis de mon malheur. Regarde, pendant toute la chevauchée depuis Tyrfannig, je m'en suis pris à toi parce que tu aimes Oreg… parce que tu le préfères à moi, ton frère.

— Un sage m'a dit que les chevaux ruent et mordent quand ils ont peur ou quand ils ont mal beaucoup plus souvent que quand ils sont en colère.

Il ne m'est pas facile de reprendre les arguments de Penrod, même s'ils font mouche.

— Je ne suis pas un cheval, proteste Tosten.

— Mais tu as peur et tu as mal, non ? (Il ne dit rien.) On ne peut pas reprocher à un cheval une agressivité liée à la peur ou à la douleur. Tout ce qu'on peut faire, c'est essayer d'en soigner la cause.

Tosten éclate encore de rire et, cette fois, son rire est sincère.

— Ou alors tu lui tranches la gorge, s'esclaffe-t-il.

Je suis aussitôt contaminé par son hilarité. Si quelqu'un était témoin de ce qui se passe en ce moment entre nous, il nous prendrait pour deux fous furieux à nous entendre hurler de rire comme ça, moi enchaîné à un mur de cette prison crasseuse, Tosten couvert de plaies et laissant échapper de petits gémissements de douleur entre deux éclats de rire.

— Alors, que vas-tu faire pour nous sauver cette fois ? finit-il par demander, encore agité de soubresauts. Vas-tu dénoncer le serment d'allégeance prêté par les Hurog à la crapule qui a tué notre cousin Kromdick ?

— Pour vouer allégeance à Kariarn, peut-être ? Ça ne risque pas ! Je serais aussi stupide que le poulet qui va vivre chez les renards parce qu'il a peur du chien de la ferme.

— Alors on reste ici à pourrir sur les joncs ?

— J'ai une meilleure idée, dis-je en considérant la bague qui n'a pas quitté ma main engourdie.

Je vais convoquer Oreg, comme j'avais coutume de le faire à Hurog. Je n'ai jamais tenté l'expérience dans ces conditions depuis que nous avons quitté notre fief de Shavig. Je n'ai pas non plus pratiqué la magie depuis l'incinération des morts à Cascador car les exercices de magie sans entraînement peuvent conduire à des catastrophes. Je dois dire que je suis réellement surpris par l'abondance d'énergie que ma tentative génère. La magie vibre dans ma bague, elle irrigue ma main et mon bras d'une chaleur revigorante et, comme par miracle, ils m'appartiennent de nouveau.

J'arrive presque à sentir l'odeur de la magie qui bouillonne et se diffuse lentement dans la silhouette recroquevillée d'Oreg. Une silhouette qui ressemble beaucoup à celle de Tosten tout à l'heure, quand il m'est apparu dans cette cellule obscure. À cette différence près qu'Oreg tremble. Il se tortille à grand-peine et, d'un coup, le voici. Il est là, cramponné à ma jambe, et m'implore :

— Ne me laisse plus. Par pitié ! Je t'en conjure, ne m'abandonne plus jamais. C'était trop loin, trop… loin.

Sa supplique poignante et sa voix blanche me bouleversent. Mes cheveux se dressent sur mon crâne, mes poils sur mes bras et le long de mon épine dorsale. Je ressens des pulsions meurtrières envers le responsable de ce malheur. Mais le fautif est le père d'Oreg et il est mort depuis bien longtemps. Oreg est la seule personne de ma connaissance qui ait eu un père pire que le mien. Peut-être est-ce là plus que dans l'anneau que réside la vraie force qui nous lie l'un à l'autre.

Tosten dévisage Oreg en écarquillant les yeux.

— Non, dis-je, je ne te quitterai pas. Je ne l'ai pas voulu, Oreg. C'est arrivé contre mon gré. Comment te sens-tu ?

Il enfouit la tête dans mon giron et se met à trembler frénétiquement comme un chien resté trop longtemps dans l'eau.

— Qu'est-ce que tu lui as fait ? demande Tosten.

Il a le visage tordu par une expression effarée.

Le comportement d'Oreg à mon égard n'est pas sans rappeler celui de Sclavina avec Kariarn et cette constatation me fait froid dans le dos. À lui aussi sans doute.

— Je ne lui ai rien fait. Attends un moment, qu'il se remette, et je t'expliquerai.

Tosten examine brièvement Oreg, me dévisage un instant puis se détourne en marmonnant une succession de mots inarticulés qui, après analyse, m'ont tout l'air de donner quelque chose comme :

— Vaudrait mieux que ça tienne debout.

— Où sommes-nous ? demande Oreg après un long silence.

Il est toujours cramponné à moi comme un coquillage à son rocher mais sa voix semble à peu près normale. Un peu sourde, peut-être.

— Nous sommes à Buril, répond Tosten quand il comprend que je ne le sais pas. C'est le fief de Gandelon.

Gandelon serait-il de mèche avec les Vorsaguiens ? Ça ne correspond pas à l'idée que je me fais de lui mais rien n'est impossible, à preuve la métamorphose de Sclavina.

Le nouveau visage qu'elle vient de montrer ne correspond pas non plus à l'idée que je me faisais d'elle.

— Comment êtes-vous arrivés ici ? poursuit Oreg. Où est passée Sclavina ?

— C'est elle qui nous y a amenés, dis-je avec autant de calme qu'on peut en montrer quand on est enchaîné et qu'on a un homme cramponné à une jambe. C'est elle qui a mis Tosten dans cet état. Elle n'est pas l'esclave de Ciernack mais celle de Kariarn. Si j'ai bien compris ce qu'il a dit, la Tcholine aurait remodelé Sclavina pour en faire une créature docile à sa dévotion. Crois-tu que ce soit possible ?

— Oui, c'est possible, affirme Oreg. À la condition qu'elle ait préalablement donné son consentement.

— Savais-tu qu'elle avait subi ce traitement ?

Oreg écarte la tête et me dévisage. Ses pupilles brillent dans l'obscurité comme des têtes d'épingle rougies au feu.

— J'ai su qu'elle était magicienne dès qu'elle a posé le pied sur la terre d'Hurog. J'ai même senti aussitôt que ses pouvoirs étaient supérieurs à ceux qu'elle croyait détenir ou, peut-être, à ceux qu'elle voulait bien s'attribuer. En dehors de ça… Une fois que quelqu'un a été remodelé, comme tu le dis, il est très difficile de le détecter, même pour qui connaît le mode opératoire.

— Je vois, dis-je en hochant la tête. Elle m'a berné, moi aussi. Kariarn dit que c'est une femme caméléon. (Je souris dans la pénombre.) En cela elle me ressemble. Elle peut être qui elle veut.

— Pas exactement qui elle veut, objecte Tosten. Plutôt ce que les autres en attendent. Toi, tu voulais quelqu'un à secourir. Axiel et Penrod voulaient une maîtresse sans attache. Moi… Moi, elle m'a laissé lui parler de… de certaines choses. Elle évitait Ciarra justement parce qu'elle n'arrivait pas à comprendre ce que notre sœur attendait d'elle.

Voilà comment fonctionnait son système. Tant que nous trouvions ce que nous cherchions, nous n'allions pas regarder plus loin.

Oreg opine du chef et relâche complètement son étreinte pour pouvoir se tourner vers Tosten.

— Stolon, lui, devient exactement le personnage qu'il veut devenir, souvent pour la plus grande exaspération de ceux qui l'entourent. Mais il est deux traits de sa personnalité qui ne changent jamais : son obstination à toute épreuve et son sens de l'honneur.

— Et la conviction qu'il doit prendre soin de tous ceux qui croisent sa route, ajoute mon frère d'un ton supérieur et ravi à la fois.

— Tosten, dis-je sans daigner relever l'avanie, je dois te faire une révélation pour le cas où tu sortirais de ce guêpier et où j'y resterais. Oreg n'est pas le fruit d'une frasque de Fenwig. Il a été attaché à Hurog dès le premier jour. C'est lui le fantôme de la famille. Encore que son côté mage l'emporte sur son côté fantôme.

Oreg braque sur moi un regard d'homme trahi. Mais je ne vois pas comment j'aurais pu expliquer à Tosten ses agissements récents, notamment son apparition ici à ma demande, sans effectuer cette mise au point. Le plus incroyable, c'est que Tosten me regarde avec à peu près la même expression.

— Oreg est le fantôme ? lance-t-il. Et tu ne me l'avais pas dit !

— Je l'ai appris seulement le jour de la mort de Père. Et, disons… enfin… que c'est l'histoire d'Oreg, que c'est donc à lui de la raconter. Comme il ne semblait pas disposé à le faire…

Mes explications n'ayant pas l'air de les soulager ni l'un ni l'autre, je décide de passer à autre chose.

— Oreg, crois-tu pouvoir nous sortir de ce trou ? dis-je en agitant mes chaînes de manière éloquente.

— Oui, maître.

Les yeux ronds de Tosten parlent à sa place. Il n'en revient pas d'entendre Oreg s'adresser à moi comme Sclavina à Kariarn.

— Allons, ne fais pas la tête, Oreg, dis-je en fronçant des sourcils sévères. Et toi, Tosten, ne prends pas cet air de…

Un long hurlement plaintif me coupe alors dans mes remontrances. Le cri commence comme un hennissement aigu d'étalon en furie, se prolonge en sifflement puis descend si bas dans les graves que je sens la pierre vibrer dans mon dos.

Tous les sens d'Oreg sont en alerte. On le voit à son expression de chien de limier qui a flairé une piste.

— Le basilic, souffle-t-il, médusé. Où ont-ils trouvé un basilic ?

— Un basilic ? demande Tosten. Qu'est-ce que c'est, ça ?

— C'est le nom que les Shavigans donnent (Oreg se tait un instant, se concentre, comme sous le coup d'une inspiration, m'adresse un sourire cynique) aux dragons de pierre. Peut-être les Oranstoniens les appellent-ils comme ça, eux aussi.

— Tu parles du dragon de pierre de Cascador ?

Oreg baisse les yeux.

— Les basilics ont la même odeur que les dragons.

— Vas-tu nous dire, enfin, ce qu'est un basilic ?

Il faut quelque temps à Oreg pour retrouver un état normal.

— Une sorte de lézard grand comme quatre hommes allongés bout à bout et pesant facilement quatre fois le poids de ton cheval. L'animal est aussi rusé qu'un chien, peut-être davantage, et possède quelques pouvoirs magiques.

— Quel genre ?

— Ça vient de me revenir ! s'exclame Tosten. Il change les gens en pierre. Tu ne te souviens pas des chansons comme *Le basilic part en chasse* ?

Il halète mais je pense que la cause est à rechercher dans ses souffrances physiques autant que dans l'excitation que lui procure l'évocation de la créature de Kariarn.

Il fredonne quelques notes d'un air qui me rappelle vaguement quelque chose.

— C'est une chanson idiote, décrète Oreg avec l'air important de celui qui détient la connaissance. Le basilic paralyse sa proie en la fixant du regard et l'empêche de s'enfuir. Voilà comment il fait pour déjeuner tranquillement et sans courir. C'est mieux que de la pierre, non ?

— Tu crois que le dragon de pierre de Cascador est devenu ce basilic ? Ça m'étonne : il aurait fallu un rocher d'une taille monumentale.

— Quand on transforme quelque chose en pierre, on élimine l'humidité qui constitue la plus grande part de la masse de chair. Un mage talentueux peut te transformer en un petit galet, explique le mage talentueux qui se trouve devant moi.

Il est difficile de bien voir dans ce trou sombre mais j'ai l'impression qu'il va mieux. Il a toujours une main posée sur ma jambe pour garder le contact.

— Oreg, dis-je après un moment de réflexion, peux-tu ramener Tosten à Callis ou à l'endroit d'où tu viens ? Je pense que je ferais bien de rester ici. Kariarn est en train d'échafauder un projet. Je vais tâcher de tirer ça au clair, mais je veux éloigner Tosten pour qu'il ne puisse pas s'en servir comme moyen de pression contre moi.

Oreg fait non de la tête.

— Ce n'est pas possible. Je peux le faire sortir du château. Mais je ne peux pas l'emmener plus loin. C'est l'éloignement maximum que je peux prendre par rapport à toi.

Ayant vu l'état dans lequel il est arrivé ici à mon appel, je crois qu'il dit vrai.

— Tu ne peux pas le conduire à Hurog ?

— Non, répond-il tout net. Je ne peux pas y aller moi-même si tu ne viens pas avec moi.

Je le regarde un moment en silence avant d'observer :

— Tu m'as dit que tu *étais* Hurog…

Il acquiesce d'un mouvement de tête.

— J'arrive à voir ce qui se passe là-bas mais, à partir d'ici, je ne peux pas intervenir dans le déroulement des événements. Comme tu sembles l'avoir compris, cette enveloppe corporelle qui est la mienne ne peut pas se séparer de toi, sauf si elle se trouve sur le territoire d'Hurog.

Tosten est mal à l'aise. Il s'agite mais, apparemment, bouger ne change rien à son inconfort. Je m'inquiète pour lui. Je n'ai pas le choix et je demande à Oreg s'il peut nous sortir d'ici et nous conduire auprès de Ciarra et d'Axiel.

— Pas vraiment, répond-il. Le pouvoir de l'anneau m'a permis de venir mais il ne m'autorise pas pour autant à partir au loin. Je peux tout de même vous faire sortir de la forteresse.

— Tu es sûr que nous sommes à Buril, Tosten ?

Il me répond d'un hochement de tête résolument affirmatif.

— Apparemment, il y a un bon moment que Kariarn a des troupes dans la place.

— Gandelon offre asile aux Vorsaguiens…, dis-je à voix basse, pour moi-même.

Quelque chose ne colle pas dans cette affaire. À croire Beckram, Gandelon fait partie des Cent de Javernes, et il n'a aucun intérêt à trahir Oranston.

Oreg redresse la tête et lance soudain :

— On vient !

— Cache-toi ! dis-je.

Tosten retombe inerte sur le sol au moment où trois individus entrent dans la cellule. Ils me détachent et me font sortir sans voir Oreg. À Hurog, il peut se rendre invisible quand il le désire, mais ici rien ne prouvait jusqu'à maintenant qu'il avait conservé cette capacité.

Habitué à Hurog, où les geôles sont situées sous la tour de garde, je suis étonné d'avoir à descendre trois étages pour déboucher dans un local qui a tout l'air d'être la grande salle du château. Elle est plus spacieuse que celle d'Hurog. Il y règne une odeur de boiseries et d'humidité. Kariarn et dix de ses hommes m'attendent devant l'imposante cheminée. Sclavina brille par son absence. Je me demande où elle est.

Kariarn m'accueille avec un sourire, comme si j'étais un invité et non son prisonnier.

— Quel plaisir de te recevoir parmi nous, seigneur Hurog. Tu connais Gandelon, bien sûr, mais sa noble dame ne fréquente pas la cour et je pense que tu n'as jamais eu l'occasion de rencontrer la gente Allysaian.

Ses hommes s'écartent et, comme annoncé, je découvre Gandelon, qui n'a pas l'air dans son assiette. Cela se conçoit quand une large ecchymose vous couvre la moitié du visage et que vous avez les mains liées dans le dos par une chaîne. Gandelon porte également aux chevilles des chaînes reliées à ses poignets, ce qui lui ôte une grande partie de sa liberté de mouvement. Je connais la méthode ; c'est celle que recommande Stala pour entraver les prisonniers dangereux. Un homme enchaîné de la sorte n'a aucune chance de s'échapper car il peut à peine lever les pieds et doit, pour se déplacer, glisser les semelles de quelques pouces à chaque pas. Cela ne me réjouit pas mais je suis conforté dans mon opinion sur Gandelon. À l'évidence, il n'apprécie pas l'usage que Kariarn fait de sa forteresse. J'ai du mal à me l'expliquer mais j'éprouve une certaine satisfaction à constater que l'homme qui m'a endormi et bouclé dans ma chambre à Hurog n'a pas trahi son pays.

Près de Gandelon se trouve une femme qui me paraît plus jeune que moi et qui dépasse à peine la taille de Ciarra. Elle n'est pas avantagée par sa robe de cérémonie tachée et déchirée en plusieurs endroits mais elle dégage une telle noblesse qu'elle a quand même fière allure. Elle se tient très près de son époux, sans toutefois le toucher. Elle n'est pas enchaînée mais il ne fait aucun doute qu'elle est solidaire de Gandelon.

Kariarn met un terme à mes observations en lançant d'un ton narquois :

— Eh bien, Gandelon, tu n'as pas une parole de bienvenue pour notre hôte ?

Gandelon m'accorde un bref coup d'œil et, voyant que je ne porte pas de chaînes, détourne la tête, persuadé que je suis un traître.

— Il ne faut pas lui tenir rigueur de sa goujaterie, messire Stolon, reprend Kariarn. Le sieur Gandelon a le sentiment d'avoir été trahi par son frère et cela le rend passablement amer.

— Je comprends qu'on puisse éprouver du ressentiment à perdre sa terre, dis-je après une petite hésitation. J'en sais quelque chose.

Il me semble prudent de prendre mes distances avec un homme que Kariarn a l'air de considérer comme un dangereux ennemi. Certes, choisir Kariarn au détriment de Jakoven équivaut à choisir une renardière à la place d'une basse-cour, mais, pour le moment, il ne me coûte rien de les laisser croire que j'envisage cette option.

Kariarn sourit.

— C'est clair. Vous vous demandez peut-être pourquoi je vous ai réunis, fait-il en s'adressant à moi et à Gandelon.

— Tout à fait, dis-je.

J'appuie mon approbation d'un petit mouvement de tête. Les gardes qui m'entourent réagissent instantanément en portant la main à leurs dagues. *Ne soyez pas si nerveux, messieurs. Il n'est pas question que j'agresse Kariarn alors que mon frère est prisonnier de ses geôles.* De Tosten, ma pensée va tout naturellement à Sclavina et je m'inquiète de plus en plus de ne pas la voir.

— Je sais, moi, répond Allysaian d'une voix étonnamment douce et calme. Tu veux jeter l'un de nous deux en pâture à ton monstre pour faire peur au Nordiste.

Visiblement, elle ne chérit pas plus les Nordistes que les Vorsaguiens.

— Je suis sûr que vous goûterez le spectacle tout autant que nous, gente dame, minaude Kariarn en lui dédiant une petite révérence moqueuse.

Puis, de la pointe du menton, il adresse un signe à l'un des gardes, qui s'éclipse promptement.

— Vois-tu, Gandelon, reprend-il, ton frère a commis une erreur en pensant que j'allais l'installer sur le trône d'Oranston. Enfin, une demi-erreur car, dans un premier temps, j'avais envisagé de lui offrir la place. J'y ai renoncé quand j'ai constaté qu'il était incapable de se conduire en meneur d'hommes. Il a pourtant eu l'occasion de faire ses preuves ici pendant que tu jouais les gitons auprès de Jakoven. Landislas aurait pu se rallier ton peuple, et ta femme par la même occasion. Au lieu de quoi il s'est mis tout le monde à dos. S'il monte sur le trône, la population le tuera dès que je serai reparti.

Des grondements et des échos de lutte attirent mon attention vers l'une des portes. Deux gardes font entrer Landislas, qui est enchaîné de la même manière que son frère. Ils le traînent au centre de la salle et l'immobilisent.

Sans cesser de parler, Kariarn les observe du coin de l'œil.

— Ton incapacité à gouverner me contraint à laisser un de mes généraux à Buril avec un corps d'armée. Ce cafouillage va te coûter cher, Landislas.

Kariarn, qui est tourné vers le milieu de la grande salle, ne voit pas Gandelon ouvrir la bouche pour prendre la parole. Il ne voit pas non plus dame Allysaian lui poser une main sur l'avant-bras en lui adressant d'un signe de tête un « non » autoritaire. Gandelon se tait mais une rage meurtrière flambe dans ses yeux.

C'est alors que retentit le cri, d'abord strident puis ronflant, que j'ai entendu un peu plus tôt de ma cellule. On a l'impression que le château tremble sur ses bases. Je frémis. Kariarn s'en aperçoit et m'assène une claque amicale sur l'épaule.

— N'aie crainte. Mes mages contrôlent la bête. Ils doivent s'y mettre à deux mais j'en ai d'autres en réserve.

Il vient de finir sa phrase quand les deux grandes portes s'écartent à grand bruit. J'aperçois brièvement la courtine éclairée par le soleil matinal. Puis une masse colossale apparaît et l'ouverture s'obscurcit. La créature franchit le seuil en frétillant et pénètre dans la salle avec une aisance et une souplesse étonnantes pour sa taille. Une fois entrée, elle s'arrête et se fige, immobile comme une statue, ce qui permet à tous de l'observer à loisir.

Elle est haute comme Pompon au garrot mais beaucoup plus développée en longueur. À quelques détails près, le basilic ressemble, sous une forme géante, aux lézards qui pullulent dans les jardins du roi à Estian. Des écailles vertes, larges comme ma paume, lui couvrent le corps. Ses yeux, verts également, clignent en permanence comme chez la plupart des grands reptiles prédateurs. À l'instar de ceux des lézards, ils sont capables de se braquer dans des directions divergentes. Je me souviens des mises en garde d'Oreg et j'évite soigneusement de croiser le regard du monstre, sans pour autant cesser de l'examiner.

Une tresse couverte de runes lui ceinture l'abdomen. C'est l'œuvre des mages et le truchement par lequel ils contrôlent la bête.

Des arêtes de corne noire se dressent sur sa queue bifide et sur toute la longueur de son échine avant de disparaître dans la surprenante collerette de plumes écarlates qui lui entoure le cou. Une langue large comme ma main jaillit de sa bouche et s'y retranche une seconde plus tard.

Je suis tellement fasciné par le basilic que je ne vois pas tout de suite les mages qui ont fait leur entrée derrière lui. Comme Licleng, ils portent l'uniforme de leur ordre : tunique de lainage noir près du corps, jupe droite de couleur vive tombant jusqu'aux pieds et longue barbe. Chacun d'eux est flanqué de deux hommes qui lui tiennent les bras pour le soutenir. C'est dire qu'ils ont besoin de toutes leurs forces, et même qu'ils s'épuisent, au point d'être incapables de marcher seuls, tant la maîtrise du basilic leur demande d'énergie. J'en éprouve un indicible soulagement. Ces deux-là ne seront jamais capables de tenir dans cet état de concentration le temps d'une bataille normale. Donc Kariarn n'utilisera pas le basilic pour la guerre car il risque de subir autant de pertes qu'il en infligera à l'ennemi.

— Braquez-le sur sa proie, ordonne-t-il.

Un acolyte se penche pour transmettre la directive à l'oreille d'un des mages. Les gardes qui retiennent Landislas détournent la tête pour éviter le regard du monstre.

Landislas a fermé les yeux et continue à se débattre. Je ne sais si ce sont les gardes qui ont relâché leur étreinte en se détournant ou si c'est la terreur qui décuple les forces du condamné, mais il parvient à se libérer et à se traîner lourdement vers nous malgré l'entrave de ses pesantes chaînes.

— Gandelon ! hurle Landislas.

Son frère fait un mouvement vers lui mais il est aussitôt bloqué par les soldats.

C'est alors que le basilic s'élance, si vite que mes yeux ne parviennent pas à suivre complètement son mouvement. Je le crois encore à la porte quand il est déjà près de Landislas. Le bruit de ses griffes frottant le dallage attire l'attention de sa proie. Je sais très exactement à quel instant son regard a été capté par celui du monstre car tout s'arrête d'un coup. Landislas est paralysé comme une marionnette dont on aurait coupé les ficelles.

Le basilic garde un œil braqué sur son repas et, de l'autre, balaie notre petit groupe. Il me revient alors que j'aurais dû détourner les yeux, mais trop tard. Heureusement pour moi, la bête semble considérer que la victime désignée par les mages suffira pour le moment à calmer sa fringale. Je suis pétrifié, non par la puissance hypnotique du basilic mais parce que je me sais réduit à l'impuissance. Sans arme, je n'ai aucune chance contre le monstre, sans oublier que les gardes de Kariarn ne me laisseraient pas esquisser un geste. Il serait stupide de sacrifier ma vie pour rien. Je pense aussi à mon frère, captif, qui aurait sans nul doute à subir les conséquences d'un acte inconsidéré de ma part.

D'un coup de mâchoire, le basilic bouscule sa proie qui tombe à la renverse. Il ouvre la gueule, laissant apparaître de petits crocs triangulaires de taille comparable à ceux d'un chien, engloutit la tête et le torse de Landislas puis relève la gueule d'un coup sec pour faire descendre le reste dans ses entrailles comme une couleuvre avalant une musaraigne.

À cet instant, l'un des hommes qui tenaient Landislas se tourne de côté et vomit tout ce qu'il a dans le ventre. Le frère de Gandelon n'est pas mort. À preuve ses jambes qui s'agitent frénétiquement avant de disparaître dans les intérieurs du basilic où il sera digéré vivant.

Je n'ai jamais eu d'affection pour Landislas mais nul ne mérite une fin aussi affreuse.

— Et les chaînes ? dis-je en me forçant à prendre un ton détaché. Qu'est-ce qu'elles deviennent ?

Je sens que je suis blême mais je compte sur le mauvais éclairage pour le cacher.

— Il régurgite les parties indigestes au bout de quelques jours, répond Kariarn en me regardant, visiblement étonné de mon indifférence face à l'horreur de la scène qui vient de s'achever sous nos yeux.

— Comme la pelote de déjection des chouettes ? dis-je, toujours sur le même ton.

Ne jamais laisser l'ennemi s'apercevoir de ce qui vous fait peur. Je dévisage Kariarn sans la moindre considération pour la douleur de Gandelon.

— Comment as-tu trouvé moyen de soumettre le basilic ?

Kariarn sourit, tel un homme heureux d'avoir trouvé un partenaire à la hauteur. Je vais tout faire pour le pousser plus avant dans cette conviction. Car je commence à élaborer un plan adapté au revirement de situation.

— La Tcholine m'a bien aidé, répond Kariarn. Elle en a par-dessus la tête de la souveraineté tallvenoise. En éliminant Jakoven, elle pense pouvoir étendre sa suprématie à tout le pays. L'ordre de Tchole possède des grimoires qui remontent à l'époque de l'empire. Elle m'a aussi envoyé plusieurs mages, des hommes de grande qualité, encore qu'aucun n'arrive à la cheville de Sclavina.

— Pourquoi m'as-tu fait assister à ce spectacle ?

— C'est une idée de Sclavina. Elle estime que mon dragon de pierre pourrait t'intéresser puisque Hurog était jadis le refuge des dragons.

Il sourit tout à coup. Kariarn est décidément très souriant ce matin.

— Sais-tu que les empereurs avaient des dragons à leur service ? Nul n'en a plus possédé depuis cette époque. Je suis le premier.

Le premier quoi ? Le premier empereur ? Si c'est là ce qu'il veut dire, il met la charrue avant les bœufs. Pour se donner le titre d'empereur, il faut d'abord disposer d'un empire. Ou le conquérir. Je hoche la tête d'un air pénétré.

— Dis-moi, seigneur Kariarn, comment comptes-tu faire pour me restituer Hurog ?

Je n'ai même pas besoin de jouer la comédie. Mon désir de récupérer mon domaine saute aux yeux. Et même, j'en suis convaincu, aux oreilles des soldats impassibles qui montent la garde près de nous.

Kariarn éclate de rire.

— Sacré Stolon ! Tu n'y vas pas par quatre chemins, hein ! Qu'est-ce qui te pousse à changer de camp maintenant ?

— J'y songeais depuis un moment mais je le fais ici pour ne pas perdre la face devant mon frère. Oh, je sais bien qu'il finira par admettre que c'est la seule voie possible pour récupérer Hurog. Mais il lui faudra du temps pour comprendre que je change d'alliance uniquement à cette fin. Moi, je sais d'ores et déjà que le roi de Tallven ne me rendra pas mon royaume. Je ne l'ai jamais beaucoup aimé et, crois-moi, je l'aime encore moins depuis qu'il a tué mon cousin. Mais je me pose une question toute simple : quel est ton prix ?

— Rien qui soit au-dessus de tes moyens, assure vivement Kariarn, qui craint de voir le poisson échapper à son hameçon. Tu me jures fidélité et tu me paies ton tribut, comme les Hurogmestres le faisaient au profit de Tallven. Rien ne change sauf le bénéficiaire.

Je fronce les sourcils d'un air soucieux comme si je venais tout juste de prendre la mesure d'un éventuel engagement envers Kariarn et de ce qui en découlerait pour moi.

— Mais Hurog a déjà prêté allégeance à Tallven. Et jamais un Hurog n'a trahi son serment.

— Ce n'est pas trahir que de dénoncer un serment déjà trahi par l'autre partie. En décidant sur un coup de tête de te spolier comme il l'a fait, Jakoven de Tallven a brisé les liens que ses ancêtres avaient tissés au long des siècles avec Hurog. Tu ne lui dois rien.

Je sais qu'il m'observe et j'écarquille les yeux. Puis, à mesure qu'il parle, je crispe les maxillaires pour bien lui montrer dans quel dilemme son argument est censé me plonger.

— Tout bien réfléchi, c'est vrai qu'il a trahi Hurog en agissant ainsi. Comme il a trahi Oranston en laissant tes armées dévaster le pays après lui avoir retiré tous ses moyens de défense. Cet individu est indigne du trône qu'il occupe.

— Tu ne fais pas grand cas de ton honneur, Stolon, crache Gandelon.

Sa voix est rauque de colère et, en même temps, entrecoupée de sanglots.

— Toi ? Me parler d'honneur ? Comment oses-tu ? réponds-je en parodiant les célèbres rugissements de mon père. C'est toi le premier qui as intrigué pour me dépouiller d'Hurog. Et pour quoi ? Pour épargner à ton frère la pénalité que Ciernack exigeait de lui. Une pénalité ridicule. Vois où ça l'a mené. Si, pour une fois, tu l'avais obligé à assumer les conséquences de ses actes, peut-être serait-il encore parmi nous. Je ne supporterai pas que la putain de Jakoven vienne me donner des leçons d'honneur !

J'ai l'intention de faire évader Gandelon et sa femme dans la nuit avec Oreg et Tosten. Si tout se passe comme je l'entends, Kariarn n'imaginera jamais que j'ai levé le petit doigt pour les aider.

— Reconduisez messire Gandelon et dame Allysaian à leurs quartiers, ordonne Kariarn d'un ton sec.

Gandelon plisse les paupières et me regarde à travers deux étroites meurtrières. La haine farouche qu'il me voue en ce moment a gommé la douleur qui lui noyait les yeux. Il ouvre la bouche et sa voix est un murmure râpeux qui porte partout dans la grande salle du château :

— Mon frère n'était pas un félon de ton espèce. Il n'avait prêté aucun serment devant Jakoven et il voulait la liberté pour son peuple. Les seuls reproches qu'on puisse lui faire sont d'avoir été stupide et de n'avoir pas vu plus loin que le bout de son nez. Ajoutons à ça une tendance à la cupidité et nous aurons fait le tour de la question. Je n'ai qu'un souhait, Stolon d'Hurog, c'est de vivre assez longtemps pour te voir jeté en pâture au basilic.

Il plante son regard dans le mien, un regard fixe et froid comme celui du monstre, et ne me quitte des yeux que lorsque les gardes le poussent brutalement dehors.

— Mais non, dit Kariarn en me tapotant le bras pour me tranquilliser, tu n'es pas un félon. Jakoven n'est roi ni de Shavig ni d'Oranston. Un roi digne de ce nom protège ses sujets.

Je redresse la tête, bombe le torse et me tourne vers le roi de Vorsag.

— Tu as raison, dis-je d'un ton résolu. Un roi qui se préoccupe si peu du salut de son peuple est indigne de ce titre. Mais, toi, que vas-tu faire maintenant pour Hurog ? Et d'abord pourquoi t'intéresses-tu à mon fief ? Hurog ne possède aucune richesse.

— Certes, mais il recèle des forces exceptionnelles. Et je ne parle pas seulement des ossements de dragon. Ciernack m'a dit que, quand ton oncle est venu défier Jakoven après l'assassinat de ton cousin, tout Shavig s'est rangé derrière lui.

— Bien sûr, dis-je en m'efforçant de cacher ma surprise. À Shavig, Hurog est synonyme d'honneur et bravoure.

Je marque une pause pour qu'il s'aperçoive bien que sa réflexion fait son chemin dans mon esprit puis j'enchaîne :

— Oui, oui… Bien sûr… Tu comptes prendre le pouvoir sur Shavig par mon intermédiaire ! Mais ça ne marchera pas s'ils savent que tu es avec moi. Les Shavigans détestent les Vorsaguiens.

Le sourire apparaît une nouvelle fois sur les lèvres de Kariarn.

— Tu es plus futé que Landislas. Je le savais. Et si on faisait de toi le sauveur d'Hurog, le héros providentiel qui le protégera contre ses ennemis ? D'abord, il faut tuer ton oncle Barbarin, ensuite revenir à Hurog, prendre le commandement de ses troupes et nous faire ressortir du royaume quand j'aurai mis la main sur les ossements de dragon.

— Et par ici les ossements ! dis-je d'un ton indifférent mais sincère, cette fois. (Le dragon est mort et ce sont les vivants que je me dois de protéger.) Mais est-il indispensable de tuer mon oncle ?

— C'est lui qui a pris ta place à la tête d'Hurog. Il ne mérite aucune pitié.

J'inspire profondément comme si j'avais besoin de m'encourager moi-même pour prendre une décision difficile mais nécessaire.

— C'est juste. Je m'en charge. Mais mon frère ? Je ne veux pas qu'il soit tué.

— On pourra s'en dispenser. Mais il faudra le convaincre de t'accepter pour chef.

— Je crois que j'y parviendrai, dis-je en opinant du bonnet.

On a lavé ma plaie et bandé mon bras blessé par la dague de Penrod. Une équipe de gardes obséquieux m'a reconduit à ma cellule en rivalisant de courtoisie. Ils se sont abstenus de m'enchaîner et ont même eu l'air de s'excuser quand ils sont repartis en verrouillant la porte. La geôle a été nettoyée pendant que j'étais en bas. On a étalé des herbes fraîches, et même des fleurs parfumées, à la place des joncs moisis.

Tosten est assis dans un angle de la cellule. Il a les jambes pliées, sa tête pend entre ses genoux et il se balance d'avant en arrière. Le rai de lumière qui tombe de la petite lucarne ne me permet pas d'en voir beaucoup plus. Je suis dévoré par la culpabilité d'avoir laissé un homme mourir sans lever le petit doigt. Mais l'inquiétude face à l'état de mon frère prend le pas sur ce sentiment.

— Tosten, dis-je doucement.

Il ne réagit pas.

— Sclavina est venue, dit Oreg dans mon dos. Elle a soigné les blessures de ton frère.

Je sursaute, de surprise, certes, mais surtout en entendant la colère qui gronde dans sa voix.

— Elle s'est infiltrée dans mon cerveau, murmure Tosten, et je n'ai pas pu la chasser. Elle m'a volé mon âme et je n'ai pas pu lutter.

Effrayé, je me tourne vers Oreg.

— Mais non, dit-il en secouant la tête, personne ne t'a volé ton âme. Ton âme, tu peux la livrer à quelqu'un mais on ne peut pas te la dérober, même par ruse.

— Misère de misère, gémit Tosten. J'en appelle aux dieux…

Je lui pose une main apaisante sur l'épaule. Il cesse de se balancer et relève la tête.

— Qu'est-ce qui t'est arrivé ? demande-t-il.

Les images du basilic s'imposent à mon esprit. J'avale une remontée de bile amère et je demande à Oreg si quelqu'un nous espionne.

— Pas par magie en tout cas, assure le fantôme d'Hurog.

— Kariarn m'a invité à une monstrueuse démonstration. Il a livré Landislas au basilic, qui l'a ingurgité entier et tout vivant.

Cette seule évocation me révulse les boyaux.

— Pourquoi ne t'ont-ils pas remis tes chaînes ? demande Tosten.

— Parce que Kariarn guigne le trône de Shavig, réponds-je, assez content de changer de sujet. Il pense qu'Hurog peut attirer les autres Nordistes dans son camp. Il s'est mis ça dans le crâne après le coup d'éclat de Barbarin à Estian. (Je ne suis pas mécontent de parler de Kariarn : ça m'évite de penser à Landislas en train de se dissoudre lentement dans l'estomac du basilic.) Maintenant, laissez-moi réfléchir un moment.

Le silence se fait et j'examine à tour de rôle les différentes tournures que pourraient prendre les événements. Je repense à une méthode de réflexion à laquelle m'avait initié ma tante. Il s'agissait de prendre un jeu de solitaire et de rechercher le plus grand nombre de combinaisons possibles sans déplacer les billes.

Kariarn part très prochainement pour Hurog. Il lui faut donc au préalable tuer Gandelon et sa femme. Il ne peut pas s'en aller en laissant le seigneur de Buril en vie. Conclusion : Oreg doit les faire sortir tous deux de la forteresse.

Mais une énigme persiste à mon sens : pourquoi Kariarn a-t-il soudainement ajourné ses projets de conquête lorsque Sclavina l'a rejoint avec nous ? Il ne pouvait pourtant pas trouver de conditions plus favorables pour se rendre maître d'Oranston. Il reste cependant qu'à tout moment Javernes peut découvrir que les troupes de Vorsag se trouvent ici, à Buril. Et Kariarn est prêt à prendre un tel risque pour aller chercher des ossements de dragon à Hurog ?

Obsessions, me dis-je. *Tout cela n'est qu'obsession*. Kariarn préfère les pouvoirs magiques au pouvoir sur Oranston.

— Que va-t-il faire de ces ossements ?

— Sclavina pense qu'elle pourrait devenir la plus grande magicienne de tous les temps en prenant un breuvage à base d'os de dragon en poudre, me répond Tosten. Elle en jubilait d'avance.

— Ce breuvage aurait-il un effet sur un homme dépourvu de pouvoirs magiques ?

— Oui, dit Oreg. Ça pourrait lui donner accès à la magie pendant un temps. Mais il serait obligé de consommer régulièrement la poudre d'os pour ne pas perdre ses pouvoirs. Et, à la longue, il finirait par en mourir.

— Oreg, si tu étais à Hurog, pourrais-tu empêcher les mages de trouver le dragon, sachant que Sclavina a laissé une mèche de cheveux dans la caverne ?

— Sans doute. Combien de mages a-t-il à son service ?

— Retournons la question. Combien de mages pourrais-tu maîtriser en même temps ?

— Si j'étais au château, je pourrais en tenir à distance trois ou quatre de la force de Sclavina pendant quelques jours. Plus longtemps si je découvre les cheveux et que j'arrive à les détruire.

— Et les ossements, pourrais-tu les détruire ?

— Non, répond Oreg avec un mouvement de tête sans équivoque.

— D'accord, dis-je en me replongeant dans ma réflexion.

— Pourquoi Sclavina a-t-elle essayé de te faire tuer par Penrod ? me demande soudain Tosten. Elle savait que Kariarn voulait les ossements. Or tu étais le meilleur intermédiaire pour l'aider à y accéder.

— Comment ? fait Oreg.

J'avais tellement d'autres priorités que je n'avais pas réfléchi à cette tentative de Sclavina. Mais Tosten a raison. C'est difficile à comprendre.

Oreg a l'air d'y perdre son latin et je lui raconte comment Penrod m'a attaqué par-derrière et comment Tosten m'a sauvé.

Je repense à l'expression que j'ai surprise sur le visage de Sclavina alors que je plaisantais avec Tisala pendant le repas offert par Javernes, je repense aussi à sa réaction quand je lui ai dit que je ne pourrais pas être son amant. En aurait-elle été mortifiée au point de vouloir me tuer et, ce faisant, de s'exposer au courroux de Kariarn ?

— Je suppose que Kariarn n'a jamais eu vent de tout ça, dis-je. Je me demande jusqu'à quel point Sclavina peut s'écarter des directives de son maître.

Oreg ne semblant pas en mesure de m'éclairer là-dessus, je décide de laisser mes interrogations sur Sclavina en attente et de revenir à des préoccupations plus immédiates.

Il faut mettre Tosten, Gandelon et sa femme en lieu sûr. Je suis prêt à risquer ma vie mais pas celle de mon frère. Dès qu'il sera hors d'atteinte, je pourrai me rendre à Hurog avec

Kariarn. Si je suis sur place en compagnie d'Oreg, Kariarn n'aura pas besoin de détruire la forteresse.

— Le roi..., dis-je à voix basse, pour récapituler et non pour le bénéfice de mes compagnons. Le roi a tué notre cousin et m'a confisqué Hurog. Cela me délie de tout serment prêté par les Hurogmestres. Kariarn, lui, promet de me rendre mon fief si je lui apporte mon aide...

Tosten se lève en titubant.

— Ne fais pas ça, Stolon. On ne peut pas avoir confiance en lui.

— C'est sûr, dis-je très sereinement. Mais lui non plus ne peut pas avoir confiance en moi... Et comme il attaquera Hurog quoi qu'il advienne, mieux vaut que je sois sur place. Or le meilleur moyen d'y être en même temps que lui, c'est d'y aller avec lui.

Tosten prend un air dubitatif. Je poursuis ma mise au point en contemplant le mur :

— Mais, quand je te fais part de mes intentions, tu piques une colère noire et tu me frappes avec... (je fais un tour d'horizon et mon regard tombe sur un des accessoires ajoutés dans la geôle suite à mon retour en grâce) avec le pot de chambre. Je m'écroule, sans connaissance. Tu ouvres la porte moyennant un tour de passe-passe à ta façon...

J'examine la porte. Elle a l'air solide mais il n'y a qu'une grosse serrure de fer, pas de barre pour la bloquer.

— Ça tient debout, dit Oreg. Tosten a longtemps vécu dans un quartier de marins à Tyrfannig. Les matelots ne sont pas des anges ; ils connaissent souvent des trucs pour forcer les serrures.

Je me tourne vers Tosten. Il s'agite, mal à l'aise.

— Bon, c'est vrai..., finit-il par admettre. Je pense arriver à crocheter à peu près tous les modèles de serrure mais il me faut une journée ou deux.

— Je peux faire plus vite, affirme Oreg.

— Parfait, dis-je avec un grand sourire de satisfaction. Persuadé de m'avoir éliminé, Tosten ouvre la porte et cherche de l'aide dans les autres cellules. C'est là qu'il tombe sur Gandelon et sa dame. Or Gandelon connaît bien Buril, et pour cause. Il sait par quel chemin l'on peut s'enfuir.

Tosten pousse un profond soupir.

— Je sais qu'Oreg va t'accompagner mais… si je venais avec vous ? Je pourrais être utile. Je sais me battre maintenant.

Je suis très étonné. Non par la proposition de Tosten mais par la manière dont il l'a formulée.

— J'ai besoin d'Oreg à cause de la présence de Sclavina et parce qu'il est Hurog, dis-je, et j'ai besoin de toi pour conduire Gandelon à Callis, où il sera en sécurité auprès de Tisala. J'ai aussi besoin de toi parce que Beckram t'aime bien et qu'il te laissera lui conter des récits abracadabrants qu'il n'accepterait pas d'un autre. Des récits où il est question d'une esclave fugitive qui est à la fois une magicienne et une espionne. Ou encore d'ossements de dragon fort convoités, dissimulés depuis des siècles dans les sous-sols d'Hurog. Tu lui demanderas de rassembler la Garde Bleue et de gagner Hurog à marche forcée.

Il m'observe d'un œil nerveux et je sais qu'il cherche sur mon visage un signe susceptible de trahir une éventuelle tromperie. Quand il est sûr de ma sincérité, il redresse les épaules et accepte d'un vigoureux hochement de tête.

Quelques manipulations magiques suffisent à Oreg pour ouvrir la porte. Nous entendons les gardes au bas de l'escalier. Restant aussi discrets que possible, nous passons en revue les autres cellules de l'étage. Coup de chance, Gandelon et sa femme occupent la deuxième. La serrure ne pose pas plus de problème à Oreg que la précédente.

Je pousse la porte, j'entre et baisse la tête juste à temps pour éviter un pot de chambre, vide par la grâce des dieux. Décidément, je vais être abonné aux pots de chambre. Il est vrai que ce n'est pas très original, mais, étant donné leur poids, ces petits domestiques font de redoutables massues.

Je le récupère avant que la femme de Gandelon puisse s'en servir de nouveau.

— Chut! dis-je à voix basse. Arrêtez!

— C'est moi qui suis censé assommer Stolon ce soir, déclare Tosten en entrant à son tour et en s'inclinant devant la jeune femme. Je suis Tosten d'Hurog. Et vous? L'épouse du sieur Gandelon, je suppose.

— Que venez-vous faire ici? demande Gandelon, invisible dans la zone d'ombre où il est emprisonné.

— Vous porter secours. Vous ne pensez quand même pas que Kariarn a l'intention de vous laisser vivre?

Oreg approche de Gandelon et se met aussitôt à l'ouvrage pour le libérer de ses chaînes. Jugeant que l'alerte est passée, je dépose le vase de nuit par terre.

— Je le reconnais, celui-ci, lance l'épouse de Gandelon en me montrant du doigt. Mais qui sont les deux autres?

Oreg a tôt fait de délivrer Gandelon, qui se lève, se masse les poignets, le dévisage puis se tourne vers Tosten.

— Ce sont des Hurog, répond-il. Aucun doute là-dessus. Mais je ne les ai jamais rencontrés.

Au moment de faire les présentations, j'ai un trou. Impossible de me rappeler le nom de l'épouse de Gandelon. Au bout d'un moment de flottement, je finis par trouver l'artifice qui me sauve:

— Mes compagnons seraient ravis que tu leur présentes ton épouse, Gandelon. Je vous rendrai ensuite la pareille.

Un sourire furtif passe sur les lèvres de l'Oranstonien.

— Dame Allysaian, mon épouse, dit-il d'un ton très officiel.

Je sens néanmoins de l'affection dans sa voix quand il prononce le nom de sa compagne. Je ne m'y attendais pas, étant donné les relations qu'il entretient avec Jakoven.

Je m'incline et désigne mon frère d'un geste de la main.

— Dame Allysaian, sieur Gandelon, je vous présente mon frère Tosten, qui vient ici pour vous aider.

Dans la cellule sordide, au milieu des joncs pourris et des pots de chambre, dame Allysaian salue d'une admirable révérence et Tosten lui retourne la politesse tout aussi élégamment.

— Mais, fait Gandelon, ébahi, il n'est pas mort, celui-là ?

— Hurog est réputé pour ses fantômes, dis-je en riant. Dame Allysaian, sieur Gandelon, je vous présente Oreg, notre cousin, qui est également mage.

— Vraiment ? murmure Gandelon. Enchanté, messire Oreg. Et félicitations. Vous avez déjà fait la preuve de vos talents.

— Bien, ne perdons pas de temps, dis-je. Existe-t-il un moyen de s'échapper d'ici ou faut-il faire appel aux pouvoirs d'Oreg ?

Gandelon change brusquement d'attitude :

— S'échapper ? Et abandonner Buril aux Vorsaguiens ?

— Dans l'état actuel des choses, vous n'avez guère le choix, lui fait observer Oreg.

L'Oranstonien le toise et un petit muscle se met à battre sur son maxillaire. Il se tourne vers moi et lâche sèchement :

— Tu marches avec Kariarn, me semble-t-il. En quel honneur viens-tu nous sortir de cette geôle ?

— C'est mon sens de la justice qui me le commande. La voilà, la raison.

Il laisse échapper un rire sceptique.

— Ça, c'est une réplique que j'aurais gobée à l'époque où tu jouais les crétins. Mais je connais maintenant ton talent et ton goût pour la fourberie. Tu mens trop bien, messire Stolon. Kariarn t'a proposé le même arrangement qu'à mon frère. Tu as vu comment ça s'est terminé pour Landislas. Tu veux quand même tenter ta chance pour recouvrer Hurog, c'est ça ?

Tosten se met à respirer bruyamment. Il vient de prendre la mesure de l'offre très alléchante et très dangereuse que m'a faite Kariarn.

Je ne tiens pas à perdre du temps en vaines argumentations et je réponds d'un hochement de tête sans ambiguïté.

— Mets-toi à ma place, tu tenterais le coup comme moi. Mon frère va vous conduire à Callis où la fille de Javernes vous accueillera avec son armée. Vous la mettrez au courant de ce qui se passe à Buril, et elle en informera son père pour qu'il prenne les dispositions appropriées.

Mais Gandelon ne m'est pas encore acquis.

— Et toi, tu pars pour Hurog ? demande-t-il en haussant les sourcils. Tu vas laisser Kariarn forcer les remparts, prendre tout ce qu'il veut dans ta forteresse…

— Il ne veut que des ossements de dragon, dit Oreg.

— Ton oncle meurt pendant les combats et tu récupères Hurog, conclut Gandelon comme s'il n'y avait pas eu d'interruption.

Tosten se raidit et me regarde avec des yeux ronds. J'ai l'impression qu'il avait oublié l'oncle Barbarin.

Il pense que je veux tuer notre oncle pour reprendre Hurog. Ses soupçons me font mal. Pourtant, quelque part en moi, une sorte d'intuition ou de prémonition m'annonce la mort de Barbarin. Je n'ai pas l'intention de le tuer, mais il va perdre la vie et je ne pourrai rien y faire. Alors le mal sera vaincu, le héros (moi-même) aura droit à un retour triomphal et Hurog sera à moi. À moi.

Voilà pourquoi je ne juge pas utile de protester.

Gandelon me décoche un coup d'œil peu amène puis me tourne le dos et je l'entends dire à Tosten :

— Par ici. Il y a un passage qui part de la cellule voisine.

— C'est tout de même bizarre, dit Oreg après nous avoir de nouveau bouclés dans notre cellule fleurie.

— Qu'est-ce qui est bizarre ?

— Cette facilité avec laquelle tu as convaincu tout le monde, y compris toi-même, qu'à nous deux nous serions capables d'arrêter Kariarn et toute une armée, répond-il en s'emparant du pot de chambre.

— Je n'ai pas besoin d'arrêter son armée, Oreg. Il me suffira de persuader Barbarin qu'il est plus sage d'évacuer Hurog sans livrer bataille. Kariarn veut les ossements de dragon, rien d'autre. Il les prendra et s'en ira.

— Tu comptes donc laisser Kariarn faire main basse sur les ossements ? demande Oreg en tapotant nerveusement le pot de chambre sur sa cuisse.

— C'est tout ce que je vois pour empêcher la destruction d'Hurog.

Oreg me scrute mais, dans le pauvre éclairage offert par quelques torches grésillantes, je ne déchiffre pas l'expression de son visage. Un lourd silence s'installe. Tout à coup j'entends des voix. Un groupe d'hommes gravit l'escalier.

— Le pot de chambre, Oreg. Frappe-moi, dis-je en fléchissant les genoux pour lui faciliter la tâche. Je peux feindre d'être assommé mais tu dois y aller assez fort pour me faire une bosse convaincante.

Il jette un regard éteint vers le pot de chambre.

— Je peux encore te faire sortir d'ici, dit-il. Allons trouver Beckram. Revenons avec une armée pour tailler en pièces celle de Kariarn.

— Ça ne marchera jamais. Buril n'est qu'à quatre lieues de la mer. Kariarn n'aura qu'à faire envoyer des messages par ses mages et il trouvera une flotte prête à l'embarquer avec armes et bagages. Beckram, lui, est à Callis. Il ne peut se déplacer que par voie terrestre.

Oreg tire lui-même la conclusion de mon raisonnement :

— Kariarn arriverait à Hurog une bonne semaine avant Beckram.

— Exactement, dis-je. Et Hurog n'est pas préparé pour soutenir un siège. En une semaine, son compte serait réglé.

Les gardes sont entrés dans la cellule de Gandelon. Je les entends pousser des cris furieux et je me penche de nouveau.

— Vas-y. Cogne.

— L'histoire se répète, murmure Oreg. L'Hurogmestre sacrifie le dragon pour la deuxième fois.

Je vois mieux son visage dans la position où je suis et, à son expression, je sens qu'il n'aura pas à se forcer pour m'assener un bon coup sur le crâne.

J'ai vu juste. Il frappe sans regret et je n'ai pas besoin de jouer la comédie pour perdre connaissance.

14

Stolon

En principe, j'ai besoin de plusieurs jours de mer avant de me résigner à garder mes repas par-devers moi au lieu de les offrir stupidement aux poissons.

Mon estomac me donne les nouvelles et je sais que je suis sur un bateau avant même d'avoir ouvert les yeux et de voir Sclavina, assise en tailleur sur la couchette, près de mon paquetage. Elle porte des vêtements d'homme et ressemble de nouveau à la femme qui m'a accompagné pendant ma longue chevauchée à travers les Cinq Royaumes.

Elle sourit.

— Bonjour. Comment va ton crâne ?

À mon tour, je lui adresse un sourire avant même de songer à faire le point. Je porte vivement la main à ma tête. Pas de bosse.

— Mes soins ont fait leur œuvre, commente Sclavina. Tosten était si furieux de te voir prendre le parti de mon maître qu'il t'a frappé comme une brute. Le roi Kariarn a pensé qu'il valait mieux que tu te reposes avant de prendre la mer. Alors je t'ai laissé dormir tranquillement.

— Comment as-tu su que Tosten était en colère et qu'il m'a frappé ? dis-je dès que j'ai recouvré mes sens.

— En te soignant, répond Sclavina en me tapotant le genou. Je me suis mise en état de fusion émotionnelle avec toi et j'ai senti combien Tosten te faisait souffrir.

Je me rappelle que Tosten l'avait accusée de s'être infiltrée dans son cerveau pendant qu'elle le soignait. Que sait-elle au juste ? Je lâche une remarque pour voir comment elle réagit :

— Tosten n'a jamais mesuré l'importance qu'Hurog a pour moi.

Elle hoche la tête avec compréhension. Je la trouve normale, trop normale. Comment imaginer que cette femme est celle qui, il y a peu, baisait les bottes de Kariarn à Buril ?

— N'empêche qu'il t'aime et que tu es son idole. Je suis persuadée qu'il rejoindra nos rangs quand Barbarin sera mort. Alors il pourra repartir de zéro.

C'est invraisemblable ! Tout le monde me croit prêt à faire disparaître mon oncle pour satisfaire mes ambitions personnelles. Mais pourquoi l'opinion de Sclavina compte-t-elle à ce point pour moi ? Peut-être parce qu'elle rejoint celle de Tosten. Car c'est là que ça fait mal. Mais changeons de sujet.

— Le roi Kariarn sait-il que tu as voulu me tuer ?

Elle baisse la tête et je ne peux pas lire son expression.

— C'est très mal, ce que j'ai fait.

Elle relève les yeux, croise mon regard et se met à rire avant de poursuivre :

— Je t'ai vu flirter avec la fille de Javernes, cette grosse vache ! Et tu croyais t'en tirer comme ça après m'avoir repoussée ? Tu l'as payé cher. J'ai vu la douleur te défigurer quand Penrod est mort. Pauvre Penrod. C'est quand même lui qui a été le dindon de la farce. (Elle a le même ton que ma mère quand elle parle de son jardin.) Un moment, j'avais pensé me servir de lui pour tuer ton mage. Mais je n'ai pas pu aller au bout de ce projet. Puis nous nous sommes retrouvés tous ensemble, si près de mon maître, à essayer de le pister. L'occasion était trop belle. Mais Penrod a résisté de toutes ses forces. Quand il a enfin cédé à ma volonté, je n'étais même pas sûre qu'il allait frapper assez fort pour te blesser. À cause de Tosten, on ne saura jamais jusqu'où il aurait pu aller. (Elle rit de nouveau en voyant la tête que je fais et me caresse l'oreille du bout d'un doigt.) Je t'avais dit que tu le regretterais quand tu m'as repoussée. Si mon maître apprend ça, il me punira sévèrement.

L'extase se lit sur son visage à l'idée de recevoir une punition de Kariarn. C'en est abject.

— Tiens, ça me fait penser que j'ai intérêt à aller l'informer de ton réveil.

— Va, dis-je, atterré.

Elle sort de la cabine et ferme la porte. À clé ou non ? Je suis incapable de le dire.

Oreg apparaît alors à l'endroit où elle était.

— Kariarn lui a dit d'être aux petits soins avec toi.

Je tressaille et Oreg me tapote le genou comme Sclavina l'a fait tout à l'heure. J'ai un mouvement de recul dont je me suis abstenu avec elle.

— Tosten a réussi à filer ?

— Oui. (Oreg se retourne et je cesse de voir son visage.) Pardon de t'avoir frappé si fort.

Je me souviens de ce que nous venions de dire et de l'angoisse qu'il éprouvait.

— Oreg, je l'empêcherai de prendre les ossements si j'en trouve le moyen.

Il hoche la tête sans me regarder.

— Et pour Barbarin, que comptes-tu faire ?

Tosten, Sclavina et maintenant Oreg. Cette fois c'en est trop. Sans parler de ce maudit roulis qui s'acharne à me faire remonter les tripes au bord des lèvres. Je suis à bout et je réponds méchamment avec le désir de lui faire mal.

— Je le tuerai si Kariarn ne le fait pas à ma place. Il est le dernier obstacle entre Hurog et moi. D'ailleurs, tout bien réfléchi, je sacrifierai tous ceux qu'il faudra sacrifier pour rentrer en possession de ce qui me revient de par ma naissance.

Comme toujours quand je cède à la colère, mes paroles ont dépassé ma pensée. Je croyais qu'il allait comprendre mais il disparaît. *Même Oreg… Même lui me croit capable de tuer Barbarin.*

Les dernières semaines n'ont pas été faciles.

Quand je monte sur le pont, il faut que je parle avec Kariarn, et Sclavina est toujours à portée de voix. Je dois rester perpétuellement sur le qui-vive, ne rien laisser filtrer qui puisse révéler que je ne suis pas le partisan numéro 1 du seigneur vorsaguien. Sclavina elle-même se comporte comme s'il ne s'était rien passé et je suis bien obligé d'en faire autant pour ne pas lui mettre la puce à l'oreille.

Petit à petit, je me suis efforcé d'être plus causant, plus enjoué. Je joue ce jeu mais les leçons tirées des violences de mon père ne cessent de me rappeler à la prudence, lourdes et douloureuses comme un cilice que je porterais en permanence. Mais, plus le temps passe, plus mon désir de reconquérir Hurog devient brûlant et je mesure à quel point j'ai besoin de Kariarn pour parvenir à mes fins. Sans cela, je crois que je ne pourrais jamais donner le change comme je le fais. Cette motivation forte et authentique me sert en quelque sorte de façade. Je lui exhibe cette vérité éclatante afin de l'aveugler sur le reste.

Kariarn, de son côté, montre que sa réputation de charmeur n'est pas usurpée. Il joue la complicité, me questionne amicalement, m'accorde une oreille attentive lorsque je peste et râle contre les imbéciles qui m'entourent. Encore un sujet sur lequel je n'ai pas besoin de forcer mon naturel. Il en est d'autres. Je lui ai dit combien Hurog compte pour moi. Je lui ai même parlé de mon père. Je me livre tant et tant que, quand je retrouve ma cabine et Oreg avec ses silences accusateurs, je ne me sens plus l'énergie de remuer ciel et terre pour lui prouver qu'il se trompe.

Ses soupçons, pourtant, me fendent le cœur. Cette fois encore, la douleur qu'ils m'infligent est presque aussi insoutenable que la perte d'Hurog. On dirait que c'est mon lot. Je me rappelle ce que j'ai pensé devant le bûcher de Cascador : que mon oncle s'occuperait mieux du domaine que mon père et que ses descendants feraient tout aussi bien après lui. J'en suis moins sûr aujourd'hui et je suis d'autant plus à vif lorsque Kariarn m'agite sous le nez la perspective d'un retour au pouvoir.

Ce soir je rêvasse, accoudé au bastingage, à l'avant du navire. Le couchant dessine des tracés rouges sur la mer assombrie. La brise est fraîche et fait voleter mes cheveux autour de mon visage.

— Tu ne feras pas avancer ce bateau plus vite par la seule vertu de ta volonté, dit Kariarn qui arrive dans mon dos.

Je ne pourrais pas non plus le faire avancer moins vite. Hier j'ai entendu le lieutenant, un marin de Valdemer, dire que nous filions une belle allure.

— J'en ai assez de la pitance du bord, dis-je avec une sincérité non feinte.

Oreg ne vient me parler que lorsque je l'exige. Je me demande si, dans un avenir lointain, il ne racontera pas à un jeune Hurogmestre que Stolon a trahi les dragons. Oreg, en tout cas, ne manque pas de compagnie. Il s'est lié d'amitié avec l'engeance rampante qui grouille dans les entrailles du navire. Plusieurs fois, en entrant à l'improviste dans ma cabine, j'ai vu un groupe de ces rongeurs gris verdâtre sauter de ses genoux pour filer se cacher.

Un peu plus tard, les rats ont commencé à attaquer les vivres, puis les champignons s'y sont mis, et les charançons, et d'autres parasites dont j'ignore le nom. Mon couchage était perpétuellement détrempé. Les rats visitaient mon paquetage et tous mes vêtements étaient troués. Je les ai fait réparer par Oreg. La cause aurait pu en être la mauvaise fortune mais je soupçonne fort Oreg et ses compagnons à courtes pattes d'être à l'origine de ces dégâts.

— J'ai demandé au chef de cale de faire détruire cette vermine, dit Kariarn d'un ton compréhensif. J'ai aussi envoyé une chaloupe prendre du ravitaillement à bord du *Pégase*. Nous aurons un bon déjeuner demain.

Notre convoi se compose de six bateaux. Deux cent cinquante hommes par bâtiment, excepté le *Serpent* qui transporte cent hommes, le basilic et cinquante chevaux (les montures des officiers ; Pompon est donc resté à Buril). Cela représente mille quatre cents hommes dont les deux tiers sont des combattants confirmés, le reste étant composé de cuistots, estafettes, forgerons, maréchaux-ferrants, écuyers, etc. Soit près d'un millier d'hommes d'armes plus un monstre pour prendre Hurog. Barbarin en a au mieux cent vingt et il lui manque Stala ainsi que la moitié de la Garde Bleue.

Je laisse mon regard errer sur l'onde.

— J'ai toujours eu horreur des voyages par mer, me confie Kariarn en posant les mains sur le bastingage et en se penchant dans le vent.

— Tu as le mal de mer ? dis-je bien qu'il n'ait jamais montré de signe d'indisposition.

— Pas plus que toi, fait Kariarn avec un grand sourire.

Je souris, moi aussi. J'ai passé une nuit entière à vomir mais tout le monde l'ignore. J'ai ordonné à Oreg de nettoyer les traces de la mésaventure. Il a obéi rapidement et efficacement, mais j'ai tout de même été contraint de demander alors qu'il aurait dû prendre lui-même cette initiative. Oreg ne fait plus rien spontanément pour soutenir un Hurogmestre qui a trahi les siens.

— Je déteste être obligé de prendre en compte des éléments que je ne maîtrise pas, dit Kariarn.

— Moi aussi, fais-je en riant et en me tournant vers lui.

— Je te trouve triste par moments. Sclavina dit que c'est à cause de ton oncle.

— Ça m'arrive mais je n'oublie pas qu'il m'a volé Hurog, dis-je en hochant la tête et en regardant Kariarn dans les yeux. J'ai fait le gros dos sous les coups de mon père, j'ai joué au benêt pendant des années pour ne pas perdre mon fief. Je ne laisserai pas Hurog entre les mains de Barbarin.

Il me pose une main sur le bras puis, au bout d'un moment, me décoche une bourrade amicale.

— J'ai du mal à croire que tu ne saches pas où sont cachés les ossements de dragon.

Ce n'est pas la première fois qu'il fait ce genre de remarque et je me disculpe toujours par le même argument :

— Je les avais trouvés quelques semaines seulement avant la venue de Sclavina. Oreg était au service de mon père avant d'être au mien.

Et au service de mon grand-père, auparavant. Mais, ça, ça ne regarde pas Kariarn.

— Les mauvais traitements de mon père l'avaient pratiquement mis hors d'état de me servir convenablement. Il m'a fallu beaucoup de temps pour obtenir sa confiance et pour qu'il accepte de me livrer les secrets d'Hurog.

— Tu penses donc qu'il existe d'autres secrets ?

Kariarn a posé la question presque incidemment, d'un air si dégagé que je dois revoir dans ma tête ce que j'ai bien pu dire pour susciter ce vague semblant d'intérêt.

Les secrets. Les sempiternels secrets. Pour un obsédé d'occultisme comme Kariarn, secret est synonyme de magie. S'il se persuade que d'autres objets magiques se dissimulent à Hurog, je n'arriverai jamais à le faire repartir. Il risque de chercher éternellement parce qu'à ma connaissance il n'y a rien à trouver.

Je hoche la tête et je lui dis la vérité :

— Mon grand-père a vendu tout ce qui avait de la valeur ou de l'intérêt. Quatre costumes de toile tissée par les nains, tous les artefacts dans lesquels ses mages décelaient de la magie, la plupart des tapisseries de valeur. Mais, d'après les comptes du domaine, il restait deux mille drachs d'argent. Je sais par ses notes que mon père y avait accès. Il devrait en rester mille deux cents mais ils ne se trouvaient pas dans le coffre. Je suis prêt à parier qu'Oreg sait où ils ont été déposés. Avec cette somme, on pourrait acheter assez de moutons pour commencer un élevage rentable. C'est le mouton qui pourra permettre à Hurog de s'en sortir.

Je débite mon discours à mon rythme habituel et l'air intéressé de Kariarn devient un masque inexpressif. Je poursuis cependant.

— Mon grand-père et mon père ont essayé l'élevage de chevaux mais ça demande trop de main-d'œuvre. Difficile de faire des bénéfices avec le cheval. Le mouton, en revanche…

Je continue à détailler avec enthousiasme ma théorie sur l'élevage ovin et toute forme d'intérêt disparaît du visage et du regard de Kariarn.

Je suis seul dans ma cabine. J'attrape les pans de ma chemise, je reste aveugle le temps de faire passer le vêtement par-dessus ma tête et, hop, me voici torse nu et en compagnie d'Oreg.

— J'ai observé qu'avec ta lente élocution tu avais tendance à abréger tes discours pour ne pas décourager tes interlocuteurs. As-tu remarqué comment Kariarn serrait la main sur son couteau tandis que tu lui énumérais par le menu les différences entre l'agneau avinhelite du Nord et celui du Sud ?

C'est la première fois qu'il me parle aussi longtemps depuis que je me suis éveillé à bord de ce bateau. Et ça m'inquiète.

Cette soirée a été éprouvante et je n'ai pas le cœur à l'ignorer. Je demande benoîtement :

— Eh bien, quelle bonne surprise nous mijotes-tu ? Que vas-tu inventer maintenant que tes petits amis ont rongé les cordes de mon hamac ? Tu attends de me voir tomber en pleine nuit et me briser la nuque ?

J'ai troqué ma couchette contre un hamac qui me permet de mieux supporter le roulis et le tangage du bâtiment.

Il écarquille les yeux. Je tire sur la corde du hamac, côté tête (si le côté opposé lâchait, je tomberais simplement les pieds en premier), et, au deuxième essai, le hamac se décroche. En fait, c'est le bois qui a pourri et cédé, non la corde qui a été rongée. Mais j'estime que la vermine, en général, porte la responsabilité de cette dégradation.

Je monte sur une cantine et j'amarre les cordes à d'autres crochets. Une fois l'installation terminée, je m'assieds dans mon hamac et me concentre pour me mettre dans de meilleures dispositions. Il va falloir être souple, négocier.

J'ai besoin d'Oreg pour sauver Hurog. L'heure n'est plus aux bouderies stériles.

J'attaque sur le point sensible :

— J'ai compris que tu ne veux pas voir les ossements de dragon tomber entre les mains de Kariarn. Mais je ne sais pas comment l'empêcher de les dérober.

— Elle était si belle…, dit Oreg, très énigmatique. Rose et or avec une voix qui faisait danser les feuilles dans les arbres. Et Seleg l'a tuée par peur de perdre Hurog. Il en a été attristé, certes, il a pleuré, mais il s'est blanchi par la suite. Il a jeté la malédiction sur sa famille et a prétendu avoir agi légitimement. Tout cela parce qu'il n'a jamais voulu reconnaître sa peur de perdre Hurog face aux envahisseurs. Pour les arrêter, il avait besoin de la magie obtenue grâce à la mort du dragon.

Il fait un pas pour s'éloigner de moi avant d'enchaîner :

— Alors il a compris ce que cela signifiait de tuer un dragon. La lignée des Hurog était riche en mages jusqu'alors. Ensuite Seleg a été le dernier. Il n'y en a pas eu d'autre avant ta naissance dans cette famille.

Je le dévisage, concentré sur mes souvenirs. Je me rappelle de petites phrases qu'il m'a dites ici et là, d'autres qu'Axiel a laissées échapper.

— C'est à cause de ça que les nains ont quitté Hurog, n'est-ce pas ? Enfin, pas le meurtre du dragon à proprement parler mais ce qui a suivi. Les nains ignoraient que Seleg était le responsable de cette mort sinon ils auraient attaqué Hurog. Or il n'y a aucune trace d'un tel événement dans les récits historiques. Mais des changements sont survenus à Hurog après la mort du dragon. Les nains ont été victimes d'épidémies, leurs pouvoirs magiques se sont affaiblis.

Oreg acquiesce d'un hochement de tête. Je prends une profonde inspiration.

— C'est aussi pour ça que les mines ont cessé de produire et que les terres agricoles les plus productives ont été envahies par le sel. J'ai mis mon nez dans les livres d'autrefois. Aujourd'hui, les meilleures années ne donnent pas la moitié de ce qu'on récoltait alors.

— Exact, murmure Oreg.

Je saute de mon hamac et je repars dans mes souvenirs en faisant les cent pas dans la petite cabine.

— Les effets de ce meurtre ne se limitent pas au royaume des nains. Je suis monté sur les ruines du temple de Mégone et j'ai regardé Estian. La ville rétrécit, et on voit que ça ne date pas d'hier. Hurog n'est pas le seul royaume à décroître. Le mal se généralise.

— Exact, murmure de nouveau Oreg.

— Et la malédiction d'Hurog ne se limite pas à la fin des naissances de mages dans la famille. Je me rappelle le temps où ma mère était joyeuse ; au fil des années passées à Hurog, elle est devenue hallucinée. Il y a aussi mon père. (Je me souviens, bien sûr, de ce que m'a dit Oreg en rêve.) Hurog empoisonne les gens qui y vivent. Mon grand-père a eu huit enfants légitimes et seuls deux ont vécu. Les autres sont morts en bas âge. Ciarra est née muette et Tosten suicidaire.

La fatigue du voyage commence à me porter sur les nerfs et j'ai envie de cogner très fort sur quelque chose ou sur quelqu'un. C'est à croire que je suis toujours affecté par la bêtise que je croyais feinte.

— Et tu as perdu tes pouvoirs de mage, ajoute Oreg.

— Pas complètement, tu vois.

J'agite la main et les lampes à huile qui nous entourent redoublent d'éclat.

Je regarde Oreg du coin de l'œil et il m'apparaît qu'il a peur de moi. Il est vrai que je suis agité et que je peste contre la terre entière, sans véritable motif autre que la tension et la fatigue. Je dois lui rappeler mon père quand je me conduis ainsi. Je soupire, ferme les yeux et chasse de mon âme la colère que j'éprouve contre Seleg, qui m'a trahi et n'est plus le héros dont j'avais besoin pour me soutenir ; la colère que j'éprouve envers mon père, cette brute, envers ma mère, envers Hurog dont la magie néfaste a détruit la voix de ma sœur et la raison de ma mère. Mais, en premier, j'essaie d'oublier la colère que j'ai éprouvée contre Oreg, qui n'a pas cru en moi.

La voix de ma tante résonne dans ma tête fatiguée. *« La colère est bête et la bêtise peut te tuer plus sûrement que la lame de ton adversaire. »* C'est moi qui ai choisi Seleg comme modèle. Il n'y est pour rien. Moi-même n'y suis pour rien si mon père s'est conduit comme un barbare et si ma mère a choisi de se réfugier dans la fuite. Quand je suis certain que la colère m'a quitté, je me tourne vers Oreg. Si j'ai été trahi, lui l'a été beaucoup plus que moi.

— Je ne peux pas défaire ce que Seleg a fait, dis-je au bout d'un long moment. Mais le réparer ? Je ne vois pas.

Les yeux violets d'Oreg sont toujours dilatés de terreur. J'ai l'impression qu'il me guette pour savoir de quel côté bondir quand je passerai à l'attaque.

— Peut-être te mettrai-je à contribution pour que tu nous fasses entrer dans Hurog quand nous serons arrivés assez près. Nous pourrions aider mon oncle à défendre la place.

— Barbarin ne peut pas défendre Hurog, Stolon. Il y a trop d'hommes sur ces bateaux. Même si toute la Garde Bleue était là, Hurog ne tiendrait pas longtemps face à cette armée. Dans son état actuel, Hurog est incapable de soutenir un siège.

— Peux-tu faire sortir les ossements du donjon ?

Oreg secoue la tête.

— Je t'ai déjà dit que non. Si le squelette quitte la caverne où il est protégé, n'importe quel devin ou mage à quarante lieues à la ronde pourra le détecter. Mais ce n'est pas le problème. Seleg m'a imposé de garder les ossements cachés au cœur d'Hurog et je dois en répondre sur ma vie.

— Dans ce cas, vois-tu une autre solution pour empêcher Kariarn de s'emparer de ces ossements ?

— Aucune, répond Oreg en se détournant de moi.

— Oreg !

Il reste immobile.

— *Oreg ?*

Il finit par me regarder.

Je m'éclaircis la voix pour cacher mon émotion. Je ne veux pas qu'il se rende compte de l'importance que j'accorde à sa réponse.

— Penses-tu vraiment que je tuerais mon oncle pour retrouver ma position d'Hurogmestre ?

Son visage se tend brusquement ; il tombe à genoux devant moi.

— Je crois que tu n'aurais jamais tué un dragon, même pour te protéger. Je crois que tu n'aurais jamais sciemment trahi un accord.

C'est émouvant et j'aimerais pouvoir le croire. Mais je commence à connaître les esclaves. Ils disent à leur maître ce que, selon eux, ces maîtres ont envie d'entendre. Ensuite, ils s'efforcent de le croire eux-mêmes.

Oreg relève la tête. Ses traits ont une expression insolite qu'ils n'ont jamais prise en ma présence. Il me faut un long moment pour comprendre que c'est de l'espoir qui est inscrit sur son visage.

— Tu ne trahirais pas Hurog, affirme-t-il. Tu agirais toujours selon ta conscience, même si cela devait te coûter.

Je trouve aussi une étrangeté dans le ton sur lequel il a prononcé ces phrases. Comme si les mots avaient un sens caché.

Mon attention est alors détournée par une ombre jaillie de nulle part qui se précipite vers nous en chicotant bruyamment. Oreg éclate de rire, attrape la bestiole grisâtre et lui ébouriffe joyeusement le poil derrière la tête. Il lui murmure quelque chose à l'oreille et la repose. Aussitôt, le rongeur repart se cacher dans l'ombre au fond de la cabine.

Oreg tombe assis sur le plancher, se plie en deux et cache sa tête entre ses genoux en éclatant de nouveau de rire. L'hilarité lui secoue violemment les épaules et c'est avec le plus grand mal qu'il parvient à dire :

— Il y a un poisson pourri sous tes couvertures.

— Le commandant a annoncé que nous entrerions demain dans le port de Tyrfannig, probablement aux premières lueurs de l'aube, dis-je à Oreg.

Il est couché à plat ventre dans le hamac et se balance mollement en regardant le plancher de la cabine. Il fait nuit noire dehors mais la petite lampe à huile qui veille suffit amplement à éclairer le réduit.

— Plaît-il ? fait distraitement Oreg.

Le vieux plancher serait-il plus intéressant que moi ?

— Tu peux cesser de regarder entre les lattes et m'accorder un minimum d'attention ? dis-je en me mettant à faire les cent pas.

Les cent pas, c'est beaucoup dire dans un espace aussi restreint. Ça se limite à deux pas, demi-tour ; deux pas, demi-tour et ainsi de suite. Notre cabine est, paraît-il, la plus grande après celle de Kariarn. Que doivent être les autres !

— Dès que ce sera possible, tu files à Tyrfannig et tu préviens de l'arrivée des bateaux. Tu vas trouver l'échevin, tu lui demandes d'envoyer un message à mon oncle et…

Oreg me coupe d'une voix apaisante :

— Calme-toi, Stolon. Calme-toi. Je sais parfaitement ce que j'ai à faire.

Il se retourne et saute du hamac dans un seul et même mouvement souple et gracieux. Ce qui me force à cesser mes allers et retours car il n'y a plus assez de place.

— Je vais dire à la population de se cacher jusqu'à ce que les troupes soient passées, reprend mon fantôme domestique. Ensuite, dès que nous en sommes assez proches, je nous transporte tous les deux à Hurog pour que tu puisses avertir Barbarin.

Oreg n'est plus le même depuis quelques jours. Est-ce parce qu'il me fait confiance ? Toujours est-il que je ne l'ai jamais vu aussi serein ni d'aussi bonne humeur. Ça me rend nerveux. *Plus* nerveux, pour être juste. Le doute ne cesse de m'assaillir depuis que je suis sur ce bateau. Et ça ne fait qu'empirer à l'approche de l'action. Il faut dire que mon plan tient à un fil. Si un autre me le proposait, je le trouverais risible.

Même sans avoir l'expérience de la guerre de siège, je sais qu'Hurog ne tiendra pas longtemps car les récoltes ne sont pas encore commencées. La seule option possible à mes yeux est donc de faire évacuer la population en espérant que Kariarn repartira dès qu'il aura mis la main sur les ossements de dragon. Malgré les comédies et gesticulations dont il m'a saturé, Oreg ne semble plus très inquiet en ce qui concerne cette partie du plan. Il en parle avec une assurance indéfectible alors que, moi, je ne suis pas du tout certain que mon oncle me suivra quand je lui demanderai de vider Hurog de sa population.

— Peut-être Sclavina ne serait-elle pas retournée auprès de Kariarn si j'avais cédé à ses avances.

Je me laisse tomber sur le lit puisque mon « esclave » s'est approprié le hamac.

— Ça n'aurait rien changé, Stolon. Elle est liée à Kariarn.

— Et tu n'aurais pas pu briser ce lien ?

— Peut-être. Il aurait fallu qu'elle le souhaite ardemment. Or ce n'était pas le cas.

Toutes ses réponses, toutes ses réflexions sont frappées au sceau de la raison et ça m'énerve. Je serre les poings comme mon père le faisait quand il allait sortir de ses gonds. Cette pensée me force à rouvrir les mains, à tendre les doigts et à les poser bien à plat sur l'étroite couchette.

— Désolé, Oreg. Je suis à cran. Je suis incapable de prévoir clairement comment le plan va se dérouler et ça me rend malade.

Une expression de sympathie passe brièvement sur son visage.

— Que tu le veuilles ou non, les événements se produisent quand leur heure est venue.

À peine a-t-il prononcé ces paroles que je le vois se raidir. Il redresse la tête et regarde dans le vague.

— Nous sommes allés plus vite que je ne le pensais, dit-il. Je peux prévenir Tyrfannig dès à présent.

Mon pouls accélère. Ça y est, ça démarre. Je suis incapable de savoir si ça me fait du bien ou non.

Il n'y a pas un seul bateau au mouillage lorsque nous arrivons en vue de Tyrfannig. Les quais sont déserts. L'absence de débardeurs ne gêne en rien la flotte de Kariarn. Les bateaux jettent l'ancre au large et les équipages mettent des yoles à l'eau pour transporter hommes et chevaux sur la terre ferme.

— C'est toujours aussi mort par ici ? demande Kariarn qui surveille la manœuvre depuis la proue de notre navire.

— Non, dis-je en observant le va-et-vient des yoles vorsaguiennes.

Les embarcations sont plus larges et plus plates que les yoles de chez nous, les gens du Nord. À la mauvaise saison, elles chavireraient comme des coquilles de noix dans la tempête. Mais il fait beau ce matin et elles fendent la houle avec aisance.

— Où sont passés les gens ?

— Mon frère a dû envoyer un message à Barbarin, dis-je d'un ton léger. Mais… regardez-moi ça ! S'ils ne font pas plus attention, ce cheval va finir par… Ah, ça y est, ils lui ont mis le bandeau. J'ai bien cru que la chaloupe allait verser.

— Un message ! s'exclame Kariarn. Quel message ? Combien d'hommes est-il en mesure de rassembler ?

Je vois que je ne suis pas le seul à être nerveux.

— Mon oncle a un mage à son service, dis-je. Javernes également. Vu la manière dont cette ville semble avoir été évacuée, je pense que Tosten a averti Javernes de notre arrivée et que Javernes, à son tour, en a avisé mon oncle.

Une lueur d'espoir se met à briller. J'avais oublié les mages.

— Sclavina ? demande Kariarn.

— D'après mes renseignements, le mage de Barbarin est nul et celui de Javernes ne maîtrise pas les techniques de télépropagation du verbe, répond-elle en secouant la tête. Pour moi, ce serait plutôt Oreg…

Elle me regarde tout à coup avec un air bizarre.

— Il est peut-être capable de le faire, dis-je d'un ton détaché. Il aime s'entourer de mystère. Quoi qu'il en soit, ça n'a aucune importance. Il n'y a pas de soldats à Tyrfannig, à part une vingtaine de mercenaires payés pour escorter les marchands. L'été tire à sa fin et ils ne devraient pas être nombreux. Quant à mon oncle, il n'a que la moitié de la Garde Bleue avec lui.

— Il a un autre fief, non ?

— Oui, Iftahar en Tallven. En admettant même qu'il ait eu le temps de faire venir tous ses hommes d'Iftahar à Hurog, ça ne représentera pas la moitié des effectifs que nous amenons sur ces bateaux.

— Si un messager a pu faire la jonction aussi vite, pourquoi pas une armée ? avance Kariarn.

— Mais non, dis-je en haussant le ton avec un brin d'agacement. Comment peux-tu imaginer qu'une armée soit capable de couvrir pareille distance à cette vitesse ? Un cavalier peut couper à travers bois et prairies, une troupe doit suivre les routes ou au moins les chemins praticables à cause de l'intendance et du matériel. Elle ne peut guère parcourir plus de cinq lieues par jour. Si Barbarin a rameuté ses troupes basées à Iftahar, elles ne seront pas à pied d'œuvre avant une bonne semaine. À ce moment-là, je serai rentré en possession d'Hurog et je les accueillerai tel un héros puisque j'aurai chassé ton armée de la forteresse.

Les mages de Kariarn ont fait monter le basilic sur le pont du bateau voisin. L'animal me paraît plus long que les yoles mais, contre toute attente, ils ont quand même l'air décidés à le transférer dans l'une d'elles. L'étroite embarcation balance comme un pendule sous le palan qui doit la descendre à la mer. Le basilic est si lourd que le navire gîte dangereusement. Si une grosse vague arrive, il va chavirer à coup sûr.

Le monstre s'est immobilisé, les quatre pattes écartées pour stabiliser le roulis. Il reste ainsi un long moment puis, d'un coup, démarre et traverse le pont comme un éclair. Mais, au lieu de monter dans la yole, il glisse sans l'ombre d'une hésitation par-dessus le bastingage et plonge. Qui aurait cru que les dragons de pierre savaient nager ?

Kariarn pousse un juron et se précipite vers l'autre bord pour ne pas perdre le basilic des yeux. Je le suis à temps pour voir la bête s'enfoncer sous notre bateau en frappant la coque d'un brutal coup de queue. Le mouvement de balancier qui suit déséquilibre tout le monde. D'une main j'empoigne le bastingage. De l'autre je rattrape instinctivement Kariarn qui allait voltiger par-dessus bord.

À peine a-t-il repris pied qu'il fonce vers l'autre bord et assiste au spectacle du basilic qui accoste le rivage rocailleux, sort de l'eau et va s'installer en hauteur parmi les rochers. Il fait halte et ferme les yeux. Il se fond si intimement avec la pierraille environnante que, si je ne l'avais pas vu arriver, je serais incapable de le distinguer.

On m'assène une claque dans le dos. Je me retourne.

— Merci de m'avoir retenu, dit Kariarn avec un large sourire.

Je souris aussi. Se serait-il noyé si je ne l'avais pas attrapé machinalement ? Sans aucun doute car je crois que j'aurais plongé pour le « secourir » et que j'aurais veillé à ce qu'il ne remonte pas. Manque de chance, j'ai agi par réflexe et le réflexe ne réfléchit pas. Je l'ai sauvé bien malgré moi.

— Vous pouvez embarquer, seigneur, annonce un matelot en approchant.

Kariarn me fait signe de passer devant. Je m'exécute et l'obscurité tombe sur moi comme un voile de ténèbres.

Je m'éveille sur un plancher qui ne bouge plus au rythme de la houle. Mes chevilles et mes poignets sont soigneusement ligotés ensemble.

— Je suis vraiment désolé, dit Kariarn. Surtout après la preuve de fidélité que tu m'as donnée en m'empêchant de passer par-dessus bord.

Je le regarde bien en face. Le contrecoup du sortilège de Sclavina est moins pénible que la fois précédente. Je m'habitue peut-être.

— Je ne peux pas me permettre de te laisser toute liberté, m'explique Kariarn avec l'air de jouer sincèrement franc-jeu. J'enverrai des gens te chercher dès que j'aurai pris la forteresse. Ensuite Sclavina et mes mages procéderont à une mise en scène spectaculaire pour faire croire qu'ils t'aident à reconquérir Hurog. Tu ne risques rien ici. Seuls mes hommes savent que tu es notre prisonnier. Même si des habitants de Tyrfannig reviennent, personne ne pourra t'inquiéter car je laisse le basilic dans le local voisin, qu'il faut traverser pour entrer et sortir de cet entrepôt.

— Tu ne prends pas le basilic avec toi ?

— Mes mages disent qu'il est plus difficile à contrôler depuis la traversée en bateau et qu'il risquerait de décimer mon armée aussi bien que celle de ton oncle. Je préfère l'utiliser pour te garder et te protéger en attendant de le domestiquer pour en faire autre chose.

Je hoche la tête. Lentement, pour ne pas accentuer les douloureuses pulsations que je sens dans mes tempes.

— Je comprends, dis-je. Un détail, tout de même : tâche de conquérir Hurog. Ne rate pas ton coup. Je ne tiens pas à rester ici jusqu'à ce que cette charmante bestiole se sente une petite faim…

Kariarn éclate de rire et sort, suivi de Sclavina. À peine le verrou a-t-il glissé en place qu'Oreg jaillit de l'ombre.

— C'est une grosse erreur de laisser le basilic à côté. Ils pourraient le payer cher. La terre est encore imprégnée de magie des dragons, qui sont des êtres proches du basilic.

À mon avis, ils se trompent en croyant contrôler totalement le monstre. Tu n'es pas le seul à savoir jouer les idiots.

Le basilic ferait le benêt ? On aura tout vu et entendu !

— As-tu réussi à faire évacuer toute la ville ?

— J'ai porté un message de ton oncle à l'échevin. L'homme sait lire. Grâces soient rendues à son âme de marchand.

— Un message de mon oncle ! Mais...

— Écrit de sa propre main et frappé de son cachet, confirme Oreg. J'ai un talent confirmé pour la contrefaçon. Le message de Barbarin ordonne aux habitants de Tyrfannig d'aller se cacher dans les collines autour de la ville.

Il tire une petite dague de sa botte et tranche mes liens en un tournemain. Je me frotte les mains et les pieds pour rétablir la circulation.

Nous décidons de ne pas envoyer de message à Hurog. Un simple avertissement ne suffirait pas à décider Barbarin à faire évacuer la place. Je ne le ferais pas moi-même.

— Peux-tu t'y rendre en personne pour les prévenir de vive voix ?

— Non, répond Oreg.

Je reçois la réplique comme un coup de poing à l'estomac.

— Comment ça, non ? dis-je en cessant de masser mes articulations. L'armée de Kariarn va écraser Barbarin et ses pauvres troupes. Ce sera un massacre ! Et la population ?

Oreg secoue la tête.

— C'est trop loin de toi. Je ne peux pas y arriver.

Je fais le vide dans ma tête pour chasser la panique qui menace de s'y installer.

— Bon, dis-je dès que j'ai retrouvé mon calme. Il reste une solution : s'en approcher le plus possible. Quand l'armée de Kariarn aura quitté Tyrfannig, tu trouveras bien un tour de magie pour nous faire sortir d'ici. Pourquoi es-tu encore en train de secouer la tête ?

— Elle a jeté un sort au bâtiment pour que tu ne puisses pas t'en échapper. Je le sens et je ne vois aucun moyen de le contrer sans qu'elle en soit avertie. Je crois qu'elle te soupçonne d'en savoir beaucoup plus en magie que tu ne veux bien le dire. Peut-être à cause du bûcher de Cascador.

— Récapitulons : tu peux aller et venir à condition de ne pas trop t'éloigner de moi. Et je ne peux pas m'enfuir sans alerter Sclavina. Faut-il la craindre ?

Oreg acquiesce d'un nouveau hochement de tête.

— Kariarn a beaucoup de mages avec lui. Si nous nous évadons, ils arriveront sans doute à nous localiser et à nous arrêter. Mais Sclavina a réalisé sa magie dans la précipitation et les sortilèges concernant les portes sont fragiles. Les portes ont pour fonction première de laisser les gens entrer *et sortir*. Leur nature se rebelle contre les sortilèges d'enfermement.

— Tu as entendu ? Le basilic se trouve entre nous et la sortie. Et tu dis cette bête plus intelligente que Kariarn ne le pense. Tu crois qu'on peut négocier avec elle ?

— Non. Personne ne négocie avec sa pitance. Mais si j'arrive à le toucher pendant quelques minutes, je pourrai en prendre le contrôle.

— Même ici ? Dans un site imprégné de magie des dragons ?

— C'est particulièrement propice, m'apprend Oreg avec un grand sourire.

— Je vois, fais-je pensivement. Donc il suffit de détourner l'attention du basilic pour que tu puisses le toucher.

Grâce à ce pouvoir qui me permet de retrouver les choses et les êtres perdus, je localise le basilic. Il attend de l'autre côté du mur, à une dizaine de pieds de la porte. Je suis encore étonné de cette magie retrouvée : je connais *exactement* la position du basilic. Ça va me servir. Je me souviens de ces combats en aveugle auxquels je me livrais avec Tosten. Voilà le plan. Je dois essayer. Je suis sûr d'avoir mes chances. J'en serais certainement plus sûr si je n'avais pas vu, tout à l'heure, le monstre filer hors du bateau avec cette stupéfiante vivacité.

Je remarque un balai dans un coin du local où nous sommes reclus, Oreg et moi. Ce n'est pas une arme bien redoutable mais ça peut toujours être utile. Il va falloir que j'y aille les yeux bandés pour ne pas céder au réflexe de regarder au risque de me faire hypnotiser par le basilic.

— Donne-moi ta chemise, Oreg.

— Pour quoi faire ?

— Pour me bander les yeux. Je n'ai pas envie de finir comme Landislas.

— Pourquoi ma chemise et non la tienne ? demande Oreg en accédant cependant à ma demande.

— Ce n'est sans doute pas la panacée, mais un vêtement peut éventuellement me protéger au cas où il me toucherait. Je te fais confiance pour soumettre cette créature à ta volonté dès que tu le pourras.

Je prends le balai et frappe le mur de bois. Le manche plie mais ne casse pas. Le basilic bouge. Je l'ai dérangé.

— Ça résonne de l'autre côté. Ça doit être grand. Nous sommes dans un entrepôt sur les docks, non ?

— Oui. On vient de le nettoyer pour y entreposer les nouvelles récoltes.

Même avec des chevaux malmenés par le voyage en mer, Kariarn et ses troupes peuvent atteindre Hurog en début de soirée. Nous devons leur griller la politesse. Il n'y a pas de temps à perdre.

Je déchire la chemise pour me fabriquer un bandeau. Oreg me conduit à la porte derrière laquelle se trouve le basilic. Mes pouvoirs magiques n'ont guère progressé depuis que j'ai « retrouvé » mes capacités intellectuelles. Mais il est un don qui ne m'a jamais quitté : je suis un trouveur.

Où se trouve le basilic ?

Je le localise. Mes sens le perçoivent aussi nettement que si je le voyais.

— Ouvre !

Oreg pousse brusquement la porte. Surpris, le basilic recule de quelques pas. J'entre en hurlant dans le grand entrepôt.

— Yaaah ! Taïaut !

Tout est bon pour attirer son attention sur moi.

Il approche. Lentement. Oreg dit qu'il est loin d'être stupide. Je recule et butte contre un obstacle inattendu. Je tâte. C'est un poteau. Je me protège aussitôt derrière et je le sens encaisser un choc d'une grande violence. Le basilic pousse un cri. De douleur ou de fureur ? Peut-être les deux. Il charge de nouveau avec cette soudaineté et cette vitesse dont il est capable.

Fuir est hors de question. Je risquerais de buter une nouvelle fois contre un poteau ou de m'écraser sur un mur. La magie me permet de savoir où se trouve le monstre mais je ne peux pas détecter en même temps les poteaux, les murs, les planches gondolées qui dépassent.

Je frappe de toutes mes forces. Au nez, l'endroit sensible. Mon manche à balai se brise. C'est l'horreur. Si je m'écoutais, j'appellerais au secours. Mes sens m'avertissent qu'une importante masse animale balaie l'espace sur ma gauche. La queue du basilic. Je saute le plus haut possible en ramenant les jambes sous moi, comme un cheval franchit un obstacle.

Il me touche au pied. La force du coup me retourne et me projette dans les airs en position allongée. Je donne un coup de reins mais, incapable de distinguer le haut du bas, je m'étale à plat et ma tête cogne durement sur le sol de terre battue. L'instinct me pousse à me remettre debout. Mais je suis sonné et je ne retrouve pas ma capacité à détecter le basilic.

Je sens un frétillement devant mon visage et une poussée de terreur animale me fait retrouver mes sens. Je sais ce qui vient de se passer car j'ai vu le basilic le faire quand on lui a livré Landislas. Le monstre l'a caressé de sa langue avant de l'engloutir. Me voyant debout et immobile, il a dû penser que j'étais pris dans le piège de son regard.

À toute allure, je mobilise ma magie, trouve le basilic et plonge sous sa tête. Certes je suis aveuglé par le bandeau, mais la panique me fait voir sa gueule béante tandis que je roule sur la terre battue.

Surpris par ma réaction, il reste immobile jusqu'au moment où je m'agrippe à une de ses pattes arrière. Je m'aperçois seulement alors que j'ai encore mon bout de manche à la main et je le lâche pour mieux me cramponner.

J'ai sous-estimé la souplesse de la bête. Elle lance son autre patte pour me déloger et une griffe pointue accroche mon dos. Je lâche prise. Il n'y a rien d'autre à faire. En résistant à sa force inimaginable, je me ferais déchirer en morceaux. Je plonge en avant, roule sur le sol et me relève dans le même mouvement. Puis je détale comme un lapin, bras tendus en avant pour ne pas m'écraser contre un obstacle, mur, poteau ou autre. Je touche un mur, je me retourne et reprends mon souffle.

Une fois encore, j'ai perdu le sens qui me permet de localiser le monstre. Un silence épais plane sur l'entrepôt, uniquement troublé par ma respiration saccadée et par le crissement des écailles du basilic en chasse.

J'ignore par quel côté il va attaquer. Mon dos me brûle. Un liquide chaud et poisseux coule jusqu'à mes reins puis le long de ma jambe. Je réalise que c'est du sang. La douleur est cuisante mais ne m'éclaire pas sur la gravité de la blessure.

— Je l'ai ! crie Oreg. Tu peux enlever le bandeau.

Je ne le lui fais pas dire deux fois. J'arrache le bandeau et j'ouvre les yeux juste à temps pour le voir, torse nu, qui se laisse glisser du dos de la bête.

— Que fait-on de lui maintenant ?

— Si on le laisse comme ça, il va mourir de froid, dit Oreg en fronçant les sourcils. Le climat de Tyrfannig est trop rude.

— Est-ce qu'il mange autre chose que des gens ? Je suis pour la préservation des espèces rares mais, s'il est exclusivement anthropophage, on ne peut pas faire ce cadeau empoisonné à la population locale.

Oreg me décoche un coup d'œil en biais et déclare d'un air amusé :

— Je me demande si je ne vais pas essayer de faire ce qu'un mage inconnu mais bien inspiré a fait il y a des années.

Il inspire profondément et applique ses deux mains sur les flancs du basilic. Je ferme les paupières et je m'abandonne à sa magie, qui se propage dans le vaste entrepôt comme une vague de chaleur bienfaisante et comble dans mon âme les vides laissés par la perte d'Hurog.

— Retourne à la pierre ! commande Oreg dans l'ancienne langue de Shavig.

Sa voix dégage une telle force que je suis obligé de rouvrir les yeux.

La magie scintille partout comme une brume pailletée d'or. Elle enveloppe Oreg, le basilic, moi-même. Oreg la pétrit pour lui faire décrire des tracés cabalistiques sur les écailles géantes du prédateur. Fasciné, je vois le basilic se replier lentement, comme s'il s'engloutissait lui-même, et virer du vert feuille de chêne au gris pâle tandis que ses délicates écailles s'estompent puis disparaissent.

Quand, enfin, la magie se dissipe, je me retrouve dans le grand entrepôt avec Oreg et le basilic changé en un rocher dont le volume ne doit pas représenter la moitié de la créature d'origine. Sous la grosse pierre, la terre battue est devenue une mare de boue.

Oreg replie les doigts et s'étire comme si l'exercice magique lui avait contracté les muscles.

— Partons, dis-je.

— Encore un instant, demande Oreg. Il faut nous assurer que Kariarn et ses mages ne vont pas renouveler leur exploit de Cascador en le réveillant de nouveau.

Il lance les mains en avant comme pour pousser une lourde charge. Le rocher s'enfonce dans la boue et disparaît bientôt, ne laissant au sol qu'une tache sombre et humide.

— Voilà, commente Oreg avec satisfaction. Dans quelques heures tout aura séché.

— D'où vient cette boue ?

— Le basilic s'est déshydraté en devenant pierre. C'est le liquide contenu dans son corps qui a formé cette boue en se mélangeant à la terre battue.

Il lui faut encore un moment pour me prodiguer quelques soins, panser sommairement ma blessure avec ce qu'il reste de sa chemise et désenvoûter les portes. C'est dire que nous n'avons pas le temps de nous mettre en quête de chevaux et nous nous élançons au pas de course sur la piste de Kariarn et de son armée. L'espoir palpite dans ma poitrine et m'aide à tenir une cadence de forcené en faisant fi des douleurs qui me dévastent le dos, me torturent les jambes et me ravagent les poumons.

Au bout de quelques lieues, je cesse de penser et je consacre toute mon énergie à mettre un pied devant l'autre. Plus rien ne compte que le rythme de la course, les pulsations du cœur dans les oreilles, le martèlement des pieds sur le chemin.

Je ne marque même pas de halte quand nous sommes assez près d'Hurog et qu'Oreg me prend par le bras pour nous téléporter ; je trébuche sur le tabouret et me retrouve les quatre fers en l'air sur le dallage de ma chambre.

Les domestiques n'ont pas dû aérer depuis un bon moment et une odeur d'humidité imprègne l'atmosphère. Pourtant, à la faveur du rayon qui filtre par la fenêtre, je remarque qu'on a épousseté les meubles.

— Où est Barbarin ?

Oreg tend la main vers moi pour me reprendre le bras. Je recule et me lève avant de le laisser me toucher. Je tiens à être debout sur mes deux jambes lorsque nous ferons irruption chez mon oncle.

S'il est une scène à laquelle je ne pensais pas être confronté, c'est celle qui s'offre à ma vue une fraction de seconde plus tard : Barbarin dans la grande salle du château, en train de conférer avec une brochette de têtes connues, parmi lesquelles Stala. Même si Tosten a couru comme un dératé pour porter les nouvelles et qu'elle a aussitôt quitté Callis pour Hurog, elle ne devrait pas avoir couvert plus de la moitié du chemin. Mais force m'est de constater qu'ils sont là, Beckram, Axiel, Tosten et même Ciarra, assis à une table face à Barbarin et à ma tante. Une dizaine d'hommes tout en buste et de petite taille sont également présents dans la salle. Je ne suis pas encore revenu de ma surprise lorsque Tosten nous aperçoit.

— Comment êtes-vous arrivés ? dis-je, révélant mon incrédulité devant la performance qu'ils ont accomplie.

Mais, incrédulité ou pas, ils sont bien là.

Beckram se tourne vers Axiel avec un regard entendu et s'esclaffe :

— Je pourrais te retourner la question, cousin. Je n'ai pas entendu la porte s'ouvrir. Mais je vais d'abord satisfaire ta curiosité. Tu connais la réputation d'Axiel. Toute la Garde Bleue l'a, un jour ou un autre, entendu jurer qu'il est le fils du roi des nains quand il est dans un état d'ébriété bien avancé.

— Bien sûr, dis-je. Mais c'est vrai qu'il est le fils du roi des nains.

Beckram acquiesce d'un hochement de tête.

— Et les nains ont mis en place un remarquable moyen pour voyager d'une place forte à une autre.

— Beckram m'a informé de tes projets, Stolon, dit Barbarin avec l'air de penser que l'heure n'est pas aux bavardages sur le meilleur chemin pour se rendre d'un point à un autre. Sais-tu combien de soldats Kariarn amène par ici ?

— Un millier, mon oncle. Ils viennent de quitter Tyrfannig. Ils devraient donc arriver à la tombée de la nuit. Vous ne pouvez pas tenir Hurog contre une armée pareille, même avec la Garde Bleue au grand complet. À moins que… Combien d'hommes as-tu avec toi, Axiel ?

— Seulement ceux que vous voyez dans cette salle. Elle est révolue depuis bien longtemps, l'époque où mes semblables pouvaient se permettre de perdre des effectifs à la guerre. Quant à l'autre moitié de la Garde Bleue, elle est partie de Callis par la route normale. Elle est encore en chemin.

Je prends le temps de respirer avant de déclarer :

— Bien. Il ne nous reste qu'une solution pour éviter un bain de sang. Aller frapper à la porte de chaque foyer et appeler les habitants à se réfugier dans les montagnes. Hurog en tant que tel n'intéresse pas Kariarn. Tout ce qu'il veut, c'est un paquet de vieilleries cachées dans les souterrains et qui ont une grande valeur symbolique à ses yeux. Une fois qu'il les aura récupérées, il s'en retournera chez lui.

Je ne mens pas et, en même temps, je ne mentionne pas le squelette du dragon pour éviter des réactions émotionnelles qui ne pourraient être que sources de conflits ou de temps perdu.

— En attendant, il n'y a pas une seconde à perdre, dis-je après une courte pause. Le mont des portes de bronze me semble un refuge idéal. De là-haut, on domine Hurog et on peut observer les mouvements de troupes sans être vu. Même dans le cas, peu probable, où Kariarn déciderait de nous attaquer, la position dominante permet de défendre facilement le terrain contre un ennemi très supérieur en nombre.

C'est seulement au terme de mon intervention que j'en prends conscience, mais je viens de me comporter en chef naturel et de distribuer des ordres.

Barbarin me dévisage avec étonnement et considération. Il est vrai qu'il ne m'a jamais connu dans une autre peau que celle d'un benêt. J'ignore depuis combien de temps Tosten et Beckram sont arrivés et ce qu'ils lui ont raconté à mon sujet, mais ils ont dû lui parler car le vieux soudard se contente de hocher la tête.

— Si Kariarn et son armée sont proches, dit-il, les explications peuvent attendre. Répartissons-nous les tâches. Pressons !

J'ai l'impression que l'évacuation prend un temps infini. Les lourdeurs et les lenteurs sont inévitables quand on a autant de gens à faire bouger. Barbarin est pourtant remarquable d'efficacité. Il ordonne à tous les garçons d'écurie de sauter en selle et de conduire les chevaux à Iftahar. Nous rassemblons les provisions alimentaires disponibles et tout ce qui peut servir de manteau ou d'arme. Je trouve à l'armurerie l'épée et la dague de mon père et je les attache à ma ceinture. Kariarn, en effet, a gardé mes armes.

En ressortant de l'armurerie, je tombe nez à nez avec ma mère.

— Fenwig, te voilà ! Mais quand es-tu donc arrivé ? demande-t-elle avec un sourire égaré.

Je sens la chair de poule me hérisser le poil.

— Je suis Stolon, Mère. Père est mort.

Son sourire s'élargit, sans pour autant donner vie à son regard morne.

— Stolon ? Oh mais oui, bien sûr. Comment va mon petit bonhomme aujourd'hui ?

Sa dame de compagnie apparaît à l'angle du couloir et accourt en s'exclamant :

— Ah, vous voici, ma bonne maîtresse ! (Elle m'adresse un regard inquiet et pose un châle de laine sur les épaules de Mère.) Allons nous promener dans la cour.

Puis elle se tourne vers moi et me glisse :

— Il y a un moment qu'elle est comme ça. La plupart du temps, elle ne sait même pas où elle est.

Oreg apparaît à mon côté. Il a une pile de couvertures sur les bras.

Je lui dis qu'il est temps d'aller au mur d'enceinte rejoindre mon oncle et nous sortons ensemble de la forteresse. Barbarin est en pleine action. La Garde Bleue, comme tous les soldats de la garnison, a été convertie en une troupe de domestiques chargés de transporter vivres et matériel. Au signal de mon oncle, la horde hétéroclite s'ébranle et prend le chemin des hauteurs qui dominent le donjon. L'escalade est dangereuse mais, pressé comme je suis de vider la place, je trouve que nous marchons trop lentement.

— Dis-moi, fait Beckram en me rejoignant, tu as déjà essayé de creuser au pied des portes ?

Il serre dans ses bras une gamine endormie. Je reconnais la fille d'une cuisinière. C'est la première fois, je crois, que mon cousin m'aborde de lui-même pour bavarder. Je sais qu'il se moque des portes de bronze comme de sa première chemise. Je comprends qu'il s'agit, en fait, d'une proposition de paix et je m'empresse de l'accepter.

— Non, dis-je, quand Kromdick et toi avez creusé cette tranchée autour des portes, mon père m'a ordonné de la reboucher.

Il laisse échapper un bref éclat de rire.

La fillette, qui doit avoir trois ou quatre ans, soulève les paupières et le regarde d'un air inquiet. Beckram lui sourit et elle se rendort, apaisée, en se serrant contre lui.

— Kromdick trouvait que c'était une perte de temps. C'est moi qui ai creusé. Tu as une idée sur leur origine ?

J'exprime mon ignorance d'un geste évasif. Il me faudra poser la question à Oreg.

— Je sais qu'elles sont là depuis très longtemps, c'est tout. À une époque, j'ai pensé qu'elles servaient à cacher les routes des nains mais je ne le crois plus. L'accès au tunnel des nains se trouve dans la forteresse même. D'après mon père, elles marqueraient peut-être la tombe d'un héros de jadis.

Nous ensevelissons nos défunts sur le flanc de la colline. Peut-être est-ce une très ancienne tradition.

Ma mère marche à quelques dizaines de pas devant nous. Soudain elle tombe et ne bouge plus malgré les efforts de sa dame de compagnie, qui tente de l'aider à se relever. Je m'approche et mets un genou en terre.

— Mère !

Ses yeux éteints restent sur les miens. Elle ne réagit pas. Beckram nous rejoint, encombré par son petit fardeau.

— Vous ne pouvez pas rester ici, tante Muellen.

Que faire ? Comme toujours dans l'adversité, je cherche le réconfort de la magie d'Hurog. Un frisson glacial me remonte l'échine quand j'accepte de comprendre ce que la magie me dit en retour. Il n'y a plus rien derrière le rideau inexpressif des yeux morts. Plus rien. Ma mère nous a quittés pour toujours.

— Je vais la porter, dis-je pour répondre aux regards angoissés de la dame de compagnie.

Je prends à bras-le-corps ma mère qui respire encore, je la soulève et je la porte ainsi jusqu'au sommet de la montagne. Je m'efforcerai de garder le souvenir d'une femme jeune et heureuse qui jouait avec moi lorsque mon père guerroyait au loin. J'oublierai celle qui se cachait et cherchait la fuite dans des mixtures de plantes aux étranges propriétés jusqu'à ce qu'il ne reste plus rien d'elle.

Nous arrivons aux portes de bronze avant que Kariarn n'ait atteint Hurog. Je cherche une place où m'asseoir avec une bonne vue sur le donjon. Je devrais être à bout de forces et je suis effectivement très fatigué, mais la magie d'Hurog qui circule dans ma chair m'empêche de le sentir. C'est donc relativement serein que j'assiste à l'approche de la formidable armée de Kariarn. Elle fait une halte en trouvant les portes d'Hurog ouvertes. Une longue attente suit. Je suppose que des éclaireurs ont été envoyés pour vérifier que la forteresse est bien déserte. Un long moment passe puis, enfin, un groupe d'hommes franchit le mur d'enceinte.

Tosten arrive par-derrière et me donne un grand coup de poing dans l'épaule. C'est la première fois qu'il m'approche depuis que j'ai retrouvé les miens dans la grande salle.

— Et alors ? Qu'est-ce qui te prend ? dis-je, furieux mais sans hausser le ton.

Les sons se propagent de façon imprévisible dans la montagne et Barbarin a bien averti tout le monde d'éviter le bruit quand les Vorsaguiens seraient arrivés.

— Ça t'apprendra à m'envoyer en planque pendant que tu prends tous les risques et récoltes toute la gloire. Javernes nous a dit qu'aucune armée ne pourrait arriver à Hurog avant Kariarn. Tu le savais et tu l'as fait exprès.

Je me frotte l'épaule. J'hésite un instant puis je décide que j'ai le droit de me mettre en colère.

— Peut-on savoir, dans ce cas, comment tu as fait pour être ici avant moi ? J'en suis resté comme deux ronds de flan quand je t'ai vu avec Barbarin, Stala et toute la compagnie alors que tu devais être bien en sécurité à Callis.

Tosten me regarde avec un grand sourire. Il a l'air d'un gosse et, je ne sais pas bien pourquoi, ça me fait mal quelque part du côté du cœur.

— Si tu savais, tu regretterais de ne pas nous avoir accompagnés, dit-il. Tu te rappelles que les nains ne commerçaient qu'avec un nombre limité de places fortes ?

— Je me rappelle, oui.

— C'est parce qu'ils empruntent une voie d'eau souterraine. Et il n'y a pas beaucoup de places fortes où elle remonte en surface. Hurog en fait partie. Callis aussi. J'aurais voulu que tu voies la tête du vieux Javernes quand Axiel nous a conduits à une entrée qui donne dans son sous-sol…

— Et moi, j'aurais voulu que vous voyiez la tête de mon père quand il a su que j'avais révélé notre secret à des humains, ajoute Axiel en s'asseyant près de moi.

Les huit nains qui l'ont suivi comme s'ils formaient une garde d'honneur s'asseyent face à lui. Il me tend une couverture. Je la prends avec plaisir et l'enroule aussitôt autour de mes épaules.

— Je lui ai expliqué la situation, reprend-il, et il m'a permis de faire passer tout le groupe.

Il tourne vers moi sa vilaine figure de cuir bouilli et je lis dans son regard quelque chose qui ressemble à de l'attente. Sans doute faudrait-il que j'exprime tout de suite l'excellente opinion que j'ai de messire son père.

— Ça n'a pas été anodin, vous savez, messire Stolon. Il faut beaucoup de magie pour traverser les voies d'eau souterraines et mon père n'en a pas tant que ça à gaspiller.

Tosten a l'air d'en avoir encore plein les yeux.

— C'était incroyable, Stolon ! Certaines cavernes semblaient taillées dans du cristal. Les bateaux étaient plats comme ceux que les Tallvenois utilisent pour naviguer sur leurs paisibles rivières. Mais cette voie d'eau-là n'est pas du tout paisible. Je ne pense pas que nous aurions été plus vite en volant.

Beckram, qui se promène flanqué de Ciarra, fait une halte pour verser sa quote-part au merveilleux discours :

— Vraiment, Stolon, c'était fabuleux. Mais le plus fabuleux, c'est que nous sommes tous arrivés sains et saufs à Hurog.

Ciarra s'assied et tire sur ma couverture pour en avoir un bout. Je l'enveloppe dedans en lui passant un bras autour du cou. La magie de la terre natale retrouvée apaise mon âme. La chaleur de Ciarra près de moi ajoute sa part de bien-être. Hurog, sur qui personne n'aurait parié un décime, va survivre à cette invasion et Barbarin aussi. Kariarn n'a que faire de nos petites personnes et ne viendra pas nous chercher jusqu'au sommet de cette montagne.

Je ne me rappelle pas avoir vécu un moment plus heureux. C'est alors que des lucioles se mettent à danser en bas : les torches des soldats de Kariarn qui arpentent le chemin de ronde de la forteresse. Oreg vient s'asseoir à mes pieds. À son visage, je constate qu'il éprouve le même sentiment de plénitude que moi. Mais, bizarrement, voici que sa sérénité entame la mienne. Je ne saisis pas ce qui se passe mais il y a de l'étrangeté dans l'air. Lui qui semblait se faire un sang d'encre au sujet des ossements du dragon, voilà qu'il a l'air tout content de voir Kariarn s'en emparer. Décidément, celui-là, je ne le comprendrai jamais.

D'une voix pensive, douce mais audible de toutes les oreilles proches, il annonce paisiblement :

— Kariarn a fait vite. Ils sont tout près des ossements du dragon.

— Quoi ! grogne Axiel sur un ton qu'il n'a jamais pris à ce jour en ma présence. Quels ossements ? Quel dragon ?

— Personne ne t'a dit ? demande innocemment Oreg en souriant aux anges. C'est ça que Kariarn vient chercher sous le donjon. Ce sont ces ossements que Stolon a décidé de sacrifier pour sauver Hurog.

Je n'y comprends plus rien mais je sais qu'il va y avoir du nouveau et la jubilation qui transpire dans les paroles d'Oreg ne me dit rien qui vaille. Je laisse toute la couverture sur les épaules de Ciarra, je me lève, m'écarte d'elle et me plante face à mon esclave.

— Il y a des ossements de dragon à Hurog ? demande Axiel en me lançant un regard accusateur.

— Oui, pourquoi ?

— Les dragons mangent leurs morts pour que les humains ne puissent pas faire leurs bêtises avec les ossements, débite un nain doté d'une voix qui ressemble à la bise hivernale.

— Vous ne pouvez pas laisser Kariarn mettre la main sur ces reliques, enchaîne Axiel. Mais avez-vous oublié ce qu'il a fait à Oranston ? Les villages pillés et brûlés ? Il a tué des foules de gens pour un peu de pouvoir ! Et vous voudriez lui livrer *des ossements de dragon* ?

Sa voix tremble. Il est terrorisé. Je ne l'ai jamais vu dans un état pareil, lui qui d'habitude n'a peur de rien…

Oreg me sourit.

— Stolon ne sait rien du pouvoir des ossements de dragon. Il n'a pas reçu d'initiation à la magie. Dis-lui ce que ces ossements sont capables de faire. Si c'est moi qui le lui révèle, je ne suis pas sûr qu'il le croira.

Axiel a du mal à trouver ses mots. C'est simple : il a du mal à parler.

— Donner un os de dragon à un mage humain, c'est… c'est la même chose que donner une torche enflammée à un gosse qui joue dans une grange à foin.

— Et c'est défendu, grommelle le nain à la voix de bise hivernale. Ça donne beaucoup trop de pouvoirs, des pouvoirs meurtriers. Mon roi considère que c'est ce qui a causé le malheur du peuple des nains. Toutes ces calamités ont été provoquées par un mage qui avait mangé des ossements de dragon.

Seleg. C'est le premier nom qui me vient à l'esprit. *Est-ce ainsi que Seleg a acquis son pouvoir ?*

— S'il s'empare de ces ossements, Kariarn détruira tout ce qui vit encore sur cette terre. Par tous les dieux… c'en est fini de nous, gémit Axiel.

Son visage a une pâleur effarante dans la lumière blafarde du couchant.

— Les ossements sont dans la caverne sous le donjon, révèle Oreg sans cesser de me dévisager.

Une lueur intense brille dans ses yeux. On dirait un chat qui joue avec une souris. Je comprends pourquoi il ne m'a jamais dit à quel point les ossements de dragon étaient dangereux. Il me l'a dissimulé exprès.

— Mais Stolon sait comment remédier à cela, ajoute-t-il sans se départir de son sourire béat.

Oui, je le sais. Par Siphern ! Je le sais parce qu'Oreg me l'a expliqué.

— Je croyais que tu pouvais les tenir à distance pendant quelques jours, dis-je.

Ma voix est tendue. Elle crépite comme une torche mouillée.

— *J'aurais* pu le faire, reconnaît Oreg. Mais ce n'était que reculer pour mieux sauter. Alors, au lieu de cela, je leur ai donné un petit coup de pouce. Tu m'as demandé un jour s'il était possible de défaire ce qui a été fait par Seleg.

Et lui, Oreg, m'a révélé ce qu'il voulait. Il me l'a révélé pendant qu'un fouet invisible lui labourait la peau et je n'y ai pas accordé l'attention qu'il aurait fallu. Oreg veut mourir.

Comme l'enseigne Stala, il importe de connaître les motivations de ses ennemis mais aussi celles de ses alliés.

Il a tout programmé pour en arriver là. Voilà pourquoi il a cessé de me faire la tête sur le bateau. Car il savait dès lors qu'il pourrait me forcer à accomplir ses volontés. Les larmes me montent aux yeux et j'ai du mal à respirer.

— La caverne du dragon est située sous le donjon. Elle restera intacte même si Hurog s'effondre entièrement, lui fais-je remarquer.

— Je peux faire en sorte que la caverne s'écroule avec la forteresse, répond Oreg. C'est en mon pouvoir. Toi, par contre, tu ne peux pas changer le passé mais tu peux empêcher le mal.

Son regard part un moment dans le vague et, quand il reprend la parole, sa voix est pressante :

— Tu dois faire vite, Stolon. Ils ont trouvé les ossements. Décide-toi. C'est maintenant. (Il se penche vers moi dans une attitude d'abandon.) Seleg a fait le mal parce qu'il ne voulait pas voir la destruction d'Hurog. Ton père était incapable de renoncer à son pouvoir pour corriger ce mal. Ce qui doit être accompli, toi seul peux l'accomplir, Stolon d'Hurog, parce que c'est toi qui portes l'anneau d'Hurogmestre.

Je dégaine la dague de mon père et je dévisage Oreg. Son expression est celle d'un vainqueur. Mais quelle effroyable victoire !

— Stolon, je t'en prie !

Les larmes me brouillent la vue. Je pose une main sur le visage d'Oreg. Quelque part, tout près de moi, je sens une agitation frénétique. C'est Ciarra. Elle voudrait arrêter mon bras mais elle s'est empêtrée dans la couverture. Je me lève, j'embrasse Oreg sur le front puis je passe derrière lui. Je lui tiens la tête et, d'un coup, avec la main qui porte le vieil anneau de platine, je plonge la lame pointue de la dague dans sa nuque, à la base du crâne. C'est très vite fait. Le craquement caractéristique m'apprend que tout s'est passé à la perfection. Il n'a pas dû souffrir, lui. On ne peut pas en dire autant de moi. Et je sais que ce n'est qu'un début. Je sens son dernier soupir me caresser le bras, souffle tiède dans la fraîcheur du crépuscule. Mais je sais que je vais avoir froid, et pour longtemps.

Pendant un moment, j'ai l'impression que toutes les forêts d'Hurog s'immobilisent, comme en attente. Plus un bruit. Plus un souffle de vent. Plus un cri. Plus un chant d'oiseau. Puis la terre se met à trembler, et la montagne aussi, secouées par la force magique titanesque qu'a libérée le décès d'Oreg. Les grondements qui montent du château couvrent les cris de stupeur des hommes et des femmes rassemblés sur la montagne.

La forteresse d'Hurog, mon berceau, est en train de s'écrouler. Les vieilles pierres marquées par les griffes des dragons roulent du haut des murailles, l'une après l'autre pour commencer. Puis, dans un grondement qui semble monter des enfers, le donjon s'ouvre en deux et s'affaisse comme un grand homme maigre frappé d'un coup d'épée. Les remparts à leur tour s'effondrent vers l'intérieur et ensevelissent le donjon. Un champignon de poussière s'élève dans le ciel crépusculaire et, par bonheur, dissimule à notre vue la destruction d'Hurog.

Curieusement, tout cela n'a pour moi qu'une importance secondaire, de même que les ongles de Ciarra qui se plantent sauvagement dans ma main sanglante, de même que le visage halluciné de Tosten qui la tire par un bras pour l'écarter de moi. Même la désintégration presque instantanée d'Oreg me fait bien peu d'effet. On dirait que, pour se rattraper, les années artificiellement retenues dans son enveloppe humaine avalent avec voracité les traces de son existence.

Ce que je ressens par-dessus tout, c'est l'éruption de magie qui me brûle les poumons et le cœur tandis que le brasier purifie la terre d'Hurog d'un mal bien plus ancien que la mort du dragon tué par Seleg. Oreg s'est trompé ou il a menti. Cette félonie a fait sauter le bouchon de la fiole du vice, mais je comprends enfin que c'est cette ancienne faute qui a infecté la terre. Le crime d'un père contre son fils.

Le tohu-bohu s'est apaisé quand Tosten parvient enfin à attirer Ciarra à lui. En bas, les orgueilleux remparts d'Hurog ne sont plus qu'un gros tas informe que vient bientôt recouvrir le manteau noir de la nuit.

Assis à flanc de montagne, les cuisses couvertes de poussière, il m'apparaît soudain qu'Axiel avait raison. Je viens de mettre un terme à la malédiction qui décime son peuple. Et, comme l'a dit Aethervon, je n'aurais pas été capable d'aller jusqu'au bout sans son intervention. Jamais je n'aurais porté le coup fatal sur la seule affirmation d'Oreg. Il a fallu la terreur animale sur le visage d'Axiel pour me convaincre des immenses pouvoirs destructeurs des ossements de dragon.

J'ai sauvé les Cinq Royaumes de pouvoirs maléfiques qui n'ont plus sévi depuis l'époque impériale. Et, pour ce faire, je me suis montré pire encore que mon père. J'ai tué un homme que j'aimais comme un frère.

Oreg avait raison. Mon père ne l'aurait jamais fait. Il n'en aurait pas vu la nécessité. Seleg ne l'aurait jamais fait. Il aurait été trop sûr de pouvoir triompher du mal. Il n'aurait pas su déchiffrer le visage d'Axiel et prendre conscience du danger. C'est Stolon d'Hurog qui a tué Oreg et détruit Hurog.

Je me roule en boule sur la terre froide. Déshérité, seul face à moi-même, j'enfouis mon visage entre mes mains couvertes de sang et je donne libre cours à mes larmes.

Épilogue

Les histoires et les chansons se terminent souvent par un mot de la fin mais, dans la vie réelle, même la mort n'est pas une vraie fin. Voyez, par exemple, l'impression durable que mon père a laissée.

Je suis resté plusieurs jours sans parler. C'est ce qu'on m'a dit mais je n'ai pas de souvenir. D'après le guérisseur de mon oncle, c'est l'épuisement qui a causé cet état de prostration. Il est vrai qu'après notre départ de Tyrfannig nous avions couvert près de sept lieues au pas de course avant qu'Oreg ne soit en mesure de nous téléporter jusqu'à Hurog. Le coup de griffe du basilic m'avait aussi fait perdre beaucoup de sang.

Barbarin m'a raconté que la Garde Bleue a réglé leur compte aux Vorsaguiens égarés qui avaient eu la mauvaise idée de s'attarder sur le territoire d'Hurog. Comme prévu, les récoltes ont été maigres, mais mon oncle a réalisé des prouesses pour que tout soit rentré à temps dans les greniers et qu'il y ait le minimum de pertes.

L'hiver a été rude pour le peuple d'Hurog. Barbarin a évité la famine en faisant venir du foin et du grain d'Iftahar. Mais les Vorsaguiens avaient brûlé de nombreuses chaumières et les masures de fortune que nous avons bâties étaient bien frêles pour résister à la furie des vents du nord.

Barbarin voulait m'envoyer passer l'hiver à Iftahar avec Tosten, la P'tiote et notre mère, qui était toujours dans le même état de langueur. J'ai refusé. Je ne peux pas quitter Hurog. Seule la forteresse est tombée. Le peuple est toujours là. Il a besoin d'être protégé.

L'oncle Barbarin a compris et accepté ma décision. Un soir, après avoir fauché et gerbé du blé toute la journée, j'ai raconté mon histoire. Les ossements de dragon. Le lien d'Oreg avec la forteresse. Pourquoi je l'avais tué. Ils étaient tous là, autour de l'âtre, à m'écouter : Barbarin, Tosten, la P'tiote, Beckram, Axiel et Stala. Peu après, Axiel et ses nains ont dégagé un passage dans les décombres pour rejoindre leur rivière souterraine et ils sont repartis chez eux. Axiel a promis de revenir au printemps. Ciarra m'évitait, ce qui perturbait Tosten. Ayant d'autres chats à fouetter, je tâchais, moi aussi, de les éviter le plus possible. Le problème a cessé de se poser quand Barbarin a embarqué tout ce petit monde pour Iftahar avant les grands frimas de l'hiver.

Pompon, Plume et les autres chevaux ont été ramenés d'Oranston et je me suis remis à courir les sentiers de montagne à des allures qui feraient hurler Penrod. Quand la couche de neige a rendu toute sortie à cheval impossible, je me suis rabattu sur l'entraînement avec Stala et quelques braves de la Garde Bleue qui avaient le courage de m'affronter. Ça ne me suffisait pas et j'ai décidé de fouiller les ruines d'Hurog autour du passage creusé par les nains, jetant les pierres inutilisables, mettant les bons moellons de côté pour restaurer les remparts. J'avais commencé seul puis, un beau matin, j'ai vu Stala arriver sur mon chantier à la tête d'une équipe de volontaires. Nous avons travaillé d'arrache-pied et, à la fonte des neiges, la courtine intérieure était de nouveau debout.

Le printemps est arrivé et tous les habitants d'Hurog me considèrent maintenant comme leur seigneur légitime. Ils savent pourtant que le titre appartient à mon oncle Barbarin. Les hirondelles viennent de rentrer des contrées chaudes et elles amènent mon frère avec elles.

Je sais qu'il revient. Je n'ai pas eu de message mais les herbes dans les champs murmurent qu'un homme de la lignée d'Hurog est de retour au pays. Depuis que j'ai tué Oreg, je vis en harmonie avec les courants de magie qui circulent dans tout le territoire. Autrefois je puisais en eux pour m'épanouir, aujourd'hui c'est moi qui les enrichis.

Je selle Plume et j'avance à sa rencontre.

— Tu as maigri, dit Tosten.

— Et toi, tu t'es remplumé.

C'est la réalité. Je me souviens de cette dégaine de sauvage famélique qu'il traînait avec lui comme un boulet. Il n'a plus rien à voir avec ce Tosten-là.

— Mère est morte, Stolon. Une nuit, sa dame de compagnie l'a trouvée errant sous la pluie comme un fantôme. Elle a attrapé une mauvaise fièvre, s'est affaiblie et a fini par mourir.

Je hoche la tête. Je suis triste, bien sûr, mais cela fait si longtemps qu'elle était morte.

— Je voulais aussi t'annoncer que… euh, hemm… Enfin, Ciarra et Beckram sont fiancés.

Je vois à sa tête qu'il redoute ma réaction. Fatiguée de rester immobile sans raison apparente, Plume gratte l'herbe du bout de son sabot. Je la calme en me penchant sur son encolure. Ciarra avec Beckram ? Elle a dix-sept ans, c'est vrai. Mère était plus jeune quand elle a épousé Fenwig. Mais tout de même ! Ciarra *avec Beckram* ?

— Tu diras au cousin qu'il évite d'envoyer la P'tiote dans les égouts…

— Je voulais qu'elle vienne avec moi pour t'annoncer elle-même la nouvelle, reprend Tosten en fuyant mon regard. Elle a dit qu'elle t'embrassait.

— Très bien…

— Elle parle, maintenant.

— Je sais, Barbarin me l'a écrit.

— Il voudrait que tu deviennes officiellement l'Hurogmestre. Il a fait remettre une requête en ce sens à Jakoven.

— Je crois que le roi a d'autres soucis en ce moment.

Une fois la mort de Kariarn clairement établie, les Cent de Javernes n'ont guère eu de mal à renvoyer les pillards vorsaguiens d'où ils venaient. Mais ensuite les Cent ont refusé de retourner à la cour d'Estian. Ils ont regagné leurs fiefs et chacun a entrepris de se constituer une armée. Jakoven aurait pu les accuser de félonie et dépêcher des troupes pour les soumettre. Mais Jakoven avait un problème. Les Cent de Javernes étaient devenus des héros et l'on chantait leurs exploits dans les Cinq Royaumes. Il est difficile d'envoyer une armée contre des héros populaires.

— Tu n'as pas envie ? me demande Tosten.

Je regarde le vieil anneau de platine à mon doigt. Ai-je besoin de la bénédiction de Jakoven ?

— Tu restes ?

— Si tu veux bien de moi, répond Tosten.

Je me penche vers lui. Plume fait un petit pas de côté.

— Tu es mon frère. Tu es le bienvenu à Hurog.

Pour rebâtir la structure intérieure de la forteresse, il a d'abord fallu éliminer les gravats. Puis je suis descendu étayer la caverne au dragon qui s'était écroulée par le milieu. C'est là que j'ai retrouvé Kariarn et ses mages, écrasés sous un éboulement. Sclavina était avec eux. À la belle saison, les aides volontaires avaient regagné leurs foyers pour préparer les semailles. C'est donc avec le concours de Tosten, de Stala et de la Garde Bleue que j'ai dégagé les cadavres. Nous les avons inhumés dans la fosse commune creusée pour les autres victimes du cataclysme. Oreg avait dit vrai : ils étaient très près des ossements de dragon.

Si les Vorsaguiens veulent la preuve de leur mort, ils devront me faire confiance car seuls les vêtements ont permis d'identifier les corps. Je me suis chargé personnellement de transporter et d'ensevelir la dépouille de Sclavina.

Hasard ou effet de la magie d'Oreg ? les ossements de dragon étaient intacts. Comme promis, Axiel est venu en même temps que les hirondelles. Il nous a aidés à les sortir de la caverne et à les transporter dans les champs rendus stériles par les remontées de sel. Nous les avons broyés et mélangés à la terre comme Barbarin l'avait fait l'an dernier avec des coquillages. Axiel a paru soulagé d'un poids quand les derniers boisseaux de poudre blanche ont été recouverts de terre.

Les champs traités ainsi sont non seulement redevenus fertiles mais, selon toutes les apparences, ce sont eux qui vont nous donner les plus belles récoltes.

Un beau matin, au milieu de l'été, je m'éveille avec le sentiment qu'un événement extraordinaire a eu lieu dans la nuit. Je m'habille pour la chasse, vais seller Pompon moi-même pour gagner du temps, et nous voilà partis dans la montagne. Mon humeur déteint sur l'étalon, qui galope comme s'il avait tous les démons de Mégone à ses trousses. Il ralentit seulement quand le chemin devient trop raide. Je mets alors pied à terre et nous continuons en marchant tous les deux dans la direction des portes de bronze.

Soudain, il s'arrête net, hume l'air de ses narines dilatées et roule des yeux inquiets.

— Qu'y a-t-il ?

Une bête qui est allée au combat aussi souvent que Pompon ne s'affole pas d'un rien. Il souffle, bronche, tourne sa tête en nage et la frotte contre mon épaule, me forçant à faire un pas de côté. Je sens quelque chose, moi aussi. Comme une odeur de métal chauffé qui me rappelle la forge. L'explication me saute aux yeux quand nous arrivons au sommet et que je découvre les portes monumentales.

J'avais interrogé Axiel à leur sujet. Il n'en savait guère plus que moi mais pensait toutefois qu'il était impossible de les ouvrir.

Axiel avait tort. Elles sont ouvertes. Mais l'opération a donné du fil à retordre à celui qui l'a réalisée. Le bas des portes a été noirci comme par un terrible incendie. Le vantail de gauche est tombé à plusieurs pas. Celui de droite est encore en place mais tout tordu. Je le touche. Il est encore chaud. Mais impossible de le faire bouger d'un pouce.

Je lâche les rênes et, tous les sens en alerte, je m'approche du trou percé à flanc de montagne, qui était naguère caché par les portes. Je ne m'attends pas à faire une découverte fantastique, et heureusement, car j'aurais été bien déçu. C'est une cavité rectangulaire, toute bête. On pourrait y loger une charrette de foin et rien de plus. Sa seule caractéristique étonnante est sa netteté. Les angles et les parois sont parfaitement réguliers alors qu'ils ont été taillés dans de la roche et de la terre compactée.

Pompon pousse un hennissement de bienvenue. Je me retourne, pensant voir arriver Tosten car mon cheval n'a pas pour habitude de saluer les inconnus.

Ce n'est pas Tosten. Mais ce n'est pas non plus un inconnu puisque c'est Oreg.

— Bonjour, Stolon, lance-t-il d'un air penaud.

— Qu'est-ce que ça signifie ? Je ne vais quand même pas être obligé de te tuer une deuxième fois ? dis-je en déglutissant nerveusement.

Il tourne la tête vers le chantier de la forteresse et flatte Pompon avant de répondre :

— Je savais que ça n'allait pas être facile.

Il me regarde brièvement puis s'empresse de reporter son intérêt sur Hurog.

— Tu as bien travaillé déjà. Qu'as-tu fait des ossements de dragon ?

— Nous les avons broyés et répandus dans les champs qui avaient été brûlés par les affleurements de sel.

Il sourit.

— Très bien. Je ne serai pas obligé de les manger.

— J'avais entendu parler de cette prescription mais je ne savais plus par qui ni pour quelle raison. Je pense, pour ma part, qu'on ne doit pas manger ainsi des os de dragon mort.

Oreg ramasse une pierre, prend deux pas d'élan et la lance dans le vide. Nous la regardons tous deux tomber en rebondissant au flanc de la montagne puis disparaître dans un buisson d'épineux.

— Sauf si on est soi-même un dragon, dit Oreg.

Une seconde passe, le temps pour moi d'être sûr que j'ai bien compris.

— Toi ?

Devant la violence de ma réaction et l'expression de mon visage, il lâche à toute allure :

— Je croyais que j'allais mourir. Je t'assure. Sincèrement. Je ne t'aurais jamais fait subir ce supplice pour rien. Les dragons ne vieillissent pas mais on peut les tuer. Et moi, je ne suis qu'un quarteron.

Je n'ai jamais réagi vite en paroles et je n'arrive pas à poser les questions que je voudrais poser. Je parviens tout juste à énoncer ce commentaire :

— Il paraît que les empereurs des temps anciens avaient un dragon à leur service.

C'est Kariarn qui m'a dit ça.

Oreg acquiesce :

— Mon père. Les dragons peuvent prendre une forme humaine. Ma grand-mère était jeune et écervelée. Elle est tombée amoureuse d'un humain. Mon père n'appartenait ni au monde des dragons ni à celui des hommes. Il a décidé de servir les empereurs en tant que mage.

Avide de plaire, il parle trop vite, s'emmêle dans ses phrases et j'ai bien du mal à suivre.

— Qu'y avait-il dans le trou ?

— Je l'ignorais. Je l'ai découvert en y revenant à la vie.

Je m'assieds et je me prends la tête entre les mains, essayant de démêler cet écheveau.

— Tu as maigri, ajoute-t-il au bout d'un long moment.

Tosten m'a déjà salué de ces mots.

— Oui, oui… Peut-être… Mais j'ai cru t'avoir tué ! Tu t'en rends compte ?

Je m'aperçois que je n'ai aucune envie de lui épargner les sentiments de culpabilité. Je dois évacuer mon trop-plein d'émotions pour apaiser la rage qui bouillonne en moi.

— Que puis-je faire ? demande-t-il.

Je le sens au bord des larmes. Il s'approche de moi et tombe à genoux.

— Pourquoi a-t-il fallu tout ce temps ? dis-je sans le regarder.

— J'étais mort, répond Oreg. Ou assez près de la mort pour ne pas faire la différence. J'ignore combien de temps je suis resté ainsi. Un an ? Deux, peut-être ? Guère plus, sinon tu aurais changé davantage. C'est le temps qu'il m'a fallu pour me réveiller. Mon corps gisait ici depuis… enfin, il était là avant la mort du dernier empereur, il y a des dizaines de siècles. La magie est puissante mais pas toujours rapide.

— Si ton père t'a obligé à prendre cette enveloppe humaine que j'ai tuée, comment se fait-il que tu sois revenu sous la même forme ?

Oreg laisse échapper un vague éclat de rire.

— Parce que cette enveloppe charnelle qu'il m'a donnée s'est façonnée sur moi. Les dragons peuvent modifier leur apparence. Comment crois-tu que mon père a été conçu ?

Pour la première fois depuis presque un an, je sens se dissiper la colère que j'éprouvais contre lui. Bientôt, elle n'est plus qu'un mauvais souvenir.

— Ça fait un peu moins d'un an, dis-je pour répondre à sa question précédente.

Il a dû décrypter quelque chose dans ma voix car il prend une pose beaucoup plus détendue.

— Tu m'étonnes, avoue-t-il en s'accoudant au flanc de la montagne. J'aurais juré que ça avait pris plus de temps.

— Tu n'es plus l'esclave de cet anneau ? dis-je en levant la main.

Il secoue la tête.

— Non.

J'ai envie de parler, d'aborder de nombreux sujets, mais je ressemble trop à mon père pour le faire aisément. Alors je me contente de lui demander des détails, juste pour entendre sa voix et m'assurer que je ne suis pas en train d'inventer ces retrouvailles.

— Tu es le dernier ?

— Il en existe d'autres, Stolon. Mais les dragons ont toujours été des êtres rares. Maintenant que la magie a été débarrassée de son poison, on peut envisager de voir certains d'entre eux revenir.

— J'ai toujours rêvé de voir un dragon...

Il sourit d'une oreille à l'autre et ressemble plus que jamais à Tosten. Il recule de plusieurs pas et voilà qu'il se transforme. Sa silhouette humaine se met à enfler et se modifie très naturellement en prenant de l'ampleur.

Ni lui ni moi n'avons pensé à Pompon, qui d'un coup souffle et tire sur ses rênes jusqu'à réussir à se détacher. Il s'éloigne et, quand il s'arrête, à distance respectable, il y a de nouveau un dragon à Hurog.

Deux fois plus grand que le dragon de pierre, il est aussi beaucoup plus saisissant. Son museau est fin et d'une profonde couleur bleu nuit, comme ses pieds et ses ergots acérés. Au-dessus de son museau aux dents impressionnantes, la couleur des écailles s'éclaircit pour virer au violet, un violet un peu moins soutenu que celui de ses prunelles. Ses yeux ont seulement changé de forme. Ils ont gardé leur couleur bleu Hurog, qui flamboie sur le fond presque noir de sa tête. Ses ailes, partiellement repliées, sont bordées de noir et d'or. La peau squameuse qui assemble les délicates nervures des ailes a des reflets lavande.

Je suis pétrifié comme Pompon. Non de peur mais d'émerveillement.

— Je n'ai jamais vu autant de camaïeux de violet, dis-je, ébloui.

Par tous les dieux, voici que, flatté par mon compliment, il fait le beau en dressant les arêtes de son épine dorsale et en déployant ses ailes.

C'en est trop pour Pompon. Il pousse un hennissement suraigu et se cabre, prêt à en découdre avec cet intrus. Aussitôt, le dragon replie ses ailes et redevient notre bon vieil Oreg.

— Pardon, dit-il. Je n'ai pas pensé que j'allais effrayer le cheval.

Pompon s'ébroue, renifle et grogne. Il s'apaise seulement quand il est bien certain que le mangeur de chevaux a pris la fuite et fichera la paix à ses semblables.

— Par Siphern, c'est l'apparition la plus fabuleuse que j'aie jamais vue, Oreg.

Il se trémousse nerveusement.

— Ça veut dire que je peux rester ?

Un sentiment de plénitude m'envahit et me pénètre jusqu'à la moelle des os, balayant les conflits entre colère et joie qui me déchiraient.

— Tu es mon frère, dis-je comme je l'ai dit à Tosten. Tu seras toujours chez toi ici.

Une question me vient tandis que nous redescendons de la montagne :

— Pourquoi ton apparence humaine ressemble-t-elle tant à Tosten et à la plupart des Hurog que je connais ?

Oreg sourit et me regarde entre ses longs cils.

— Je croyais que tu le savais, Stolon. *Hurog* signifie dragon.

Achevé d'imprimer en mars 2013 par Hérissey à Évreux (Eure)
N° d'impression : 120329 - Dépôt légal : avril 2013
Imprimé en France
81120911-1